Ren Dhark®
Der Drakhon-Zyklus
Band 11

Grako-Alarm

Herausgegeben von
HAJO F. BREUER

HJB®

Ein Verzeichnis sämtlicher lieferbaren
REN DHARK-Titel und -Produkte
finden Sie auf den Seiten 349 und 350.

1. Auflage

HJB Verlag & Shop KG
Postfach 22 01 22
56544 Neuwied
Bestellungen und Abonnements:
0 26 31 – 35 48 32
0 26 31 – 35 61 00
Fax: 0 26 31 – 35 61 02
E-Mail: hjb@bernt.de
www.ren-dhark.de

Exposés: Hajo F. Breuer
Titelbild: Ralph Voltz
Illustrationen: Swen Papenbrock
Druck und Bindung:
Wiener Verlag Ges. m. b. H.

ISBN 3-930515-44-X

Vorwort

Zu guter Science Fiction gehört nicht nur eine Menge Phantasie, sondern auch eine ordentliche Portion wissenschaftlicher Kenntnisse. Das sagt sich so leicht dahin, ist für uns Autoren aber manchmal schwerer, als man auf den ersten Blick glauben sollte. Denn immerhin sind wir ja eben Schriftsteller und keine Wissenschaftler.

Nie werde ich jene Begegnung mit Dr. Ulrich Walter vergessen, dem deutschen Astronauten und Wissenschaftler, der mit der Raumfähre ins Weltall flog und dabei als erster Mensch drei Comiczeichnungen mit in den Raum nahm (natürlich von »der« deutschen SF-Comicserie »Nick«). Ich war natürlich gespannt auf alles, was Dr. Walter zu erzählen hatte, und erfuhr so nebenbei, daß er von Beruf Festkörperphysiker ist. Unter diesem Begriff konnte ich mir nicht wirklich etwas vorstellen und bat ihn um eine Erklärung. Ich gebe offen zu, ich habe sie nicht verstanden.

Das mag illustrieren, wie schwierig es für unsereinen ist, sich mit hochwissenschaftlichen Themen wie etwa Schwarzen Löchern auseinanderzusetzen. Die Recherche für die physikalischen Phänomene, die in diesem Buch beschrieben werden, dauerte bestimmt so lange wie das eigentliche Verfassen des Romans. Doch die aufwendige Arbeit hat sich gelohnt. Die wissenschaftlichen Grundlagen für die Geschehnisse in diesem Buch stimmen. Bei einigen Berechnungen half mir mein guter Freund und Diplommathematiker Peter Schwengers aus der Patsche.

Die Handlung des Romans ist natürlich reine Phantasie. Ob und wie sich Schwarze Löcher manipulieren lassen, entzieht sich dem aktuellen Kenntnisstand der Wissenschaft. Da können wir dann die Stärke der Autoren ausspielen: die Phantasie. Vieles von dem, was in diesem Buch beschrieben wird, mag uns heute als phantastische Spekulation erscheinen. Aber so dachten die Menschen auch einmal über die Erfindungen, die Jules Verne in seinen Romanen beschrieb. Nur die Zukunft vermag zu zeigen, ob wir gründlich genug recherchiert und danach unsere Phantasie in die richtige Richtung gelenkt haben.

Phantastisch geht es auch zu in dem REN DHARK-Sonderband »Schattenraumer 986«, der gleichzeitig mit diesem Buch erscheint. Er wurde von Altmeister Conrad Shepherd verfaßt und beschreibt das hochdramatische Zusammentreffen von Grakos und Nogk. Ein Muß für jeden Fan von REN DHARK!

Natürlich möchte ich Ihnen auch nicht verheimlichen, wer an diesem Buch hier mitgearbeitet hat: Conrad Shepherd schilderte den Einsatz der Schwarzen Garde. Achim Mehnert zeichnete einmal mehr für die Nomaden verantwortlich und beschrieb weiterhin die Geschehnisse um Ren Dhark bis zur Seite 71. Werner Kurt Giesas Beitrag erstreckt sich bis zur Seite 215, und mit dem Rest befaßte sich in bewährt lockerer Manier Uwe Helmut Grave. Das Vergnügen, die Exposés zu verfassen, hatte einmal mehr der Unterzeichner dieser Zeilen.

Und nun wird es Zeit für Sie, die schnöde Gegenwart zu verlassen und sich auf den Flügeln der Phantasie in die Tiefen des Weltalls zu schwingen, denn dort herrscht schließlich Grako-Alarm…

Giesenkirchen, im März 2002
Hajo F. Breuer

Prolog

Im Archiv der Salter hat Ren Dhark die Erklärung für das Phänomen gefunden, das die Existenz der heimatlichen Milchstraße ebenso bedroht wie jene der Galaxis Drakhon, die offenbar aus einem anderen Universum stammt: Vor etwa tausend Jahren führten die Mysterious einen mörderischen Abwehrkampf gegen das Insektenvolk der Grakos. Die hatten sich einer großen Zahl von Ringraumern der Geheimnisvollen bemächtigt und setzten sie damit enorm unter Druck.

Doch die Mysterious nahmen den Kampf an, der ihnen aufgedrängt worden war, und warfen die Grakos zurück. Tatkräftig unterstützt wurden sie dabei von den Saltern. Diese Menschen stammten von der Erde und waren das Ergebnis gezielter biologischer Manipulationen der Mysterious.

Angesichts ihrer drohenden Niederlage verlegten sich die Grakos auf biologische Kriegführung und entwickelten eine Seuche, welche die »Hohen« – so wurden die Mysterious von den Saltern genannt – fast ausgerottet hätte.

Als es den Mysterious endlich gelungen war, die Seuche zu besiegen, kannten die Überlebenden kein Pardon mehr. Sie führten einen gewaltigen Vernichtungsfeldzug gegen die Grakos, dem diese sich nur noch durch kollektive Flucht in eine Hyperraumblase entziehen konnten. Von dieser unangreifbaren Festung aus bombardierten sie die Milchstraße mit harter Strahlung, um die Mysterious und ihre Hilfsvölker doch noch zu vernichten.

Die Mysterious reagierten mit der Manipulation des gigantischen Schwarzen Loches im Zentrum der Milchstraße. Sie erhöhten seine Masse und machten es damit so stark, daß es die Strahlung der Grakos aufsaugte und ihre letzte Bastion zurück aus dem Hyperraum ins Normaluniversum riß. Die nun folgende Niederlage der Grakos war verheerend, die letzten Insektenkrieger flohen in die Tiefen des Alls.

Aber die Mysterious hatten zu spät erkannt, daß die Manipula-

tion des Super Black Hole (SBH) *nicht mehr rückgängig zu machen war und weitreichende Folgen hatte. Die gigantischen Gravitationskräfte überwanden die Schranken zwischen den Dimensionen und rissen eine komplette Galaxis aus einem anderen Universum in das unsere: Drakhon.*

Als den Mysterious bewußt wurde, daß die Milchstraße zum Untergang verurteilt war, verließen sie diese Sterneninsel fluchtartig – wohin ist nicht bekannt. Ihre Geschöpfe, die Salter, ließen sie schmählich im Stich.

Sie hinterließen ihnen jedoch den Peilstrahl, mit dem sie Expeditionen an den vermutlichen Eintrittsort der fremden Galaxis in unser Universum durchführen konnten. Drakhon schwang noch eine lange Zeit zwischen seinem und unserem Universum hin und her, tauchte sozusagen in Schüben auf. Erst im Jahr 1805 irdischer Zeitrechnung manifestierte sich die Galaxis endgültig in unserer Dimension.

Doch das war nur die erste Stufe der Katastrophe. Denn das künstlich veränderte SBH lädt die galaktischen Spannungsfelder von Milchstraße und Drakhon gegensätzlich auf. Als Folge davon hat Drakhon mehrere kürzere Transitionen auf die Milchstraße zu gemacht. Die letzte davon verursachte die galaktische Katastrophe – den Energieschlag aus dem Hyperraum, der so viel Leid und Unheil über die Völker der Milchstraße brachte.

Und selbst sie war nur ein Vorspiel. Denn alles deutet darauf hin, daß Drakhon mit der nächsten Transition mitten in die Milchstraße hineinspringen wird. Der Untergang zweier Galaxien steht unmittelbar bevor – falls es den Terranern und ihren Verbündeten nicht gelingt, etwas zu vollbringen, zu dem selbst die Mysterious nicht in der Lage waren, Eine wichtige Rolle spielen dabei die Rahim, deren Parakräfte selbst die der Crekker in den Schatten stellen.

Zur gleichen Zeit versucht ein Kommando der Schwarzen Garde mehr Informationen über die Grakos zu sammeln, über den gnadenlosen Feind…

1.

…warum habt ihr mir nicht geholfen?

Die telepathische Stimme des sterbenden Rieseninsekts klang noch immer wie ein ferner Widerhall in Kurt Bucks Kopf nach. Während er dabeiwar, das eben Erlebte zu verarbeiten, ließen Vorsicht und Wachsamkeit keine Sekunde nach.

Vorsicht und Wachsamkeit hatten ihn – und die übrigen Gardisten – unter ständiger Spannung gehalten, seit sich der 14. Zug der Schwarzen Garde vor nicht mehr als fünfundvierzig Minuten von den Außenbezirken der Grakoansiedlung wieder zum Rand des Dschungels zurückgezogen hatte.

War es wirklich erst eine dreiviertel Stunde her? Ja, in der Tat! Nicht mehr als fünfundvierzig Minuten; das Chrono-Modul seines Multifunktionsarmbandgerätes war unbestechlich.

Buck konnte es fast nicht glauben.

Noch weniger das, was sie während dieser Zeit alles erlebt hatten. Auf jeden Einzelnen des 14. Zuges war eine Fülle seltsamer, überraschender und sinnverwirrender Ereignisse eingestürzt. Darunter fremdes Leid und Tod.

Etwas viel, um von einem menschlichen Wesen mit normalem Verstand weggesteckt zu werden. Normalem Verstand? Kurt Buck stieß unter seinem Helm schnaubend die Luft aus. Sie waren keine »normalen« Menschen; hinter vorgehaltener Hand oder ganz offen titulierte man die Soldaten der Schwarzen Garde auch schon mal als »kämpfende Wissenschaftler«. Obwohl diese Bezeichnung an sich einen Widerspruch darstellte, konnte Buck nicht umhin, sie als zutreffend zu akzeptieren. Andererseits wiederum: Was war schon normal auf *Robert?*

Robert…

Ein Mitglied der Astroabteilung an Bord der HAMBURG, versehen mit einem etwas eigenartigen Humor, hatte während des Fluges in diese Region der Galaxis die Systemsonne vom Typ

Roter Riese »Saams Stern« getauft und dem 21. Planeten, der Grakowohnwelt, den Namen »Robert« verliehen. Sicher als Hommage an das norwegische Genie von Wallis Industries und wohl auch darauf, daß es eine der von Robert Saam entwickelten vollautomatischen und mit einem »Schattenspürer«, einem Sensor für das ganz spezielle Hyperraumfeld der Grakos, ausgestatteten Sonden gewesen war, die das 41-Planeten-System aufgespürt und die Nummer 21 als von den Grakos besiedelte Welt klassifiziert hatte.

Die Entfernung des Systems von Terra, dem Zentrum des menschlichen Imperiums, betrug 11 650 Parsek, also 38 000 Lichtjahre.

Noch existierten keine exakten Daten über *Robert,* aber der Planet war erstaunlich erdähnlich. Auch in der Zusammensetzung der Atmosphäre, mit leichten Verschiebungen der gasförmigen Anteile, hauptsächlich die Stickstoffkonzentration betreffend, die höher lag, während der Sauerstoffanteil nahezu identisch mit dem der Erde war. Die Schwerkraft lag bei 0,96 g.* *Robert* war fast exakt kugelförmig, also kein abgeplattetes Rotationsellipsoid wie die Erde, und besaß in einer Entfernung von durchschnittlich 310 000 Kilometern einen Mond, der selbst eine Atmosphäre aufwies. Aufgrund einer bizarren Gaszusammensetzung erstrahlte er blutrot und wurde von den Gardisten sofort »Höllenauge« getauft. Laut den vorläufigen Daten der Suchsonde war das System mit seinen 41 Umläufern energetisch gesehen ohne Leben. Nichts deutete daraufhin, daß sich hier eine fortgeschrittene Zivilisation entwikkelt hatte. Nur auf *Robert* gab es verteilt über die Oberfläche mehrere energieerzeugende Systeme: Ansiedlungen der Grakos.

Städte.

Raumhäfen.

Fabriken.

Die Neigung der Rotationsachse zur Bahnebene betrug 96°60',

---

* g = 1 Gravo (Normschwerkraft auf der Erde)

was stark ausgeprägte Wechsel der Jahreszeiten hervorbrachte. *Robert* besaß einen Fünfundzwanzigstundentag, nach der Norm Terras, und seine Umlaufzeit dauerte 912 Tage.

Geogeschichtlich war *Robert* eine nachglaziale, urweltliche Dschungelwelt mit einer Durchschnittstemperatur von 21 Grad. Über die nördliche Hemisphäre erstreckte sich eine rhombusförmige Landmasse von der Größe Nord- und Südamerikas. Jenseits des Äquators breiteten sich über die Südhälfte ein sichelförmiger Kontinent von etwa der doppelten Größe der nördlichen Landmasse und zahllose, zum Teil riesige Inseln aus. Die Verteilung Landfläche zu Wasserfläche betrug 76 zu 24. Die äquatoriale Zone trug eine reiche, urweltliche Flora. Die Fauna war unbekannt, aber sicher vorhanden. Beide Pole trugen Eiskappen…

Buck verlagerte sein Gewicht etwas und sah dorthin, wo vor wenigen Minuten noch der ungleiche, weil absolut einseitige Kampf zwischen der zweiten gigantischen Libelle und den amorphen Schatten der Grakos zu Ende gegangen war.

Nein, verbesserte sich Kurt fast im gleichen Augenblick, *es hatte sich nicht um einen Kampf gehandelt, sondern um eine regelrechte Hinrichtung*. Anders konnte man es nicht bezeichnen, selbst bei einer großzügigen Auslegung des Vorgefallenen.

Die Grakos, halb in ihrem charakteristischen dunklen Medium verborgen, halb im Normalraum agierend, hatten das riesige Insekt, das so unvermittelt aus dem Dschungel aufgetaucht war, sofort unter Beschuß genommen – genauso, wie sie es mit dem ersten im Dorf getan hatten – bis die verkohlten Reste der gigantischen Libelle zu einem rauchenden Haufen Chitin zusammengestürzt waren.

Doch im Augenblick seines Todes hatte das Insekt mit dem letzten Funken an Lebensenergie eine mentale Botschaft ausgeschickt.

Warum habt ihr mir nicht geholfen?

Es war nicht nur ein Hilfeschrei gewesen, es klang auch nach einer Anklage, dessen war sich Buck sicher. Gerichtet an die Gardisten, die für die Libelle trotz ihrer Mannabschirmer eindeutig sichtbar gewesen zu sein schienen. Eine Anklage von einem Insekt, dessen Ausmaße alle Vorstellungen Bucks und seiner Kameraden sprengte, einer Libelle von mehr als zehn Metern Größe! Ein ins gigantische mutiertes Exemplar einer Gattung *Meganeura stellaris*, die auf diesem düsteren Planeten allem Anschein nach auf mentale Art mit ihrer Umwelt und anderen, vernunftbegabten, intelligenten Lebewesen zu kommunizieren verstand!

Das Licht wechselte.

Buck sah nach oben.

Im Osten lag über dem Gebirgsmassiv, das sich hinter der Hügelkette weit in den Himmel reckte, eine vom Widerschein der riesigen Sonne dunkelrot glühende Schicht Kumuli, die sich aber aufzulösen begann; die steigenden Tagestemperaturen würde sie ganz verschwinden lassen. Noch war *Saams Stern* erst auf halbem Weg zum Zenit, aber schon lastete brütende Hitze über der Urwelt. Zusammen mit der hohen Luftfeuchtigkeit ergab das ein feuchtheißes Klima, das dem einer Sauna glich. Die hohe Durchschnittstemperatur auf Planet Einundzwanzig trieb auch den Tageswert hoch und machte aus der urzeitlichen Welt einen Brutofen.

Von Westen näherte sich dräuend eine tiefhängende, mächtige Schlechtwetterfront, die bereits düstere Schatten über das Land warf; sie hatte den Lichtwechsel verursacht. Vermutlich würde es in Kürze anfangen zu regnen. Grakowohnwelten waren bekannt dafür, daß auf ihnen neben der Hitze auch eine beständige Luftfeuchtigkeit von annähernd 100 Prozent herrschte. Und Dunkelheit und Düsternis. Rechts vom augenblicklichen Standort der Gardisten des 14. Zuges – und in relativer Nähe – lag die kleine Ansiedlung der Grakos, in der die erste Riesenlibelle von den Bewohnern vernichtet worden war.*

Zu einer Kette auseinandergezogen kauerten die 42 Gardisten im

* Siehe Drakhon-Zyklus Bd. 10: »Fluchtpunkt M 53«

Dickicht und starrten angestrengt in die scheinbar von Blut übergossene Landschaft. Die Luft war schwer von Feuchtigkeit; Schlingpflanzen und Unterholz waren bedeckt mit feinen Kondenströpfchen, die bei jeder noch so kleinen Bewegung regelrechte Wasserschauer erzeugten.

Buck wechselte die Stellung, hockte sich auf die Fersen und nahm den rückstoßfreien 10-mm-Multikarabiner aus verdichtetem Plastahl vor sich quer auf die Knie. Die vollautomatische, elektronisch gesteuerte Allzweckwaffe wog nur ganze vier Kilo und besaß eine effektive Reichweite von vierhundert Metern. Das Magazin faßte entweder hundert Schuß mannstoppende Munition oder die gleiche Zahl panzerbrechender Explosivgeschosse. Unter dem Lauf war noch ein halbautomatischer 30-mm-Raketenwerfer mit einer Reichweite von dreihundert Metern angeflanscht. Sie hatten sich für diese Mission deshalb mit Projektilwaffen ausgerüstet, weil man mit Blastern, sogar den schweren Zweihandausführungen, erst nach mehreren Treffern einem Grako den Garaus machen konnte, während ein Treffer eines Explosivgeschosses genügte, um die Schattenkreatur in einer Thermoreaktion verglühen zu sehen.

Aber noch hatten die Gardisten ihre Waffen kein einziges Mal eingesetzt.

Nicht einsetzen müssen.

Noch nicht.

Nach wie vor agierten sie unentdeckt unter dem 5-D-Tarnfeld ihrer sündhaft teuren Mannabschirmer auf dieser Welt, in der sie, genaugenommen, ebenfalls Aliens darstellten.

Doch wie lange würde das noch gutgehen?

Und wie lange wollte Kenneth MacCormack mit dem Befehl zum Rückzug noch warten?

Die akustischen Sensoren aufgedreht, richtete Buck seine ganze Aufmerksamkeit jetzt auf den Trupp Schattenkrieger vor ihm. Die Grakos mußten die Botschaft der Libelle ebenfalls empfangen haben. Daran bestand kaum Zweifel, schätzte man ihre Reaktionen richtig ein. Und offenbar waren sie sich auch sicher, daß das sterbende Insekt nicht zu ihnen gesprochen haben konnte.

Aber zu wem dann?

Es war niemand anderes da – für ihre Sinne!

Daß jemand – oder etwas! – sie mit ihren eigenen Waffen zu schlagen imstande sein konnte, auf den Gedanken waren sie offensichtlich noch nicht gekommen.

Buck hoffte, daß das auch so bleiben würde, während er die Schattenkreaturen nicht aus den Augen ließ. Unheilvolle Wesen waren diese Grakos, und scheinbar überall. Unheimliche, flirrende Schatten. Fast unsichtbar und meistens nur an Hand von leichten Verfärbungen des Hintergrundes, vor dem sie sich bewegten, und an ungewöhnlichen Schlierenbildungen in der Luft erkennbar. Dauernd veränderten sie ihre Standorte, es war kaum möglich, ihre Anzahl festzustellen, da man sie ständig aus den Augen verlor.

Buck fühlte, wie sich seine Nackenhaare aufstellten. Da war ein Tremor der Furcht, sehr vage und schwer zu identifizieren, trotzdem war es eine fast kreatürliche Angst vor diesen unheimlichen Wesen, die nichts anderes kannten als Töten und Vernichten. Und das mit einer Konsequenz, wie sie kein menschlicher Verstand je begreifen würde!

Kurt schüttelte die Gedanken ab.

Philosophisch-emotionaler Schwachsinn.

Er tat besser daran, sich mit der Realität zu beschäftigen.

Als Geißel der Galaxis bezeichneten die Utaren die Grakos, das sollte er sich stets vergegenwärtigen.

»Verdammt!« kam eine leise Stimme über die Ohrhörer, »worauf warten die Ameisen denn bloß?«

Es war Fain Danon aus seiner Gruppe, der seine Ungeduld kaum zügeln konnte.

Buck zog eine Grimasse, als er die Bemerkung über seinen Empfänger im rechten Ohr vernahm. Allerdings – »Ameisen« war ein unter den gegebenen Umständen treffender Terminus, den man durchaus auf die Grakos anwenden konnte. In ihren Chitinpanzern wirkten sie auf viele Menschen tatsächlich wie monströse, aufrechtgehende Termiten.

»Ruhe, Fain«, befahl er über das neben seiner Wange angebrachte Mikro und kam sich ob seiner verhaltenen Stimme wie ein machiavellischer Verschwörer vor. Tadeusz Ribicki, der Elektronikexperte und Kryptologe des 14. Zuges, hatte zwar die Internverständigung der schwarz schimmernden Körperpanzer auf ein extrem niedriges EM-Band verlagert, mit dem die auf Hyperbasis arbeitenden Scanner der Grakos kaum etwas anzufangen wußten, trotzdem schien es angesichts der Nähe der Schattenkrieger angeraten zu sein, keine übermäßig umfangreiche Unterhaltung zu führen. »Es wird nur gesprochen«, setzte er hinzu, »wenn es nicht zu umgehen ist.«

Die Außenmikrofone auf volle Leistung gestellt, ließ Kurt Buck seinen Blick langsam am Rand des Dschungels entlangschweifen und war sich dabei mehr und mehr bewußt, in welcher Gefahr sich der 14. Zug der Schwarzen Garde eigentlich befand...

»Achtung!« kam eine ebenfalls leise, aber dennoch scharfe Stimme aus den Kopfhörern. Sie gehörte Kaunas, der in sein Mikro flüsterte. »Höchste Vorsicht, Männer! Man beginnt nach uns zu suchen!«

Plötzlich waren die Schattenwesen überall!

Zwischen den Bäumen bewegten sie sich wie unfaßbare Schemen, glitten durchs bodennahe Gestrüpp und übermannshohe Farne, zwischen Schachtelhalmgewächsen und wuchernden Schlingpflanzen, die wie die Fangnetze urweltlicher Riesen von den Baumgiganten herunterhingen.

Wie viele waren es?

Buck unternahm erst gar nicht den Versuch, sie zu zählen. Sie veränderten ihre Standorte pausenlos, und wenn er einem nachsah, verlor er den anderen aus den Augen und konnte nicht sagen, ob der nächste, den er an dem leicht verfärbten, verschwommenen Hintergrund oder an den Bewegungen der Vegetation erkannte, derselbe war, den er schon einmal registriert hatte, oder doch ein anderer. Obwohl er unter der Tarnung von »Laurins Mantel«, dem Mannabschirmer aus den Forschungslabors der Schwarzen Garde, vor den Blicken der Grakos verborgen war, fühlte sich Kurt Buck mehr als unbehaglich. Und er war sich sicher, daß die anderen mit ähnlichen Gefühlsregungen kämpften, auch wenn sie es nicht zeigten. So wenig wie er es tat.

Minuten vergingen. Und irgendwie schien sich herauszukristallisieren, daß die Grakos in die Irre gingen, die falsche Richtung einschlugen und sich vom Standpunkt der Gardisten entfernten. Das konnte denen nur recht sein.

Ein leises Zirpen drang über die Kom-Frequenz an die Ohren der Gardisten.

Oberstleutnant Kenneth MacCormack befahl seinen Männern, den Rückzug anzutreten. Sammelpunkt der Platz, an dem sie die Motordrachen unterm Dickicht versteckt zurückgelassen hatten.

Endlich!

»Also schön, Männer, bewegt euch«, knurrte Feldwebel Jannis Kaunas über die Kom-Verbindung. »Denkt immer daran, dies ist ein uns unbekannter Urwald auf einem uns unbekannten Planeten…«

»Woher er nur immer diese Weisheiten hat«, spottete eine absichtlich verfremdete Stimme über die Kom-Leitung.

Kaunas räusperte sich drohend, fuhr aber, ohne zu explodieren, fort: »… man weiß deshalb nie, was einem widerfahren kann – paßt also auf, und setzt eure Füße nur auf sicheren Boden.«

Buck grinste schief, regulierte die Außensensoren seines Helms nach und setzte sich mit seiner Gruppe in der gewohnten Position an die linke Flanke. Es war eine Operation, die sie in den Trainingslagern der Schwarzen Garde oftmals geübt hatten: Durchqueren von unwegsamem Gelände unter Einsatz sowohl von technischen Hilfsmitteln als auch ohne jegliche Unterstützung, nur mit Hilfe ihrer körperlichen und geistigen Fähigkeiten. In enger Rautenformation marschierten sie los. Rautenformation; die Standardversion beim Erkunden oder Durchqueren einer fremden, lebensfeindlichen Umwelt. Aber auch nicht zu eng, um sich nicht bei einem eventuellen Angriff – von wem oder was auch immer – gegenseitig im Weg zu stehen.

Mit der gebotenen Vorsicht setzten sich die Gardisten in Marsch, machten sich auf den Rückweg. Fast Routine war Buck versucht sich einzureden. Und eine knappe Sekunde später konnte davon keine Rede mehr sein, eskalierte die Situation, schlug in Bedrohung um.

Urplötzlich ertönte ein Geräusch. Es klang, als würden scharfe Klauen kreischend über eine dünne Metallfläche kratzen. Kurt Buck holte scharf Luft. Ohne sein Zutun bekam er eine Gänsehaut.

Und im gleichen Augenblick geriet die urweltliche Flora um sie herum in Aufruhr.

Die Grakos hatten die Initiative ergriffen und feuerten wie wild blindlings in das umliegende Terrain. Ein fächerförmiges Netz sich überkreuzender, schwarzleuchtender Schattenlanzen aus purer Energie breitete sich im Dschungel aus.

Dort, wo den Strahlbahnen Bäume, Geäst und Gestrüpp im Weg standen, löste sich alles auf, wurde zu schwarzen, kristallinen Staubwolken, die zu Boden rieselten und alles bedeckten. Wieder und wieder schnitten die lautlosen schwarzen Strahlbahnen ihre verderbenbringenden Linien durch das Dickicht, durchtrennten Stämme riesigen Umfangs wie nichts. Die zusammenstürzenden Kronen scheuchten Heerscharen von gefiederten Spezies auf; krächzend und zeternd flogen sie davon, suchten das Weite. Eine Kakophonie aus Schnattern, Zwitschern, Pfeifen und Trillern hub an. Kleine Bodenräuber stoben in alle Himmelsrichtungen davon; die Außenmikrophone übertrugen ihre heillose Flucht.

Buck machte eine riskante Ausweichbewegung, als zwischen ihm und dem neben ihm laufenden Sam Uitveeren ein sirrender Blitz schwarzer Energie hindurchzuckte und unweit vor ihnen einen Baumriesen auf ein Drittel seiner ursprünglichen Größe stutzte; die Wolke schwarzen, kristallin funkelten Staubes, in die sich die oberen zwei Drittel verwandelten, verdunkelte kurzzeitig das Tageslicht.

»Aufpassen, Kurt!« hörte er Sams besorgte Stimme im Helm.

Im gleichen Moment ließ sich der blonde Deutsche fallen und sah die schwarzen Strahlen über sich hinwegrasen, ein tödliches Gitter, das von allen Seiten her abgefeuert worden war.

Die Männer um Kaunas und den Bataillonskommandeur verdoppelten ihre Anstrengungen.

Schließlich erloschen die schwarzleuchtenden Energiebahnen aus den Waffen der Schattenkreaturen wieder so unvermittelt, wie sie begonnen hatten.

Offensichtlich schienen die insektoiden Kreaturen eingesehen zu haben, daß blindes Feuern keinen Erfolg zeitigte. Aber ob sie sich auch zurückgezogen hatten?

Als Minuten vergingen, in denen keine Schatten mehr durch den urweltlichen Dschungel *Roberts* huschten, schien der Spuk vorüber zu sein.

Buck biß die Zähne zusammen und riskierte einen raschen Blick zur Seite. Links und rechts von ihm liefen die Männer seiner Gruppe, Jake Calhoun und Mick Hogan, Fain Danon, Nick Gantzler und die übrigen. Sie bildeten die linke Flanke. Die anderen drei Gruppen des Zuges waren in der dichten Vegetation inzwischen nicht mehr zu sehen. Buck verlor darüber keinen Gedanken; sie würden sich am vereinbarten Sammelpunkt einfinden.

Eine mächtige Baumwurzel stellte sich ihm unvermittelt in den Weg. Ohne in seinem Lauf innezuhalten, flankte er darüber – und hielt überrascht den Atem an, als er auf dem Scheitelpunkt seines Sprunges erkennen mußte, daß sich hinter der Wurzel ein Graben auftat. Erst in letzter Sekunde gelang es ihm, seinen Fall zu stabilisieren und die Knie leicht anzuziehen, um dem Aufprall die Wucht zu nehmen. Er landete in einer schlammigen Pfütze, in die er fast bis zu den Knien einsank.

»Mist!« knurrte er inbrünstig, befreite sich aus der schmatzenden Umklammerung des aufgeweichten Bodens, kletterte aus dem Graben heraus und lief weiter.

Sam Uitveeren tauchte neben ihm auf. Der junge Niederländer grinste ihn durch das Helmvisier an.

»Scheinen lausige Schützen zu sein«, verkündete er mit verhaltener Stimme. »Möchte nur wissen, weshalb sie so ziellos in der Gegend herumgeballert haben? Ob sie hofften, uns durch ein paar Zufallstreffer zur Strecke zu bringen?«

»Vielleicht«, erwiderte Buck ebenso leise. »Kann aber auch sein, daß sie uns nur in eine bestimmte Richtung treiben wollten und wir irgendwo dort vorne von einem wirklich großen Aufgebot erwartet werden.«

»Das ist es, was ich so an dir schätze, Kurt«, erwiderte Uitveeren mit gespielter Begeisterung. »Du siehst stets nur die wirklich positiven Seiten der Dinge.«

»Man muß alle Eventualitäten mit einbeziehen«, gab Buck mit einem schiefen Grinsen zu verstehen, »aber ich glaube das nicht wirklich. Sie wissen nichts von uns, haben allenfalls eine Ahnung, daß sich außer ihnen noch andere hier herumtreiben, besitzen aber keine konkreten Anhaltspunkte, die sie verwerten können.«

»Aber...«

»Besser, du sparst dir deinen Atem«, unterbrach Kurt rigoros den Kameraden, der zu einem Einwand ansetzte.

»Ja, Papi«, spottete Uitveeren.

Buck zog eine Grimasse, während er ein undurchdringliches Dickicht aus armdicken Schlingpflanzen umrundete, nur um dahinter festzustellen, daß er noch weiter von der vorgesehenen Richtung abweichen mußte, da ihm ein verfilztes Gestrüpp den Weg verstellte.

Er wünschte sich, den Strahler einsetzen zu können, um sich seinen Weg einfach freizuschneiden. Aber das würde die Grakos unweigerlich auf ihre Spur bringen; die Waffe emittierte zuviel Strahlung, die auf den Scannern der Schattenkrieger wie ein Fanal wirken mußte und sie unweigerlich auf den Plan rufen würde, diesmal mit einem klar definierten Ziel!

Leg einfach einen Zahn zu, Soldat, befahl er sich selbst, *dann behältst du den Anschluß.* »He!« Sein Fuß verfing sich in einer Wurzel, die seiner Aufmerksamkeit entgangen war. Er schlug lang hin und kam mit dem Gesicht in einer Schlammpfütze zu liegen. Nun war er froh darüber, daß der *Mannabschirmer* geschlossen war wie ein Raumanzug.

»Mist! Bockmist!« Buck stemmte sich verärgert hoch, kam auf die Beine und wischte sich grimmig den Schlamm vom Visier.

»Braucht Papi vielleicht Hilfe?« kam die leise Anfrage von Sam Uitveeren, der schon weitergeeilt war. »Soll ich kommen?«

Buck schnaubte.

»Nein. Untersteh dich.«

»Wirklich nicht? Es klang so, als kämest du nicht allein zurecht.«

»Alles in Ordnung. Bin nur gestolpert. Sieh zu, daß du weiterkommst.«

»Ist dein Anzug in Ordnung?«

»Ja. Alle Parameter normal. Ich sagte doch, es ist nichts.«

»Wir sehen uns an der Ziellinie, Kumpel«, sagte der junge Niederländer, der schon im Dickicht des Unterholzes verschwunden war.

Ziellinie, natürlich!

»Halt endlich die Klappe«, brummte Buck.

Über die Außensensoren bekam er mit, daß scheinbar keine Grakos mehr in der Nähe waren.

Aber hatten sie auch ihre Suche endgültig aufgegeben?

Buck fuhr den akustischen Verstärker etwas auf, drehte sich im Halbkreis und versuchte etwas einzufangen, das nicht zu der normalen Geräuschkulisse paßte.

Er bekam nichts herein, was ihn in Alarm versetzen konnte.

Er setzte zu einem Schritt an, als er plötzlich ein schwaches, klackendes Geräusch hörte, das verstummte, gleich darauf aber wieder einsetzte, etwas lauter jetzt und einem ganz bestimmten Rhythmus folgend.

Im Rahmen ihrer Ausbildung hatten sie in den Hörsälen von Star

City bei mehreren Gelegenheiten Einblicke in die verschiedensten Sprachen und Idiome der bekanntesten galaktischen Rassen nehmen dürfen, erinnerte sich Buck. Es gab ein paar Naturtalente in der Schwarzen Garde, die es im Verstehen und Sprechen der – beispielsweise – nogkschen Sprachfamilie zur wahren Meisterschaft gebracht hatten. Auch das Tel-Idiom beherrschten einige, wie auch fremde Individuen sich bemühten, Angloter fehlerfrei zu sprechen. Aber das waren nur wenige im Vergleich zur Zahl galaktischer Völker. Winzige Tropfen auf dem Boden eines gewaltigen Fasses. Im großen und ganzen bediente man sich der suprasensorischen Übersetzer.

Die Klacklaute, die Buck hörte, ließen sich nur einer ganz bestimmten Spezies unter den Sternenvölkern zuordnen.

Langsam, darauf bedacht, keine plötzlichen Bewegungen zu machen, obwohl es dank der Mannabschirmer gar nicht nötig war, eine derartige Vorsicht walten zu lassen, drehte er sich in Richtung der Geräuschquelle um.

Kurt Buck bekam eine Gänsehaut.

Tatsächlich, da war ein Grako, neben einem Urwaldriesen stehend, keine fünfzehn Meter entfernt!

Eigentlich, mußte sich Buck verbessern, war es nur ein waberndes, dunkles Feld, das sich dort bewegte wie eine dunkle, aufrechtstehende Wasserfläche, über die leichtes Kräuseln lief. Der Grako selbst war nicht zu sehen. Noch nicht. Noch verbarg er sich in seinem Medium, von dem man inzwischen wußte, daß es sich um eine Art Hyperraumblase handelte, die von irgendeinem Organ seines Metabolismus erzeugt wurde.

Buck drängte sich der Anblick der Grakozuchtstation auf Spooky auf. Im Innern jener düsteren Katakombe hatte sich ihm und seinen Kameraden ein grauenerregender Anblick geboten. Lange Reihen von Gestellen, dreifach übereinandergestapelt, beladen mit transparenten Kokons, in denen Grakoembryos in sämtlichen Stufen der Entwicklung sich den Blicken der Terraner dargeboten hatten. Die durchsichtigen Exoskelette ließen alle Organe und das Gehirn sehen. Die Kokons waren untereinander mit komplizierten Apparaturen verbunden gewesen, mit einer Matrix fadendünner Energieleitungen, mit Schläuchen und spinnenartigen Vorrichtungen, die mehr Folterinstrumenten als medizinischen Apparaturen glichen.

Eine Alptraumwelt.

Gespenstisch.

Erschreckend.

Im nachhinein hatte sich herausgestellt, daß diese Kokons nicht etwa ausschließlich nur Brutkästen waren, wie zunächst angenommen, sondern vielmehr künstlich erzeugte Hyperraumblasen, in denen die Grakos ihren Nachwuchs mittels Genmanipulationen dergestalt veränderten, daß er fähig war, auch im Hyperraum zu leben. Als Wanderer zwischen zwei Kontinuen sozusagen...

Noch während Buck überlegte, wie er sich verhalten, was er unternehmen sollte, glitt die Schattenkreatur noch näher an ihn heran. Doch sie nahm ihn einfach nicht wahr. Der Mannabschirmer funktionierte perfekt.

Kurt Buck stand dem Grako fast unmittelbar gegenüber. Er biß die Kiefer fest aufeinander und hatte Mühe, den atavistischen Drang zu unterdrücken, auf der Stelle kehrtzumachen und in irgendeine Deckung zu rennen. Nur fort. Es war ein beklemmendes, ein unheimliches Gefühl, dieser blutrünstigen Spezies so nah gegenüberzustehen, sozusagen von Angesicht zu Angesicht. Das düstere Licht des frühen Tages ließ das wabernde Hyperraumfeld, das den Grako umgab, seltsam irreal erscheinen, beinahe künstlich.

Das Blut rauschte in Bucks Ohren; reglos stand er zwischen den Schlingpflanzen und dem Dickicht unbekannter Sträucher und starrte auf das flirrende Feld, in dem die Konturen des Insektenkriegers nur undeutlich sichtbar wurden.

Die Zeit schien zu gefrieren.

Kurt Buck malträtierte seine Unterlippe mit den Zähnen. Er atmete so leise, wie es ging. Bis ihm einfiel, daß aus seinem geschlossenen Helm gar kein Geräusch nach außen dringen konnte, was ihn zu einem schiefen Grinsen veranlaßte.

Was sollte er unternehmen? Abwarten, bis ihn der Grako auf die eine oder andere Art doch entdeckte, oder selbst die Initiative ergreifen und sich des Insektenkriegers entledigen?

Nur wie?

Den Karabiner einzusetzen verbot sich von selbst. Die Thermoreaktion, mit der der Grako dann das Zeitliche segnete, würde wie ein Fanal wirken und die anderen Schattenkreaturen sofort erneut auf den Plan rufen, was die geheime Mission der Schwarzen Garde auf *Robert* ad absurdum führen würde. Auch den Schockblaster, den er im Holster trug, konnte er vergessen; er emittierte zuviel Strahlungsenergie, und ob er den Grako außer Gefecht setzte, war noch gar nicht sicher bei dem noch immer weitgehend unbekannten Metabolismus der Insektenkrieger.

Doch noch in der gleichen Sekunde wurde ihm die Entscheidung abgenommen.

Wieder ertönte das Klacken, das ihn anfänglich auf die Anwesenheit des Grako aufmerksam gemacht hatte. Der Schattenkrieger gab oder bekam irgendwelche Anweisungen. Einen Atemzug später glitt er davon und war Sekunden später nicht mehr vorhanden, wie Buck auf seinem Mini-Schattenspürer sah.

Er wartete trotzdem noch ein paar Herzschläge lang, dann stieß er prustend den Atem aus, den er, wie er erst jetzt merkte, angehalten hatte. Nun endlich reagierte er. Er mußte sich sputen, um den Anschluß an die Truppe zu finden. Das ganze Intermezzo hatte nicht länger als fünf Minuten gedauert, wie er überrascht nach einem Blick auf sein Armband-Chrono bemerkte.

Weit konnten die Kameraden in dieser kurzen Zeitspanne ja nicht gekommen sein.

Er mußte nur sein eigenes Tempo etwas forcieren, um wieder den Anschluß zu finden.

2.

Rund 1350 Millionen Kilometer über dem fiktiven Südpol von Saams Stern erschien die ROY VEGAS nach ihrer Kurztransition wieder in der dreidimensionalen Bezugswelt des Normalraumes. Nachdem die sternflimmernde Kulisse des Einstein-Kontinuums erneut auf den normaloptischen Schirmen des S-Kreuzers erschienen war, verringerte er seine Geschwindigkeit auf Null. Bewegungslos schwamm er senkrecht zur System-Ekliptik im All, unsichtbar für jede Erfassung durch seinen gestaffelten Hochleistungsortungsschutz. Er würde keine sehr lange Zeitspanne in dieser Position verbleiben; eigentlich nur so lange, bis die Astroabteilung ihre Analyse abgeschlossen hatte.

Die eigenen Taster waren weit offen, drangen tief in den umgebenden Raum hinaus und suchten unablässig nach den verräterischen Signaturen der Schwarzen Raumer, den Schattenschiffen der Grakos.

Äußerlich war die ROY VEGAS ein Pendant zur POINT OF des Commanders der Planeten, Ren Dhark. Antrieb und Aufbau waren identisch mit dem Flaggschiff der Terranischen Flotte. Nicht aber die Bewaffnung, die nicht ganz so stark war. Und ein weiteres Handikap hatten alle S-Kreuzer – es fehlte ihnen der Checkmaster, jenes sagenhafte, einzigartige Bordgehirn aus der Hinterlassenschaft der rätselhaften Mysterious, deren Aufspüren sich Ren Dhark zur vordringlichsten Aufgabe gemacht hatte.

Wie die POINT OF, so konnte auch die ROY VEGAS – wie übrigens jeder S-Kreuzer der TF – aufgrund der Vollautomatisierung bereits mit einer Notbesatzung von 50 Mann geflogen werden. Die übliche und vorgesehene Besatzungsstärke lag allerdings bei 200 Mann, Offizieren, Wissenschaftlern und Mannschaftsdienstgraden. Bei Evakuierungsmaßnahmen war ein S-Kreuzer aber durchaus in der Lage, über 5000 Menschen aufzunehmen. Ihren Namen hatte die ROY VEGAS nach dem am 12. August 1985 geborenen, gleichnamigen Kommandanten der ersten Marsexpedition erhalten, der zusammen mit drei weiteren Astronauten im Jahr 2011 in der Nähe des Mars-Südpols als erster Mensch den Fuß auf den Roten Planeten setzte. Roy Vegas verschwand spurlos während eines Forschungsausfluges zu den Eisfeldern des Südpols mit einem der damals eingesetzten Spezialfahrzeuge. Er wurde niemals gefunden, trotz intensiver Suche seiner drei Kameraden, die schließlich ohne ihn den Rückflug zur Erde antreten mußten...

Für sämtliche Decks des Ringraumers galt Gefechtsalarm.

Die Zentrale war voll besetzt. Alle Abteilungen und Stationen arbeiteten mit maximaler Belegung. Und in den Waffenstationen des Ringraumers ließen die diensttuenden Wachen kein Auge von den Anzeigen auf ihren Konsolen. Schließlich befand man sich weit vom heimatlichen System entfernt in einer unbekannten Region, die vom Feind beansprucht wurde. Die Grakos hatten in der Vergangenheit schon mehrfach für unliebsame Überraschungen gesorgt.

Vor der Hauptkonsole der ROY VEGAS war Kapitän Kyle Nomo jr. in die Betrachtung des Systems vertieft. 41 Planeten und eine dreifach größere Zahl von Monden umkreisten in zum Teil recht komplizierten Bahnen den roten Riesen vor einem scheinbar endlosen schwarzen Samtteppich, der mit Milliarden von kaltleuchtenden Sternen gesprenkelt war.

Der Kommandant, der die Insignien eines Majors der TF an seiner Uniform trug, löste den Blick von dem faszinierenden Schauspiel.

»Mister Brophy!«

Der Kopf des 1. Offiziers und Navigators ruckte herum.

»Skipper?«

Der IO war der einzige an Bord, der den Kommandanten so anreden durfte.

»Status?«

»Alle Systeme gefechtsbereit, Sir«, meldete der Erste Offizier der ROY VEGAS.

»Sehr gut, Leutnant«, nickte Kyle Nomo jr. Er blickte erneut auf die Schirme. Aber da er dort nicht die Antwort fand, die er suchte, wandte er sich an seinen Zweiten. »Mr. Moody!«

»Sir?«

»Etwas zu erkennen, das uns Sorgen bereiten könnte?«

»Negativ, Sir«, antwortete der Funk- und Ortungsoffizier von seinem an Steuerbord gelegenen Platz.

»Sehr gut. Die Schattenkreaturen konnten wohl kaum damit rechnen, daß wir, anstatt unsere Beine in die Hände zu nehmen und schleunigst auf ewig Reißaus zu nehmen, nur einen Haken schlagen und zurückkommen würden.« Er schwieg einen Moment und blickte auf ein in seiner Konsole für diese Mission eingelassenes Zählwerk, das groß und unübersehbar die Zahl 48 zeigte – und rückwärts zählte. Im Augenblick waren im Lupenfenster unter der 48 die Ziffern Vier und Eins zu sehen. Dann wandte er sich wieder an seinen 2. Offizier. »Lassen Sie mir die Schirme ja nicht aus den Augen, Caleb. Ich will, daß sich jeder in Ihrer Abteilung der größten Aufmerksamkeit befleißigt. Wir dürfen nicht beobachtet werden bei dem, was wir vorhaben. Verstanden?«

»Jawohl, Sir«, sagte Caleb Moody und sah seinen Kapitän von der Seite an… aber weder im Gesicht des Kommandanten noch in seiner Haltung konnte er eine vergleichbare Anspannung erkennen, wie sie sich seiner bemächtigt hatte, seit die ROY VEGAS auf der Nachtseite von Planet Einundzwanzig mit Sternensog und im Intervallschutz einen Ablenkungsangriff auf mehrere Städte der Grakos geflogen hatte, um ein unbemerktes Absetzen des 14. Zuges der Schwarzen Garde auf der Nachtseite von *Robert* zu gewährleisten. Natürlich hatten die Grakos wie erwartet mit einigen Schattenschiffen sofort die Verfolgung des so unvermutet erschienenen Angreifers aufgenommen. Aber ein im Vollbetriebsmodus befindlicher S-Kreuzer der TF konnte so natürlich weder eingeholt noch gestellt werden, weshalb sie nach einer Weile die Verfolgung abgebrochen hatten und unverrichteterdinge zur Heimatbasis zurückgekehrt waren…

Caleb Moody hatte kein Glück. Das hagere Pferdegesicht seines Kapitäns verriet nichts von dem, was den hochqualifizierten Kommandanten bewegte. Dazu war der zu sehr Profi, um etwas von seiner Gemütsregung nach außen dringen zu lassen. Jetzt sagte er, und seine Stimme klang ruhig: »Ist die Absetzung der Schwarzen Garde auf der Nachtseite unbemerkt vonstatten gegangen?«

»Ohne Probleme«, bestätigte der 3. Offizier und Navigator Derek Bishop, der Neuling an Bord der ROY VEGAS. »Wir erhielten während des Abdrehens einen ultrakurzen Impuls mit dem vereinbarten Kode.«

»Was ist mit der HAMBURG, Mr. Bishop?«

»Auf dem Weg zur Erde.«

»Ausgezeichnet«, brachte der Kapitän seine Genugtuung über die erfolgreiche Aktion zum Ausdruck. Seine Hand schloß einen Kontakt.

»Astronomie hier. Kapitän?«

Der Erste Bordastrogator, Ralph Mohr, blickte von einem Monitor der Kommandantenkonsole.

»Mr. Mohr«, wollte Kyle Nomo jr. wissen, »schon etwas Konkretes über die Sonne?«

»Positiv, Sir!« bestätigte der Astrogationsoffizier. »Wir bekommen gerade die ersten Ergebnisse herein. Ich...«

Ein Alarm ertönte.

Er kam aus dem Bordobservatorium.

Kapitän Nomos Brauen ruckten hoch.

»Was geht da vor?« verlangte er zu erfahren.

»Höchstwahrscheinlich rülpst Saams Stern gerade, Sir«, meldete sich eine andere Stimme im naßforschen Tonfall. Auf Kapitän Nomos Konsole löste das Gesicht des Wissenschaftsoffiziers Nigel Mills das des Astrogators Ralph Mohr ab.

Über Nomos Nasenwurzel bildete sich eine Unmutsfalte, weshalb sich Mills mit seiner Erklärung beeilte. »Erhöhte Sonnenfleckentätigkeit, Sir. Protuberanzen. Vermutlich steht ein Ausbruch bevor.«

»Hmm… geben Sie mir eine Darstellung davon!«

»Sekunde.« Nigel Mills sprach kurz mit einem seiner Astronomen außerhalb des Erfassungsbereichs der Aufnahmeoptik, dann wandte er sich wieder an den Kommandanten des Ringraumers.

»Auf Ihrem Schirm, Kapitän«, sagte er.

Augenblicklich erfüllte ein bösartiges Leuchten den Schirm zur Gänze; das Licht überstrahlte sogar die Brückenbeleuchtung der ROY VEGAS.

Nomo richtete seine Aufmerksamkeit auf den Hauptschirm und vertiefte sich in die Betrachtung der von den Astro-Rechnern suprasensorisch aufbereiteten Systemsonne. Die normaloptische Darstellung war von einer virtuellen abgelöst worden. Kein Mensch konnte aus der – in astronomischen Kategorien gedacht – geringen Entfernung etwas auf einer Sonne erkennen.

Die Korona von Saams Stern war ein glühendes Konglomerat aus unterschiedlichen Farben und Formen. Ein brodelnder, sich immer wieder selbst verschlingender miasmatischer Höllenkessel – ein kochender Mahlstrom hochenergetischer Neutronen. Es fiel Kapitän Nomo schwer, sich auf ein bestimmtes Detail in der virtuellen Holographie zu konzentrieren; die Filamente und fedrigen Strähnen der eruptierenden Sonnenfackeln änderten ständig Formen und Farben. Auch der sichtbare Bereich der dunkleren Chromosphäre war ständigem Wechsel unterworfen. Die aus der Korona austretenden Ströme der Sonnenwinde glühten in suprasensorisch verstärktem Rot. Die Erfassungen des Astrolabs bereiteten alles auf, was ihnen vor die Sensoren kam: geladene Teilchen aus dem Brutofen des Roten Riesen, elektrische Kurzschlüsse von unvorstellbarer Mächtigkeit, Magnetfelder und Strahlungen auf allen bekannten Frequenzen und im 5-D-Bereich. Und über allem erhoben sich die schaurig schönen Bögen der Sonnenfackeln. Um Saams Stern herrschten chaotische Sonnenwindverhältnisse. Angetrieben von unglaublich mächtigen Gaseruptionen wurden die energiegeladenen Partikel weit ins All hinaustransportiert, schoben sich schnellere Teilchenströme von Hochenergieneutronen mit mehr als vier Millionen Kilometern pro Stunde über langsamere, wodurch heftige Turbulenzen entstanden, deren Schockwellen den Raum im 5-D-Bereich erschütterten.

»Ganz schön was los dort draußen«, bemerkte der IO auf dem Sitz des Piloten ungerührt. Er hatte schon mehrere Korona-Tauchgänge mitgemacht.

Kapitän Nomo löste nur widerwillig den Blick von dem schaurig schönen Schauspiel.

»Sie sagen es, Jon. – Mr. Mills!«

»Sir?«

»Sie sagten etwas von bevorstehenden Ausbrüchen. Müssen wir uns Sorgen machen?«

»Es ist nichts Gravierendes, Kommandant«, erwiderte der Astrogator lapidar. »Zu Sorgen besteht kein Anlaß. Wir haben lediglich mit kurzzeitig erhöhten elektromagnetischen Ausstrahlungen in den bekannten Spektren zu tun. Diese sind jedoch kohärent und entsprechen dem bekannten Muster Roter Riesen, Kapitän.«

»Na, wenn Sie es sagen... Ich verlasse mich darauf.« Kapitän Nomo lehnte sich mit ungerührter Miene zurück.

»Was haben Sie vor, Sir?« wandte sich der Dritte an seinen Kapitän. »Weshalb dieses gesteigerte Interesse über den Zustand von Saams Stern?«

Es war Leutnant Derek Bishops erste Fahrt an Bord der ROY VEGAS. Er kam frisch von der Akademie in Cent Field, hatte sozusagen noch die Eierschalen hinter den Ohren und war noch lange nicht vertraut mit bestimmten Gepflogenheiten an Bord von S-Kreuzern im allgemeinen und der ROY VEGAS im besonderen – was dazu führte, daß er mitunter Zielscheibe des Spottes der älteren Offiziere wurde.

»Nicht *ich* habe etwas vor«, bedeutete ihm Kapitän Nomo, »sondern *wir!* Denken Sie immer daran, Mr. Bishop, der einzelne ist an Bord meines Schiffes stets die Summe des Ganzen.« Er ließ dem Dritten Zeit, über das Gesagte nachzudenken, dann fuhr er fort: »Um aber Ihre Frage zu beantworten: Wir werden uns bis zur Einschiffung der Männer der Schwarzen Garde, die auf Robert operieren, in der Korona von Saams Stern verstecken. Das ist alles. Auf diese Weise sind wir gegen jegliche Entdeckung durch eventuell im System patrouillierende Grakoschiffe sicher. Kennen Sie den Vorgang?«

»Äh... in groben Zügen schon, Sir«, sagte Derek Bishop.

Der Kommandant runzelte die Stirn. »In groben Zügen, sagen Sie? Wie viele Tauchfahrten in die Korona einer Sonne haben Sie denn schon hinter sich, Leutnant?«

»Fünfzehn...«

»Dann verstehe ich nicht...«

»... im Holosimulator.« Derek Bishop schien auf seinem Gliedersessel um ein gehöriges Stück zu schrumpfen.

Der Kapitän und sein IO wechselten einen Blick.

»Und tatsächliche?«

»Nun ja – einen – mit diesem heute.«

»Verstehe. Na, macht ja nichts. Für jeden gibt es irgendwann in seinem Leben ein erstes Mal.«

»Danke, Sir! Wird es – hm – schlimm werden?«

Nomo wechselte erneut einen Blick mit seinem 1. Offizier; der Anflug eines Lächeln machte sich auf Jon Brophys Lippen breit, und sein Blick sagte: *Überlassen Sie das mir, Skipper*.

Kommandant Nomo nickte unmerklich.

Der Erste sagte: »Aus Ihrer Personalakte weiß ich, daß Sie verheiratet sind, Mr. Bishop. Richtig?«

Bishop blinzelte überrascht; der abrupte Themenwechsel verwirrte ihn. »Ja, Sir. Aber... aber was hat das...«

»Was das mit einer Tauchfahrt zu tun hat, wollen Sie wissen?« unterbrach ihn der IO der ROY VEGAS, während im Leitstand des S-Kreuzers langsam eine gewisse freudige Unruhe um sich griff.

»Richtig, Sir.«

Oberleutnant Brophy stellte für den Dritten den Zusammenhang her: »Nun, es ist nicht schlimmer als ein Sonntagsbesuch bei Ihrer

Schwiegermutter.« Er sagte es mit unbewegter Miene, lediglich das Glitzern in seinen Augenwinkeln verriet, daß er nur noch schwer an sich halten konnte.

Der Dritte riß die Augen auf. »Um Himmels Willen! Sir!«

»Was beunruhigt Sie denn so sehr?«

»Sie kennen meine Schwiegermutter nicht!«

Währen die Brückenoffiziere lachten, verkniff sich der Kommandant ein Lächeln. Er räusperte sich kurz und wandte sich an den Chef der Ortung.

»Wie weit sind Sie mit Ihrer geographischen Datenanalyse, Mr. Moody?«

Caleb Moody streckte den Daumen nach oben.

»Alles im Kasten und komprimiert«, versicherte er. »Wir haben sehr detaillierte Konturenkarten vom betreffenden Gebiet anfertigen können, Sir. Sämtliche Städte und Ansiedlungen der Grakos, die sich auf dem Äquatorgürtel befinden, sind lokalisiert. Ich könnte mir vorstellen, daß dies die Aufgabe unserer Kameraden auf Robert etwas erleichtert.«

»Mit Sicherheit, Mr. Moody. In Ordnung. Schicken Sie die Daten raus. Wir wollen doch ebenfalls zum Gelingen der Aktion beitragen.«

Der Angriff der ROY VEGAS auf die im Äquatorialgürtel befindlichen Städte der Grakos, wobei der S-Kreuzer fast den halben Planeten umrundet hatte, ehe er wieder in den Raum abdrehte, hatte zwei Zwecken gedient: Erstens war mit dieser Aktion ein heilloses Tohuwabohu in der Planetenverteidigung der Grakos erzeugt worden, in dem die Landung der Schwarzen Garde unbemerkt vonstatten ging. Zweitens hatte man eine genaue Reliefkarte der Planetenoberfläche unterhalb des Flugkorridors erstellen können. Die Funk-Z mußte die so erhaltenen Daten nur noch aufbereiten und extrem komprimieren. Jetzt schickte der 2. Offizier die Informationen mittels eines ultrakurzen Funkimpulses an die Kampfdisplays der Gardisten und versorgte die Männer so mit den dringend benötigten Angaben über Lage und Entfernungen der

Grakoansiedlungen auf Robert.

»Abgeschlossen«, meldete der 2. Offizier Vollzug.

»Ausgezeichnet, Mr. Moody. – Dann wollen wir mal. Jon, legen Sie das Ei ins Nest«, bedeutete Kyle Nomo jr. seinem IO.

»Mit Vergnügen, Skipper!«

Keine Minute nach diesem Befehl verschwand die ROY VEGAS aus der dreidimensionalen Bezugswelt des Normalraumes und materialisierte rund neun Astronomische Einheiten von ihrem ursprünglichen Standort entfernt in der Exosphäre des roten Riesen mit Namen Saams Stern, unsichtbar für jegliche visuelle als auch ortungstechnische Erfassung.

Das ganze Intermezzo hatte nicht länger als dreißig Minuten gedauert, wie Derek Bishop durch einen Blick auf das Multifunktionsgerät an seinem Handgelenk feststellte.

Er bewegte unbehaglich die Schultern; obwohl er genau wußte – nun ja, er nahm an, es zu wissen – daß für die ROY VEGAS unter ihrem Intervallschutz innerhalb der Sonnenkorona keinerlei Gefahr bestand (vermutlich würde das Schiff die Sonne durchqueren können ohne Schaden zu nehmen), war die subjektive Vorstellung, daß jenseits der Schutzschirme ein glühendes Gestirn sozusagen hautnah brodelte, seinem Seelenfrieden nicht gerade zuträglich.

Er hoffte nur, die Zeit würde schnell genug vorübergehen, bis sie diesen nuklearen Hochofen mit seiner brüllenden Hitze wieder verlassen konnten.

*

»Also schön, Männer, jetzt stellt mal eure Ohren auf«, blaffte Jannis Kaunas. »Wie ihr wißt, hat man euch aus einem bestimmten Grund für diesen Sondereinsatz auf Robert ausgewählt...«

»Weil wir die Besten sind?« meldete sich ein Soldat aus dem Haufen Gardisten.

»Hat Sie jemand gefragt, Soldat Caumont?«

»Äh, nein Sir!« Henry Caumont, aus den Ebenen der Champagne stammend, klang ein wenig zerknirscht.

»Dann halten Sie Ihren Rand und hören zu. Ich möchte nicht alles zweimal sagen. Aber um jede Spekulation in diese Richtung gleich von vornherein zu beenden – der 14. Zug kam deshalb in den Genuß dieser Mission, weil die Führung das so entschieden hat, und nicht, weil er besser oder schlechter als die anderen ist. Kapiert?« Kaunas ließ seinen Blick von einem zum anderen schweifen, während sich der Bataillonskommandeur ruhig verhielt; Kenneth MacCormack war ein paar Schritte abseits von der Gruppe in die Betrachtung seines Kampfdisplays vertieft. Er studierte die Konturenkarte und überließ es vorerst seinem Spieß, den Männern das weitere Vorgehen zu erläutern.

Der ultrakurze Funkimpuls aus der ROY VEGAS war angekommen, alle beim Scheinangriff gesammelten Daten waren in die Kampfanzüge der Gardisten übertragen worden.

Kurt Buck hatte nach dem Erlebnis mit dem Grako rasch wieder den Anschluß an die Truppe gefunden und zusammen mit den Kameraden die Lichtung erreicht, an deren Rand unter einem verfilzten Gestrüpp violettfarbener Blüten ihre Flugtornister versteckt lagen. Es war inzwischen Mittag geworden. Die Flugdrachen waren gewartet worden, die Tragegurte überprüft und alles für den Aufbruch vorbereitet. Die Gardisten hockten unter den Bäumen am Rand der Lichtung in einer kleinen Sandmulde unter dem überhängenden Blätterdach der Urwaldriesen, zusätzlich geschützt durch mächtige Schachtelhalme, und lauschten der Einsatzbesprechung. Einige schliefen mit offenen Augen, gegen die Sicherheitskäfige gelehnt, die vor den laufenden Propellern schützten. Auch Buck hatte inzwischen gelernt, bei jeder sich bietenden Gelegenheit in einen Sekundenschlaf zu fallen, aus dem er bei drohender Gefahr binnen eines Blinzelns wieder wach wurde. Aber jetzt schlief er nicht.

Dafür war es ihm zu unheimlich auf dieser Welt, vor der ihn nur der spezielle Kampfanzug der Gardisten schütze, der mit dem Mannabschirmer zusätzlich aufgewertet worden war. Die Sonne sandte Schwärme blaßvioletter Strahlen durch die treibenden Wolken. Große, gefiederte Räuber erschienen am Himmel; schrille Laute ausstoßend, fielen sie wie Steine herab, nur um sich Sekunden später wieder in die Luft zu schrauben, in den Fängen ihre Beute.

Kurt Buck konzentrierte sich wieder auf das Naheliegende.

»Na schön«, ließ sich Kaunas vernehmen, »nachdem das jetzt geklärt ist, darf ich fortfahren. Wir sind uns also alle einig, daß wir für die Riesenlibellen, deren Tod wir mit ansehen mußten, sichtbar waren, trotz der Mannabschirmer. Außerdem scheinen sie über telepathische Fähigkeiten zu verfügen.«

»Zumindest bei der zweiten war das ganz eindeutig«, präzisierte der blonde Deutsche.

Kaunas sah ihn an. »Tun Sie nur so, Schütze Buck, oder *wissen* Sie es?«

»Es war eindeutig«, beharrte Buck.

Kaunas zog eine Augenbraue hoch. »Sind Sie unter die Hellseher gegangen?«

»Ich hatte ein paar Vorlesungen über Xenobiologie, Sarge.«

»So, hatten Sie…«

Als ob du das nicht genau wüßtest, mein Lieber, dachte Kurt und grinste innerlich. *Schließlich zeichnest du alle diesbezüglichen Berichte der Dozenten ab.*

»Eine Frage, Sarge« meldete sich Mick Hogan von seinem Platz und lenkte so einen Augenblick die Aufmerksamkeit aller von dem Geplänkel zwischen Kaunas und Buck ab.

»Ja, Soldat?«

»Sir, ich hatte den Eindruck, die Libellen wären intelligent.«

»Wie kommen Sie darauf, Mick?«

»Äh. Es erschien mir so.«

»So, so… es erschien Ihnen so. Ja, bin ich denn hier von lauter Geistesriesen umgeben?«

Niemand antwortete; einige grinsten nur vielsagend.

»Noch jemand, dem es so *erschien?*«

Fast alle hoben die Hand.

»Na gut, wir sind uns also einig, daß die Riesenlibellen telepathische Fähigkeiten besitzen und über eine gewisse Intelligenz verfügen… verfügen müssen. – Schütze Buck, irgendein Kommentar dazu?«

Dem blonden Einsneunzig-Riesen lag eine bissige Erwiderung auf den Lippen, aber er hielt es für klüger, sie hinunterzuschlukken. Dies war nicht der richtige Moment für kleine Spielchen.

»Nein, Sarge«, sagte er lediglich.

»Sie stimmen mir also zu?«

»Voll und ganz«, nickte Kurt ernsthaft.

»Dann bin ich ja beruhigt. Sehen wir weiter… sie müssen außerdem Feinde der Grakos sein, denn nur das erklärt, weshalb sie so brutal von den Schattenkreaturen bekämpft werden.«

»Können wir da sicher sein?« meldete sich Mick Hogan erneut.

»Sicher? Nein, sicher können wir nicht sein. Aber wir werden es herausfinden, früher oder später.«

»Haben Sie irgendeine Vorstellung, was uns erwarten könnte?« fragte Philipp Tourneau.

»Leider nein«, gestand Kaunas. »Das Datenmaterial, das wir von der ROY VEGAS überspielt bekamen, hat uns zwar detaillierte Einzelheiten über die Infrastruktur entlang des Äquators geliefert, über Straßenverbindungen und Siedlungen. Wir wissen ferner, daß mehrere größere Städte existieren – drei, bis jetzt – und daß es an deren Peripherien ausgedehnte Verteidigungssysteme und Raumhäfen gibt. Aber wir haben keine verläßlichen Angaben über den Umfang der Schattenpopulation. – Ja, Sir!«

Kenneth MacCormack hatte das Studium der Konturenkarte beendet. Er hatte sich erhoben und war neben Kaunas getreten. Jetzt nickte er ihm zu. *Ab hier übernehme ich,* bedeutete das.

»Männer«, begann er ohne Umschweife, »wir werden uns von hier verabschieden und uns eine andere Ansiedlung auf dieser – nach den Daten, die wir von der ROY VEGAS erhalten haben – nur spärlich besiedelten Welt der Grakos suchen. In unserem ursprünglichen Zielobjekt von vorhin herrscht jetzt zu viel Aufregung für einen verdeckten Erkundungseinsatz. Wir müßten unter Umständen damit rechnen, enttarnt zu werden. Zumindest könnte dies eintreten, falls wir uns unserer Haut wehren müßten und gezwungen sein würden, unsere Waffen einzusetzen. Um euch die Wahrheit zu sagen, mir gefällt es nicht besonders, tiefer ins Feindesland vorzudringen, ganz besonders mißfällt mir die Vorstellung, in eine größere Stadt hineinzugehen. Aber wir sind eine militärische Spezialeinheit und können uns nicht immer aussuchen, ob uns was gefällt oder nicht. Ganz abgesehen davon, daß wir unter enormem Zeitdruck stehen. Unsere ganze Aktion ist auf 48 Stunden begrenzt. Werden wir nach dieser Zeitspanne nicht von der ROY VEGAS abgeholt, haben wir ein echtes Problem – ja?« unterbrach der Bataillonskommandeur seine Erläuterungen, als sich eine Hand hob. »Was gibt es, Soldat Gantzler?«

»Korrigieren Sie mich, falls ich falsch liege, aber haben die Mannabschirmer nicht eine Lebensdauer von maximal 79 Stunden?«

MacCormacks Blick richtete sich auf Nick Gantzler – und plötzlich bekam sein Gesicht einen harten Zug. »Das haben sie, aber ich habe mit Bedacht die ganzen Operation nur für 48 Stunden geplant. Hätten wir den Einsatz auf die volle Zeitspanne ausgedehnt, die uns eigentlich unter dem 5-D-Tarnfeld zur Verfügung stünde, dann hätten wir absolut keinen Spielraum mehr, sollten wir durch irgendeinen Umstand am rechtzeitigen Verlassen dieses Planeten gehindert sein. Haben Sie das begriffen?«

Es ertönte ein schwaches Gemurmel.

MacCormacks Blick wurde noch härter. »Ich habe gefragt, ob ihr das alle begriffen habt, Soldaten«, fuhr er sie an.

»Jawohl, Sir«, sagten 40 Mann wie aus einem Mund.

»Na also, geht doch«, zeigte sich der vierschrötige, rothaarige Ire mit dem ausgeprägtem Kinn zufrieden. Er nickte dem Feldwebel zu, der in Habachtstellung mit auf dem Rücken verschränkten Händen die ganze Zeit wortlos neben ihm gestanden hatte.

»Sie übernehmen, Jannis.«

»Jawohl, Sir.« Das 1,75 m große und 75 kg schwere Muskelpaket baltischer Abstammung holte tief Luft.

»Also schön, Männer«, sagte er mit Stentorstimme, »gehen wir an die Arbeit. In fünf Minuten will ich keinen von euch mehr am Boden sehen. Ist das klar?«

Es war klar, glasklar, daß er jeden zur Schnecke machen würde, der diesem Befehl nicht nachkam. Also beeilte man sich. Nichts war schlimmer, als ständig Zielscheibe des beißenden Spotts von Kaunas zu sein.

Als sie – noch vor Ablauf der vom Feldwebel gesetzten Frist – in Sekundenabständen nacheinander aufstiegen, war der Tarnschutz der Mannabschirmer bereits volle zwölf Stunden aktiviert. Somit blieben noch 38 Stunden, um die Operation durchzuführen. Buck hatte leise Zweifel, ob sie ausreichten, um das gesteckte Ziel zu erreichen.

3.

Grauer Himmel lag über dem weiten Landefeld, auf dem eine stattliche Anzahl von Raumschiffen versammelt war. Am frühen Morgen erst war die IKO 1 herverlegt worden, nachdem sie auf der Werft von Wallis Industries noch einmal gründlich durchgecheckt worden war. Auch wenn sie sich bereits im Einsatz bewährt hatte, hatte Ren Dhark darauf bestanden, daß sie ein weiteres Mal auf Herz und Nieren getestet wurde, bevor sie zu einer Mission aufbrechen sollte, von der das Überleben der Milchstraße abhängen konnte.

Die Überprüfung war dort geschehen, wo die IKO 1 entstanden war. Durchgeführt von dem Mann, der sie entwickelt hatte.

In Pennsylvania. Von Robert Saam.

Und nun war sie zurück.

Unter der kleinen Gruppe, die Dhark begleitete, befanden sich auch einige Vertreter der Nogk und Utaren. Natürlich waren auch sie an den Fortschritten interessiert, schließlich ging es auch um ihre Existenz. Mehr als moralische Unterstützung konnten sie allerdings nicht liefern. Ihre Fähigkeiten lagen nun einmal auf anderen Gebieten, wie beispielsweise der erdumspannende Schutzschirm aus der Fertigung der Nogk bewies. Daß Dhark sie an diesem Informationsrundgang teilhaben ließ, war für ihn eine Selbstverständlichkeit. Schließlich waren sie Freunde und wertvolle Verbündete gleichermaßen. Ohne ihre spezielle Abschirmtechnik wären die Menschen den Parafähigkeiten sämtlicher Völker in Drakhon hilflos ausgeliefert gewesen.

Versonnen ließ der schlanke, weißblonde Commander der Planeten den Blick über die Betonpiste streifen. Nur kurz verweilte er bei den S-Kreuzern und Kugelraumern, die das seit Jahren gewohnte Bild boten. Viel mehr zog ihn ein anderes Schiff in seinen Bann. Ein Schiff, das sich zum ersten Mal auf der Erde aufhielt, ja, das bis vor Kurzem noch nie diese Galaxis besucht hatte.

Es handelte sich um die H'LAYV, das galoanische Forschungsschiff, das unter der Leitung des Wissenschaftlers Shodonn stand – eines jahrhundertealten Weisen, der in Form eines unscheinbaren Seelenchips vor der Brust seines Trägers Rhaklan baumelte. Längst war Shodonn dem Status des reinen Verbündeten entwachsen und zu einem echten Freund geworden, in den Dhark volles Vertrauen setzte.

Ganz anders als in die anderen Verbündeten, die Rahim, deren fünf mächtige Hammerschiffe Orbit um Terra bezogen hatten. Auch wenn sie die POINT OF aus der Nachbargalaxis Drakhon in die Milchstraße begleitet hatten, waren sie doch nichts anderes als ein Zweckbündnis eingegangen.

Worüber sie keinen Zweifel offenließen. Nur zwei von ihnen waren zu diesem Treffen auf den Planeten gekommen.

Freundschaft zu den *Niederen* war ihnen zuwider. Selbst die Zusammenarbeit mit ihnen lehnten sie im Grunde genommen ab. Bisher jedenfalls. Eine Denkweise, die sie um ihres eigenen Überlebens Willen revidieren mußten, so schwer es ihnen auch fiel.

Ren hingegen fiel es schwer, den Rahim zu vertrauen. Ja, sie waren sich nähergekommen. Doch der breitschultrige Mann mit den braunen Augen hatte nicht vergessen, daß die Rahim sich allen anderen Völkern Drakhons überlegen fühlten (abgesehen von den Shirs, denen sie einen hohen Respekt zollten). Und das nicht nur in technischer Hinsicht, was sie womöglich sogar waren, sondern auch in ihrer Wertigkeit. Auch wenn sie sich in ihrem selbst auferlegten Exil in der Pseudodunkelwolke Kurnuk vom kosmischen Geschehen in ihrer Sterneninsel verabschiedet hatten, hatten sie den Nimbus ihrer sich selbst verherrlichenden Überlegenheit stets aufrechterhalten. Diese Arroganz zeigten sie bei jeder Gelegenheit.

Zu frisch war zudem Rens Erinnerung an die Tatsache, daß die Rahim die POINT OF, die MAYHEM und Shodonns H'LAYV aus reiner Überheblichkeit beinahe vernichtet hätten.

»Eure IKO 1 erscheint mir ziemlich klein«, bemerkte Kalnekseldon Haritrantor fordenben Isakamoff. »Ich bin immer noch der Ansicht, daß wir mit einem unserer Schiffe größere Aussichten auf Erfolg haben.«

»Ich habe dir und Gola bereits einmal unsere Ansichten dargelegt. Effizienz hängt nicht zwangsläufig von physischer Größe ab«, widersprach Dhark. »Von außen ist häufig nicht zu erkennen, was etwas zu leisten vermag, weil es im Inneren verborgen liegt.«

Ohne es zu wollen, spielte er auf die wahre Gestalt der Rahim an. Denn die äußere Erscheinungsform, in der die terranische Expedition diese Wesen zuerst kennengelernt hatte und in der sie sich auch jetzt präsentierten, stimmte nicht mit ihrer wahren Natur überein. Die 2,20 Meter großen, dunkelhäutigen Kolosse mit humanoidem Aussehen, als die sie stets auftraten, waren künstlich geschaffene, biologisch-mechanische Exoskelette, einzig entwikkelt, weil die Rahim als kleinste und schmächtigste Spezies in Drakhon im Laufe ihrer Entwicklungsgeschichte einen kollektiven Minderwertigkeitskomplex entwickelt hatten. Denn tatsächlich waren sie nicht größer als sechzig Zentimeter. Sie verfügten über große Augen und im Vergleich zu ihren zerbrechlich wirkenden Körpern überproportional große Köpfe – etwa so, wie man sich Mitte des vergangenen Jahrhunderts heimlich auf der Erde gelandete Außerirdische vorgestellt hatte.

Auch die Rahimfrauen trugen die martialisch aussehenden Exoskelette, allerdings nicht aus eigenem Antrieb, sondern weil ihre Männer dies von ihnen verlangten und das mittels ihrer enormen Parakraft durchsetzten. Von daher ließen sich die Geschlechter der Rahim nicht unterscheiden. Rahimfrauen verfügten über keine Parabegabungen und waren somit kaum mehr als willige Spielzeuge und wehrlose Sklavinnen ihrer männlichen Artgenossen.

»Du sprichst von dem eingebauten Massenneutralisator.«

»Genau, Gola. Er ist gigantisch und füllt den größten Teil der IKO aus. Seit wir die Ringbeschleunigertechnik der Mysterious anwenden können, entfällt ein nicht unerheblicher Teil der großen Maschinenräume.«

Golaschonn Annkromb ugemplik Rannahaar war der erste Rahim, mit dem Dharks Mannschaft zu tun bekommen hatte. Von Anfang an hatte er sich als umgänglicher erwiesen als sein von ihm so bezeichneter »Kollege« Kalnek.

»Was ihr diesem wunderbaren Tofirit zu verdanken habt. Es ist erstaunlich, daß wir bisher niemals darauf gestoßen sind.«

»Tofirit ist rar gesät im Universum.«

Und wäre längst nicht in ausreichender Menge vorhanden, dachte Dhark, *wenn die Hookers nicht den sensationellen Asteroidenfund im Achmed-System gemacht hätten.* So jedoch wurde die Beschickung der Meiler zum Kinderspiel. Welche Vorteile daraus entstanden, hatte bereits der enorme Leistungszuwachs der POINT OF deutlichgemacht. Niemand von ihnen hatte die leiseste Ahnung gehabt, wozu das Ringschiff wirklich fähig war, wenn es erst einmal vollständig betankt war. Bis zum Eintreffen der MAYHEM in Drakhon war die POINT OF mehr oder weniger auf Sparflamme gelaufen. Jetzt erst konnte sie zeigen, was in ihr steckte, und selbst die wissenschaftlichen Koryphäen an Bord hatten es zunächst nicht glauben wollen.

»Wir Galoaner sind ebenfalls nie darauf gestoßen«, mischte sich Shodonn zum ersten Mal in die Unterhaltung ein. »Das ist sehr bedauerlich, wenn man weiß, welche Energiemengen sich daraus gewinnen lassen.«

»Nicht ohne die entsprechende Technik«, widersprach Kalnek. »Über die die Niederen zweifellos nicht verfügen.«

»Genau so wenig wie die Rahim«, konterte Shodonn. »Zumindest in diesem Punkt befinden sie sich den *Niederen*«, er brachte das Wort mit beißendem Sarkasmus hervor, »gegenüber also nicht im Vorteil.«

»Der Unterschied ist aber, daß wir die entsprechende Technik längst entwickelt hätten, wenn wir im Besitz von Tofirit wären.«

»Meine Herren!« beschwor Dhark die Streithähne. »Diese Überlegungen sind hypothetisch, Streit darüber ist damit überflüssig. Wir sind in der Lage, Ringbeschleunigergeneratoren auf Tofiritbasis zu bauen, auch wenn wir sie nicht selbst entwickelt haben. Am Ende zählen stets nur Tatsachen und keine Spekulationen.«

Trotzdem konnte Ren dem Seelenwesen nur zustimmen. Bisher war es auch ihm selbst nicht gelungen, sich an die penetrante Arroganz der Rahim zu gewöhnen. Um jemals zu Freunden werden zu können, mußten diese Wesen ihre Art grundlegend ändern. Aber vielleicht wollten sie das gar nicht, oder es war ihnen längst nicht mehr möglich, mit anderen Völkern auf einer gemeinsamen Ebene zu kooperieren.

Im Grunde war er froh, daß die Bewohner Kurnuks nicht über Tofirit verfügten. Mochte es auch ein wenig selbstsüchtig sein, verfügte die Menschheit damit und mit der von Robert Saam entschlüsselten Ringbeschleunigertechnik der Mysterious über ein gewichtiges Faustpfand. Denn nicht nur die Antriebssysteme der POINT OF waren nach dem Betanken des Ringraumers in ihrer Leistung potenziert, auch die Schlagkraft der Waffeneinrichtungen hatte zugenommen.

Man mußte wahrlich kein Militarist sein, um darin einen Vorteil zu erkennen.

Einen Vorteil, den Ren Dhark niemals unbedacht eingesetzt hätte. Dazu war sein Gerechtigkeitssinn zu stark ausgeprägt.

»Wie der Commander bereits erwähnte, ist Tofirit auch in unserer Galaxis nur schwer zu finden. So selten, daß es seinetwegen schon beinahe zu kriegerischen Auseinandersetzungen gekommen wäre«, gab einer der Nogk in Anspielung auf die Tel zu bedenken.

»Ich verstehe, daß Tofirit für die Bewohner der Milchstraße einen enormen wirtschaftlichen Faktor bedeutet«, überlegte Shodonn. Er schien in Gedanken versunken und zu sich selbst zu sprechen. Oder zu seinem Wirt Rhaklan, auch wenn die Kommunikation der beiden der verbalen Sprache nicht bedurfte. »Ebenfalls begreife ich, daß es sich um ein militärisches Machtmittel handelt. Doch ist mir unverständlich, daß es deswegen zu Feindschaft kommen kann. Das ist weder moralisch noch logisch nachzuvollziehen.«

»Leider wiegen finanzielle Erwägungen und militärische Interessen häufig stärker als Moral und Logik.«

»Die Galoaner machten ihre Moral schon immer zum Maß aller Dinge. Dabei vernachlässigen sie elementare Sachverhalte, die für die Sicherheit eines Volkes unabdingbar sind«, ätzte Gola.

»Wie Muun-Kristalle«, klagte der Weise des Nareidums an. »Wenn ich das Streben nach Tofirit mit der Gier der Nomaden nach Muun-Kristallen vergleiche, sehe ich keinen großen Unterschied, mögen die Beweggründe auch andere sein.«

Ren kniff die Lippen zusammen. Die Richtung, in die das Gespräch lief, behagte ihm nicht. Nicht in diesem Moment. Zu gegebener Zeit wäre er gern zu einer philosophischen Diskussion mit Shodonn und den Rahim bereit, doch er war überzeugt, daß es jetzt nur weitere Animositäten mit sich brächte. Außerdem brannte ihnen, wie jeder von ihnen wußte, die Zeit unter den Nägeln.

»Wir könnten eure vorhandene Technik in eines unserer Schiffe einbauen«, lenkte Kalnek die Diskussion zu Rens Erleichterung in eine andere Richtung. »Zweifellos würde sie dadurch noch effizienter.«

»Nach allem, was wir wissen, bleibt uns dazu keine Zeit mehr, Kalnek«, gab Gola zu bedenken.

»Das denke ich auch. Wir sind uns einig, daß wir so schnell wie möglich zu einem Testflug starten müssen. Und die Vorbereitungen an Bord der IKO 1 befinden sich bereits in einem weit fortgeschrittenen Stadium. Zudem bin ich überzeugt davon, daß nur ein aus Tofirit gebautes Schiff in der Lage ist, in das SBH einzudringen und es wieder zu verlassen. Jedes andere wird unweigerlich aus dem Raum-Zeitgefüge gerissen. Unsere einzige Chance sind die enormen Beharrungskräfte des Tofirits, die die IKO 1 wie ein Anker im Universum festhalten werden.«

Wie es bereits geschehen war, als sie gegen den unheimlichen Schwarzen Strahl der Grakos bestanden hatte, dachte er. Selbst dieser schrecklichen Waffe war es nicht gelungen, die Beharrungskräfte der Tofiritmasse zu überwinden.

»Das war nur so eine Idee. Absurd, wenn ich darüber nachdenke. Denn ich glaube ohnehin nicht, daß eure Technik unsere Systeme verbessern kann«, bemerkte Kalnek von oben herab. »Tofirit hin oder her. Wir wissen, daß die Mysterious nicht fähig waren, die einmal vorgenommene Manipulation des Super Black Hole in eurem Milchstraßenzentrum rückgängig zu machen. Mögen ihre Maschinen auch noch so mächtig gewesen sein, es hat ihnen nichts genützt. Der Schaden, den sie anrichteten, ließ sich nicht mehr reparieren. Bis heute jedenfalls nicht. Wenn jemand dazu in der Lage ist, dann wir.«

»Du klingst sehr zuversichtlich.«

Dhark wünschte händeringend, er hätte die gleiche Zuversicht ausstrahlen können. Doch viel zu viele Unbekannte spielten eine Rolle bei dem, was vor ihnen lag.

»Andernfalls wäre ich nicht hier. Wenn ich auch gestehen muß, daß ich die Anwesenheit der Galoaner nach wie vor als Belästigung empfinde. Zweifellos werden sie nicht in der Lage sein, zu unserem Erfolg beizutragen.«

»Shodonn hat uns bereits wertvolle Hinweise gegeben. Er und seine Mannschaft sind für unsere Mission so wichtig wie die Rahim und das Tofirit!« beendete der weißblonde Terraner die Diskussion. »Seien wir froh, daß uns die notwendigen logistischen Mittel zur Verfügung stehen. Wenn ein Schiff mit einem Mindestmaß an Erfolgsaussichten in das gigantische Schwarze Loch einfliegen kann, dann eines aus Tofirit. Aber nicht nur einfliegen, sondern es auch wieder verlassen. Denn ich strebe kein Himmelfahrtskommando an, von dem es kein Zurück mehr gibt.«

Auch wenn er bereit war, diese Möglichkeit in seine Überlegungen einzubeziehen! Gelang ihnen zwar der Rückzug aus dem Super Black Hole , doch ein Erfolg bei seiner Manipulation blieb ihnen verwehrt, dann würden sie sowieso früher oder später alle sterben. Sollte es eine letzte vielversprechende Option darstellen, würde er auch einen finalen Opfergang antreten. Doch der Commander der Planeten war noch lange nicht bereit, sich dem Schicksal geschlagen zu geben.

»Ich weiß nicht, wie groß unsere Aussichten auf Erfolg sind«, erklärte er. »Aber sie sind vorhanden.«

»Aber nur, wenn wir die IKO 1 mit unseren Parakräften zusätzlich schützen«, erklärten die beiden Rahim wie aus einem Mund, und Kalnek fügte hinzu: »Wozu kein Galoaner jemals in der Lage wäre. Deshalb verlange ich, bei dem Feldversuch vor Ort zu sein.«

Dhark warf Shodonn/Rhaklan einen flüchtigen Blick zu, aber das Geisteswesen ließ sich nicht provozieren, sondern erwiderte nur: »Niemand will den Rahim ihre Fähigkeiten absprechen, auf die wir alle angewiesen sind.«

»Das war nie eine Frage«, stellte Dhark klar. »Gola und Kalnek werden an Bord der IKO 1 mitfliegen, die unter der wissenschaftlichen Leitung Chris Shantons steht. Wir wissen nicht wirklich, was uns jenseits des Ereignishorizontes erwartet. Deshalb brauchen wir die Parakräfte der Rahim! Ich weise noch einmal ausdrücklich darauf hin, daß es sich bei der Expedition um einen Forschungs- und nicht um einen Kampfeinsatz handelt.«

Eine in seinen Augen eigentlich überflüssige Bemerkung, aber er wollte die Fronten im Vorhinein geklärt haben. Niemand wußte, was ihnen bevorstand. Daher war wichtig, daß die festgelegte Strategie von allen Seiten akzeptiert wurde.

Die Frage eines Kampfeinsatzes stellte sich sowieso nicht wirklich. Denn diesmal hatten sie es nicht mit einem greifbaren Gegner zu tun, der eine Gefahr darstellte. Sie schickten sich an, gegen nichts weniger als unüberschaubare physikalische Axiome anzutreten.

Gegen Naturgewalten, gegen die eigentlich kein Kraut gewachsen sein konnte.

Gegen einen Teil der Schöpfung, dachte er, und ihn schwindelte beinahe angesichts der Vermessenheit dessen, was sie sich aufbürdeten.

Doch es gab keinen anderen Weg, wollten sie überleben.

»Waffen werden uns nichts nützen«, flüsterte er gedankenverloren.

Ren Dhark ahnte nicht, wie sehr er sich irrte.

*

Chris Shanton hatte sich in eine Ecke zurückgezogen. Wie eine aus Bronze gegossene Buddhastatue, unbeweglich und ohne eine Miene zu verziehen, hockte der massige Ingenieur in einem für seine Proportionen viel zu kleinen Sitz. Nur seine unsteten Augen verrieten, daß er die hektische Betriebsamkeit um sich herum aufmerksam beobachtete.

Ohnehin hatte er an Bord des Ikosaederschiffes den Eindruck, daß ihm die Luft zum Atmen fehlte. Doch inzwischen herrschte eine drangvolle Enge. Sowohl Rahim als auch Galoaner waren eifrig damit beschäftigt, unübersehbare Anordnungen von Meßinstrumenten aufzubauen, von den terranischen Zusatzaggregaten ganz zu schweigen.

Bisher waren die Vertreter der so unterschiedlichen Spezies noch nicht aneinandergeraten, aber er zweifelte nicht daran, daß das früher oder später passieren würde. Inzwischen wußte er genug über die Rahim. Zwar hatte ihm Ren Dhark einige Warnungen und Verhaltensmaßregeln mit auf den Weg gegeben. Aber der übergewichtige Erbauer der Ast-Stationen war kein Diplomat. Er aß viel und trank gern mal einen über den Durst, und es hatte in der Vergangenheit so manche Gelegenheit gegeben, in der er auf seiner eigenen Zunge ausgerutscht war. Aber wenn Shanton in ein Fettnäpfchen trat, hatte das nichts mit seinem Alkoholkonsum zu tun. In nüchternem Zustand war er nur unwesentlich zurückhaltender. Was er zu sagen hatte, das sagte er. Ob das seinem Gegenüber nun gefiel oder nicht. Von daher war er zweifellos nicht die diplomatischste Auswahl, die der Commander der Planeten getroffen hatte. Aber die fachlich beste.

Aber seine Anwesenheit an Bord war aufgrund seiner Fähigkeiten unerläßlich. In wissenschaftlichen Dingen konnte ihm – einmal abgesehen von Arc Doorn und dem jungen Robert Saam – niemand das Wasser reichen. Dhark vertraute ihm vorbehaltlos, und dieses bedingungslose Vertrauen hatte der Zweizentnermann in der Vergangenheit oft genug gerechtfertigt.

Übergangslos kam Bewegung in den Hünen. Shanton stemmte sich auf seinen behaarten, keulenartigen Armen in die Höhe und ging zu einer der Versuchsanordnungen hinüber. Sein Pendant, der galoanische Chefwissenschaftler Shodonn, gab seinen Mitarbeitern eben einige Anweisungen.

»Wie kommen Sie voran?« fragte Shanton und ließ seine Blicke über die fremdartigen Maschinen wandern. Der Sibirier Arc Doorn mit seinem intuitiven Einfühlungsvermögen in fremde Technologien hätte wahrscheinlich allein aus der Anordnung der Bauteile die richtigen Schlüsse auf deren Sinn gezogen. Shanton hatte das nicht nötig. Da er wußte, welche Beobachtungen die Expedition durchführen sollte, konnte er seine Schlußfolgerungen ziehen. Mochten die Versuchsanordnungen von Menschen, Galoanern und Rahim auch in Kleinigkeiten voneinander abweichen, gingen sie prinzipiell doch alle in die gleiche Richtung.

»Danke für die Nachfrage. Bisher sind keine Probleme aufgetreten«, bestätigte der Weise seine Annahme. »Was Ihnen natürlich nicht entgangen ist. Trotzdem ist es nett, daß Sie aus reiner Höflichkeit nachfragen.«

»Das ist bei uns so üblich unter Freunden. Aber die Frage werden Sie noch öfter hören, denn die Probleme kommen noch früh genug«, orakelte der Ingenieur, wobei er sich gedankenverloren mit einer seiner Pranken in dem dichten, verfilzten Backenbart zupfte. »Wir werden bald die erste Transition durchführen. Bis dahin möchte ich sämtliche Vorbereitungen abgeschlossen wissen.«

»Wir werden in Kürze soweit sein, alle geplanten Messungen vornehmen zu können.«

»Wir sind längst soweit«, drang Kalneks Stimme zu ihm herüber. »Niemand wird einen Verlust erleiden, wenn wir die Maschinen der Galoaner wieder abbauen. Es genügt, wenn wir uns auf unsere Ergebnisse verlassen. Wenn sie uns nicht im Weg ständen, hätten wir mehr Platz für die Arbeit.«

»Dann wundert es mich, daß ihr noch nicht fertig seid.« Shanton deutete auf die geschäftigen Rahim. Außer Kalnek und Gola hatten sie sich nicht vorgestellt. Er hatte den Eindruck, daß sie jetzt hektischer waren als nach dem Start. Er mochte sich irren, aber vielleicht wollten sie sich nicht die Blöße geben, ihre Aufbauarbeiten erst nach den *Niederen* abschließen zu können.

»Nur weil wir beim Aufbau der wichtigsten Installation besondere Sorgfalt walten lassen müssen«, wiegelte Gola ab. Er stand reglos da und beobachtete die Tätigkeiten seiner Mitarbeiter. »Wenn der Paraverstärker nicht hundertprozentig auf Kalneks und meine Gehirnwellen justiert ist, kann er seine volle Leistung nicht bringen. Daran kann keinem von uns gelegen sein. Du wirst uns also nachsehen, daß wir im Fall der simpleren Meßgeräte unseren galoanischen Verbündeten den Vortritt lassen.«

»Ein Hochgefühl, an das sie sich aber nicht gewöhnen sollten. Diese Ehre wird ihnen nicht oft zuteil werden.« Kalneks Stimme triefte vor Spott.

Shanton musterte das Prunkstück unter den extraterrestrischen Maschinen. Es handelte sich um einen voluminösen Metallquader, dessen Oberfläche von einer unüberschaubaren Anzahl von buckelartigen Erhebungen übersät war. Dazwischen waren Antennen und Geräte, die ihn an Abstrahlprojektoren erinnerten, montiert. An manchen Stellen entdeckte er inaktive Monitore.

»Ein Paraverstärker«, sinnierte Shanton. »Wie funktioniert er?«

»Das dürfte für dich uninteressant sein«, erwiderte Gola. Er zögerte, und Shanton hatte den Eindruck, daß er nach den richtigen Worten suchte. *Ihr würdet seine Funktionsweise ohnehin nicht begreifen.* Unwillkürlich erwartete der Ingenieur herablassende Worte. Statt dessen fuhr Gola fort: »Seine Wirkungsweise ist außerordentlich kompliziert. Es würde zu weit führen, sie in diesem Moment zu erklären. Vielleicht ergibt sich später einmal die Gelegenheit, wenn wir mehr Zeit zur Verfügung haben.«

»Das Grundprinzip ist recht simpel«, bemerkte Kalnek anzüglich. »Der Paraverstärker lokalisiert den Frequenzbereich, in dem unsere Hirnwellen ihre Parakräfte manifestieren. Da diese bei den meisten Rahim unterschiedlich sind, müssen sie auf einen gemeinsamen Nenner gebracht und fokussiert werden. Erst dann kann der Paraverstärker seine eigentliche Tätigkeit aufnehmen.«

»Nämlich die Parakräfte der Rahim zu verstärken.« Jimmy, der Robothund und Shantons unvermeidlicher Begleiter, gab ein begeisterndes Jaulen von sich. »Wir haben verstanden«, intonierte er mit stolzgeschwellter Terrierbrust. Sein Blick blieb an den künstlichen schwarzen Hüllen der Rahim hängen. »Ohne überheblich wirken zu wollen, bin ich der Meinung, daß mir ein solches Exoskelett ebenfalls gut zu Gesicht stünde.«

Kalnek warf dem mechanischen Vierbeiner einen fragenden Blick zu und wandte sich an Shanton. »Wie meint er das?«

»Ich meine, daß ich durchaus ein solcher Geistesriese bin wie ihr auch«, kam Jimmy seinem Schöpfer zuvor. »Körperlich aber nur eine Handspanne kleiner, also müßte mir eine eurer Larven passen.«

»Elender Pinscher! Du wirst noch einen diplomatischen Zwischenfall heraufbeschwören.« Shanton gab sich Mühe, seine Stimme vorwurfsvoll klingen zu lassen. Dabei gelang es ihm kaum, ein Grinsen zu unterdrücken. Da hatte sein vorlauter Köter endlich mal die richtigen Worte zum passenden Augenblick gefunden. Er trat nach Jimmy, verfehlte ihn aber, weil der sich geistesgegenwärtig mit einem Sprung in Sicherheit brachte.

»Dein künstliches Haustier läßt es am nötigen Respekt mangeln. So kann er mit den Niederen reden, aber nicht…«

»Kalnek, ich muß mich für diesen fehlgeschalteten Blechhaufen entschuldigen. Anscheinend spinnen seine Programme mal wieder.«

»Ich stelle mich gerne zur Verfügung, sie wieder in Ordnung zu bringen.«

Hoppla, dachte der Ingenieur. Für einen steifen Rahim war das glatt ein Scherz. Es war aber auch durchaus möglich, daß er nicht als solcher gemeint war. Er hatte nicht übel Lust, die Probe aufs Exempel zu machen, und Jimmy wirklich in Kalneks Hände zu geben. Jedenfalls für eine Weile, nur als Warnung.

»Vielleicht komme ich auf dein Angebot zurück. Später, wenn wir wieder Zeit für all die kleinen Probleme des Lebens haben.«

»Ich hingegen muß mir noch einen passenden Namen zulegen, wenn ich erst ein Exoskelett mein eigen nenne«, flötete Jimmy unschuldig klingend hinter einer Konsole hervor, hinter die er sich getrollt hatte. »Vielleicht Jimmyklom Grinntlok ebenpanf Gerrehim.«

»Ich drehe ihm sein verdammtes Gewinde um«, zischte Shanton drohend, »und entschuldige mich noch einmal.«

»Dein Faktotum hat offenbar Sinn für Humor«, wiegelte Gola ab. »Wenn auch einen sehr skurrilen. Den sollte er besser in eine andere Richtung kanalisieren.«

»Mir gefällt er«, brachte Shodonn ausdruckslos hervor. »Jedenfalls ist er ziemlich treffend.«

Reglos standen die dunkelhäutigen Gestalten da. Unwillkürlich verspürte Chris Shanton einen Anflug von Bedrohung. Das war auch einer der Gründe, warum sich die Rahim ihr künstliches, martialisches Aussehen zugelegt hatten. Sie machten damit nicht nur sich selbst, sondern auch anderen etwas vor. Er sah sich nach Jimmy um, aber der hatte die Zeichen der Zeit erkannt und zog es endlich vor, zu schweigen.

Ein Glück, dachte Shanton. *Der vorlaute Köter bringt uns noch alle in Teufels Küche*.

Wenn sie nicht ohnehin auf dem Weg dorthin waren. Denn so, wie er sich das Ziel ihrer Expedition vorstellte, malte er sich auch den Garbereich des Höllenfürsten aus.

»Wie euch bekannt ist, gibt es kein Volk in unserer Galaxis, das auch nur annähernd über so starke Parafähigkeiten verfügt wie wir. Aber bei dem, was uns bevorsteht, reichen auch sie vielleicht nicht aus. Daher ist der Paraverstärker für diese Mission unerläßlich. Er wird unsere natürlichen Kräfte immens vergrößern.«

Shanton horchte auf. »Immens? Das klingt vage in meinen Ohren. Könnt ihr den möglichen Grad der Verstärkung in Zahlen fassen?«

»Es handelt sich um eine Neuentwicklung«, ergriff jetzt wieder Gola das Wort. »Daher fehlen die Grundlagen für genaue Angaben. Aber wir sind sicher, daß er sämtliche Erwartungen übertreffen wird.«

Etwas weniger Selbstzufriedenheit und dafür exaktere Spezifikationen wären Shanton lieber gewesen. Es wunderte ihn, daß die Rahim bei ihrem technischen Vorsprung selbst nicht in der Lage waren, die konkreten Fähigkeiten ihres Paraverstärkers zu bestimmen. Es konnte aber auch etwas anderes hinter ihrer Zurückhaltung stecken. Möglicherweise wollten sie dieses Wissen einfach nur für sich behalten, aber ihm blieb keine andere Wahl, als ihren Worten zu vertrauen.

»Ich bin sicher, euer Paraverstärker wird funktionieren und eine wertvolle Hilfe darstellen«, meinte er lapidar.

»Natürlich wird er das.«

»Natürlich«, wiederholte Shanton.

Gedankenverloren ruhte sein Blick auf dem Paraverstärker. Zu gern hätte er selbst einen Blick in die Eingeweide des technischen Monstrums geworfen. Nur aus rein wissenschaftlichem Interesse, denn das Gerät für die Menschheit zu adaptieren hatte keinen Sinn. Schließlich verfügten weder die Terraner noch die befreundeten Völker der Nogk und Utaren über nennenswerte Parafähigkeiten, die damit hätten verstärkt werden können. Höchstens Echri Ezbal hätte vielleicht etwas damit anfangen können.

Unwillkürlich fiel ihm die an Bord installierte Wuchtkanone ein, dieses kleine technische Meisterwerk des jungen Robert Saam. Chris fragte sich, ob die Rahim über eine ähnliche wirkungsvolle Offensivwaffe verfügten. Saam hatte sich bei ihrer Entwicklung selbst übertroffen. Im Prinzip handelte es sich um eine simple Konstruktion, die auf der Basis eines Linearbeschleunigers arbeitete. Dabei baute ein modifiziertes Antigravaggregat überlichtschnell ein röhrenförmiges Feld auf, in dessen Innerem eine Masseneutralisierung stattfand. Als Munition diente eine simple, kleine Kugel aus Tofirit, die noch in der Kanone verzögerungsfrei auf Lichtgeschwindigkeit beschleunigt wurde. Dank ihrer Masselosigkeit benötigte dieser Vorgang nicht einmal sonderlich viel Energie. Die maximale Reichweite des Röhrenfelds betrug eine Lichtsekunde, ein potentielles Ziel wurde also in maximal einer Sekunde von der Tofiritkugel erreicht. Traf das Feld innerhalb dieses Bereichs auf ein Hindernis, das über einen größeren Durchmesser verfügte als das Rohrkaliber der eigentlichen Kanone, das bei diesem Prototyp einen Zentimeter betrug, kam es zu einem Verwerfungseffekt, der die Feldwirkung neutralisierte. Die Tofiritkugel behielt zwar Lichtgeschwindigkeit bei, erlangte gleichzeitig aber ihre Masse zurück. Die kinetische Energie, die dabei im Zielobjekt freigesetzt wurde, war schier unvorstellbar und übertraf die Vernichtungskraft einer konventionellen Wasserstoffbombe bei weitem.

Shanton konnte sich keinen Schutzschirm vorstellen, der in der Lage war, dieser Kraft zu widerstehen.

Es gab Vermutungen, daß selbst ein Intervallum gegen diese Geschosse keinen Schutz darstellte. Um darüber Gewißheit zu erlangen, bedurfte es aber eines realen Versuchs, den man sich weder aus logistischen noch aus finanziellen Gründen erlauben konnte. Nicht beim maroden Staatshaushalt der Erde.

Daß dic Reichweite der Wuchtkanone auf eine Entfernung von einer Lichtsekunde beschränkt war, war nur auf den ersten Blick eine Einschränkung. Denn wenn sie im Kampf eingesetzt würde, dann im überwiegenden Teil aller Fälle gegen bewegliche Objekte im Raum. Selbst bei einer Vorlaufzeit von einer scheinbar winzigen Sekunde und der Bedienung durch einen routinierten und treffsicheren Kanonier befand sich das Ziel nach Ablauf dieser Zeitspanne längst an einem anderen Platz. War das Geschoß länger als eine Sekunde unterwegs, potenzierte sich die Wahrscheinlichkeit, einen Fehlschuß zu landen. Die Physik setzte einer noch so ausgefeilten Technik Grenzen, was Shanton gar nicht mal bedauerte.

Doch genau wie Ren Dhark erwartete er bei diesem Erkundungsunternehmen keinen Einsatz der Waffen. Dem Schwarzen Loch im Zentrum der Milchstraße konnten sie mit keiner Wuchtkanone zu Leibe rücken.

»Du scheinst in Gedanken verloren.« Shanton blickte in das dunkle Gesicht Golas, der unbemerkt neben ihn getreten war. »Gibt es noch etwas anderes, über das wir reden sollten?«

Der Ingenieur schüttelte den Kopf. Er sah keinen Anlaß, den Rahim diese Informationen zu überlassen. Im Gegenzug ließen sie sich ja auch nichts über die Effizienz ihres Paraverstärkers entlokken. So hatte jeder seine kleinen Geheimnisse. Selbst dem treuesten Verbündeten und besten Freund mußte man nicht alles auf die Nase binden, fand Shanton. Sollte der Einsatz der Wuchtkanone jemals relevant werden, wenn sich die Rahim noch an Bord der IKO 1 aufhielten, würden sie noch früh genug Näheres darüber erfahren.

»Ich frage mich nur, welcher Anblick uns erwartet.«

»Wie meinst du das?«

»Das Super Black Hole im Milchstraßenzentrum ist vor Jahrtausenden manipuliert worden, die Manipulation wurde niemals rückgängig gemacht. Da sich die Natur aber nicht so einfach ins Handwerk pfuschen läßt, wird der Übergang Drakhons in unsere Sphäre nicht der einzige Effekt sein, den wir zu sehen bekommen.«

»Ich erwarte ebenfalls, phantastische Bilder zu sehen«, erwiderte Gola. Er schien sogar eine gewisse Vorfreude zu verspüren.

»Phantastische Bilder?«

»Du solltest das ebenso wertfrei sehen wie ich«, verblüffte ihn der Rahim. »Die destruktiven Folgen sind natürlich eine ganz andere Sache, die jedem von uns klar ist.«

Bereits in Kurnuk hatten die Terraner den Eindruck gewonnen, daß die Rahim an einer Beseitigung der Bedrohung eher desinteressiert waren. Einige verblendete Vertreter ihrer Rasse sahen im Zusammenstoß von Milchstraße und Drakhon gar eine Möglichkeit zu einem Evolutionssprung ihrer Spezies. In seinen Augen waren sie Fanatiker, die sehenden Auges und mit einem Lächeln auf den (falschen) Lippen in ihren eigenen Untergang rannten. Bereit, alle anderen dabei mitzunehmen. Nur hatte er halt etwas dagegen, und da war er nicht der einzige.

Shanton schüttelte den Gedanken ab. Denn er konnte nicht leugnen, daß er seine Erwartung selbst kaum noch zügeln konnte. Vor seinen Augen nahm ein Bild Gestalt an, wie er es nie zuvor in seinem Leben gesehen hatte. Unheimlich und schön zugleich. Gewaltig und furchteinflößend.

Das manipulierte Super Black Hole im Zentrum der Galaxis.

Kurz darauf kam aus der POINT OF der Befehl zur ersten Transition.

*

Eine ganze Reihe von Sprüngen lag inzwischen hinter dem kleinen Flottenverband. Immer wieder unterbrochen von Orientierungsphasen, waren sie dem Zentrum der Galaxis stetig nähergekommen.

Es war noch nicht lange her, daß sie einen viel größeren Abgrund überwunden hatten. Hinüber nach Drakhon, in die so unerwartet aufgetauchte zweite Galaxis, die drauf und dran war, mit der Milchstraße zu kollidieren. In den ineinander verstrickten äußeren Spiralarmen beider Galaxien war es nach der letzten Transition schon zu Zusammenstößen von Sonnensystemen gekommen, von denen nichts übriggeblieben war als glühende Plasmawolken und interstellarer Staub. Diese Erkenntnis war um so erschreckender, da man aus eigener Erfahrung wußte, daß komplette Zivilisationen dabei ausgelöscht wurden, wie das Beispiel der untergegangenen Walfen* gezeigt hatte.

Doch diesmal war es etwas anderes. Nicht die eigentliche und geringere Entfernung, die sie zurücklegten, sondern die Vorstellung von etwas, das es eigentlich gar nicht geben durfte. Jedenfalls nicht, wenn die Mysterious nicht gravierend in die Natur des Kosmos eingegriffen hätten. Die Mysterious – jenes geheimnisvolle Volk, das spurlos von der galaktischen Bühne verschwunden war. Es hatte nicht nur zahlreiche phantastische Artefakte seiner technischen Leistungsfähigkeit hinterlassen – etwa die POINT OF oder die ebenfalls ringförmigen S-Kreuzer – es hatte offenbar auch den Untergang der Milchstraße heraufbeschworen. Ob absichtlich oder aus Versehen, spielte dabei nur eine untergeordnete Rolle.

Ren Dhark nahm die routinemäßigen Vorbereitungen für die letzte Transition wie in Trance zur Kenntnis. Sein Weltbild war ins Wanken geraten. Jahrelang war er den Mysterious hinterhergejagt, jenen Geheimnisvollen, die dereinst eine beherrschende Rolle in der Milchstraße gespielt hatten. Sein Traum war es stets gewesen, nicht nur ihre Hinterlassenschaften auszukundschaften, sondern ihren Nachfahren eines Tages persönlich gegenüberzutreten. Noch immer war der Commander der Planeten unschlüssig, ob dieser Wunsch sich durch die Erkenntnisse, die sie im Archiv der Shirs gewonnen hatten, relativiert hatte. Die Tatsache, daß die Mysterious das SBH manipuliert hatten, hatte einen bitteren Beigeschmack für ihn. Zwar hatten sie es getan, weil es ihre letzte Chance im jahrhundertelangen Krieg gegen die Grakos gewesen war, und sie hatten nicht ahnen können, welche weitreichenden Konsequenzen sie damit heraufbeschworen. Aber das war nun einmal Fakt. Sie trugen die alleinige Verantwortung dafür, daß Drakhon aus einer anderen Existenzebene in das heimische Kontinuum versetzt worden war.

---

* siehe 3. Band des Drakhon-Zyklus: »Der letzte seines Volkes«

Würde die Menschheit untergehen, trugen die Mysterious die Schuld daran!

Dharks Sichtweise der Geheimnisvollen war nicht mehr die gleiche.

Trotzdem verspürte er nach wie vor den Drang, sie eines Tages zu finden.

»Du scheinst ziemlich weit entfernt«, riß ihn eine Stimme aus seinen grüblerischen Gedanken.

Als er aufsah, gewahrte er Dan Riker, über dessen markantes Gesicht ein flüchtiges Lächeln huschte.

»Die Mysterious?«

Ren nickte knapp. »Sie haben uns einen Bärendienst erwiesen, auch wenn ihnen keine andere Wahl blieb. Aber sie hätten nicht fliehen dürfen. Ich kann den Rahim ihre Häme nicht einmal verdenken. Bei all ihrem technischen Wissen, mit all ihren Errungenschaften – die Mysterious hätten einen Weg finden müssen, das Unheil rückgängig zu machen, anstatt sich aus der Verantwortung zu stehlen. Ihnen muß klargewesen sein, wie viele Zivilisationen sie zum Untergang verdammen, wieviel milliardenfachen Tod sie zu verantworten haben.«

»Ich höre ganz neue Töne«, wunderte sich sein Stellvertreter an Bord der POINT OF, der gleichzeitig Chef der Terranischen Flotte war, wenn er sich denn mal auf der Erde aufhielt.

»Was dir zu gefallen scheint.«

»Kann ich nicht behaupten. Es ist nur so, daß ich manchmal den Eindruck hatte, du vergötterst die Mysterious.« Der schwarzhaarige Mann mit der hageren Figur hob abwehrend die Hände. »Nein, lach nicht gleich. Auch wenn ich übertreibe, waren sie für dich stets so etwas wie Heroen des Weltalls. Sie waren dir Antrieb und Herausforderung zugleich. Du weißt, daß ich das häufig genausowenig nachvollziehen konnte wie andere, aber ich bin nicht der Meinung, daß du jetzt ins entgegengesetzte Extrem fallen und sie verteufeln solltest.«

»Das tue ich auch nicht. Aber ich denke an die Erde.«

»Natürlich. Das hast du ja immer getan. Doch ich frage mich, was wir an Stelle der Mysterious getan hätten. Hätten wir unsere Haut auch um jeden Preis zu retten versucht? Auch um den des Untergangs zweier Galaxien?«

»Denkst du, daß wir so sind?« fragte Dhark zurück.

»Ich kann es mir nicht vorstellen. Aber ich bin froh, daß wir nicht vor eine solche Entscheidung gestellt werden. Denn ganz ehrlich, ich will es nicht wissen.«

»Vielleicht hast du recht. Immerhin bleibt der Trost, daß die Mysterious die Folgen ihres Tuns nicht absehen konnten.«

»Dann ist die Diskussion müßig, Ren.«

»Die Flucht der Mysterious bleibt, und nach allem, was wir wissen, waren ihre Anstrengungen, die Folgen ihrer Manipulation zu beseitigen, nicht besonders groß.«

»Du denkst, es war ihnen gleichgültig? Ich kann es dir nicht sagen, und wenn du jetzt von mir erwartest, daß ich ein Wort zu ihrer Verteidigung vorbringe, dann vergiß es. Ich will nicht spekulieren, und eigentlich kennen wir die Mysterious überhaupt nicht.« Dan Riker verzog das Gesicht, weil ihm das Thema ungelegen kam. Auf seinem Kinn zeichnete sich der typische rote Fleck ab, so wie immer, wenn er in Erregung geriet. »Wir wissen einfach nichts über sie. Damit meine ich jetzt nicht ihren technischen Nachlaß, ich rede von ihrer Denkweise. Von ihrem wahren Wesen. Möglicherweise waren auch für sie weniger weit entwickelte Völker nur die *Niederen*. Das ist hypothetisch, und ich glaube nicht, daß wir jemals eine Antwort auf diese Fragen erhalten werden.«

Dhark straffte seine Gestalt und warf einen Blick zur Bildkugel. Die vorangegangenen Transitionen hatten sie weit in Richtung galaktisches Zentrum gebracht. Die Sterne standen hier viel dichter als im heimatlichen Orion-Spiralarm, entsprechend herrschten in diesem Raumsektor ganz andere Lichtverhältnisse. Ein wenig fühlte er sich an das Innere der Pseudodunkelwolke Kurnuk erinnert, wo die dichtstehenden Sterne ebenfalls für terranische Verhältnisse ungewohnte Helligkeitswerte lieferten. Man hatte den

Eindruck, daß es nie vollständig dunkel wurde.

IKO 1, H'LAYV und Golas Schiff flogen mit gleichbleibenden Abständen parallel zur POINT OF.

»Wie sieht es auf der IKO aus?« wechselte Ren das Thema, dem der Widerwille bei seinem besten Freund nicht entgangen war.

»Chris Shanton hat sich gemeldet«, antwortete Manu Tschobe. Der Afrikaner, Funker und Bordarzt in Personalunion, brachte ein knappes Lächeln zustande, ohne Dhark in die Augen zu sehen. »Er wirkte ein wenig gestreßt, auch wenn er sich Mühe gab, sich das nicht anmerken zu lassen. Rahim und Galoaner machen ihm wohl zu schaffen. Glenn Morris kann Ihnen eine Phase schalten, wenn Sie mit Shanton reden wollen.«

»Nicht nötig«, winkte Dhark ab. »Ich bin sicher, er hat die Lage unter Kontrolle. Wenn es zu unvorhergesehenen Zwischenfällen kommt, wird er uns von sich aus kontakten. Tino, etwas Ungewöhnliches in der Ortung?«

»Da fragen Sie besser unsere Wissenschaftler, Commander.« Tino Grappa hantierte an seinen Konsolen und zuckte mit den Achseln. »Ich habe hier Dutzende, wenn nicht Hunderte von Anomalien in den Anzeigen, aber die fallen samt und sonders in die Bereiche der Astronomie und der Astrophysik. Aber unsere kleine Flotte ist allein hier draußen, wenn Sie das gemeint haben, Sir.«

»Die Jungs in der Astronomie sind schier aus dem Häuschen«, mischte sich Dan Riker ein. »Jens Lionel hat schon ein paar Mal nachgefragt, ob wir uns nicht mehr Zeit für Messungen nehmen können.«

»Sein Forschungsdrang in allen Ehren, aber du weißt, daß wir die Zeit nicht haben.«

»Habe ich ihm gesagt. Aber kaum hatte ich ihn abgewürgt, hatte ich die Astro in der Phase. Vorne in den Labors ist die Hölle los, die benehmen sich da unten wie die kleinen Kinder.«

Ren nickte und faßte wieder die Bildkugel ins Auge. Hier am Rand des Kernsektors der Milchstraße kamen etwa zweihundert

Sonnen auf ein Kubiklichtjahr. Die angenommene Dichte von über zehn Millionen Sonnenmassen pro Kubiklichtjahr im eigentlichen Zentrum mutete geradezu unvorstellbar an. Es mußte eine andere Erklärung geben, denn die Millionen von Sonnen hätten auf diesem engen Raum gar keinen Platz gefunden. Dhark schauderte bei der Gewaltigkeit dessen, was dort verborgen sein mochte.

Und sie waren drauf und dran, dem Geheimnis auf den Leib zu rücken.

Beinahe hätte er laut aufgelacht. Selten zuvor war ihm seine eigene Winzigkeit und Vergänglichkeit so klar vor Augen geführt worden.

Aber mochten die Menschen in der Unermeßlichkeit des Kosmos auch noch so unbedeutend sein, sie waren in der Lage, sich Aufgaben zu stellen, an deren Hintergründe sie noch vor einigen Dekaden keinen Gedanken verschwendet hatten.

»Ich kann unsere Wissenschaftler verstehen«, bemerkte er. »Aber es bleibt dabei. Wir haben ein enges Zeitfenster. Vielleicht haben wir irgendwann die Möglichkeit, hierher zurückzukehren und all das genauer zu untersuchen. Im Moment bleibt ihnen nur, so viele Daten zu sammeln wie möglich.«

Er blickte seinen ältesten Freund lange an. Als er wieder das Wort erhob, tat er es so leise, daß ihn außer Riker niemand in der Schiffszentrale verstehen konnte.

»Nach dem nächsten Sprung wissen wir, woran wir sind.«

»Dort, wo wir noch nie zuvor gewesen sind. Aber das ist doch genau das, was wir immer wollten, und was du und ich auch für den Rest unseres Lebens nicht anders haben wollen.«

Versonnen musterte Dhark das Abbild der IKO 1.

Auf ihr ruhten alle Hoffnungen.

»Dann also los!«

4.

Im gleichen Augenblick, als die vier Raumschiffe in den Normalraum zurückkehrten, schlugen sämtliche Alarmeinrichtungen an Bord an.

Wo eben noch Stille geherrscht hatte, überschlugen sich Stimmen. Männer redeten durcheinander. Ren Dhark registrierte nur, daß die Sätze nicht an ihn gerichtet waren, sondern in den meisten Fällen der Überraschung ihrer Besitzer Ausdruck verliehen.

»Checkmaster!« rief Ren durch das überbordende Chaos, während er die über die Bildkugel vermittelten Eindrücke zunächst beiläufig in sich aufnahm. »Sind wir in Gefahr? Dann sofortige Umkehr einleiten!«

»Keine Gefahr für die POINT OF oder eines ihrer Begleitfahrzeuge. Ansonsten hätte ich bereits Maßnahmen ergriffen.«

Dhark hatte das Gefühl, daß die Antwort ironisch klang, aber er mußte sich irren. Es handelte sich lediglich um eine nüchterne, wertfreie Stellungnahme, auch wenn sich in letzter Zeit die Hinweise verdichteten, daß der Checkmaster über eine biologische Komponente verfügte, die man bisher noch nicht entdeckt hatte.

»Dennoch empfehle ich, diesen Sicherheitsabstand beizubehalten«, fuhr das Bordgehirn ungerührt fort. »Weiterhin empfehle ich Initiierung der Intervallfelder.«

Ein nützlicher Rat, dachte Ren. Aber anscheinend nicht zwangsläufig notwendig, sonst hätte der Checkmaster den Schritt selbständig durchgeführt. Der künstliche erzeugte Weltraum in Form zweier sich um ein Fünftel überlappender Kugeln von jeweils dreitausend Metern Durchmesser machte die PO nahezu unverwundbar, und er schützte ihr empfindliches technisches Innenleben vor Naturgewalten aus dem Hyperraum.

»Intervallfelder aufbauen!« ordnete Dhark daher an. Dann rief er die Funk-Z an.

»Walt Brugg hier, Commander.«

»Ich will eine Konferenzschaltung, der jedes Schiff zugeschaltet ist. Außerdem übermitteln, daß Position bis auf weiteres gehalten wird. Irgendwelche Übertragungen?«

»So wenig wie vorher.« Tino Grappa wirkte angespannt, hatte sich aber ebenso wie der Rest der Zentralebesatzung unter Kontrolle. Das kurzfristige Chaos, das eben noch geherrscht hatte, war vergessen. Ren ging mit keinem Wort darauf ein. Schließlich arbeiteten um ihn herum Menschen und keine Maschinen. An Bord jeder von Marschall Bultons Einheiten hätte es zweifellos einen Haufen Verweise geregnet, doch an Bord des Flaggschiffs der Menschheit wurde das Thema Disziplin schon von jeher etwas laxer gehandhabt.

»Ich kann mir auch nicht vorstellen, daß außer uns noch jemand so verrückt ist, sich freiwillig hierher zu verirren«, entfuhr es dem 1. Offizier Hen Falluta. Noch so eine Bemerkung, über die der Commander wie selbstverständlich hinweghörte.

Statt dessen widmete er sich endlich dem, was er kurz zuvor als *Ding* bezeichnet hatte. Ein Schwarzes Loch! Etwas, das entstand, wenn ein massereicher Stern ausgebrannt war und unter dem unvorstellbaren Druck seiner eigenen Schwerkraft in sich zusammenfiel. Durch die gewaltige Gravitation wurde der umliegende Raum so stark gekrümmt, daß nicht die winzigsten Elementarteilchen, nicht einmal Strahlung oder Licht zu entfliehen vermochten. Dadurch wurde das Objekt unsichtbar. Es war dann lediglich durch seine unfaßbare Schwerkraftwirkung noch nachweisbar. Diese Schwerkraft saugte alle Materie in der Umgebung an, naturgemäß überwiegend Gase. Diese wurden auf eine Kreisbahn um das Schwarze Loch gezwungen, die sogenannte Akkretionsscheibe. Kollisionen zwischen den Gasatomen – in der Fachsprache nannte man sie dissipative Reibungsprozesse – führten dazu, daß sich die Materie in der Akkretionsscheibe auf mehrere Millionen Grad aufheizte. Diese heiße Materie stürzte konstant auf das Schwarze Loch zu. Wenn sie den Ereignishorizont überschritt – jenen Punkt, von dem aus nicht einmal mehr Licht das Schwarze

Loch verlassen konnte – verschwand sie übergangslos.

Daher mußte Ren sich korrigieren. Was er sah, war nicht das eigentliche Schwarze Loch. Sondern lediglich den Umfang seines Ereignishorizonts inmitten der leuchtenden Akkretionsscheibe.

Ein faszinierter Glanz bildete sich in seinen Augen. Die astronomischen Feinheiten außer acht gelassen, machte das Schwarze Loch seinem Namen alle Ehre. Eine tiefschwarze, plattgedrückte Kugel inmitten rotierender Bänder aus Licht, und die gewaltige Scheibe darum, glühend und in leuchtenden Gelb-, Orange- und Rottönen glänzend.

»Shanton«, wandte sich Ren an den wissenschaftlichen Leiter an Bord der IKO 1, der auf einem Bildschirm zu sehen war. Hinter ihm herrschte hektische Betriebsamkeit. Dhark erhaschte in dem Ausschnitt flüchtige Blicke auf Galoaner und Rahim. Natürlich verfügten sie alle über eigens eingerichtete Labors und Forschungsstationen, doch offenbar war es Shanton nicht gelungen, sie von Bord seines Schiffs fernzuhalten. Oder er hatte es nicht gewollt, weil er selbst die Arbeiten der Verbündeten auf diese Weise besser überwachen konnte, obwohl er wahrscheinlich mit seinen eigenen Leuten genug zu tun hatte. Ren zuckte mit den Achseln. Shanton mußte wissen, was er tat. Wenn er es für richtig hielt, daß die unterschiedlichen Gruppen so räumlich eng beieinander arbeiteten, dann war es das vermutlich auch.

Vielleicht versprach er sich von der Konkurrenz einen zusätzlichen Motivationsschub und raschere Resultate.

»Ich kann Ihre Sprachlosigkeit verstehen, Dhark«, verkündete der ehemalige Chef der Cattaner Kraftwerke respektlos. »Hier an Bord sieht es nicht anders aus. Bislang konnte ich mir eine Akkretionsscheibe von diesen Ausmaßen nicht mal im Traum vorstellen.«

»Was machen Ihre Gäste?«

»Die Galoaner sind aus dem Häuschen, und die Rahim gebärden sich, als sähen sie so etwas jeden Tag.«

»Hauptsache, sie finden etwas heraus.«

»Das haben wir bereits«, meldete sich Shodonn. Sein Träger Rhaklan trat in den Erfassungsbereich der Aufnahmeoptiken. »Die Akkretionsscheibe des Black Hole hat einen Durchmesser von einem Lichtjahr. Das ist unvorstellbar.«

Dhark rief sich die ihm geläufigen Fakten vor Augen. Die Akkretionsscheibe eines schwarzen Lochs war eine rotierende Scheibe aus extrem heißer kosmischer Materie. Fast so eine Art wirbelnde Supersonne.

Auf einem anderen Bildschirm war Gola zu sehen, der nun das Wort ergriff. »Wir können verfolgen, wie soeben ein gesamtes Sonnensystem in die Ausläufer der Scheibe gezogen wird. Wir registrieren enorme Magnetfelder, die jegliche Polarisation vernichten. Moment, ich überspiele die Daten.«

Sekunden später konnte auch Dhark den Weltuntergang des Systems beobachten. Die energetischen Streuemissionen in diesem Bereich waren so hoch, daß selbst die Explosionen ganzer Planeten lediglich wie winzige Lichtpünktchen aussahen und kaum anzumessen waren.

Die einzelnen Planeten wurden verschluckt, als handelte es sich um Nüsse. Selbst ihr Zentralgestirn brachte nicht mehr als ein letztes Aufflackern zustande, bevor es buchstäblich auseinandergerissen wurde. Wie ein zerstiebender gelber Tropfen, der zähflüssig in die Länge gezogen wurde, hauchte es sein Leben aus und vermischte seine Energie mit jener der Akkretionsscheibe.

»Beeindruckend«, bemerkte Ren. Doch die rotierende Scheibe war nicht ihr eigentliches Ziel. Das lag dahinter. Er war froh, daß sie in ausreichendem Abstand rematerialisiert waren. Doch wenn sie näher herangingen, wurde die Sache haarig. Dann mußten sie auf den bordeigenen Dilatationsausgleich vertrauen, da dieses Monster von Schwarzem Loch mit seinem enormen Schwerkraftfeld nicht nur den Raum krümmte, sondern auch den normalen Zeitablauf veränderte. Je näher man ihm ungeschützt kam, desto langsamer tickten die Uhren an Bord, nahe der Oberfläche des Objekts blieb die Zeit sogar fast ganz stehen. Dort drinnen würde man unsterblich sein, vorausgesetzt man wurde nicht vorher vernichtet oder in eine gänzlich andere, dem menschlichen Begriffsvermögen entzogene Daseinsform transformiert. Zum Glück verfügten alle modernen Raumschiffe über spezielle Vorrichtungen, die diese Verzerrungen des Zeitablauf neutralisierten – ansonsten wären schnelle Flüge im Normalraum mit unglaublichen Verzerrungen der Zeit verbunden. Ren konnte nur hoffen, daß die Dilatationsausgleicher auch mit den enormen Auswirkungen des SBH fertigwurden.

»Was sagen uns die Abmessungen der Scheibe über die Größe des Schwarzen Loches?«

»Daraus ergibt sich keine direkte Schlußfolgerung«, wehrte Chris Shanton ab.

»Das heißt, der Dicke hat mal wieder keine Ahnung«, hörte Ren Jimmy, Shantons Faktotum, aus dem Hintergrund bellen, ohne daß der nachgebildete Scotchterrier ins Blickfeld kam. »Aber zu seiner Ehrenrettung muß gesagt werden, daß die Rahim ebenfalls keinen blassen Schimmer haben.«

»Hören Sie, Chris, ich will keinen diplomatischen Zwischenfall, weil Ihr Jimmy wieder Lust auf seine derben Späße hat.«

»Keine Sorge, Gola hat sich bereits daran gewöhnt. Trotzdem bin ich nahe dran, diese Töle in das SBH zu werfen.«

Dhark verzog eine Augenbraue. Er zweifelte an den Worten des Ingenieurs, was Gola anging. »Ich habe mich nicht daran gewöhnt, ich ignoriere diese mechanische Behelfskonstruktion ganz einfach.« Shanton plusterte die Backen auf, aber der Rahim beachtete ihn nicht, sondern fuhr unbeeindruckt fort: »Außerdem erhalte ich eben neue Daten. Zwar können wir nicht vom Durchmesser der Akkretionsscheibe auf das eigentliche Black Hole schließen, aber es verfügt über mindestens zwei Millionen Sonnenmassen.«

»Ich muß korrigieren«, warf Shodonn ein. »Es sind sogar ziemlich genau drei Millionen Sonnenmassen.«

Der Rahim verschwand kurz aus dem Aufnahmebereich der Optiken und kehrte kurz darauf zurück. »Der Galoaner hat Recht«, erklärte er. Seine Stimme war tonlos, aber Ren spürte genau, daß er lieber wieder *der Niedere* gesagt hätte. Anscheinend verkraftete er nicht, daß die Galoaner den immensen technischen Vorsprung der Rahim in bestimmten Bereichen nicht nur aufgeholt hatten, sondern das mächtigste Volk Drakhons in einigen wenigen Dingen sogar überflügelt zu haben schienen. Jedenfalls mußte ihre Meßtechnik sich augenscheinlich nicht hinter der Golas und Kalneks verstecken.

»Drei Millionen Sonnenmassen«, wiederholte Dhark. »Ging man früher nicht davon aus, daß die größten Schwarzen Löcher über etwa eine Million Sonnenmassen verfügten?«

»Ja, und ich bin sicher, daß sich ein solches Super Black Hole niemals auf natürlichem Weg auf einem solchen Niveau etabliert hätte.«

»Schließen Sie das völlig aus? Mir sind Denkansätze bekannt, nach denen ein zentrales Schwarzes Loch sogar auf eine Milliarde Sonnenmassen kommen kann. Schließlich erleben wir hier mit eigenen Augen, wie dicht die Sterne im Zentrum der Milchstraße stehen, und je näher beim Zentrum, desto geringer ist ihre Rotationsgeschwindigkeit, da die innere Gravitation abnimmt. Rein theoretisch ist sogar eine fatale Kettenreaktion vorstellbar. Wenn sich nämlich aufgrund der geschluckten Sterne und Planetensysteme«, Ren deutete auf das Schauspiel, das sich eben seinem Ende näherte, »das SBH immer weiter ausdehnt und die umliegende Zone leert, wird auch die Wahrscheinlichkeit größer, daß es immer weiter außen liegende Sterne einfängt und durch die Gravitationskräfte neue Sterne vom Rand der Galaxis her angezogen werden. Wir können also einen natürlichen Vorgang nicht von vornherein ausschließen.«

Dhark wunderte sich über sich selbst. Verteidigte er die Mysterious jetzt doch wieder? Wollte er nicht wahrhaben, daß sie für die Katastrophe verantwortlich waren? Nein, er wollte lediglich mit hundertprozentiger Sicherheit dafür sorgen, daß sie wirklich von klaren Fakten ausgingen und keine Möglichkeiten außer acht ließen. Obwohl das letzten Endes auch keinen Unterschied gemacht hätte, dachte er fatalistisch. Das furiose Finale käme allemal, wenn ihnen die rettende Idee nicht einfiel.

»Ach was, Commander. Die Theorien sind mir allesamt bekannt, aber wir haben keine Beweise, daß es irgendwann irgendwo tatsächlich passiert ist. Dennoch schließe ich die Möglichkeit natürlich nicht aus, denn theoretisch ist der Fall vorstellbar. Aber seien wir doch realistisch und ziehen in unsere Betrachtungen unsere gewonnenen historischen Erkenntnisse ein. Dann ergibt sich ein eindeutiges Bild. Nicht bei unserem Freund hier! Da bin ich ganz sicher. Da stecken die Mysterious dahinter. Ohne sie hätten wir zwar ebenfalls ein Black Hole, aber keines von dieser Größe.«

»Schon gut, Chris, ich gebe Ihnen ja recht.«

Natürlich wurden auch auf der POINT OF selbst fieberhafte Messungen vorgenommen, und die Suprasensoren liefen auf Hochtouren. Der Checkmaster meldete sich nicht, also bestand für die Expedition weiterhin keine Gefahr. WS-West und WS-Ost waren trotzdem in erhöhter Alarmbereitschaft, Ortung und Funk-Z registrierten sämtliche Vorgänge in einem lichtjahrweiten Radius.

»Ein wahres Monster«, bemerkte Leon Bebir. Die Blicke des 2. Offiziers hingen ebenso gebannt wie die von Dhark, Riker, Falluta und den anderen in der Kommandozentrale Versammelten an den atemberaubenden Darstellungen, die die Bildkugel lieferte.

Die Farbenpracht in den Strudeln der Akkretionsscheibe erinnerte an ein Neujahrsfeuerwerk, nur daß es sich hier in kosmischen Maßstäben abspielte. Gewaltige Explosionen schienen dort stattzufinden. Die rotierenden Strudel wirkten bedrohlich.

»Sie wirken beinahe wie titanische Fangarme«, sinnierte Riker. »Man erwartet unwillkürlich, daß plötzlich einer hervorzuckt und nach uns greift.«

Dhark konnte sich ein Lächeln nicht verkneifen. »Schön, daß du deinen Humor nicht verlierst, Dan. Auf diese Weise könnten auch die Legenden über Drakhon entstanden sein.«

Gola meldete sich wieder. »Wir haben ein paar letzte Tests mit dem Paraverstärker vorgenommen. Wie erwartet nur normale Parameter. Von uns aus kann es losgehen.«

»Was denn?« fragte der stellvertretende Kommandant.

»Was Ren Dhark plant. Scheint so, als ob ich ihn besser kenne als du.«

Riker warf seinem Freund einen fragenden Blick zu, aber Ren winkte ab. »Bevor wir weitere Schritte planen, verlange ich mehr Informationen. Der Ereignishorizont ist nicht weniger beeindrukkend als die ihn umgebende Scheibe. Aber er sagt nichts über die tatsächlichen Dimensionen des Schwarzen Lochs aus.«

»Die wir von unserer Position aus auch nicht feststellen können«, wehrte Chris Shanton ab. »Dazu müßten wir hinter den Ereignishorizont vordringen. Im extremen Fall könnte sich eine Singularität dahinter verbergen.«

»Eine Singularität?«

»Ein ausdehnunsloser Punkt mit unendlich hoher Dichte. Albert Einstein ist in seinen Berechnungen noch davon ausgegangen, daß Singularitäten existieren, die moderne Wissenschaft schließt diese Möglichkeit eher aus. Aber ich sage es noch einmal: Auch in diesem Punkt sind wir auf Vermutungen und Computersimulationen angewiesen.«

»Unsere Wissenschaft schließt die Existenz von Singularitäten ebenfalls aus«, erklärte Shodonn.

»Dafür haben wir neue Erkenntnisse.« Das war diesmal Kalnek. Seiner Stimme war die Genugtuung darüber anzuhören, daß die Rahim sie vor ihren Bündnispartnern gewonnen hatten. »Sie bestätigen Shantons Ansicht, daß es sich nicht um ein normales Schwarzes Loch handelt, eine Ansicht, die an Bord unserer vier Schiffe inzwischen wohl niemand mehr ernsthaft vertritt.«

Ren ignorierte den kleinen Seitenhieb. Schließlich hatte das niemand mehr wirklich getan, seit im Archiv der Shirs das menschliche Weltbild auf den Kopf gestellt worden war.

»Ich höre«, erwiderte er nur.

»Nach den ermittelten Daten über die äußere Größe des Objekts müßte die Akkretionsscheibe sich mit 230 Kilometern in der Sekunde bewegen, tatsächlich ist sie aber wesentlich schneller. Sie wirbelt mit mehr als 350 km/s um das SBH. Das ist eine physikalische Unmöglichkeit, die aus der Manipulation durch die Mysterious resultieren kann.«

»Zudem besitzt es eine weitere Abnormität, die, soweit wir wissen, in der Natur nicht vorkommt.« Das war wieder Shodonn. »Es lassen sich keine Synchrotronteilchen anmessen. Das ist genau so unmöglich wie die Rotationsgeschwindigkeit.«

»Synchrotronteilchen sind vornehmlich Elektronen, Protonen und Alphateilchen, die in starken Magnetfeldern eine charakteristische Strahlung erzeugen«, führte Shanton aus. Diesmal war selbst er überrascht. »Sie werden gemeinhin senkrecht zur Rotationsebene eines Schwarzen Loches ausgestoßen, und zwar in Form von Materiestrahlen, auch Jets genannt. Diese Jets müßten also auch hier, populär ausgedrückt, oben und unten aus der Akkretionsscheibe des SBH herausschießen.«

»Das tun sie aber nicht.«

»Was um so verwunderlicher ist, da wir gewaltige Magnetfelder angemessen haben.«

»Damit steht es also fest«, resümierte Shodonn. »Das Super Black Hole im Zentrum Ihrer Milchstraße ist zu einem Ungeheuer mutiert, das nur noch Materie und Energie verschluckt und kein Ventil mehr hat. Seine Daseinsform widerspricht sämtlichen heute bekannten Naturgesetzen und ist zweifellos künstlich manipuliert worden.«

Für Sekunden schloß Ren Dhark die Augen. Das waren erschütternde Erkenntnisse. Doch sie brachten sie keinen Schritt weiter. In der Warteposition, die die vier Raumschiffe bezogen hatten, konnten sie nicht mehr ausrichten.

Ihnen blieb nur noch eine letzte Option.

»Wir müssen hinein«, entschied er. »Wir müssen hinter den Ereignishorizont vordringen.«

*

Darauf hatte Chris Shanton nur gewartet.

Jetzt, da der Befehl von Ren Dhark kam, war er die Ruhe selbst. Auch zwischen Rahim und Galoanern kam es zu keinen weiteren Reibereien. Wie sein eigenes Team konzentrierten sie sich voll und ganz auf ihre Aufgaben. Denn allen war klar, daß es sich bei dem geplanten Vorstoß um eine heikle Mission handelte. Zwar wurden alle nur erdenklichen Vorsichtsmaßnahmen getroffen und der Ablauf der Aktion wieder und wieder an den Suprasensoren simuliert, aber das war keine Garantie. Schließlich begaben sie sich auf absolutes Neuland. Erfahrungswerte, auf die sie zurückgreifen konnten, existierten nicht. Da waren auch die neuen Verbündeten aus Drakhon den Menschen keinen Schritt voraus.

»Sie werden Kurs parallel zur Akkretionsscheibe setzen, Chris«, befahl Dhark. »Bei ausreichender Geschwindigkeit werden Sie den Ereignishorizont in einer Tangentialbahn durchfliegen. Wir wagen einen Versuch mit minimaler Verweildauer, bei dem der IKO 1 nichts zustoßen dürfte.«

»*Dürfte* klingt motivierend, Dhark.« Der Ingenieur grinste. Er widmete sich nicht länger seinem wissenschaftlichen Forschungsteam, sondern beobachtete die Handgriffe der eigentlichen Besatzung, die den Ikosaederraumer flog. Auch wenn das weniger sein Metier war, hatte er keine Probleme, die Übersicht über ihre Vorbereitungen zu behalten.

»Ich bin zuversichtlich, Chris. Sie schaffen das schon. Oder haben Sie Einwände?«

Der Ingenieur schüttelte den Kopf. »Keine zehn Pferde würden mich von Bord bewegen. Diese einmalige Chance lasse ich mir doch nicht entgehen. Ich schlage vor, daß wir zunächst einen größeren Abstand beziehen, um die benötigte Geschwindigkeit zu erreichen. Die IKO 1 ist schließlich relativ klein und verfügt deswegen über eine relativ geringe Masse.«

»Einverstanden. Auch wenn Sie nur ganz kurz auf der anderen

Seite sein werden, wird die Zeitspanne den Meßgeräten ausreichen. Bereits während des Anflugs wird das Schiff durch die Parakräfte der Rahim geschützt. Ich verlasse mich da ganz auf Gola und Kalnek. Den Rest wird die träge Masse des Tofirits der Raumschiffswandungen erledigen.«

»Wir sind bereit«, versicherte Gola. »Von uns aus kann es losgehen.«

»Ich würde lieber an Bord der H'LAYV zurückkehren«, meldete sich Shodonn an Bord. »Ich will ehrlich sein. Mir ist bei dem Gedanken an einen Übergang hinter den Ereignishorizont nicht wohl. Auch wenn mich die Vorstellung fasziniert und ich nicht um mich persönlich besorgt bin, habe ich doch eine Verantwortung.«

»Eine Verantwortung dem Nareidum und dem Volk der Galoaner gegenüber«, ergänzte Rhaklan. »Der Weise darf sich nicht fahrlässig in eine Gefahr begeben, in der er umkommen könnte. Dazu ist seine Existenz viel zu wertvoll.«

»Das ist selbstverständlich.« Shanton klopfte dem Träger des Seelenchips jovial auf die Schulter. »Shodonn kann an Bord der H'LAYV ebenso wertvoll sein. Außerdem bin ich voll und ganz Rhaklans Meinung. Es steht uns nicht zu, den Weisen in Gefahr zu bringen.«

»Kein Einspruch von meiner Seite«, versicherte Dhark. Shanton hatte auch nichts anderes erwartet.

»Wir sehen das zwar anders«, sagte Kalnek, »aber auch uns ist es lieber, wenn der Galoaner von Bord ist. Wir hätten von Anfang an auf seine Anwesenheit verzichten können.«

Sowohl die Männer als auch Shodonn übergingen die neuerliche Provokation.

»Vordringlich ist, daß es uns jenseits des Ereignishorizonts gelingt, weitere Informationen über die Natur des Super Black Hole zu bekommen. Ich bin sogar ganz froh, daß eine wissenschaftliche Koryphäe den kleinen Ausflug von hier draußen überwacht.«

»Dann sind wir uns ja einig.« Shanton entging nicht das verräterische Flackern in Ren Dharks Augen. Seine Vermutung wurde bei dessen nächsten Worten bestätigt: »Wäre ich anderer Meinung, würde ich Ihnen nicht den Einsatzbefehl geben. Und ich würde bestimmt nicht zu Ihnen an Bord kommen.«

Shanton nickte. Dharks Worte wären nicht nötig gewesen. Er wußte genau, daß der Commander der Planeten niemanden in einen Einsatz geschickt hätte, wenn er sich nicht akzeptable Erfolgsaussichten ausgerechnet hätte. Daß Dhark jedoch auf die IKO 1 überwechseln wollte, um bei dem Feldversuch vor Ort zu sein, überraschte ihn, auch wenn er es in dessen Augen hatte lesen können.

»Ich weiß nicht, ob das so eine gute Idee ist, Commander.«

»Es ist sogar eine hundsmiserabel schlechte Idee!« polterte Dan Riker. »Du wirst schön an Bord der POINT OF bleiben und einmal nicht an vorderster Front stehen!«

Shanton erkannte die Verärgerung im Gesicht des schwarzhaarigen, hageren Mannes. Niemand sonst hätte in diesem Ton zu Ren Dhark sprechen dürfen, dazu war der Commander viel zu eigensinnig und rechthaberisch. Aufgrund ihrer alten Freundschaft bestand aber zwischen den beiden Männern, die so viel für die Erde und die Menschheit getan hatten, trotz der hierarchischen Struktur an Bord eines Raumschiffs eine besondere Beziehung. Shanton stimmte Riker zu. Selbst wenn sie gute Aussichten auf einen erfolgreichen Einsatz hatten, konnten tausend Dinge schiefgehen. Es wäre ihm lieber gewesen, Dhark hätte von seinem Plan abgesehen.

Doch der dachte gar nicht daran. Wie so oft, wenn er sich erst einmal was in den Kopf gesetzt hatte.

»Hör auf, Dan. Unsere fähigsten Köpfe sind an Bord der IKO, was soll mir da passieren? Ich will selbst sehen, was auf der anderen Seite ist.«

»Und wenn etwas schiefgeht?«

»Erstens wird nichts schiefgehen. Wir werden nur ganz kurz hinter dem Ereignishorizont verschwinden und schon wieder daraus auftauchen, bevor du dich auch nur umdrehen kannst. Wir wären nie so weit gekommen, wenn wir nicht öfter mal was riskiert hätten.«

Riker winkte verächtlich ab. »Das sind deine Standardausflüchte. Tatsache ist aber, daß ausgerechnet du immer wieder meinst, ein Risiko eingehen zu müssen. Das können auch mal andere machen. Shanton ist kein kleines Kind. Der schafft das auch allein, ohne daß der omnipräsente Commander der Planeten ihm auf die Finger schaut.«

Der Ingenieur schmunzelte angesichts des eigentlich lächerlichen Streits der beiden führenden Männer der POINT OF. Wäre die Situation nicht so ernst gewesen, hätte er sogar herzhaft darüber lachen können.

»Meine Herren«, mischte er sich ein. »Seien Sie mir nicht böse, aber Sie streiten sich ja so, wie Jimmy und ich es zuweilen tun.«

Dhark und Riker verstummten und schauten sich fassungslos an. Shanton hatte den Eindruck, daß Riker ihm eine geharnischte Antwort geben wollte, doch anscheinend sah er deren Sinnlosigkeit im letzten Moment ein. Statt dessen wandte er sich an Dhark: »Du sagtest erstens. Und was wolltest du als ›zweitens‹ anbringen?«

»Die Antwort hast du dir bereits selbst gegeben. Ich werde niemandem ein Risiko aufbürden, das ich nicht selbst zu tragen bereit bin. Weder Shanton noch irgendwem sonst.«

»Oh, nein, mein Lieber, so drängst du mich nicht in die Ecke. Ich bleibe dabei…«

Dan Riker kam nicht mehr dazu, seinen Satz zu vollenden.

»Da ist plötzlich etwas in der Ortung!« fuhr Tino Grappa dazwischen. »Struktur ist bekannt. Moment, ich habe es gleich.«

Chris Shanton sah Ren Dharks besorgtes Gesicht über die Bildübertragung. Seine Stimme klang alarmiert.

»Was ist es, Tino?«

»Verdammt!« fluchte der Mailänder unbeherrscht und fuhr herum. Alle Blicke wandten sich ihm zu, als er die nächsten Worte aussprach.

»Eine Schattenstation der Grakos!«

5.

Zweiundvierzig Gleitschirme zogen rasch über dem Dschungel dahin; in einem 45-Grad-Winkel entfernte sich der 14. Zug der Schwarzen Garde von der kleinen Schattenansiedlung, die als ursprüngliches Objekt der Aufklärungsoperation vorgesehen war.

Wie eine Formation terranischer Wildgänse in einem nach hinten offenen, langgestreckten, etwas schiefen V zogen die Gardisten dahin.

Die Motoren surrten verläßlich, die Leinen sirrten leise.

MacCormack hatte als Ziel eine Siedlung mitten im Urwald gewählt, zirka 100 Kilometer Luftlinie von der ersten entfernt; allerdings lag sie auf der anderen Seite des vor ihnen liegenden Gebirgszuges, dessen Kämme und Gipfel für die Schirme zu hoch waren. Doch glücklicherweise zeigte sich auf der Konturenkarte ein tiefer Einschnitt. Über diese Paßhöhe würden sie auf die andere Seite gelangen.

Langgestreckte Wolkenformationen zogen rasch heran. Das Licht wechselte.

Buck, der sich relativ weit vorn an der Spitze dicht hinter Kaunas und Kenneth MacCormack befand, stieg ein paar Meter höher und warf einen Blick in die Richtung, der sie zustrebten. Sie hatten inzwischen die Hälfte der Distanz zurückgelegt, und das Gelände unter ihnen begann anzusteigen. Über den Gebirgskämmen hatten sich quirlende, leuchtende Wolken gebildet, die rasch auf und ab stiegen. Ein merkwürdiges Phänomen, fand Buck, hob, neugierig geworden, den Feldstecher an die Augen und blickte hindurch. Zahlenkolonnen flimmerten über den kleinen Monitor, veränderten sich fortlaufend und versorgten ihn mit genauen Entfernungsangaben. Die Scharfeinstellung regelte sich automatisch nach, während der anvisierte Gebirgskamm heranzoomte.

Es sind riesige Vogelschwärme! dachte er mit Erstaunen, als ihm aufging, was er da sah. *In dieser Höhe?*

Die Atmosphäre um die fliegenden Gardisten begann sich unmerklich zu verändern. Das düsterrote Tageslicht wurde um einige Nuancen dunkler; an den Kanten der Schirmsegel und entlang der Leinen bildeten sich Funken. Auch die Schutzkäfige der Propeller, aus anodisiertem Material bestehend, zeigten das gleiche Phänomen. Die Atmosphäre schien sich wie ein gewaltiger Kondensator mit Elektrizität aufzuladen. Mittlerweile hatte sich die Wolkenbank weiter ausgedehnt, ihre Ränder waren ausgefranst und deutlich schwefelgelb abgesetzt.

Kurt Buck studierte sein Display, das er wie das vorsintflutliche Klemmbrett ehemaliger Bomberpiloten im ausgehenden 20. Jahrhundert auf seinem linken Oberschenkel befestigt hatte. Der Schirm zeigte ein topographisches Modell des Geländes, das sie soeben überflogen. Er suchte nach einem geeigneten Platz zum Landen, falls das Unwetter zu heftig werden würde. Wenngleich er bezweifelte, daß MacCormack und Kaunas eine derartige Möglichkeit überhaupt ins Kalkül ziehen würden.

»Achtung, Männer«, kam Jannis Kaunas' Stimme über die Helmlautsprecher. »Paßt auf eure Leinen auf. Es wird vielleicht etwas holprig werden.«

In einer heftigen Scherströmung begannen die Schirme zu schaukeln und zu taumeln. Die Männer hatten plötzlich alle Hände voll zu tun, um Kurs zu halten. Aus dem Surren der Motoren wurde ein Brummen, als sie mehr Leistung bereitstellen mußten, damit die Gleitschirme nicht an Höhe verloren.

»... he, Leute«, trotz Verfremdung durch die Lautsprecher konnte Buck hören, daß es sich um Pete Garrison handelte, »kein gutes Wetter zum Drachenfliegen, oder?«

Eine andere Stimme fiel ein:

»... Tim, alte Trantüte. Paß gefälligst auf deinen Schirm auf! Ich kann nicht auch noch auf dich achtgeben, hab' selbst alle Hände voll zu tun, diesen fliegenden Lutscher hier stabil zu halten...«

»Paß selbst auf, ich...«

»... bleibt mir vom Leib, ihr lahmen Säcke!«

»Selber Sack…«

Die Stimmen aus den Kom-Einheiten kamen weiter über die Internverständigung. Nick Gantzler schaffte es, seinen Freund Tadeusz Ribicki im Meckern sogar noch zu übertrumpfen, was ihm meist nicht gelang, da er normalerweise dem Redefluß des Elektronikexperten und Fremdtechnikspezialisten aus Prag hoffnungslos unterlegen war. Zwischen Flachserei und Meckern brachten die Gardisten es fertig, Kurs und Höhe zu halten, ohne daß es zu irgendwelchen Kollisionen kam.

»Schluß dort hinten!« Die wenigen Worte von Kaunas unterbrachen das Geplänkel sofort. »Haltet Funkdisziplin – und bleibt in der Reihe. Es wird doch nicht so schwer sein, verdammt noch mal, Abstand vom Vordermann zu halten. Wer das nicht fertigbringt, dem werde ich es beibringen, sobald wir zurück sind. Kapiert?«

»Aye, aye, Sarge«, kam die kleinlaute Erwiderung.

Dann trat Schweigen ein. Es bestand zwar keine Gefahr, daß die schwachen UKW-Sender der Kampfanzüge, deren Reichweite auf gerade mal 100 Meter herabgepegelt worden war, von den Grakos angepeilt werden konnten – aber Kaunas hielt viel von Disziplin.

Zum Glück wurden sie zu keiner Unterbrechung ihres Fluges gezwungen; die Schlechtwetterfront drehte plötzlich nach Norden ab, und wenig später war bis auf ein paar schwache Böen nichts mehr vom drohenden Unheil aus der Atmosphäre zu spüren. Ohne weitere Behinderungen durch das Wetter setzte der 14. Zug der Schwarzen Garde seinen Flug fort.

*

Noch immer spürte er die Kraft in sich, wenn auch schwach.

Er war alt.

Er war krank; sehr krank.

Unzählige Mondwechsel waren vergangen, seit er aus dem Kokon geschlüpft war und sein Leben begonnen hatte.

Jetzt war er müde… so müde.

Der alte Gordo suchte sich eine bequemere Lage, mühsam darauf bedacht, die langsam austrocknenden Flügel nicht zu quetschen, deren einstmals stahlblaue Farbe einem stumpfen, matt schimmernden Grau gewichen war.

Etwas entfernt von seinem Lager, im Hintergrund der Höhle, standen die beiden jungen Gordo, die seinen Ruheplatz säuberten, ihn mit Nahrung versorgten – und seine Einsamkeit teilten. Er spürte, daß sie in Aufregung waren.

Er kannte den Grund dafür.

Wieder hatten die Grakos zwei der wenigen Überlebenden aus seinem Volk dahingemetzelt, diese nicht faßbaren Ausgeburten eines fremden Kontinuums, die seinem Volk schon so viel Leid zugefügt hatten, obwohl sie eigentlich alle aus dem selben Ur-Ei stammten.

Er ließ ein kurzes Trillern hören, das die beiden Wächter weder aufschreckte noch unruhig machte. Er hörte ihr schwaches Pfeifen und Klacken, als sie miteinander redeten.

Er legte keinen Wert darauf, nachzuforschen, worüber sich die Wächter unterhielten. *Laß sie reden!* dachte er. Zweifellos war es wieder nur belangloses Zeugs über die Paarungsbereitschaft der Königinnen, so es denn noch welche gab. Er, der Alte, hatte schon lange keine mehr gesehen, geschweige denn besessen. Obwohl er in der kleinen Population auf dieser Welt der einzige war, der dazu beitragen konnte, ihre Art am Leben zu erhalten.

Er verschwendete keinen Gedanken an die Vergangenheit.

Er hatte andere Probleme.

Probleme, die mit dem Fortbestand ihrer Art eng zusammenhingen.

Verwirrend war, daß *der Feind* aufgetaucht war. Die Gedanken seiner Gefährten hatten ihm dies schon wenige Zeitspannen nach dessen Ankunft gezeigt; sie befanden sich nicht einmal sehr weit vom Standort der Höhle entfernt. *Der Feind*. Jenes Volk, mit dem die Grakos sich im Krieg befanden.

Merkwürdige, zweibeinige Wesen.

Menschen wurden sie von den Grakos genannt.

Der Feind!?

Es konnte nicht weit her sein mit ihm. So wie er es sah, waren es jedenfalls schwache Individuen, in jeder Hinsicht.

Ohne göttlichen Gedanken.

Ohne Gefühle.

Leere Hülsen.

Der alte Gordo konnte nicht nachvollziehen, wieso diese schwache Spezies sich mit den Grakos blutige Schlachten liefern konnte.

Es interessierte ihn auch nicht sonderlich.

Die Fremden schienen keine Bedrohung; es waren ihrer nicht viele.

Man konnte sie an einer Klaue abzählen, wenn man die Beindorne hinzunahm.

Nicht mehr als zweiundvierzig einzelne Individuen.

Durch keinen Geist machtvoll zu einem einzigen Wesen verbunden, das dann unangreifbar gewesen wäre.

Trotzdem mußte er wissen, was sich da seiner Höhle näherte. Mit dem noch verbliebenen Rest seiner alten Kraft griff er sondierend hinaus…

Über seine Flügelpaare lief ein Zittern; es erzeugte ein surrendes Geräusch, als die hauchdünnen Membranen sich aneinanderrieben.

Er spürte eine Veränderung.

Er wurde wachsam.

Die beiden Jungen wurden unruhig, als sie die Erregung des Alten spürten.

Sollten sie.

Er besann sich auf seine frühere Stärke.

Etwas war dort draußen. Ein anderer… Geist?

O ja! Der Große Alte fühlte mit einem Mal eine ungewöhnliche Präsenz, nicht sehr ausgeprägt zwar, aber dennoch vorhanden. In seinem Stoffwechsel wurden Reaktionen ausgelöst, die seine Kräfte belebten und ihn mit neuer Energie versorgten. Die Erwartung lief durch seinen Körper wie ein kristallener Schauer. Die seit langer Zeit stumpf gewordenen Greifklauen öffneten und schlossen sich klickend, und in die trübe gewordenen Facettenaugen kehrte neuer Glanz zurück. Er wandte den monströsen Kopf mit den gewaltigen Mandibeln hin und her, während die verkümmerten Fühler konvulsivisch zuckten. Er griff mit seinen Gedanken hinaus, sondierend, suchend.

Die Signale, die dieser… dieser *Mensch* aussandte, waren ungewöhnlich. Er konnte sich kein klares Bild davon machen, was den anderen Geist bewegte, spürte aber starke Aggressionen und einen unbeugsamen Willen zum Kampf, aber gleichzeitig tiefe Sehnsucht nach etwas, das unerreichbar in weiter Ferne zu liegen schien. Ein Prickeln durchlief sein kompliziertes Nervensystem – irgendwie mußte er in Verbindung mit ihm treten.

Er wandte sich an den jüngeren seiner beiden Gefährten und erteilte einen Befehl…

*

Die vor Feuchtigkeit dampfende Vegetation wurde allmählich niedriger, blieb zurück, je weiter sie in die Berge kamen. Schließlich lagen nur noch mit niedrigem Strauchwerk bewachsene Hänge und Matten unter den Gardisten, nachdem sie die Ausläufer des angepeilten Passes erreicht hatten. So tief wie möglich, um optisch nicht erfaßt werden zu können, strebten sie nach oben zum Paßeinschnitt. Eine zufällige Patrouille der Schattenkreaturen hätte sich sehr gewundert, 42 Lenkschirme zu sehen, die wie von Geisterhand gesteuert, gänzlich ohne Passagiere durch die Luft glitten; die Motorschirme waren ja nicht durch die Mannabschirmer gegen die Grakos getarnt.

Der Wind wurde im Einschnitt schwächer, schlief zeitweilig ganz ein. Ein weiteres klimatisches Phänomen, für das Buck und die Gardisten keine Erklärung fanden. Ihm war, als hielte die Natur in diesem Einschnitt für eine Weile den Atem an.

Merkwürdige Vorstellung, durchzuckte es ihn.

Buck spürte, wie sich sein Puls beschleunigte, während er die links und rechts aufragenden, zerklüfteten Wände des Passes nicht aus den Augen ließ, in denen Einschnitte und Spalten zu erkennen waren.

Ein ideales Versteck für eine ganze Armee, kam es ihm in den Sinn.

Ganz plötzlich hatte er die Vorstellung von einer großen, niedrigen und dunklen, rötlich illuminierten Höhle. Sie schien leer. Oder doch nicht? Ganz an ihrem Ende bewegte sich etwas, das er weder einordnen noch erkennen konnte, da sich die Bilder in seinem Kopf wie bei einem doppelt oder dreifach belichteten Film überlagerten. Eine unausgesprochene Frage flackerte durch seine Gedanken…

Buck blinzelte verwirrt, schüttelte den Kopf, um die Spinnweben aus seinen Gedanken zu vertreiben.

Da verschwand der ganze Spuk wieder vor seinem inneren Auge.

Über ihm rauschte der Schirm; der Fahrtwind sirrte in den Leinen. Es war alles wie immer.

Vor ihm flogen Kaunas und der Kommandeur, neben und hinter ihm die Kameraden.

Und doch hatte er das Empfinden, als wäre er für Bruchteile von Sekunden an einem anderen Platz gewesen. Ein Schauder körnte die Haut auf seinem Rücken. Dann gewann die Ratio Oberhand.

Nichts hatte sich geändert.

Nichts?

Nichts, bis auf die Riesenlibelle, die urplötzlich vor ihnen auftauchte, als sie auf der Paßhöhe angekommen waren, und wie ein Helikopter auf der Stelle flog, wobei sie sich von links nach rechts und wieder zurück bewegte.

Unterdrückte Flüche erklangen in den Helmlautsprechern.

Hände griffen nach den Automatikwaffen.

»Nicht schießen«, kam MacCormacks schneller, harter Befehl.

»Bleibt friedlich, Männer. Sie macht nicht den Eindruck, als könne, als wolle sie uns etwas tun.«

Jemand räusperte sich, was in den Lautsprechern der Kom-Verbindung wie ein Rascheln klang. »Hoffentlich haben Sie recht, Sir«, meinte Schütze Eklund, der Anthropologe des 14. Zuges, übertrieben beiläufig.

MacCormack verzichtete auf eine Antwort.

Da die Libelle keine Anstalten machte, sich von der Stelle zu rühren, wichen die Gardisten aus und umkreisten langsam das gewaltige Insekt.

»Wir sollten uns entschließen, etwas zu unternehmen, Sir«, sagte Kurt Buck über die offene Phase der Kom-Verständigung des Kampfhelmes. Er ließ das Insekt nicht aus den Augen, konzentrierte sich regelrecht darauf. »Es macht wenig Sinn, im Kreis um eine Libelle zu fliegen, auch wenn diese alles bisher Gesehene übertrifft. Ich denke...«

Er kam nicht mehr dazu, MacCormack seine Gedanken darzulegen. In seinem Geist formulierte sich ein Satz:

Du scheinst anders zu sein, Buck-Mensch.

Mehrere Atemzüge lang reagierte der blonde Deutsche überhaupt nicht, während sein Verstand heftig damit rang, die Unfaßbarkeit all dessen mit dem in Übereinstimmung zu bringen, was seine Augen sahen, und was gleichzeitig in seinem Geist ablief.

Was er eben vernommen hatte – auch alle anderen? – war das eine telepathische Botschaft? Ein wirrer Strom an Gefühlen überschwemmte für einen Augenblick seine Gedanken...

Warum bist du überrascht, mich zu hören?

Wieder diese Stimme in seinem Kopf.

»Es ist zumindest ungewöhnlich, sich mit einem Insekt zu unterhalten«, sagte Buck ziemlich fassungslos.

Insekt? Ist das eure Bezeichnung für uns? Sind wir das für euch?

Kurt Buck, Kaunas und der Kommandeur trieben unter ihren Schirmen näher an die Libelle heran, umkreisten sie, während diese sich auf der Stelle mitdrehte und sich so ständig den Menschen zuwandte.

»Zumindest sehen wir dich als ein solches an«, bemerkte Kurt.

»Es ist unmöglich«, brummte Jannis Kaunas, Pragmatiker durch und durch, »wir unterhalten uns hier mit einer Riesenlibelle via... ja was? Telepathie? Mentalprojektion? Ich glaube es einfach nicht.«

»Sie sollten sich von alten Denkschemata freimachen, Jannis«, riet MacCormack.

»Vielleicht ist sie auch nur eine Art Illusion«, schlug der Balte vor, mißtrauisch wie er war. »Eine von den Grakos gesteuerte psychische Halluzination – oder etwas ähnliches. Wer weiß, welche Teufeleien diese Schattenkreaturen sich noch ausdenken, um sich unserer zu bemächtigen.«

»Nein«, beschied MacCormack in aller Entschiedenheit. »An solche Dinge glaube ich nicht. Außerdem«, er konsultierte sein Anzug-Instrumentarium, »wenn sie ein Trugbild sein sollte, dann ein verdammt reales. Der Nahbereichstaster bestätigt eindeutig ihre Stofflichkeit.«

»Vielleicht sind diese Riesenlibellen aber auch nur Sklaven«, warf Mick Hogan in die Debatte. »Genmanipulierte Nachkommen der Grakos.«

Ohne es zu ahnen, hatte der Australier ein Zipfelchen jener Decke gelüftet, unter der ein großes Geheimnis verborgen lag. »Wir sollten ihr nicht trauen. Wer weiß, ob sie es tut!«

Ich vertraue euch.

»Sagtest du etwas?« fragte Buck und sah zu, wie sich die riesige Libelle im Kreise drehte.

Ich-Wir vertrauen euch.

»Du bringst uns Vertrauen entgegen? Warum?«

Ihr habt euch nicht an der Vernichtung von einigen von uns beteiligt.

Sie weiß davon? dachte Kurt verwundert. Aber warum auch nicht? Vermutlich bestand so etwas wie eine mentale Verbindung zwischen den einzelnen Libellen, eine Art geistige Nabelschnur.

»Wir haben aber auch nichts unternommen, um euch zu helfen«, sagte er halblaut. Es war nicht ersichtlich, ob die Riesenlibelle die gedankliche Projektion der Worte mitbekommen hatte. Vermutlich nicht, weil keine Reaktion von ihr kam. Die Verständigung, so hatte Buck irgendwie die Vorstellung, schien mit dem Insekt nur zu funktionieren, wenn man es gezielt ansprach. Wahrscheinlich war es auch nicht in der Lage, Gedanken zu *lesen,* oder es unternahm – aus welchen Gründen auch immer – erst gar nicht den Versuch. Er richtete seine Worte wieder direkt an die Libelle, deren Doppelflügelpaar einen flirrenden Kreis von stahlblauer Farbe über ihr erzeugte, der in dem düsterroten Licht der Systemsonne ins Dunkelviolette spielte. »Du erwähntest den Begriff ›wir‹. Heißt das, ihr seid zu mehreren?«

Außer mir existieren noch zwei weitere unserer Art... hier.

Der Nachsatz des Insekts implizierte, daß es auf Robert noch mehr seiner Art gab. Oder auf anderen Welten. So genau konnte die Bemerkung der Riesenlibelle von einem Terraner nicht eingegrenzt werden. »Und wo befinden sich die anderen von deiner Art?«

In einer Höhle unweit von hier. Dort werdet ihr alle Antworten auf die Fragen bekommen, die euch so beschäftigen.

Zusätzlich zu dieser Antwort erschien das Bild einer dunklen, rötlich illuminierten Höhle in den Köpfen der Männer.

Buck begann zu frösteln. Es war genau das Bild, das er vor kurzen schon einmal *empfangen* hatte!

»Gut«, signalisierte Kenneth MacCormack sein Einverständnis.

Kaunas zischte etwas hinter geschlossenen Zähnen. Dann wandte er sich an den Chef.

»Sir, ich empfehle, nicht alle mit in die Höhle zu nehmen«, schlug er dem Bataillonskommandeur vor. »Schaffen wir Vertrauen, indem wir nur wenige Männer mitnehmen.«

Schlauer Fuchs. Buck konnte nicht umhin, Kaunas Bewunderung zu zollen; in Wirklichkeit ging es dem alten Haudegen überhaupt nicht um vertrauensbildende Maßnahmen – er wollte schlicht und einfach nur genug Männer im Freien zur Verfügung haben, falls er deren Hilfe benötigte.

MacCormack zögerte. Dann meinte er mit einem Seufzer: »Sie haben recht – wir sollten ebenfalls Vertrauen zeigen. – Wir werden aber nicht alle gehen«, sagte er deutlich und akzentuiert zu dem Insekt. »Die meisten von uns werden hier draußen bleiben und das Gelände sichern.«

Wie immer ihr euch entscheidet. Es sei so.

Kaunas wartete nicht länger. »Calhoun, Ribicki, Danon und Buck – ihr schließt euch dem Chef und mir an.« Er erhielt viermal die Bestätigung über die Kom-Phase und lenkte seinen Motorschirm auf den Boden herab. Der gesamte 14. Zug folgte seinem Beispiel. Sie streiften die Motortornister ab und kümmerten sich um die Schirme, während MacCormack, Kaunas und die vier ausgesuchten Gardisten der Libelle folgten, die dem unweit gelegenen Höhleneingang zustrebte.

»Seiwa?« rief Kaunas, als der kleine Japaner sich ihnen anschließen wollte. »Was soll das?«

»Sir«, begann der Sohn Nippons. »Sie werden mich vielleicht brauchen, wenn...«

»Nichts da! Sie bleiben draußen und sichern mit dem Rest der Männer weiträumig den Paß!«

Antoku Seiwa verzog das Gesicht hinter dem Helmvisier. Den Befehl mit Kaunas zu diskutieren war sinnlos. Er konnte sich nicht gegen dessen Anordnung auflehnen.

»Hogan, Tourneau – Sicherungspositionen mit euren Teams einnehmen«, rief er durch die Helmphase. Die beiden Gruppenführer bestätigten den Befehl, und Antoku Seiwa begab sich zu seiner eigenen Gruppe, zu der noch der Rest von Bucks Team stießen.

Inzwischen hatten die anderen den Höhleneingang erreicht und folgten der Libelle in die Tiefe.

Der Gang, der sich hinter dem Eingang auftat, war zunächst eng. Dann wichen die Wände zurück, weiteten sich, die Decke wuchs nach oben. Die Kaverne war den Proportionen der Libellen angepaßt – und deshalb für Menschen von erheblicher Größe und Ausdehnung. Es war eine natürliche Ausformung des Berges, keine künstlich angelegte, wenngleich die Wände den Eindruck machten, nachträglich etwas geglättet worden zu sein. Nischen taten sich links und rechts in den Wänden auf, in denen Gegenstände unbekannten Zwecks gelagert waren. Die Decke hatte mehrere Durchbrüche ins Freie. Licht fiel in die Höhle und schuf scharf begrenzte Inseln aus Helligkeit auf dem Boden. Sie reichte aus, um Einzelheiten erkennen zu können.

Im Hintergrund der Höhle bewegte sich etwas.

Zwei weitere Libellen, erkannte Buck. Eine saß aufgerichtet mit lang ausgestrecktem Stabrumpf neben der zweiten, die auf einer Art Lager hingestreckt lag.

Buck merkte, wie sich Jannis Kaunas zu ihm herüberbeugte. »Was haben wir da vor uns?« raunte er.

Kurt ließ den Blick nicht von dem trotz seiner gewaltigen Größe irgendwie gebrechlich wirkenden Geschöpf.

»Ich weiß es nicht«, gestand er ehrlicherweise. »Vielleicht den Oberhäuptling der Libellenpopulation, den König… nein«, korrigierte er sich, »die Königin. Sind es nicht die weiblichen Exemplare, die in der Insektenwelt jene Fürsorge genießen, wie wir sie hier zweifellos sehen? Die, die für den Fortbestand ihrer Art sorgen, indem sie Eier legen und sich um die Aufzucht kümmern?« Wie falsch er mit dieser Ansicht lag, sollte sich schon wenig später herausstellen.

Die Delegation der Terraner blieb wenige Meter vor den beiden Libellen stehen, und Buck sah vor sich das größte Geschöpf, das er bislang auf Robert gesehen hatte. Eine uralte Libelle. Die Chitinschale war gefurcht und mit grauweißen Flecken übersät. Aus den Zwischenräumen der Ringe ihres langen, stabförmigen Hinterleibes wuchsen fasrige Büschel. Die Greifextremitäten waren unter dem kurzen, ballonartigen Vorderleib gefaltet und wirkten trotz ihrer gezahnten Seiten schwach und zerbrechlich.

Kommt näher, wurden die Männer von einem Gedankenbild berührt.

Es war nicht ersichtlich, welches der Insekten *gesprochen* hatte.

Kenneth MacCormack hob die rechte Hand mit der Handfläche nach außen bis in Brusthöhe. Er hielt sich strikt an das Protokoll für den Erstkontakt mit einem Fremdvolk.

»Ich begrüße euch im Namen unseres Volkes«, sagte er. »Ich bin MacCormack, meine Begleiter sind Kaunas, Calhoun, Ribicki, Danon und Buck. Mit wem habe ich die Ehre zu sprechen?«

Das alte Insekt bewegte sich auf seinem Lager.

Die jüngere Libelle, nicht die, die sie auf der Paßhöhe empfangen hatte, bewegte sich und richtete ihren Hinterleib auf. Mit einem der vorderen Beinpaare ahmte sie die Geste des Kommandeurs nach.

Wir Gordo grüßen euch, kam die Mentalprojektion.

»Gordo – ist das dein Name oder der deines Volkes?«

Der unseres Volkes.

»Hast du einen Eigennamen?«

Nenne mich-uns Gordo. Ihr sei nicht von diesem Planeten?

Die Aufforderung, die sich dahinter verbarg, war offenkundig. Kenneth MacCormack mußte sich im Bruchteil einer Sekunde entscheiden, ob er ihr nachkommen sollte. Ehrlichkeit schien ihm angebracht, aber Ehrlichkeit konnte in vielen Fällen auch von Schaden sein.

»Von einer Welt, die der euren nicht unähnlich ist«, wich der Kommandeur deshalb aus. Und während er das sagte, lief ohne sein Zutun in seinem Kopf ein Film ab. Über die Erde, über die Mission, die sie nach Robert gebracht hatte. Eben das, was immer geschah, wenn ein denkendes Wesen sich mit einem ganz bestimmten Gedanken beschäftigte – ein Gedankenfilm, ebenso schnell wie der Gedanke selbst. Nichts im schöpferischen Universum bewegte sich schneller als der Gedanke. Aber inzwischen war er sich mit den anderen einig, daß die Gordo keine echten Telepathen waren. Sie konnten keine Gedanken lesen, jedenfalls hatte noch niemand von ihnen fremde, sondierende Gedanken im Kopf verspürt. Es waren auch keine klar ausformulierten Sätze, die die Männer empfingen. Die Sprache der Gordo bewegte sich mehr in Richtung eines Konglomerats von Empfindungen und Eindrücken, die von ihnen als geschlossene, bildhafte Einheit aufgefaßt wurden. Sie *hörten,* was ihre insektoiden Gegenüber sich auszudrükken bemühten, obgleich sie aus völlig fremden Kulturen stammten und in ihrer zivilisatorischen beziehungsweise technischen Entwicklung Jahrhunderte auseinanderklafften, und sie wußten, daß auch ihre Gedanken als Fragen und Antworten so verstanden wurden, wenn sie sie deutlich genug artikulierten.

Wo liegt die Welt, von der ihr kommt, und wie nennt ihr sie?

»Wir nennen sie Erde oder Terra. Sie liegt achtunddreißigtausendmal die Strecke von hier entfernt, die das Licht in einem Terrajahr zurücklegt.«

Ich verstehe.

»Du verstehst?« Jetzt war es an MacCormack, erstaunt zu sein.

Ich verstehe. Uns sind die Gesetze der Physik und die der Bewegungen von Himmelskörpern innerhalb des Weltraumes durchaus noch geläufig. Auch wissen wir aus unseren Überlieferungen von der endlichen Geschwindigkeit eines Lichtstrahls.

MacCormack spürte, wie sein Puls sich beschleunigte. Das war ein bedeutender Hinweis auf die Intelligenz dieser Gordo.

Eure Welt – ihr kehrt zu ihr zurück?

»Ja, wenn wir unsere Mission erfüllt haben.«

Diese Mission. Hat sie mit dem Krieg zu tun, den die Grakos gegen euch führen?

»Ihr wißt davon?«

Ja. Wir wissen auch, daß unsere mißratenen Kinder viel Leid über andere Völker bringen.

»Eure Kinder? In welcher Verbindung steht ihr denn zu den Grakos?«

In einer sehr engen. Sie und wir waren einstmals ein Volk – als die Dynastie der Mächtigen noch über die Sternenreiche herrschte.

Kenneth MacCormack wandte sich an Kaunas und den Gardisten. »Ich fürchte, damit kann ich nicht viel anfangen«, bekannte er halblaut. »Ich erinnere mich überhaupt nicht an eine ›Dynastie der Mächtigen‹. Leider haben wir keinen Kosmohistoriker dabei, der sich in der Geschichte vergangener Sternenreiche auskennt.«

»Warum lassen wir uns nicht von den Gordo aufklären?« schlug Kurt Buck vor. »Sie scheinen ein altes Volk zu sein und schon gelebt zu haben, als auf der Erde noch Einzeller vorherrschten. Außerdem glaube ich, daß uns die Gordo nicht aus purer Uneigennützigkeit in ihre Höhle eingeladen haben. Ich kann mir nicht helfen, da steckt mehr dahinter. Auch das sollten wir herauszufinden suchen.«

»Das würde allerdings bedeuten, daß wir auch einiges von uns und unseren Zielen preisgeben müßten. Dabei kann es passieren, daß die ganze Operation ohne jede Vorwarnung von den Gordo als feindlich eingestuft wird. Ob sie uns schaden können, ist zweifelhaft, aber vielleicht wären wir gezwungen, ihnen Schaden zuzufügen. Auch wenn das in allerletzter Konsequenz ihren Tod bedeuten würde. Wollen wir das Risiko eingehen?«

MacCormack blickte kurz nach beiden Seiten, so als erwarte er Widerspruch von jemanden aus der Gruppe. Doch niemand erhob Einspruch.

»Also gut, machen wir es so.« Er richtete das Wort nun direkt an die Gordo und artikulierte seinen Wunsch. Und um zu zeigen, daß auch sie gewillt waren, nichts zu verbergen, berichtete er ihnen von dem Krieg zwischen Menschen und Grakos und was sie bewogen hatte, so weit vom Imperium der Menschen entfernt nach Archiven zu suchen, in denen sie Sternenkarten über die Ausdehnung des Grakoimperiums zu finden hofften. Er schloß mit den Worten: »Habt ihr verstanden, was uns bewegt?«

Das Schweigen dauerte. Schließlich: *Wir danken euch für die Offenheit eurer Gedanken. Nun hört, was wir über uns zu berichten haben…*

6.

Wie sich herausstellte, waren die Gordo das letzte Glied in der langen Entwicklungskette der Grakos, das so nachdrücklich von den Wissenschaftlern der Schwarzen Garde gesuchte geschlechtsreife Erwachsenenstadium – die teilweise flugfähige Endform der Schattenkrieger, die selbst ein Zwischenstadium darstellten, allerdings ein sehr entartetes. Das insektoide Volk entsprach in seiner Sozialstruktur der von Ameisen- beziehungsweise Termitenstaaten, wie es sie auf der Erde gab, mit spezialisierten Arbeitern, Kriegern, Drohnen und Königinnen. Wie der junge Gordo den Terranern erklärte, kamen auf zirka 85 000 von ihnen jeweils eine Königin, die für die Produktion der Eier sorgte, und fünf Drohnen. Diese allein waren in der Lage, die Königin zu befruchten. Alle übrigen Gordo waren geschlechtslos. Ihre Sprache war die einer bildhaften Mentalprojektion, im Gegensatz zu den harten Klicklauten der Grakos, die sie natürlich ebenfalls beherrschten.

In der nur noch in Legenden und Mythen überlieferten Urzeit führten die Gordo ein Dasein, das sie ausschließlich der Kultur und der Philosophie widmeten, den schöngeistigen Dingen, der Literatur. Ihre Kinder – die im achten Entwicklungsschritt aus den Puppen schlüpfenden Grakos, verrichteten für eine Zeitspanne, die nach irdischen Maßstäben 20 Jahren entsprach, alle anfallenden Arbeiten, ehe sie sich danach selbst verpuppten und zu Gordo heranwuchsen, dem Endstadium dieser Art.

Damals lebten die Gordo friedlich auf einem einzigen Planeten. Sie kontrollierten ihre Bevölkerungszahl durch eine effektive Form der Geburtenkontrolle: die Vernichtung überschüssiger Eier. Dann kam, was jede Zivilisation früher oder später durchmachte: Sie trat in das Zeitalter der technischen Revolution ein. Die Gordo, feingeistige Denker und Philosophen, interessierten sich nicht für die Technik – die Grakos schon. Mittels des von ihnen entwickelten technischen Fortschritts gelang es den Grakos letztendlich, die

Dominanz der Gordo nachhaltig zu brechen. Ein überall zu beobachtendes Phänomen: Die Kinder rebellierten gegen die Vorherrschaft der Alten, auch wenn die Rollenverteilung im Gordoreich etwas anders gewichtet war.

Nach und nach entwickelten die Grakos biotechnische Verfahren, die die Dauer ihrer Existenz in der Grakoform von 20 auf 60 irdische Jahre verdreifachte. Vor mehr als 10 000 Jahren kam es schließlich zum Ausrottungskrieg Grakos gegen Gordo. Ein einschneidender Prozeß, dem die Gordo nichts entgegensetzen konnten. Sie hatten nie gelernt, Krieg zu führen. Und sie wurden immer weniger. Wann immer sich die Grakos für das Endstadium verpuppten, um als Gordo zu schlüpfen, wurden die Puppen erbarmungslos vernichtet. Die Grakowissenschaftler hatten inzwischen Methoden entwickelt, mit denen sie erkennen konnten, ob in den Puppen eine Königin oder eine Drohne – ein zeugungsfähiges Männchen – heranreifte, denen man dann gestattete, sich zu entwickeln, um den Fortbestand der Art zu sichern. Um sie unter Kontrolle zu halten, sperrte man sie in »Geburtsburgen« als reine Fortpflanzungssklaven und Gebärmaschinen. Die Entwicklung der Raumfahrt trieb die Population der Grakos in ungeahnte Höhen. Plötzlich war Raum genug vorhanden, um sich hemmungslos zu vermehren. Und so wurde ein Planetensystem nach dem anderen von ihnen besiedelt und jedwede vorhandene Zivilisation vernichtet oder versklavt. Und die Grausamkeit der Grakos hatte sich ins Unermeßliche gesteigert, als *die Mächtigen* auftauchten und ihnen ein Bündnis anboten. Wann genau das geschehen war und um wen es sich bei diesem geheimnisvollen Volk handelte, darauf konnte oder wollte der Gordo nicht eingehen.

*

»Hat denn niemand versucht, sich dagegen aufzulehnen?« fragte Kurt Buck, als der Gordo schwieg.

Nein. Nicht wirklich. Allerdings gibt es bei den Grakos auch

Andersdenkende, die nicht alle Gordopuppen vernichten. Deshalb existieren wir, die wir in Freiheit leben. Als Renegaten, Ausgestoßene, Verfemte.

»Was ist das für ein Leben ohne Aussicht auf Fortbestand?«

Wir versuchen, eine Königin in die Hände zu bekommen, um eigene Grakos heranreifen zu lassen, die uns dann gegen die anderen schützen.

»Mit Erfolg?«

Ein wirrer Strom an undeutbaren Empfindungen und Gefühlen überschwemmte für einen Moment die Gedanken der Terraner. Ein Seufzen wehte durch ihren Geist; eine Klage tiefster Verzweiflung und Niedergeschlagenheit.

Nein. Wir hatten noch niemals Erfolg. Durch unsere Größe schaffen wir es nicht, lange im Untergrund zu überleben, vor allem nicht in der Nähe der Zentralwelten. Halten können wir uns lediglich auf den nur unzureichend erschlossenen Randwelten des Grakoimperiums, auf denen ausgedehnte Urwälder existieren.

Bucks Blick bohrte sich in die Facettenaugen des Gordo. »Wie dieser hier?« Er widerstand dem Drang, mit einer allzu dramatischen Geste nach draußen zu zeigen.

Wie diese Welt, bestätigte der Gordo. *Aber auch auf diesem abgeschiedenen Planeten werden wir verfolgt und gnadenlos gejagt.*

MacCormack ließ seinen Blick einen Moment lang über den uralten Gordo gleiten, bevor er sich wieder dem jungen Rieseninsekt zuwandte. »Wie kommt es eigentlich zu eurem Riesenwuchs? Die Grakos sind zwar auch groß, aber das ist nichts im Vergleich zu euch. Eine Genmanipulation aus den Labors eurer mißratenen Kinder?«

Im Grunde ja. Wenn wir unsere Verpuppung abgeschlossen haben, schütteln wir mit dieser Transformation auch die Folgen der künstlichen Hyperraumbestrahlung ab, in der die vorhergehenden Generationen gebadet werden, um ihnen ein Leben als Schatten zu ermöglichen. Wir, die Gordo, sind keine Schatten, sondern normale Lebewesen. Einzige Auswirkung der Bestrahlung ist unsere enorme Größe. Früher – damals – besaßen wir die gleiche Körpergröße wie die Grakos heute.

»Eine traurige Geschichte«, gestand MacCormack. »Ich wünschte, wir könnten euch helfen, auf die eine oder andere Art.«

Das könnt ihr.

MacCormack blickte überrascht.

»Jetzt kommt der Pferdefuß«, murmelte neben ihm Jannis Kaunas. Der bullige Feldwebel nickte mehrmals, als sähe er alle seine Befürchtungen bestätigt.

Der Kommandeur warf ihm einen verweisenden Blick zu. »Malen Sie nicht gleich wieder die Welt in grauen Farben, Jannis«, erwiderte er mit verhaltener Stimme. »Hören wir uns doch erst einmal an, was unsere Riesenfreunde zu sagen haben.« Und an den Gordo gerichtet, sagte er akzentuiert: »Wie? Verratet mir, wie wir euch helfen können?«

Der Gordo schien zu zögern. Überlegte er, ob er ihnen trauen konnte? Dann schien er sich zu einem Entschluß durchgerungen zu haben.

In der Ansiedlung am Fuß der Berge, in der zwei von uns den Tod gefunden haben, reift eine Königinnenpuppe heran. Wir wissen dies dank unserer besonderen Sinne. Wir müssen sie unbedingt in unseren Besitz bringen.

»Was habt ihr davon?« begehrte Kurt Buck zu wissen. »Habt ihr nicht erwähnt, daß ihr Renegaten alle geschlechtslos seid?«

Nicht alle.

»Wer denn nicht?«

Der alte, kranke Gordo bewegte sich auf seinem Lager.

Ich. Ich bin eine Drohne…

Kurt stieß geräuschvoll die Luft aus. Das mußte er erst verdauen.

Der zweite Gordo übernahm das Wort.

Jetzt werdet ihr verstehen, weshalb wir diese Königinnenpuppe befreien müssen. Die Drohne ist alt und krank, trotzdem ruhen auf ihr alle unsere Hoffnungen – sie muß unbedingt die Königinnenpuppe befruchten, ehe sie stirbt.

»Ihr werdet nicht weit kommen«, gab Buck zu bedenken. »Wo wollt ihr euch vor den Grakos verstecken? Sie werden den Raub der Puppe aufs fürchterlichste rächen. Diese Königinnenpuppe ist, wie ich denke, in ihrem Brutkokon den Hyperstrahlungen ausgesetzt. Sie werden euch anhand dieser Strahlung, die die Puppe emittiert, sehr schnell aufgespürt haben. Da bin ich mir sicher.«

Nicht wenn wir den Planeten verlassen.

Die Gardisten glaubten, sich verhört zu haben.

Buck räusperte sich, dann grinste er. »Es scheint, als hätten wir euch unterschätzt. Gordo und Raumschiffe, was sagt man denn dazu!«

Nicht mehrere Raumschiffe. Eines nur. Ein sehr altes, aber noch flugtüchtiges Raumschiff, das wir seit langem versteckt halten. Mit ihm und der Königin wollen wir diese Welt verlassen, um auf einem unbewohnten Planeten eine neue, friedliche Zivilisation zu gründen, in der die Grakos ausschließlich als Zwischenstufe existieren und uns dienen werden. Wir möchten uns wieder wie früher allein unseren geistigen Interessen widmen und nicht die Kriege der Mächtigen führen.

Da war sie wieder, die Erwähnung des oder der »Mächtigen«. MacCormack schürzte nachdenklich die Lippen, während er die Unterhaltung der letzten paar Minuten analysierte. Wenn er es genau nahm, hatten sie eigentlich so viele neue Informationen in so kurzer Zeit erhalten, daß diese allein bereits den Einsatz auf Robert lohnten und die Grakooperation zu einem Erfolg machten.

»Ihr habt uns aber noch immer nicht gesagt, wie unsere Hilfe für euch aussehen soll?« wandte er sich an den Gordo und legte dabei den Kopf in den Nacken, um an dem Rieseninsekt emporzublikken. Der insektoiden Physiognomie des Gordo war keine Regung zu entnehmen, zumindest nicht für menschliche Augen.

Wir wissen, daß die Königinnenpuppe morgen mittag mit einem Konvoi in die Hauptstadt dieses Planeten transportiert werden soll. Wir bitten euch, uns bei dem Überfall auf den Transport zu helfen.

Die Männer glaubten, sich verhört zu haben. Kaunas sprach aus, was alle dachten: »Ihr wollt *was* tun!?«

Den Transport überfallen…

»Hab' ich doch richtig gehört«, brummte Jannis Kaunas kopfschüttelnd.

… und ihr sollt uns dabei helfen. Wir sind leider völlig unerfahren im Kampf.

»Besitzt ihr überhaupt Waffen für ein derartiges Vorhaben?«

Auch das verneinten die Gordo. Bis auf einen alten Handstrahler, den sie vor langer Zeit einmal von den Grakos erbeutet hatten, verfügten sie über nichts, womit sie anderen Schaden zufügen konnten.

»Habt ihr wenigstens eine ausreichend große Truppe?« hakte Kaunas nach.

Wir sind nicht allein. Wir werden insgesamt zehn Gordo sein.

»Zehn? Ich sehe nur euch beide. Ihn«, er deutete auf den alten, kranken Gordo auf seinem Lager, »werdet ihr wohl kaum in den Kampf schicken wollen.«

Unsere Gefährten verstecken sich an verschiedenen Orten im Dschungel rund um die Grakosiedlung. Sie werden dasein, wenn wir sie rufen.

»Na dann«, grinste der Feldwebel drastisch, »kann ja nichts schiefgehen.«

Bedeutet das euer Einverständnis?

»Hoppla, hoppla. So schnell schießen die Preußen nun auch wieder nicht«, wehrte Kaunas ab, und der Oberstleutnant fügte hinzu: »Ihr versteht, daß ich das erst einmal mit meinen Männern beraten muß.«

Wir verstehen. Beginnt.

»Wir werden das unter uns besprechen, allein«, präzisierte Kenneth MacCormack. »Deshalb werden wir uns mit eurem Einverständnis jetzt zum Eingang zurückziehen.«

Die Gordo erhoben keine Einwände.

Die Gardisten gingen zurück an den Höhleneingang.

»Sollen wir das wirklich, Sir?« wollte Tadeusz Ribicki wissen. »Uns in die inneren Angelegenheiten der Gordo einmischen?«

»Warum nicht? Klingt eigentlich ganz vernünftig, was die Burschen vorbringen«, meinte Calhoun in seinem gedehnten texanischen Slang, und Fain Danon sowie Tadeusz Ribicki hieben in die gleiche Kerbe.

»Mit Vernunft hat das wenig zu tun«, kommentierte der Oberstleutnant – sie konnten unbedenklich ihre Ansichten äußern, da sie es vermieden, ihre Gedanken in Richtung der Gordo zu »senden« – »aber es haben sich neue Erkenntnisse von weitreichender Bedeutung aufgetan, denen wir vielleicht nachgehen sollten.«

»Sie meinen die ominösen ›Mächtigen‹, Sir?« Buck sagte es wie beiläufig.

MacCormack warf ihm einen scharfen Blick zu. »Gut aufgepaßt, Schütze Buck. Genau die meine ich. Scheinbar ein weiterer, vorläufig noch im Hintergrund agierender, unbekannter Mitspieler im galaktischen Konzert. Wäre vielleicht von Vorteil, mehr über ihn herauszufinden.«

Es gab eine kurze Pause. »Das heißt also«, sagte Buck, »wir helfen den Gordo.«

Eine Feststellung, keine Frage.

»Ja«, meinte der Kommandeur der Schwarzen Garde. »Immerhin… Neugierde gehört nun mal zum Erbe der menschlichen Rasse.« Letzteres klang wie eine Entschuldigung.

Erneut gab es eine Pause.

Jeder blickte abwartend auf den Kommandeur.

»Wir werden folgendes machen«, sagte dieser schließlich. »Ich werde mit zehn Gardisten den Gordo beim Überfall auf den Puppentransport helfen. Sie, Ribicki«, wandte er sich direkt an den Fremdtechniker seiner Einheit, »versuchen dabei, die speziellen Impulse zu lokalisieren und aufzuzeichnen, die von der Königinnenpuppe ausgehen. Die Gordo können sie orten, es müßte mit dem Teufel zugehen, wenn wir dazu nicht auch in der Lage wären. Vielleicht hilft ja der mobile Schattenspürer, den wir mitführen, aber da lasse ich Ihnen freie Hand. Bringen Sie mir nur etwas Verwertbares zustande. Der Überfall, da bin ich mir sicher, wird auf diesem verschlafenen Hinterwäldlerplaneten viel Wirbel auslösen und sämtliche Grakogarnisonen um Umkreis von Hunderten von Kilometern in Alarm versetzen. Während diese sich auf die Jagd nach uns machen, wird der Rest der Einheit unter dem Kommando von Feldwebel Kaunas das entstehende Tohuwabohu hier im Dschungel ausnutzen, um relativ unbehelligt in das noch auszuwählende Archiv einer größeren Stadt einzudringen und dort nach Sternenkarten des Grakoimperiums zu suchen, was, wie Ihnen noch geläufig sein dürfte, das primäre Ziel unserer Operation ist. Unmittelbar nach Abschluß dieser Aktion werden Sie mit Ihren Männern von der ROY VEGAS aufgenommen. Den Gordo gegenüber werden wir unsere Hilfe davon abhängig machen, ob sie gewillt sind, uns den genauen Standort des größten Archivs auf diesem Planeten zu verraten. – Ich hoffe nur, es liegt nicht gerade auf der anderen Seite dieser Welt. Denn dann hätten wir ein echtes Problem; ein zeitliches vor allem«, fügte er nach einem Blick auf sein Armband-Chrono mit harter Stimme hinzu.

»Bei allem Respekt, Sir«, warf Kurt Buck ein, »Ihr Plan hat da einige Lücken, die wir vielleicht erst klären sollten, um…«

»Ich weiß«, bekannte MacCormack ruhig, Buck unterbrechend, »daß der Plan nicht hundertprozentig wasserdicht ist. Aber stellen Sie bitte jetzt keine diesbezüglichen Fragen. Dafür fehlt uns einfach die Zeit. Später, wenn wir uns an Bord der ROY VEGAS in Sicherheit befinden, werden wir die Diskussion fortsetzen. Das verspreche ich Ihnen. Akzeptabel?«

»Dagegen habe ich nichts einzuwenden«, erwiderte Buck.

Oberstleutnant Kenneth MacCormack erhob sich von dem Felsen, auf dem er gesessen hatte. Kaunas und die anderen folgten seinem Beispiel.

»Gut. Unterbreiten wir also den Gordo unsere Entscheidung.«

Sie kehrten in das Innere der Höhle zurück.

»Wir sind einverstanden«, ließ MacCormack den Gordo wissen,

»unter der Voraussetzung, daß ihr uns den Standort des größten Archivs auf diesem Planeten verratet.«

Wieder bedauerte es der Kommandeur, die Physiognomie der Riesen nicht deuten zu können. Lediglich ein unruhiges Surren der gewaltigen, wie mit Gaze bespannten Flügelpaare und die rascher als sonst vibrierenden Fühler der mächtigen Libellenköpfe verrieten, daß die Gordo das Angebot der Terraner untereinander von allen Seiten zu beleuchten schienen. Hatten sie plötzlich Bedenken, den erklärten Gegnern der Grakos Geheimnisse ihrer Verwandten zugänglich zu machen? Wenn es so war, konnte ihnen MacCormack nicht helfen, das Dilemma zu lösen. Sie mußten selbst da durch.

Schließlich wandte sich der junge Gordo, der sich zum Wortführer der Dreiergruppe gemacht hatte, an die Terraner.

Es soll geschehen, erklärte er mittels Mentalprojektion.

»Ihr hattet Bedenken, unserer Bitte zu entsprechen?« konnte sich Kurt Buck nicht verkneifen zu fragen.

Ja. Wir hatten unsere Bedenken euch gegenüber.

»Jetzt habt ihr sie nicht mehr?«

Die Antwort haute Kurt Buck fast um. Und nicht nur ihn.

Doch. Aber sie erscheinen uns als das kleinere Übel.

»Wie überaus freundlich«, brummte Kaunas. »Das kleinere Übel von was?«

Der Gordo blieb erstmals die Antwort schuldig.

»Was hat euch denn bewogen, uns dennoch eurer Güte teilhaftig werden zu lassen?« hakte MacCormack nach.

Den Gordo schien menschliche Ironie fremd, aber jetzt antwortete er wenigstens.

Wir sind gegen jede Art von kriegerischen Auseinandersetzungen – aber wir brauchen eure Hilfe.

»Pazifisten!« schnaubte Jannis Kaunas. »Niemals die Hand beißen, die einem das Futter reicht, wie?

Nein, kein Pazifismus – der pure Pragmatismus, dachte Buck; der junge Deutsche konnte ein Grinsen nicht unterdrücken. Das

Verhalten der Gordo entsprach in dieser Hinsicht so sehr dem menschlichen, daß fast von einer Duplizität gesprochen werden konnte. Und es bewies vor allem, daß das gegenseitige Vertrauen zwischen ihren beiden Rassen auf doch sehr, sehr dünnem Eis zu stehen schien.

»Alles klar«, sagte MacCormack, dem ähnliche Gedanken in den Sinn gekommen waren. »Nun, das klärt zumindest die Fronten zwischen uns.«

7.

In der POINT OF riß der Vibrationsalarm auch das letzte Mitglied der Besatzung aus seiner Ruhe.

Grakoalarm!

Dhark berührte Hen Fallutas Schulter. Der 1. Offizier räumte den Kommandantensitz. Ren warf sich hinein. »Tino, Position der Schattenstation an Checkmaster und Waffensteuerungen! Und auf mein Pult!«

Tino Grappa, dem man nachsagte, er sei mit seinen Ortungen verheiratet, ließ seine Finger über die Sensortasten fliegen. Vor Dhark glühten auf einem der kleinen Displays Zahlensymbole der Mysterious auf. Der Commander las sie wie arabische Zahlen und lateinische Schrift. Die Positionsdaten der Grakostation erschreckten ihn.

Das Ungeheuer war näher als befürchtet!

Warum der »Schattenspürer«, jene spezielle von Robert Saam entwickelte Ortung, die Station nicht schon früher angemessen hatte, blieb unklar. Vielleicht war es den Grakos gelungen, eine teilweise Abschirmung zu errichten, die den neuen Vorteil terranischer Schiffe wieder halbwegs zunichte machte.

Oder war diese Station erst vor ein paar Sekunden hier aus dem Hyperraum gekommen?

Die Grakos schafften es fast immer, ihre Transitionen so *weich* durchzuführen, daß sie keine der typischen Strukturerschütterungen erzeugten.

»Waffensteuerung...«

»WS-West!« unterbrach deren Chef Bud Clifton den Commander und kam damit seinem Kollegen Jean Rochard aus der WS-Ost wieder mal um eine Sekunde zuvor. »Strahlantennen jeweils zur Hälfte auf Mix-2 und Nadelstrahl geschaltet!«

»Hy-Kon«, flüsterte Falluta, der jetzt hinter Dharks Kommandosessel stand und sich mit beiden Händen an der Lehne festhielt.

Das Hy-Kon, mächtigste Waffe des Ringraumers, ließ sich nur von der Zentrale aus aktivieren. Ren Dhark schüttelte den Kopf. In der Nähe des Schwarzen Loches wollte er diese Waffe nicht einsetzen, da sie in der Lage war, erfaßte Objekte von einem Moment zum anderen ins *Hy*per-*Kon*tinuum zu schleudern, aus dem es für diese dann keine Rückkehr mehr gab. Ren war nicht sicher, wie das Raum-Zeitgefüge darauf reagierte, das hier in unmittelbarer Nähe des Schwarzen Loches ohnehin schon angespannt genug war.

»Setze Gringer ein«, meldete Walt Brugg aus der Funk-Z.

»Nein!« stoppte Dhark ihn. Gringer, eine – *Waffe?* – die nur aus der Funk-Z eingesetzt werden konnte, würde nicht nur die Schattenstation erfassen, sondern auch die verbündeten Raumschiffe. »Auf keinen Fall!«

Gringer war ein konstantenneutrales Störfeld, das einen Kugelbereich von 7,2 Lichtjahren um den Ringraumer erfassen konnte und darin Ortungen und Sichtverhältnisse bei Fremdschiffen verzerrte. Die Waffe wirkte innerhalb ihres Aktionsbereiches sowohl im Normal- als auch im Hyperraum. Erstmals hatte Dhark dieses Störfeld eingesetzt, als die POINT OF im Juni des vergangenen Jahres aus Erron-3 zurückkehrte und von der Flotte der Tel gejagt wurde.

Die Ortungen des Ringraumers selbst wurden von Gringer nicht beeinflußt, wenn zugleich *Bifer* eingesetzt wurde. Aber Bifer stand – wie Gringer – ausschließlich der POINT OF zur Verfügung. Es war unverantwortlich, die IKO 1, die H'LAYV und Golas Hammerschiff mit in die Störung einzubeziehen.

Dhark brachte Steuerschalter in neue Positionen. Die POINT OF schwang herum und jagte der Grakostation entgegen.

»Station schleust Raumer aus!« meldete Grappa.

Der »Schattenspürer« machte sie sichtbar – wenigstens teilweise. Die Bildkugel über dem Instrumentenpult, 2,68 m durchmessend, zeigte sie als verwaschene Flecken ebenso wie die Station. Einem Wespenschwarm gleich schwärmten die Schattenraumer hervor und verteilten sich, immer mehr und mehr, ein unaufhörlicher Strom.

»Feuer!«

Normalerweise war es nicht Dharks Natur, als erster zu schießen. Aber mit den Grakos ließ sich nicht reden. Sie waren hier, um zu vernichten. Es gab keine andere Möglichkeit, als sie sofort anzugreifen und wenigstens einige von ihnen auszuschalten, ehe sie selbst zum Schuß kamen.

Die POINT OF raste den Grakoraumern entgegen.

Die Zeit schien einzufrieren. Offenbar hatten die Unheimlichen mit einem so schnellen Gegenschlag nicht gerechnet. Der Ringraumer eröffnete das Feuer und zeigte damit, daß er mehr konnte als die S-Kreuzer, mit denen es die Grakos normalerweise zu tun bekamen.

WS-West schoß mit Mix-2!

Ein flirrendes Farbgemisch erfüllte den Weltraum und erfaßte drei, vier der Schattenraumer. Mix-2 war normalerweise dazu gedacht, durch gegnerische Schutzschirme zu diffundieren, aber bei den Grakos wirkte es auf noch unbegreifliche Weise anders. Die Schirme sogen die Mixstrahlen in sich auf, absorbierten sie und veränderten sich dabei. Und sie veränderten dabei auch die Strahlen selbst, die zu etwas völlig anderem wurden.

Die Raumer zeigten ihr wahres Aussehen!

Sie waren keine Schatten mehr, sondern seltsame Gebilde, umgeben von einem bizarren Gewirr aus Stäben und Gittern, Röhren und Kugeln, deren Anblick einem Menschen den Verstand rauben konnte. Welchen Sinn diese unglaubliche Konstruktion hatte, wußte bis heute niemand.

WS-West schoß mit Nadelstrahl!

Blitzartig hatte Bud Clifton, der Mann mit dem Kindergesicht und der unwahrscheinlichen Reaktionsschnelligkeit, die Strahlantennen umgeschaltet. Blaßrote Energiebahnen jagten überlichtschnell den von Mix-2 getroffenen Raumern entgegen und durchschlugen deren veränderte Schutzschirme jetzt spielend leicht.

Vier Schattenraumer flogen auseinander!

Nadelstrahlen wandelten sie spontan in Energie um, nur zeigte die sich nicht in Form einer grellen Explosion, sondern als wabernde Schwärze, die sich in alle Richtungen ausdehnte. Schwarzes Licht breitete sich aus, ein *helles* Dunkel, das *dunkler* war als das dunklere Dunkel des Weltraums!

Aus diesem schwarzen Leuchten heraus griffen Energiefilamente um sich, versuchten Raum und Zeit zu verzerren...

... und erinnerten Ren Dhark an das, was er auf einem Dschungelplaneten gesehen hatte, als sie versuchten, den Forschungsraumer FO-XXIX vor einem abgeschossenen, aber noch halbwegs funktionstüchtigen Schattenraumer zu schützen.*

Sie erinnerten ihn aber auch daran, daß dieser Einsatz beinahe zur Katastrophe geworden wäre, weil die Grakos es irgendwie geschafft hatten, mit einer Hyperfunkrückkopplung den Ringraumer und seine Flash teilweise zu blockieren!

Hoffentlich setzen sie diese Waffe hier nicht auch wieder ein, wünschte sich Dhark.

Die Raumverzerrungen zerflossen wieder. Aus der POINT OF heraus, über die Bildkugel, bekam der Commander sie bei weitem nicht so intensiv mit, wie er sie auf dem Planeten erlebt hatte, als das Schattenschiff zerstört worden war.

Was da durch Zufall geklappt hatte, funktionierte hier wieder!

Die Kombination von Mix-2 und Nadelstrahl erwies sich als ungeheuer wirkungsvoll. Das brachte aber auch nur die POINT OF fertig, weil sie das letzte und modernste Raumschiff der Mysterious war, gebaut von den Genies Margun und Sola im eigens dafür geschaffenen Industriedom des Planeten Hope. Die beiden genialen Wissenschaftler hatten eine immense Menge an Neuentwicklungen in den Raumer eingebaut, der damit einen völlig neuartigen Prototypen darstellte – nur war es nie mehr zum Testflug

---

* siehe Drakhon-Zyklus Band 2: »Die galaktische Katastrophe«

und zur praktischen Erprobung dieser Erfindungen gekommen, weil noch vor der Fertigstellung des Ringraumers auch der letzte Mysterious spurlos verschwunden war. Das ganze Volk hatte sämtliche Planeten und Stationen geräumt und dabei auch den kleinsten persönlichen Gegenstand mitgenommen, der Rückschlüsse auf die Mysterious zugelassen hätte.

Tausend Jahre später hatten Terraner den unfertigen Ringraumer entdeckt und ihn startklar gemacht. Die Erprobung der letzten Erfindungen von Margun und Sola oblag seither Ren Dhark und der Besatzung der POINT OF!

Kein anderes Raumschiff der Mysterious konnte mit der Technik konkurrieren, über welche die POINT OF verfügte. Die S-Kreuzer, einst von Robotern geflogen und von Kommandosternen wie Fande – von den Terranern Babylon genannt – oder einer noch unbekannten Welt, auf der ein terranischer Forschungsraumer strandete und vernichtet wurde, waren zwar äußerst kampfstarke Einheiten, die es mit jedem Gegner aufnehmen konnten, aber an die Qualitäten einer POINT OF kamen sie nicht heran. Und seit die Terraner einen Teil der einstigen Robotflotte übernommen und mit eigenen Besatzungen versehen hatten, waren diese S-Kreuzer zwar die einzigen Schiffe, die eine kleine Chance gegen die Grakoraumer hatten, aber ihre eigenen Verluste waren dabei immer noch viel zu hoch.

Wieder feuerte die POINT OF mit Mix-2 auf Grakoraumer.

Vier waren zerstört, fünf, sechs weitere folgten in der nächsten Minute, nur hatten die Grakos danach begriffen, daß sie es hier mit einem zäheren Gegner zu tun hatten als gewohnt. Sie begannen blitzschnell zu rochieren und mit unglaublichen Kursänderungen auszuweichen, die ihre Andruckabsorber bis an die Grenzen ihrer Leistungsfähigkeit belasten mußten.

Zugleich eröffneten auch sie das Feuer.

Schwarze, dennoch auf eigentümliche Weise leuchtende Strahlen tasteten nach den Intervallfeldern der POINT OF.

Belastung 15 Prozent! warnten Zahlensymbole auf den kleinen

Monitoren des rund drei Meter langen Instrumentenpults.

Angesichts dessen, daß die POINT OF seit der Beschickung ihrer Konverter mit Tofiritstaub im »Vollbetriebsmodus« flog und damit erheblich belastbarer war als zuvor, war das enorm. Möglicherweise wären die Intervallfelder noch vor wenigen Wochen unter diesem Beschuß zusammengebrochen.

Jetzt hielten sie stand!

Mußte das die Grakos nicht zusätzlich verwirren? Die waren doch daran gewöhnt, Ringraumer innerhalb weniger Minuten durch Punktbeschuß in kleine Sonnen zu verwandeln, die ihre Energie in einem einzigen Aufblitzen verstrahlten.

Aber die POINT OF wurde nicht zu einer kleinen Sonne!

Sie jagte zwischen die Grakowespen und feuerte aus allen Strahlantennen um sich. Abwechselnd Mix-2 und Nadelstrahlen, und wieder zuckte es schwarzleuchtend an mehreren Stellen des Weltraums auf, und Hyperraumeffekte verschlangen Schattenraumer, die sich im Beschuß auflösten.

Rens Finger flogen über die Steuerschalter. Er brachte die POINT OF auf einen aberwitzigen Zickzackkurs. Bei inzwischen 25 Prozent Intervallfeldbelastung fühlte er sich zwar noch sicher, aber die steigenden Werte bewiesen, daß die Grakos sich auf den Ringraumer einzuschießen begannen.

Kurzzeitig sank die Belastung wieder auf unter 10 Prozent.

Aber das Flaggschiff der TF befand sich mittlerweile fast mitten zwischen den Schattenraumern, und Dhark fürchtete den Augenblick, in welchem auch die Station in den Kampf eingriff. Viele Hunde waren schon immer des Hasen Tod gewesen, nur kam ein Rückzug nicht in Frage, weil die anderen Raumer am Super Black Hole geschützt werden mußten – die IKO 1, die H'LAYV und der Raumer der Rahim.

Der Commander fand keine Zeit, sich dafür zu interessieren, was mit diesen Schiffen war. Er mußte sich auf die Grakos konzentrieren.

Mit jedem Schattenraumer, der verging, starben auch Lebewesen. Daß sie mörderische Kreaturen waren, denen der Tod anderer nichts ausmachte, konnte ihm nicht helfen. Er, der sonst immer versuchte, bei Raumgefechten die Gegner zu schonen, wußte, daß er sie hier kompromißlos vernichten mußte, um nicht selbst vernichtet zu werden. Und nicht nur er und die Mannschaft der POINT OF! Wenn die Grakos diese Schlacht gewannen, war das das Ende des Rettungsprojekts, und zwei Galaxien würden in einem gigantischen Feuer verbrennen, das noch in Jahrmilliarden von anderen Völkern in anderen Sterneninseln als Fanal des Todes beobachtet werden würde.

Wie viele Zivilisationen würden untergehen?

Was waren dagegen schon ein paar Zehntausendschaften von Grakos, denen das Leben anderer nichts galt?

Ein Zahlenspiel... eines, das trotzdem schmerzte.

Ren riß sich aus seinen Gedanken. Ein paar Sekunden hatten sie nur gedauert, aber er durfte sich nicht darin verlieren. Das konnte tödlich sein!

Die Belastung der Intervallfelder stieg wieder an.

Drei weitere Grakoraumer vergingen in schwarzem Feuer.

Im nächsten Moment schossen sich die anderen richtig ein! Trotz unberechenbarem Zickzackkurs – der Clifton und Rochard Probleme bereitete, denn die ständigen Kursänderungen waren auch vom Checkmaster nicht vorauszuberechnen, so daß die automatische Zielerfassung die Schußbahnen nicht selbständig korrigierte und alles in »Handarbeit« gemacht werden mußte! Schlagartig wurden die beiden künstlichen Mini-Welträume, die zu einem Fünftel ineinander ragten und mit diesem doppelt geschützten Bereich den Ringraumer umgaben, bis auf über 90 Prozent belastet!

Ausweichen! Maximale Beschleunigung!

Die Flächenprojektoren, auf der Innenseite des Ringkörpers angebracht, schalteten sekundenlang von SLE auf Sternensog um. Übergangslos wurde die POINT OF überlichtschnell, um sofort wieder in den unterlichtschnellen Geschwindigkeitsbereich zu wechseln, als die Flächenprojektoren zurückschalteten und aus dem *Brennpunkt* wieder der *Brennkreis* wurde.

Für den Bruchteil einer Sekunde kam Andruck auf, und Falluta, sich jetzt mit einer Hand an Dharks Sessellehne festhaltend, fing mit der anderen Hand Dan Riker ab und verhinderte, daß das Ausweichmanöver ihn von den Beinen riß.

Ren hörte Tino Grappa hinter seinen Ortungen fluchen. Mit diesem Blitzmanöver hatte der Mailänder nicht gerechnet und war gar nicht froh darüber, alle Ortungsdaten nach dem kurzen Überlichtflug neu erfassen zu müssen.

»Zurückgelegte Distanz fünf Lichtsekunden«, meldete sein Kollege Yell.

Das bedeutete eine Positionsänderung über rund 1,5 Millionen Kilometer – im Zuge eines Raumkampfes eine fast unbedeutende Distanz.

»Intervallfeldbelastung Null!«

»Grakoraumer gehen wieder auf Kollisionskurs!«

Damit ging das Höllentheater gleich weiter. Ren Dhark hatte der POINT OF nur vorübergehend etwas Luft verschafft, aber er wollte auch, daß die Grakos die POINT OF als Ziel nahmen und die anderen Raumer in Ruhe ließen. Das einzige ernstzunehmende Schiff war noch die IKO 1, aber der Kampfqualität des Rahimraumers traute er nicht über den Weg und derjenigen der H'LAYV erst recht nicht.

Die Grakos jagten dem Ringraumer schon wieder ihre schwarzen Strahlen entgegen.

»Intervallfeldbelastung elf Prozent…«

Auf Dauer war es trotz der waffentechnischen Überlegenheit der POINT OF unmöglich, mit diesen Unmengen an Grakoschiffen fertig zu werden. Was die Riesenstation ausgeschleust hatte, sprach allen bisherigen Berichten Hohn. Dhark wagte nicht, sich vorzustellen, daß dieses gigantische Geschwader Terra angreifen würde.

Intervalle auf 27 Prozent!

Rasend schnell kamen die Grakoschiffe heran und schienen dabei auch Transitionen durchzuführen, nur ließen sich keine Gefügeerschütterungen anmessen. Wieder feuerte die POINT OF aus allen Strahlantennen und schoß einige Schattenraumer ab, die unter eigenartigen Hyperraumeffekten untergingen.

Wieso wurden diese Effekte damals nicht beobachtet, als die Nogk im Tantal-System und auch später gegen die Schatten kämpften? fragte der Commander sich. *Und als Huxley und Clark mit ihren S-Kreuzerverbänden einige Schattenstationen zerstören konnten?*

Intervalle auf 45 Prozent!

»Die wollen's wissen«, knurrte neben Ren Dhark Leon Bebir, der 2. Offizier. »Die wollen's jetzt wirklich wissen!«

»Wieso hat vorhin eigentlich die Gedankensteuerung nicht eingegriffen?« entfuhr es Dan Riker.

In früheren Zeiten war das geschehen, wenn der Ringraumer in Gefahr geriet, durch Einflüsse jedweder Art beschädigt oder zerstört zu werden. Oft genug hatten die Menschen ohnmächtig miterleben müssen, wie diese seelenlose Automatik zuschlug und gegnerische Raumschiffe kompromißlos vernichtete, obwohl Ren Dhark alles versuchte, die Kontrolle über das Schiff zurückzugewinnen. Aber die Gedankensteuerung gab das Kommando erst wieder ab, wenn die Gefahr endgültig beseitigt war – *absolut endgültig...*

Diesmal aber hatte die Automatik nicht eingegriffen!

War auch das durch die Beschickung der Konverter mit Tofiritstaub anders geworden?

»Vorbereiten auf erneute Sternensogphase«, warnte Dhark Ortung und Waffensteuerungen.

»Wenn wir Unterstützung von Terra anfordern...«, überlegte Hen Falluta laut.

»... kommt die so oder so zu spät«, enthob Riker den Commander einer Antwort. »Egal, von wo eine Hilfsflotte startet – wir sind hier im Zentrum der Milchstraße, und es dauert fast einen Tag, bis sie hier sind, selbst wenn sie über fast unkalkulierbare Langstrekken transitieren! Wir wissen doch selbst, wie vorsichtig wir hier springen müssen, weil die Sterne einfach viel zu dicht stehen. Möchten Sie nach einer Transition in einer Sonne rematerialisieren?«

»Belastung 95 Prozent! Sternensog!«

Wieder jagte die POINT OF überlichtschnell davon, um nur Sekunden später wieder zu stoppen.

»Kommt mir vor wie ein bodenbrütender Vogel, der Raubtiere vom Nest wegzulocken versucht«, kommentierte ein Offizier am Checkmaster trocken.

»Richtig erkannt«, sagte Ren. »Und da kommen sie schon wieder...«

Über die Bordverständigung meldete sich Chief Miles Congollon aus dem Maschinenraum. »Dhark, hier wird alles heiß! Lange halten die Konverter das nicht mehr aus! Wissen Sie, was es an Energie kostet, einen feindlichen Strahlschuß abzufangen?«

»Aber durch das Tofirit haben wir doch Energie mehr als genug!« rief Riker über Ren Dharks Kopf hinweg.

»Schon, Riker, aber die kommt nicht schnell genug dort an, wo sie gebraucht wird! Doorn meint, diese beiden Genies Margot... Marburg... ach, weiß der Teufel, wie die hießen... hätten einen kapitalen Fehler gemacht, als sie die Kapazität der Energieleitungen berechneten...«

Jemand schob Congollon energisch zur Seite. Auf dem Bildschirm der Bordverständigung erschien das unrasierte Gesicht Arc Doorns. »Drahtlose Energieübertragung natürlich, aber Sender und Empfänger haben nicht die nötige Kapazität, und wir ahnungslosen Engel haben das früher nie gemerkt, weil die POINT OF nie im Vollbetriebsmodus geflogen ist! Wenn wir etwas mehr Ruhe hätten, könnte ich das ändern, aber dafür muß ich die Intervallwerfer und beide Waffensteuerungen stillegen!«

Ren Dhark glaubte Doorn jede Silbe.

Der stets ungepflegt wirkende Sibirier besaß ein geradezu unglaubliches Einfühlungsvermögen in Fremdtechniken. Er war es, der die meisten technischen Geheimnisse der Mysterious auf Hope und in der POINT OF entschlüsselt hatte, aber er hegte keinen Neid gegenüber Robert Saam, weil der und nicht Arc Doorn darauf gekommen war, daß die Mysterious über einen Ringbeschleuniger Tofiritstaub in Energie umsetzten und damit die Leistung der Ringschiffe immens erhöhten.

Doorns Vorschlag, die Intervallwerfer und die Waffensteuerungen abzuschalten, war in dieser Phase des Kampfes Selbstmord.

Aber was Doorn noch zu sagen hatte, klang auch nicht gerade ermutigend.

»Dhark, wenn sich elf von den Grakoraumern auf Punktbeschuß konzentrieren, kommt unsere Abwehr nicht mehr mit, dann knakken die beide Intervallfelder, und was danach mit uns passiert, kann sich wohl jeder selbst ausmalen… und tschüß!«

Die Sichtsprechverbindung brach zusammen; Doorn hatte sie abgeschaltet.

Ren Dhark konnte es sich sehr gut ausmalen, was der Sibirier meinte. Er kannte die Berichte Clarks und Huxleys und anderer Kommandanten.

Ringraumer bestanden aus Unitall, einem Kunstmetall der Mysterious, das fast unzerstörbar war und nur vom Tofirit noch um etliche Längen geschlagen wurde; dazwischen gab es nichts. Die Außenhüllen der Ringraumer waren einen halben Meter stark, und Unitall brachte *jegliche* Strahlung in einer Tiefe von 10 Zentimetern zum Stillstand – außer *Perr*, das Unitall in Staub verwandelte, und Nadelstrahlbeschuß von mehr als 210 Sekunden Dauer; dann aber trat ein spontaner atomarer Zerfall ein, der durch nichts mehr zu stoppen war.

Von daher hätte es der Intervallfelder nicht einmal unbedingt bedurft, denn wer außer den Mysterious verfügte über Nadelstrahlen?

Aber…

… offenbar hatte die Grakos etwas noch Wirksameres!

Ihre schwarzen Strahlen zerstörten Unitall sofort! Viele Dutzende von Ringraumern mit ihren Besatzungen waren im Feuer der Schatten vergangen, als deren schwarze Strahlen unlöschbaren Atombrand auslösten.

Und auch die POINT OF bestand nur aus Unitall...

*

Während die POINT OF vorstieß und die Schattenraumer mit ihren permanenten Angriffen beschäftigte, verharrten das Rahimschiff, die H'LAYV und die IKO 1 auf ihren Positionen. Immer wieder sah Kapitän Scott McKenzie, Kommandant des von Pol zu Pol 100 Meter durchmessenden Tofiritraumers, sich nach Chris Shanton um, als erwarte er von diesem einen Befehl, in den Kampf einzugreifen.

Der Dicke rührte sich nicht.

Er starrte auf die taktische Falschfarbenwiedergabe des Bildschirms, der den wilden, verzweifelten Kampf der POINT OF gegen die Grakos zeigte. Shanton fragte sich, wie lange der Ringraumer sich noch halten konnte. Die POINT OF war zwar das kampfstärkste Schiff der ganzen Terranischen Flotte, aber die Übermacht war einfach zu groß. Daran konnte auch ein eventueller Einsatz der IKO 1 nichts ändern. Selbst wenn das Experimentalschiff jetzt in den Kampf eingriff, war es kaum möglich, genügend Grakoschiffe zu binden und abzuschießen, um der POINT OF eine reelle Chance zu geben.

Eigentlich gab es nur eine einzige vernünftige Möglichkeit: die ganze Aktion abbrechen, von hier verschwinden und den Grakos das Feld überlassen, um dann später mit einem größeren S-Kreuzergeschwader zurückzukehren und aufzuräumen.

Warum gab Dhark diesen Befehl nicht?

Wollte er sich oder den anderen etwas beweisen?

Vielleicht war es auch nur der Zeitdruck, unter dem sie alle standen. Sie würden mindestens einen Tag verlieren, wenn sie jetzt das Feld räumten. Möglicherweise mehr. Und vielleicht gewannen bei einem Rückzug der Terraner die Grakos, die in den letzten Wochen einige schwere Niederlagen hatten hinnehmen müssen, wieder mehr Selbstvertrauen. Vielleicht würden sie die Zeit nutzen, mit weiterer eigener Verstärkung das SBH abzuriegeln und den Terranern eine Falle zu stellen. Sie mußten erkannt haben, wie wichtig denen diese Aktion im Zentrum der Milchstraße war, sonst wären sie nicht mit einem solchen Aufgebot hier erschienen. Noch nie hatte eine der Riesenstationen dermaßen viele Schiffseinheiten an einen Kriegsschauplatz gebracht!

Unwillkürlich wartete Shanton darauf, daß Jimmy einen Kommentar zu dem Raumkampf anbrachte. Aber der Robothund schwieg ausnahmsweise, obgleich auch er den großen Bildschirm beobachtete und vermutlich Daten sammelte, um sie zu berechnen – mit welchem Ziel auch immer.

Rhaklan zitterte leicht. Der Galoaner hatte Angst. Und vermutlich nicht nur er, sondern auch Shodonn.

Die beiden Rahim zeigten sich unbeeindruckt. Was aber nichts zu bedeuten hatte, denn ihren humanoiden Hüllen war nicht anzusehen, wie deren »Bewohner« sich fühlten. Shanton konnte sich allerdings nicht vorstellen, daß die Rahim wirklich Furcht verspürten. Wahrscheinlich hielten sie sich auch den Grakos gegenüber für weit überlegen.

»Wir müssen fliehen«, teilte Shodonn sich den anderen mit. Die Stimme seines Trägers klang unsicher.

Da kam Bewegung in die beiden Rahim.

Kalnek trat vor zum Kommandantensitz. Der 2,20 Meter große, dunkelhäutige Koloß packte einfach zu und hob den Kapitän aus dem Sessel, um ihn wie ein Spielzeug neben sich abzustellen. Im gleichen Moment ließ sich Gola von der anderen Seite auf dem Sitz nieder.

Drei Offiziere rissen gleichzeitig ihre Paraschocker aus den Holstern und richteten sie auf die beiden Rahim.

»Was soll das?« knurrte Shanton und ließ offen, ob er die Offiziere oder die Rahim meinte.

Gola griff in die Steuerung der IKO 1 ein. Der aus zwanzig dreieckigen Tofiritflächen gebildete Raumer nahm Fahrt auf.

»Was soll das, Gola?« fragte Shanton noch einmal.

Derweil machte Kapitän McKenzie eine schnelle Handbewegung. Die Schocker verschwanden wieder. »Räum den Kommandantensitz, Gola«, schnarrte der 44jährige Offizier. »Runter von meinem Platz, aber fix!«

Gola ignorierte ihn.

Die IKO 1 wurde schneller. Das rubinrot funkelnde Raumschiff nahm Kurs auf die Grakoflotte.

»Der ist wahnsinnig geworden«, befürchtete Shodonn. »Er wird uns in den Untergang fliegen! Halten Sie ihn auf!«

McKenzie trat vor und zog den Fahrtregler zurück. Der Tofiritraumer beschleunigte nicht weiter. Wortlos schob Gola die Hand des Kapitäns beiseite und brachte den Regler in die vorherige Position zurück.

»Ich habe dir nicht gestattet…« begann McKenzie.

Kalnek beugte sich etwas zu ihm herunter. »Da ihr alle zu feige seid, euren bedrängten Kameraden zu helfen, werden wir das eben tun. Wir übernehmen hiermit die Schiffsführung.«

Chris Shanton kam näher. »Das kommt überhaupt nicht in Frage«, sagte er. »Ihr seid als Gäste an Bord, als Helfer in unserem Experiment. Das Kommando habe immer noch ich, Freundchen. Maschine stop! Wir greifen nicht ein!«

»Wie willst du uns daran hindern?« fragte Kalnek unüberhörbar arrogant.

»Sicherheitsdienst zur Zentrale«, sagte McKenzie in sein Armbandvipho.

Shanton sah zu Kalnek empor. »Ich weiß nicht, wie man das bei euch handhabt, Rahim. Aber bei uns nennt man das, was du und Gola gerade tut, Meuterei. Ich darf dich darauf aufmerksam machen, daß wir uns vorübergehend nicht mehr in einem Experimentalflug, sondern in einem Kampfeinsatz befinden und die IKO 1 somit unter Kriegsrecht steht. Das bedeutet, daß Meuterer auf Anordnung des Kommandanten standrechtlich erschossen werden können.«

Kalnek lachte düster auf. »Und wer stabilisiert dann mit seinen Parakräften den Raumer beim Eindringen in das Schwarze Loch?«

»Das steht momentan nicht zur Debatte«, wies Shanton ihn zurecht. »Möglicherweise wird der Versuch ohnehin nicht stattfinden. Schaut euch die Übermacht da draußen doch an!«

»Ich kann keine Übermacht erkennen«, erwiderte Kalnek trokken.

»Wir müssen hier fort«, flüsterte Rhaklan – oder war es Shodonn, der sich über ihn äußerte?

»Wenn du keine Übermacht erkennst, warum wollt ihr dann die Sicherheit dieses Schiffes gefährden und in den Kampf eingreifen?« wollte Shanton spöttisch wissen.

Der Rahim kam nicht zu einer Antwort. Das Hauptschott flog auf. Fünf Mann vom Sicherheitsdienst polterten herein, schwere Zweihandblaster im Anschlag. McKenzie wies auf die beiden Rahim.

»Festnehmen!«

Kalnek fuhr herum. Eher unbeabsichtigt streifte sein Arm Chris Shanton. Der sah einen Moment lang Sterne und taumelte zurück. Im gleichen Moment jagte Jimmy heran – und schlug seine Stahlplastikzähne in das Bein des Rahim!

*

Für einen Augenblick hielten alle den Atem an. Wie ein richtiger Hund hing der Robot-Scotchterrier knurrend an Kalneks Bein und ließ sich nicht abschütteln. Der Anblick war grotesk.

Aber wirkungsvoll – Jimmys blitzschnelles Eingreifen zog die ganze verfahrene Situation ins Lächerliche!

Noch ehe jemand wirklich lachen konnte, meldete sich die Funk-Z. Shanton erkannte die Stimme des Cheffunkers der POINT

OF, Glenn Morris.

»Befehl vom Commander! IKO 1 sofort stoppen!«

Shanton, der sich von Kalneks Ellenbogenhieb erholt hatte, eilte zum Funk hinüber. Dabei zischte er seinem Robothund ein knappes »Jimmy, aus!« zu.

Der Scotchterrier ließ los und glitt auf den Kugeln, die er aus den Unterseiten seiner Pfoten ausgefahren hatte, ein paar Meter zurück. Dabei knurrte er noch immer, hielt das Maul geöffnet und bewegte die Zunge leicht hin und her, die dabei aber immer auf Kalnek gerichtet war. An Bord der IKO 1 wußte nur Chris Shanton, daß sich in der Zungenspitze die Abstrahlpole eines Schockers und eines Blasters befanden.

Die Funkbude war an die Zentrale angeschlossen und besaß einen offenen Zugang. Auf der gegenüberliegenden Seite der Kommandozentrale befand sich, ebenso offen angelegt, die Ortungsabteilung.

Shanton trat vor die Aufnahmeoptik der Bildfunkverbindung. »Geben Sie mir den Commander, Morris!« verlangte er.

»Der ist gerade verdammt beschäftigt, Chris... diese verfluchten Grakos...«

Kurzzeitig rauschte es, und die Bildübertragung brach zusammen. Dann tauchte Morris' Gesicht wieder auf, nur um im nächsten Moment von Ren Dharks Konterfei abgelöst zu werden.

»Was ist bei Ihnen los, Chris? Wieso fliegt die IKO 1 den Grakos entgegen? Sind Sie wahnsinnig geworden?«

»Nicht wir – die Rahim!«

Hinter Chris stampfte es. Einer der beiden Kolosse kam heran und schob Shanton einfach beiseite. »Ren Dhark, wir werden die Grakos ausschalten. Wir haben dein Schiff beobachtet und sein Kampfverhalten analysiert. Seine Waffen sind gut, aber uneffektiv. Hier müssen andere Mittel greifen, und die werden wir einsetzen. Zieh dich mit deinem Schiff zurück, damit du nicht in Mitleidenschaft gerätst.«

»Das lasse ich nicht zu!« erwiderte Dhark etwas hektisch. Er bewegte sich ständig ruckhaft vor der Aufnahmeoptik. Wie es aussah, steuerte er den Ringraumer von Hand.

Warum greift der Checkmaster nicht ein? fragte Shanton sich.

»Die IKO 1 darf nicht gefährdet werden«, fuhr Dhark fort. »Wenn das Schiff beschädigt wird...«

»Das wird nicht geschehen«, versicherte Kalnek. »Wir wissen sehr genau, was wir riskieren können und was nicht, und es gibt in diesem Fall kein Risiko. Du aber, Ren Dhark, scheinst dein eigenes Risiko falsch einzuschätzen. Du weißt, daß du mit deinem Raumschiff vernichtet wirst, wenn die Station selbst angreift? Ihr Kampfpotential ist weitaus größer als das der Schiffe. Wir haben dies inzwischen beobachtet und analysiert.«

»Dazu wird mir noch etwas einfallen«, erwiderte Dhark. »Noch einmal: Die IKO 1...«

»Wir haben effizientere Möglichkeiten als dein Schiff, Ren Dhark«, unterbrach ihn der Rahim. »Wir erledigen das jetzt. Vertraue uns. Wir wissen, was wir tun.«

Am Funker vorbei schaltete er die Verbindung zwischen den beiden Raumschiffen ab.

Zum Teufel, dachte Shanton. *Die haben verdammt schnell gelernt, wie sie mit unserer Technik klarkommen...«*

Kalnek drehte sich um und stand unmittelbar vor Chris Shanton.

»Dein Spielzeug amüsiert mich immer mehr. Du könntest mir bei Gelegenheit die Konstruktionspläne überlassen«, sagte er und kehrte zum Kommandostand zurück.

Jimmy belauerte ihn immer noch mit heraushängender Zunge.

*

Während Dhark mit dem Rahim sprach, hatte er zugleich die POINT OF immer wieder mit waghalsigen Flugmanövern aus dem Schußbereich der Grakos gebracht. Hier kam ihm wieder einmal seine Fähigkeit zugute, *zweigleisig* denken zu können. Während er auf der einen Ebene versuchte, den Rahim von seinem aberwitzigen Vorhaben abzubringen, sorgte er zugleich immer wieder dafür, daß die POINT OF selbst weniger getroffen wurde und dafür ihrerseits in bessere Schußpositionen kam.

Immer noch griff der Checkmaster nicht ein, sondern überließ Dhark weiterhin die Schiffsführung.

Früher war das anders gewesen, in der Anfangszeit, als sie gerade lernten, das Schiff zu fliegen… und mehr als einmal hatte der Checkmaster damals die Kontrolle übernommen und radikal auf jedes sich nähernde Fremdschiff das Feuer eröffnet, um erst dann das Kommando wieder abzugeben, wenn die vermeintliche oder echte Gefahr beseitigt war… im wahrsten Sinne des Wortes.

»Du wirst das doch nicht wirklich zulassen, Ren?« fragte Dan Riker leise. »Die IKO 1 hat doch keine Chance! Sie hat zwar die Wuchtkanone an Bord, aber gegen diese gewaltige Grakoflotte ist das doch nur ein Tropfen auf dem heißen Stein. Wenn der Ikosaeder beschädigt wird, können wir das Experiment erst mal vergessen…«

Damit führte er die gleichen Gedanken, die auch Chris Shanton an Bord der IKO 1 bewegten.

»Was soll ich machen?« fragte Dhark, während er wieder einmal auf Überlichtgeschwindigkeit ging, um einen abrupten Positionswechsel zu erzwingen. »Gewalt gegen die Rahim einsetzen? Wie denn, bitte? Wenn sie mit ihren Parakräften die Mannschaft des Raumers unter ihre Kontrolle bringen, dann…«

Da waren die Schattenschiffe der Grakos schon wieder heran, und diesmal griff auch die Station selbst an. Aus titanischen Strahlantennen jagten die schwarzleuchtenden Energiebahnen der POINT OF entgegen, um ihre Intervallfelder zu durchschlagen und…

Übernehme! vernahm Dhark in diesem Moment die unpersönliche Stimme der Gedankensteuerung in seinem Kopf.

Der Checkmaster griff ein!

Alle Steuerschalter auf dem Kommandopult waren blockiert und ließen sich von Hand nicht mehr bewegen. Noch rasender wurden die Ausweichmanöver des Ringraumers. In den beiden Waffensteuerungen hatten Clifton, Rochard und ihre Leute nichts mehr zu tun. Auch hier hatte der Checkmaster, der hundertemal schneller als ein Mensch Kursberechnungen der feindlichen Objekte und den nötigen Vorhaltewinkel berechnete, das Kommando übernommen. Wieder feuerte die POINT OF aus allen Strahlantennen.

Aber jetzt machten die Grakos regelrecht Jagd auf den Ringraumer!

Sie wollten ihn unter allen Umständen vernichten!

Sie führten Kurztransitionen über kaum mehr als ein paar Lichtsekunden durch, um blitzschnell in Kernschußreichweite zu kommen und das Feuer auf die POINT OF zu eröffnen.

Im Schiff wurde Pfeifen laut. Es jagte die Tonleiter hinauf bis in den unhörbaren Ultraschallbereich, typische Begleiterscheinung einer eingeleiteten Transition in einem Ringraumer! Nur mußten dafür auch die Intervallfelder abgeschaltet werden, die als *absolute Transitionsbremse* dienten, denn mit aktiven Intervallen konnten die Schiffe der Mysterious zwar überlichtschnell fliegen, aber nicht transitieren!

Unwillkürlich hielt Ren Dhark den Atem an.

Wenn die Intervalle abgeschaltet wurden, war die POINT OF im gleichen Moment ungeschützt! Und wie spielend die schwarzen Strahlen der Grakos mit dem Unitall fertig wurden, hatten sie oft genug bewiesen!

Sie hatten die POINT OF doch schon wieder unter Feuer!

Belastung beider Intervallfelder 98 Prozent… 99… und da brach das obere Feld zusammen! Der rasende Zickzackkurs half nicht mehr, weil zu viele Schattenraumer einfach blindlings feuerten und wohl hofften, daß der Ringraumer bei seinen waghalsigen Ausweichmanövern einfach in ihre Strahlen hineinfliegen mußte!

Von einem Moment zum anderen war die POINT OF nur noch von einem Intervallfeld geschützt.

Angeblich sollte das keinen Unterschied machen, weil jedes Intervallfeld ein künstlich geschaffenes Mini-Kontinuum darstellte, das in seinem Bereich alle Gesetze des Normalraumes aufhob, aber dieser Behauptung einer Mentcap hatte Ren Dhark nie über den Weg getraut.

Das schrille Pfeifen ging in den Ultraschallbereich über und erreichte damit das Maximum seiner Tonfrequenz.

Unteres Intervall – *aus!*

Von einer Sekunde zur anderen war die POINT OF völlig schutzlos geworden – und lag unter stärkstem Strahlbeschuß der Schattenraumer!

Konnte die Transition überhaupt noch stattfinden?

Oder wurde die POINT OF in diesem Moment zu einer kleinen Sonne?

*

Gola, der Rahim, steuerte die IKO 1 den Grakos entgegen. Die Ruhe, die er und Kalnek ausstrahlten, überzeugte Chris Shanton schon fast. Er war gespannt darauf, in welcher Form die beiden Rahim in die Schlacht eingreifen würden. Vermutlich wußten sie tatsächlich sehr genau, was sie taten – bei aller Arroganz, die sie stets zeigten, konnten sie ihre eigenen Fähigkeiten und Fertigkeiten doch recht exakt einschätzen.

Die fünf Mann vom Sicherheitsdienst waren wieder abmarschiert. Kapitän Scott McKenzie hatte sich mit seiner Statistenrolle abgefunden. Ihm war so klar wie den anderen in der Zentrale, daß nur der Einsatz von Gewalt die Rahim zwingen konnte, das Kommando wieder abzugeben. Das aber mochte böse Konsequenzen nach sich ziehen, die weder McKenzie noch Shanton tragen wollten. Sollte sich der Commander der Planeten später mit den Rahim auseinandersetzen!

Wenn er es verbockte und sich diese kleinen Burschen, die ihre Minderwertigkeitskomplexe hinter einem arroganten Auftreten und riesigen biomechanischen Exoskeletten versteckten, die den Eindruck real existierender Körper vermittelten, zu Feinden machte, war das sein Problem. Shanton hatte Dharks Bemerkung nicht vergessen, er solle doch keine diplomatischen Verwicklungen heraufbeschwören.

Nur Robothund Jimmy zeigte sich immer noch undiplomatisch und den Rahim die Zunge.

Ob die schon herausgefunden hatten, daß Jimmys Zunge eine Waffe war?

Rhaklans Angst war jetzt mehr als deutlich zu spüren. Shanton nahm an, daß diese Angst zum größten Teil von Shodonn ausging. Er konnte diesen vergeistigten Wissenschaftler gut verstehen, dem es als Mitglied des Nareidums nicht mal um seine eigene Existenz ging, sondern um all das Wissen und die Denkfähigkeit, die er im Laufe eines langen Lebens und nach seinem Tod im Nareidum erworben hatte. Wenn sein Seelenchip, den Rhaklan trug, zerstört wurde und damit auch Shodonns Existenz verlosch, war das ein gigantischer Verlust für das Nareidum und damit auch für alle Galoaner. Wenn »nur« Rhaklan starb, war das dessen persönliche Tragödie, aber hier war es so, daß *beide* ausgelöscht werden würden.

Wenn die Rahim versagten.

Und die Grakos die IKO 1 vernichteten.

Beide litten unter Todesangst, Rhaklan, der Lebende, wie Shodonn, der Tote – und mehr und mehr zeichnete sich Panik ab.

Shanton sah Kapitän McKenzie an und machte eine knappe Kopfbewegung in Richtung Rhaklan. Der Schotte nickte. Ihm war das panische Verhalten des Galoaners längst aufgefallen.

Shanton sah wieder zum Bildschirm. Die Falschfarbenprojektion zeigte die Schattenraumer, die die POINT OF immer stärker einkreisten, aber in der taktischen Darstellung zeichnete sich auch ab, daß die IKO 1 sich eben dieser starken Massierung von Grakokampfschiffen näherte.

McKenzie trat zu Shanton.

»Der Commander hat doch keine Chance«, raunte er. »Sehen Sie sich das an, Sir. Das ist das Ende der POINT OF, und wenn die

Rahim nicht rechtzeitig...«

»Hören Sie auf zu unken, Sie alte Unke!« unterbrach ihn der einstige Cheftechniker der Cattaner Kraftwerke, der später zusammen mit Arc Doorn das Abwehrsystem der Asteroidenforts im Sol-System entwickelt hatte – und da fiel ihm ein, daß Doorn sich ja wieder einmal an Bord der POINT OF befand, und alles, was er noch über die Lippen brachte, war eine Verwünschung.

Dhark, Riker, Doorn, Congollon und all die anderen – mit ihnen hatte er schon zusammengearbeitet, hatte er doch zeitweise selbst zur Mannschaft der POINT OF gehört, und nun wollte er nicht einfach zuschauen, wie Menschen, die seine Freunde geworden waren, unter dem Strahlbeschuß dieser verfluchten Grakos starben!

Grakos, die Geißel der Galaxis!

So hatten andere Sternenvölker sie genannt, und lange Zeit waren Grakos und Mysterious miteinander verwechselt worden, was für die Terraner äußerst fatal war, da sie sich der Technik und der Raumschiffe der Mysterious bedienten!

Chris Shanton hatte schon immer sein Herz auf der Zunge getragen, und so platzte er jäh heraus: »Rahim-Freunde, wenn ihr großmäuligen Helden es nicht gleich schafft, die POINT OF 'rauszuhauen, kriegt ihr beide einen Tritt in den Hintern, der euch in einen stationären Orbit um Andromeda schickt!«

Lachten die beiden Rahim?

Anders waren die Laute, die aus ihren Kunstkörpern drangen, kaum zu bewerten.

»Sie werden uns vernichten, wie sie die POINT OF vernichten«, befürchtete Shodonn. »Wir dürfen nicht angreifen! Wir können froh sein, wenn sie uns in Ruhe lassen! Wir müssen...«

»Jimmy, wenn dieser Galoaner nicht gleich die Klappe hält, beißt du ihn auch ins Bein!« unterbrach Shanton das panische Gezeter des vergeistigten Wissenschaftlers.

»Aye, aber wenn der einen genau so üblen Nachgeschmack hat wie der Rahim, kriegst du ernsthaft Verdruß mit mir!« drohte der Robothund.

Verdutzt starrte Shanton seine Konstruktion an. Die fuhr ungerührt fort: »Du wirst mir einen neuen Geschmackssensor einbauen müssen, weil meiner eben durchgeschmort ist! Und falls du hoffst, Dicker, Kalnek und Rhaklan kriegen Kinder, nachdem ich sie ins Bein gebissen habe, bist du schief gewickelt, weil ich nicht der Klapperstorch bin!«

»Wenn das hier vorbei ist, hast du die längste Zeit dein Sprachmodul gefoltert!« kündigte Shanton verärgert an. *»Ich bin nicht dick!«*

»Klar, nur drei Meter zu klein für dein Gewicht«, blieb ihm sein Robothund nichts schuldig. »Du könntest viel schlanker sein und mehr Erfolg bei den Frauen haben, wenn du nicht so viel saufen würdest...«

Das war Shanton dann doch zuviel.

Er, der einem guten Tropfen nicht aus dem Weg ging und auch mal des Genusses wegen eine Flasche edlen Cognacs komplett mit Luft füllte, war trotzdem kein Säufer, und richtig betrunken hatte ihn noch nie jemand erlebt, weil er stets die Kontrolle über sich behielt, aber viele andere registrierten nur den Cognacschwenker in seiner Pranke und gingen gleich davon aus, daß er Alkoholiker sei. Dabei konnte er auch ganz gut ohne existieren. Als Alkoholabhängiger wäre er niemals mit dem Aufbau der solaren Systemverteidigung in Form der Ast-Stationen betraut worden...

Der Diplom-Ingenieur schnappte sich seinen Jimmy, öffnete mit sicherem Griff eine unter dem synthetischen Fell versteckte Klappe und schaltete das Sprachmodul seines Robothundes ab. »So, Freundchen, du sorgst erst mal für keine diplomatischen Zerwürfnisse zwischen den Rahim und uns beiden mehr...«

Jimmy bellte wie ein richtiger Hund und drückte damit seinen Protest aus.

Im nächsten Moment war der Spaß vorbei.

Der Bildschirm zeigte, wie intensiv die POINT OF angegriffen wurde.

Eines der Intervallfelder brach zusammen!

»Gleich werden sie vernichtet«, keuchte Shodonn mit Rhaklans Stimme. »Und nicht nur sie! Wir werden alle sterben!«

»Sicher, aber nicht jetzt!« fuhr Shanton ihn an.

Aber dann, nur wenige Sekunden später, gab es die POINT OF nicht mehr...

*

Kapitän Scott McKenzie war mit ein paar Sprüngen bei der Ortung. »Was ist mit der POINT OF?«

»Wir können sie nicht mehr erfassen, Sir!«

»Vernichtet?«

Schulterzucken.

»Habe ich Idioten an Bord?« bellte McKenzie. »Was ist mit Energieeffekten? Sie müssen doch Trümmer orten können und Energiefahnen von der Explosion... und wir müssen versuchen, Überlebende, die im Raum treiben, zu bergen! Muß ich Ihnen zeigen, wie man diese Geräte optimal bedient?«

Er mußte es nicht.

»Keine Trümmer, keine im Raum treibenden Objekte, Sir... bei den zerstörten Grakoschiffen übrigens auch nicht.«

Die interessierten Kapitän McKenzie nicht. Als Raumfahrer fühlte er sich verpflichtet, jedem Schiffbrüchigen zu helfen, weil der Weltraum gnadenlos tödlich war, nur konnte er sich nicht dazu durchringen, einem Grako Hilfe anzubieten. Diese Mörderrasse, die nichts anderes zu kennen schien als die kompromißlose und gnadenlose Vernichtung jeder anderen Lebensform, hatte für seine Moralbegriffe keinen Anspruch auf Hilfe und Rettung.

Ihn interessierte nur, was aus der POINT OF geworden war.

Das konnte ihm aber niemand sagen,

Von einem Moment zum anderen gab es den Ringraumer nicht mehr, nicht mal im Atombrand verglühende Trümmer.

Also war die POINT OF komplett zerstört worden!

McKenzie kam in die Zentrale zurück. Er hieb Gola die Hand

auf die Schulter, der immer noch auf seinem Kommandantensitz saß und dabei recht eingeklemmt wirkte, weil die Sitzbreite für Terraner konstruiert war und nicht für kolossale Kunstkörper artfremder Entitäten.

»Gola... Kalnek – machen Sie diese verdammten Grakos fertig!« knurrte McKenzie. »Tun Sie, was Sie können! Dieses Geschmeiß hat die POINT OF vernichtet!«

Die Rahim würdigten ihn keiner Antwort.

Rachegelüste der *Niederen* berührten sie nicht.

*

Transition!

Sprung durch den Hyperraum in Nullzeit, und von einer Sekunde zur anderen befand sich die POINT OF an einem anderen Ort der Galaxis!

Beide Intervalle standen wieder.

Kein vernichtender Strahlbeschuß mehr.

Die Bildkugel zeigte veränderte Sternkonstellationen.

Und die Steuerschalter des Kommandopults waren wieder bedienbar.

Übergebe an Kommandanten, quittierte die lautlose Gedankenstimme die Freigabe des Checkmasters.

Ren Dhark lehnte sich in seinem Sessel zurück, schloß die Augen und verharrte so etwa eine halbe Minute.

Sie hatten es geschafft!

Sie waren per Transition der Vernichtung entgangen.

Aber um welchen Preis?

Fielen jetzt nicht die Grakos über die anderen Raumer her?

»Was versprechen sie sich davon?« fragte sich Ren Dhark. »Wenn ihre Wissenschaft der unseren so überlegen ist wie ihre Waffen den unseren, müßte ihnen klar sein, welche Bedrohung dieses Super Black Hole für uns und für Drakhon darstellt! Sie müßten wissen, daß beide Galaxien mit allem, was darin lebt, also auch mit ihnen selbst, vernichtet werden… warum also versuchen sie uns daran zu hindern, etwas dagegen zu tun?«

»Frag mich was Leichteres!« knurrte sein Freund Dan Riker. »Zum Beispiel, wann Finanzminister Lamont bei meiner TF wieder mal den Rotstift ansetzt und der Bevölkerung die nächste Steuererhöhung androht…«

Ren winkte ab.

»Grappa…«

Der hatte schon mit der Frage gerechnet. »Wir sind um 4,3 Lichtjahre auf Rot versetzt worden.«

Dhark nickte. »Checkmaster: Transition für Rückkehr berechnen – und ab!«

Sie mußten zurück. Sie konnten die anderen nicht im Stich lassen! Jetzt, da die Grakos nicht mehr vom Störfeuer der POINT OF abgelenkt waren, konnten sie Jagd auf die drei anderen Schiffe machen, und sollten die Rahim den Mund zu voll gekommen haben, würden nicht nur alle Beteiligten an diesem Black Hole-Experiment sterben, sondern zwei Galaxien zum Untergang verurteilt sein.

Wieder klang im Schiff das durchdringende Pfeifen auf, das die Transition ankündigte, und im nächsten Moment sprang die POINT OF über 4,3 Lichtjahre durch den Hyperraum zum Schauplatz eines gnadenlosen Vernichtungskampfs zurück.

Und die Terraner an Bord des Ringraumers erlebten das Grauen!

*

Gola beherrschte die Steuerung der IKO 1 perfekt. Der Ikosaeder aus Tofirit, der im Licht der hier dicht an dicht stehenden Sonnen regelrecht zu glühen schien, glitt den schwarzen Schattenraumern entgegen.

Verwirrte das die Unheimlichen, deren wahres Aussehen unter ihren Körperschirmen so unwahrscheinlich stark an die G'Loorn erinnerte? Die Phalanx brach auf, Schatten wirbelten nach einem undurchschaubaren Muster durcheinander und strebten voneinander fort. So, als suchten sie nach einem Ziel für ihre Waffen und konnten es nicht finden!

In Chris Shanton glomm ein Hoffnungsfunke.

War die POINT OF doch nicht vernichtet worden, sondern nur verschwunden? Daß es keine Trümmer gab und daß auch keine Energiefahnen einer Explosion angemessen wurden, konnte ein Hinweis darauf sein, aber in diesem energetischen Chaos in der Nähe des Schwarzen Loches fiel es ohnehin schwer, präzise Messungen durchzuführen. Die Zusammenballung von Sternen rings um das gigantische Schwarze Loch im Zentrum der Milchstraße war eine strahlende Hölle, in der nicht einmal Planeten eine Existenzmöglichkeit fanden.

Suchten die Grakos jetzt nach der verschwundenen POINT OF?

Wie auch immer – sie maßen der herannahenden IKO 1 kaum Beachtung bei. Vielleicht hatten sie mit ihrer Energieortung festgestellt, daß der Tofiritraumer im Verhältnis zur POINT OF nur schwach bewaffnet war und hielten ihn für keinen ernsthaften Gegner. Rechneten sie damit, ihn gewissermaßen im Vorbeiflug aus dem Universum fegen zu können?

Wartet nur ab, Freunde, dachte Shanton, der gespannt darauf war, die Rahim in Aktion zu sehen. Er hoffte, daß sie tatsächlich in der Lage wären, mit den Unheimlichen fertigzuwerden.

Über ihre Parakräfte raunte man sich Wunderdinge zu. Dabei fragte Chris sich, weshalb sie diese Kräfte nicht eingesetzt hatten, um die IKO 1 zu übernehmen, sondern sich auf eine verbale Auseinandersetzung eingelassen hatten. Es wäre ihnen sicher leichtgefallen, die Terraner und Shodonn unter ihre Kontrolle zu bringen.

Vielleicht hatten sie es nicht getan, um zu demonstrieren, daß sie sogar ohne Paraeinsatz den »Niederen« weit überlegen waren?

Von der Ortung kam ein Aufschrei.

»Die POINT OF…!«

Kapitän McKenzie fuhr herum. »Was, bitte?«

»Die POINT OF ist wieder da! Hier, Sir – das Ortungsecho… das

Flaggschiff befindet sich auf Blau 17, etwa ein halbes Lichtjahr entfernt... Intervallfelder sind aktiv!«

Ein Aufatmen ging durch die Menschen im Leitstand des Ikosaeders. Der Ringraumer war nicht vernichtet worden! Es sah so aus, als habe er sich mit einer Transition retten können und war jetzt zurückgekehrt, allerdings nicht direkt ins Schlachtgetümmel, sondern abwartend weit am Rand des Geschehens.

Auch die Grakos orientierten sich neu. Erste Schattenraumer glitten der POINT OF entgegen, um sie erneut anzugreifen.

»Die geben einfach nicht auf«, knurrte McKenzie. »So etwas Stures, Verbissenes... dabei könnten sie uns doch viel leichter vernichten und sich anschließend immer noch um die POINT OF kümmern!«

»Sei doch froh, daß sie uns noch in Ruhe lassen, Terraner!« preßte Shodonn hervor. »Warum fliehen wir nicht, solange es noch an der Zeit ist?«

Kalnek wandte sich kurz zu ihm um. »Hör endlich auf mit deinem Gewinsel, Galoaner!« schnaubte er verächtlich. »Niemand braucht zu fliehen, weil wir die Sieger sind!«

Shanton grinste ihn böse an.

»Hellseher, wie? Es gibt bei uns ein Sprichwort: Verteile nicht das Fell des Bären, bevor du ihn erlegt hast! Kalnek, über Sieger und Verlierer können wir uns unterhalten, wenn das alles hier vorbei ist!«

Gola kümmerte sich nicht um den Streit. Der Rahim, dessen Kunstkörper nur mühsam in den Pilotensitz paßte, lenkte die IKO 1 weiterhin dem größten Pulk der Schattenraumer entgegen.

Plötzlich flammte es ringsum auf!

Der große Hauptbildschirm schaltete sich sekundenlang ab. Über das Kommandopult irrlichterten Elmsfeuer. Kontrolleuchten blinkten in verwirrendem Rhythmus und erloschen wieder.

»Treffer!« schrie jemand. »Sie haben uns erwischt!«

»Streifschuß«, korrigierte der Offizier, der links neben Gola saß. »Schwarzer Strahl hat Schutzschirm glatt durchschlagen und Tofirithülle berührt. Schadensmeldungen...« Er beugte sich vor und prüfte die Anzeigen. »... keine!«

»Noch keine«, stöhnte Shodonn. »Aber beim nächsten Mal werden sie besser treffen und uns vernichten! Wir sollten uns zurückziehen!«

Allmählich wurden die in immer kürzeren Abständen auftretenden Panikanfälle auch Chris Shanton zuviel, und er bedauerte, daß sich Rhaklan mit Shodonns Seelenchip überhaupt an Bord befand. *Wir sollten ihn per Transmitter unverzüglich zurück in sein eigenes Schiff schicken*, dachte er. Das Problem war, daß es auf der IKO 1 keinen Transmitter gab. Das hier war nicht die POINT OF und auch kein S-Kreuzer. Der Ikosaeder war dermaßen mit Technik vollgestopft, daß für Einrichtungen geringerer Priorität einfach kein Platz geblieben war. Es grenzte schon an ein Wunder, daß die zusätzlichen Installationen der Rahim überhaupt noch hatten eingebaut werden können.

Komplette zwei Drittel des Schiffskörpers wurden von Energieerzeugern, Schutzschirmprojektoren, Triebwerken und Antigraveinheiten in Anspruch genommen, ohne die der Ikosaeder überhaupt nicht flugfähig gewesen wäre. Er hätte nicht einmal starten können und wäre auf jedem Raumhafen angesichts seiner ungeheuren Masse einfach im Boden versunken – schon ein einziger Kubikzentimeter des rubinrot leuchtenden Superschwermetalls wog 481,072 kg, das Gesamtgewicht des 100-Meter-Raumers sprengte jede Vorstellungskraft. Daran änderte auch nichts, daß überall im Inneren, wo es eben möglich war und nicht gegen die Betriebssicherheit verstieß, feste, aber ultraleichte Kunststoffe verbaut worden waren. Shanton verzichtete auf die Überlegung, was diese technischen Innovationen kosteten, die ein Novum im terranischen Raumschiffbau darstellten.

Mannschaftsräume, Medostation, Kommandozentrale mit Funk, Ortung und Waffensteuerung, dazu insgesamt 19 Maschinenräume zur Kontrolle der gigantisch dimensionierten Antigrav- und Antriebsaggregate – das alles drängte sich im oberen Drittel des Ikosaeders. Waffen hatte dieser Prototyp überhaupt nicht an Bord. Mit einer Ausnahme – die von Robert Saam entwickelte »Wuchtkanone«, die sich ebenfalls im oberen Drittel des Raumers befand und weiteren Platz beanspruchte.

Wieder flammte es schwarz auf; ein erneuter Treffer streifte den Ikosaeder. Das Raumschiff war dadurch nicht aus der Ruhe zu bringen; die Schiffshülle geriet nicht einmal ins Schwingen. Die verheerende Energie des schwarzen Strahls, der an jedem anderen Schiff größte Zerstörungen angerichtet hätte, floß einfach ab und verpuffte wirkungslos im All.

Wann endlich wurden die Rahim aktiv?

Plötzlich kam Verwirrung in die Schattenraumer. Sie änderten ihre Flugrichtung, nahmen Kurs auf die Riesenstation. Aber nicht, um sich wieder einzuschleusen.

Sie eröffneten das Feuer…

*

Die Fernortung des Ringraumers zeigte an, was in einer Distanz von einem halben Lichtjahr zur POINT OF geschah. Die Ortungsresultate wurden von der Bildkugel umgesetzt, die wieder einmal das fantastische technische Können der Mysterious unter Beweis stellte und nicht nur einfach zoomte, sondern die beobachteten Objekte auch entsprechend vergrößerte und markierte, so daß sie nicht nur winzige, kaum wahrnehmbare Punkte in der Weltraumschwärze darstellten. Das energetisch alles überstrahlende Schwarze Loch wurde dabei weitgehend ausgeblendet.

»Mit dieser Übermacht werden auch die Rahim nicht fertig!« befürchtete Dan Riker. »Wir sollten dem Spuk ein Ende bereiten, indem wir eingreifen und die IKO 1 decken…«

Dhark schüttelte den Kopf. Er hatte Kalneks Warnung nicht vergessen, sich selbst nicht in das Geschehen einzumischen, um nicht ebenfalls von dem betroffen zu werden, was die Rahim taten. Es fiel ihm schwer, sich zurückzuhalten, aber mit mentalen Beeinflussungen hatten sie schon oft genug zu tun gehabt, um jetzt nicht leichtsinnig zu werden. Die Mysterious selbst hatten hier und da auch Paraphänomene eingesetzt, wenngleich sie dabei ein technisches Trägermedium verwendeten, um diese Phänomene am Ziel wirksam werden zu lassen. Ren mußte an den Planeten Cut-out denken, und auch an Zwitt, den Planeten in einer künstlichen Sonnenkorona, in deren Zentralstation er von unfaßbaren Parakräften zum Checkmaster der Station gemacht worden war! Etwas, das er bis heute nicht richtig begriff, aber in dieser Funktion hatte er die Invasionsflotte des Tel Girr-O vernichtet, indem er die Zentralstation im Kern des Planeten das Hy-Kon einsetzen ließ...

Ihn graute vor der Erinnerung an das ihm aufgezwungene, unmenschliche Verhalten. Und auch wenn er berücksichtigte, daß die Telraumer vorwiegend Roboter als Besatzung hatten, die von meist nur einem Humanoiden befehligt wurden, waren damals Tausende von Tel in den Hyperraum geschleudert worden... *

»Wir warten ab!«

Die Entscheidung fiel ihm sichtbar schwer. Er war schon immer ein Mann der Tat gewesen, nicht des Abwartens. Aber hier blieb ihm zunächst nichts anderes übrig, wenn er nicht die POINT OF und ihre Besatzung unnötig in Gefahr bringen wollte.

Gern hätte er die Rahim an ihrer Aktion gehindert. Aber wie sollte er sie stoppen?

»Schaut euch das an!« entfuhr es Hen Falluta plötzlich.

Mit den Grakos stimmte etwas nicht!

Sie griffen nicht etwa die IKO 1 oder die beiden anderen Raumer an, sondern wandten sich gegen die Schattenstation!

Auf sie eröffneten sie das Feuer!

Schwarzleuchtende Energien loderten. Grappa schrie auf. »Was die da verpulvern, gibt's doch gar nicht! So viel Energie können

---

* siehe 1. Zyklus Band 13: »Durchbruch nach Erron-3« und Band 15: »Das Echo des Alls«

ihre Konverter doch gar nicht liefern...«

Mit einer unwahrscheinlichen, zähen Wut stürzten sich die Schattenraumer auf ihre Trägerstation! Andere Grakoschiffe begannen auf die Angreifer zu feuern. Die Raumer, die anfangs Kurs auf die POINT OF genommen hatten, drehten jetzt ab, um sich an der Schlacht Grako gegen Grako zu beteiligen.

»Haben die den Verstand verloren?« keuchte Falluta.

So sah es aus, aber offensichtlich war dieser Wahnsinn auf die Parakräfte der Rahim zurückzuführen, die sich gegen die Grakos richteten!

Schattenraumer schossen Schattenraumer ab!

»Wenn wir wenigstens ihren Funk abhören könnten«, murmelte Dan Riker. Aber das war illusorisch. Die Frequenzen, auf denen die Grakos untereinander kommunizierten, waren auch von M-Technik bisher nicht zu erfassen. Zumindest war es noch nie gelungen, Funksprüche, die von Raumschiffen oder Stationen der Unheimlichen ausgingen, aufzufangen.

Nahe dem Schwarzen Loch tobte eine energetische Hölle, in welcher Lebewesen in atomarem Fegefeuer vergingen, deren einziges Ziel es war, anderes Leben auszulöschen, und ihre furchtbare, mörderische Vernichtungswut richtete sich jetzt gegen sie selbst!

Ren war bleich geworden. Er ballte die Fäuste, weiß traten die Knöchel hervor.

Er mußte an die Synties denken!

Er dachte an jenen entsetzlichen Moment, in welchem aber Tausende von Telraumern vernichtet worden waren! Damals, als die POINT OF unkontrolliert von Erron-3 aus ins Normalkontinuum zurückkehrte und danach eine Spur zwischen den Sternen hinterließ, was die seinerzeit noch feindlichen Tel veranlaßte, den Ringraumer in eine Falle fliegen zu lassen.

Die Synties mit ihren unglaublichen mentalen Kräften griffen ein und manipulierten die Tel. Es reichte, daß sich jeweils nur ein Telkommandant in den von Robotern besetzten Doppelkugelraumern befand, und diese Kommandanten hatten unter dem suggestiven Druck der Synties den Verstand verloren und sich gegenseitig vernichtet, bis auch der letzte Raumer zu einer kleinen Sonne geworden war. *

Die Synties hatten Ren Dhark und die POINT OF gerettet, aber um welchen Preis? Trotz aller Friedensverträge würden die Tel diese Vernichtungsorgie niemals vergessen können.

Damals waren es mehrere Dutzend Synties gewesen. Hier aber entfesselten *nur* zwei Rahim ihre Parakräfte!

Und der Wahnsinn nahm seinen Fortgang!

*

Chris Shanton staunte. Mit geradezu spielerischer Leichtigkeit nahmen die Rahim die Grakos unter ihre Kontrolle. Anstrengung war ihnen nicht anzusehen. Und der Paraverstärker war auch nicht in Betrieb, der bei dem Vorstoß ins Black Hole zum Einsatz kommen sollte.

Gola und Kalnek schafften es auch ohne die paratechnische Unterstützung! Sie blieben völlig gelassen, obgleich sie eine ganze Flotte attackierten.

Sie waren Paramonster...

Lieber Himmel, wenn es diesen Ungeheuern irgendwann einfallen sollte, Terra anzugreifen... da würde ich mich lieber mit einem Dutzend Grakostationen herumschlagen, durchfuhr es den Diplom-Ingenieur.

Zwei Rahim nahmen Hunderte – vielleicht Tausende – von Grakos in die Parazange, und unter diesem Einfluß vernichteten die Insektoiden sich gegenseitig!

Chris empfand kein Bedauern für sie, eher Bestürzung. Aber wenn er daran dachte, wie viele Tausende von Menschen schon

---

* siehe 1. Zyklus Band 14: »Sterbende Sterne«

Opfer der mörderischen Grakoangriffe geworden waren, wie viele Raumschiffe vernichtet wurden, wie die Grakos unter Nogk und Utaren gewütet hatten – nein, er hatte kein Mitleid mit ihnen. Er war nicht der Mann, der die Zahl der Toten gegeneinander aufrechnete, aber noch nie hatten die Grakos auch nur einen Hauch von Verhandlungsbereitschaft gezeigt, noch nie hatten sie eine Begründung für ihr Tun durchblicken lassen. Sie kamen, vernichteten und verschwanden wieder; sie griffen an, ohne selbst bedroht worden zu sein.

Mochten sie sich jetzt selbst dezimieren!

Der Diplomingenieur ging langsam zum Kampfstand hinüber, von dem aus die von Robert Saam entwickelte Wuchtkanone betätigt werden konnte. Er nahm hinter den Kontrollen Platz.

Kapitän McKenzie sah herüber – und nickte. Damit gab er Shanton sein Einverständnis für dessen Tun.

Dann will ich euch Rahim jetzt mal vorführen, was wir Terraner können, dachte Shanton grimmig und aktivierte das Waffensystem.

*

»Ein Schattenraumer schert aus!« meldete Tino Grappa.

In der Bildkugel sah es Ren Dhark. Eines der Schiffe mußte dem Einfluß der Rahim irgendwie entgangen sein. Mit hoher Geschwindigkeit raste es auf die H'LAYV zu.

Und eröffnete das Feuer!

»Nein!« entfuhr es Dhark.

Drei Steuerschalter kippten unter dem Druck seiner Finger in neue Positionen. Von einem Moment zum anderen wechselte der Ringraumer von SLE auf Sternensog. Gerade noch mit relativ niedriger Geschwindigkeit treibend, überschritt die POINT OF von einer Sekunde zur anderen die Grenze zur Lichtgeschwindigkeit. Perfekt der Einsatz der Andruckabsorber, die keinerlei Beharrungskräfte durchkommen ließen, und die Massenkontrolle verhinderte, daß der Raumer bei Erreichen der Lichtgeschwindigkeit zu Energie wurde.

Ein halbes Lichtjahr Distanz!

Zu weit, um auch mit rapide steigender Überlichtgeschwindigkeit noch rechtzeitig eingreifen zu können, aber mit jeder Sekunde legte der Raumer bereits mehrere Millionen Kilometer zurück.

Transition durchführen! verlangte Dhark von der Gedankensteuerung und vernahm prompt die lautlose Stimme in seinem Kopf: *Verstanden, Ausführung!*

Der Checkmaster brauchte nicht einmal eine Sekunde, die Transitionsdaten zu berechnen. Zugleich erklang wieder das schrille Pfeifen, und dann existierten die beiden Intervalle, die *Transitionsbremse*, nicht mehr, und die POINT OF sprang durch den Hyperraum, um nur 15 000 Kilometer vom Schattenraumer entfernt zu rematerialisieren.

Die Intervallfelder standen wieder!

Die POINT OF schoß mit Mix-2 auf den Schattenraumer, um dessen Schirm in seiner Struktur zu verändern und den Nadelstrahlen das Durchdringen zu erleichtern.

Immer noch feuerte das Schattenschiff auf die H'LAYV, deren grauer Energieschirm erstaunliche Stabilität bewies, aber er begann sich bereits auszudehnen und kündigte damit seinen baldigen Zusammenbruch an.

Jean Rochard in der WS-Ost schaltete auf Nadelstrahl um.

Punktbeschuß!

Der schwarze Schattenschirm um den Grakoraumer brach zusammen und ließ sekundenlang das aberwitzige Gewirr von Röhren und Gittern erkennen. Die blaßroten Nadelstrahlen verfingen sich darin, erzeugten ein rötliches Glosen – und im nächsten Moment flog der Raumer in einer Explosionsorgie aus schwarzem Licht auseinander!

Für einen Moment zeigten sich Hyperraumeffekte, griffen ins Normalkontinuum und verschwanden wieder, als es auch den Grakoraumer nicht mehr gab.

Dhark bremste die POINT OF ab und brachte sie in eine Position, mit der er den Raumer der friedfertigen Galoaner gegen eventuelle weitere Grakoangriffe abschirmen konnte, aber diese Angriffe erfolgten nicht mehr.

Von der H'LAYV kam über Funk eine Dankesbotschaft.

Ren nahm sie kaum zur Kenntnis. Er verfolgte weiter die Schlacht Grako gegen Grako.

Das sinnlose Töten, Morden, Vernichten.

»Warum?« fragte er sich leise. »Warum nur?«

Niemand kannte eine Antwort.

*

Vor Chris Shanton leuchteten die Kontrollen der Wuchtkanone auf. Wie damit umzugehen war, wußte er. Er war dabeigewesen, als die IKO 1 ihren Testflug absolvierte und auch diese neuartige Waffe erprobt wurde. *

Die Zielerfassung nahm einen Schattenraumer an, der sich relativ nahe an der IKO 1 befand. Der Tofiritraumer bewegte sich auf das Schattenschiff zu. Noch wartete Shanton ab. Die Wuchtkanone hatte eine Reichweite von maximal einer Lichtsekunde.

Die Distanz verringerte sich ständig.

»Laden...« Shanton führte Selbstgespräche, während er die Schaltungen vornahm. Die Anzeigen verrieten ihm die Durchführung. Eine Tofiritkugel, exakt einen Zentimeter durchmessend, wurde zum Abschuß bereitgehalten.

Distanz zum Grakoschiff noch 295 000 km!

»Feuer!«

Ein modifiziertes Antigravaggregat baute ein überlichtschnelles, hellgelbes Röhrenfeld auf, in dessen Innerem jegliche Massenwirkung neutralisiert war. Ein Kraftfeldprojektor in der Kanone beschleunigte die Kugel aus massivem Tofirit dank ihrer Massefrei-

---

* siehe Drakhon-Zyklus Band 5: »Kampf um IKO 1«

heit ohne Verzögerung auf Lichtgeschwindigkeit. Wo der gelbe Röhrenstrahl auf ein Hindernis traf, verlor er jegliche Wirkung. Damit war die Tofiritkugel nicht mehr massefrei, aber lichtschnell. Ihr wohnte dadurch mehr Energie inne als einer Wasserstoffbombe – komprimiert auf kleinstem Raum. Das Grakoschiff hielt diesen immensen Einschlag nicht aus.

Innerhalb eines Sekundenbruchteils wurde es zerfetzt.

Ungerührt nahm Shanton die Zerstörung zur Kenntnis. Er suchte nach einem neuen Ziel.

Da die IKO 1 immer näher an die sich selbst und die Station bekämpfende Grakoflotte herankam, war es nicht mehr besonders schwierig, Zielobjekte zu finden. Abermals feuerte Shanton die Wuchtkanone ab, dann ein drittes und viertes Mal.

Die haben's hinter sich, dachte er grimmig und schoß weiter. Es befriedigte ihn nicht, aber er wollte den Rahim den Erfolg nicht allein überlassen. Die wurden sonst höchstens noch überheblicher und brachten es vielleicht noch fertig, Dankbarkeit von den Terranern zu erpressen.

Kurz wandte Chris sich um und stellte fest, daß beide Rahim erstaunt zu ihm herübersahen. Offenbar verblüffte sie die Wirkung der terranischen Waffe. Aber sie fanden keine Gelegenheit, Fragen zu stellen, weil sie sich auf die Grakoflotte zu konzentrieren hatten. Ganz so mühelos ging das anscheinend doch nicht vonstatten…

*

Eine halbe Stunde später war alles vorbei.

Im Griff der rahimschen Parakräfte schafften es die Besatzungen der Schattenraumer, nicht nur sich gegenseitig zu dezimieren, sondern auch ihre Trägerstation ins Nichts zu sprengen. Der Hyperraum riß auf. Eine unglaubliche Fülle teils unbegreiflicher Eindrücke drang ins Einsteinkontinuum herein, griff um sich und tastete nach den Gehirnen von Galoanern und Menschen.

Immerhin waren die POINT OF und die beiden anderen Raumer weit genug entfernt, um nicht unmittelbar in Mitleidenschaft gezogen zu werden. Sie wurden von den Verwerfungswellen und Raumverzerrungen nur gestreift. Die IKO 1 befand sich aber mitten im Geschehen!

Es war, als wolle eine fremde Realität aus dem Hyperraum hereinbrechen und die Wirklichkeit überlappen und ersetzen. Alles war plötzlich irgendwie in sich verdreht und verschoben...

Aber so intensiv, wie seinerzeit Ren Dhark dieses Phänomen beim Rettungseinsatz für die FO-XXIX auf dem Dschungelplaneten erlebt hatte, kam es hier nicht durch. Die Parakräfte der Rahim schützten die IKO 1 und ihre Besatzung größtenteils vor den eigentümlichen Effekten. Auch hierbei zeigten diese Paramonstren sich kaum angestrengt.

Shanton und Shodonn bekamen die Effekte vorwiegend über die Monitoren mit.

Und dann war es endlich vorbei...

8.

Die Wolkendecke lockerte sich kurz vor Sonnenuntergang und riß auf. Der Regen endete, und der Himmel über Robert gab eine Ahnung davon, daß eine sternklare Nacht bevorstand.

Kurt Buck und Antoku Seiwa saßen auf einem Felsblock am höchsten Punkt des Passes. Ihre Kampfanzüge waren weiterhin hermetisch verschlossen

Um sie herum hatte der 14. Zug der Schwarzen Garde sein Lager zwischen den erratischen Felsblöcken aufgeschlagen und die osmotischen Tarnnetze gespannt, deren Chamäleoneffekt sie perfekt an die Farben der Umgebung anglichen. Man mußte schon über sie stolpern, um sie zu entdecken. Sie waren eigentlich nur vonnöten, um die Tornistermotoren und Gleitschirme vor neugierigen Augen zu verbergen; die Gardisten selbst waren in ihren Mannabschirmern unsichtbar für eine zufällig auftauchende Grakopatrouille. Die meisten der Männer schliefen schon, ausgestreckt auf den Polstern ihrer zusammengefalteten Schirme, oder dösten vor sich hin. Manche unterhielten sich halblaut; hin und wieder waren Worte zu vernehmen. Leises Gelächter.

Tief drunten lag die Dschungelwelt Roberts längst im Dunkeln, während es hier oben noch genügend Helligkeit gab – zumindest für eine kleine Weile – um sich den Planeten anzuschauen.

Links und rechts reckten sich die Steilwände des Einschnittes weitere hundert Meter in den Himmel. Vor den beiden Gardisten senkte sich der Hang steil in die Tiefe. Weitestgehend ohne irgendwelche Hindernisse, außer sporadischen Felsen. Keine hohe Vegetation, der Fels nur mit etwas bewachsen, das aussah wie purpurrotes Gras.

Der ideale Startplatz für die Motorschirme, dachte Kurt Buck und lehnte den Rücken gegen den noch immer warmen Fels. Von seinem Standpunkt aus bot sich ihm ein phantastischer Blick. Weit, sehr weit drüben zu seiner Linken erhob sich ein noch höherer Gebirgszug. Die schnee- und eisbedeckten Grate und Gipfel schimmerten wie Rubin im zerfließenden Licht der roten Riesensonne, die sich am fernen Horizont anschickte, hinter die Planetenkrümmung zu sinken.

Die letzten Minuten des zu Ende gehenden Tages auf diesem fremden Planeten gehörten dem Nichtstun – einem seltenen Augenblick der Ruhe während eines Fremdwelteinsatzes.

Gespenstische Stille herrschte; es war, als hielte die Natur dieses Planeten inne in Erwartung der Nacht. Ein leichte Brise wehte wie ein letztes Atemholen, bevor es gänzlich dunkel wurde. Der Windhauch trug weder das Geräusch von wogenden Grasflächen noch das Knarren von Zweigen und Blättern mit sich.

»Du wirkst so ungemein klug, wenn du ein Gesicht machst, als ob du nachdächtest. Denkst du nach, Partner?«

Kurt kehrte aus seinen Betrachtungen in die Wirklichkeit zurück.

»Das Leben«, bemerkte er übertrieben verdrießlich, »kommt einem manchmal vor wie ein Pferderennen.«

»Oho«, dehnte der schwarzhaarige Japaner, der zwar die Mandelaugen der Asiaten besaß, aber nicht deren gelbe Hautfarbe. »Weltschmerz? Hier? Du erlaubst, daß ich lache! – Aber wieso Pferderennen?«

»Die lieben Vorgesetzten reiten einen mit Peitsche und Kandare. Geht's allerdings nicht schnell genug, bekommt man die Sporen zu spüren.«

Antoku Seiwa zog eine Grimasse. »Nur der Zufriedene ist glücklich«, dozierte er salbungsvoll. »Du scheinst unzufrieden, Partner. Was ist los?«

Kurt Buck machte eine umfassende Handbewegung.

»Die Ruhe hier ist so trügerisch wie das Versprechen einer Frau. Außerdem können mich die Worte des Konfuzius nur zu einem gewissen Grad beruhigen.«

»Diese weisen Worte stammen von Tsengkuang, du Kulturbanause«, korrigierte Anto.

Kurt lächelte grimmig und knurrte: »Ich weiß, Partner, ich weiß. Trotzdem beruhigen sie mich nicht. Es wäre mir lieber, ich könnte mit einem netten, naturverbundenen Mädchen die Einsamkeit hier in den Bergen genießen…«

»Und wie lange? Du weißt, daß wir keine Beziehung auf Dauer haben werden beziehungsweise haben *können,* solange wir im aktiven Dienst stehen. Jeder Tag kann unser letzter sein. Nimm beispielsweise den morgigen. Wir sitzen hier und unterhalten uns und wissen genau, daß wir vor einem potentiell tödlichen Kampfeinsatz stehen, von dem wir nicht mehr zurückkehren könnten.«

Antokus Worte trafen genau den Kern; morgen bei Sonnenaufgang würden sich unter dem Kommando von Jannis Kaunas 30 Gardisten mit ihren Motordrachen in die Luft schwingen und in Richtung der planetaren Hauptstadt aufbrechen, die den Informationen der Gordo zufolge rund 200 Kilometer entfernt lag. Sie beherbergte auch das Zentralarchiv dieses Raumabschnitts. Es schienen alle Voraussetzung dafür gegeben zu sein, das zu finden, wonach die Gardisten suchten. Ein seltener Glücksfall. Es würde ein rascher, waghalsiger Einsatz werden. Das Team würde im Schutz der Tarnfelder in das Archiv eindringen und wieder verschwinden, bevor überhaupt irgendwer merkte, was da ablief.

So war es geplant.

Aber warum nur hatte er dann das vertrackte Gefühl, daß eine Auseinandersetzung mit den Grakos so gut wie unvermeidbar war?

»Möchtest du tatsächlich dieses Leben jemandem zumuten, der dir nahesteht?« wollte Anto jetzt wissen.

»Vermutlich nicht«, antwortete Buck, »und vermutlich hast du recht. Trotzdem erlaube ich mir, an Kadja zu denken.«

»Das bleibt dir unbenommen, Freund. Verliere nur nicht die Realität aus den Augen.«

»Ich werde mich bemühen«, versprach Kurt.

»Tu das.« Antoku Seiwa lächelte, dann gähnte er ungeniert und ausdauernd und machte sich daran, die Schnellverschlüsse seines

Körperpanzers zu überprüfen.

»Was gibt das, wenn's fertig ist?« erkundigte sich Kurt.

»Weißt du was, mein unsensibler germanischer Freund«, sagte Antoku gestelzt und gähnte schon wieder. »Ich bin hundemüde. Du erlaubst, daß ich mein weises Haupt an Morpheus' Schultern schmiege?«

»Ein dummes Gerede hat man gleich«, murrte Kurt abfällig, »aber keinen warmen Käsekuchen, wie meine Omi immer zu sagen pflegte.«

»Du bist ja nur neidisch«, erwiderte Antoku, glitt vom Felsen und kroch unter das Tarnnetz, um es sich auf seinem zusammengelegten Schirm bequem zu machen, »weil du Wache hast, mein Freund.« Sprach's und ließ fortan kein Wort mehr hören. Gleich darauf verkündeten tiefe Atemzüge, daß er schon in den Dialog mit Morpheus eingetreten war. Kurt schaltete die UKW-Verbindung ab.

Buck suchte sich eine bequemere Lage und starrte wachsam in die beginnende Nacht. Während das Land drunten bereits längst schlief, wurde es auf der Paßhöhe erst jetzt dunkel.

Die Nacht versprach ruhig zu werden.

Dennoch hatte MacCormack darauf bestanden, Wachen aufzustellen.

Auch im Biwak wurde es ruhig.

Kurt drehte die Außenmikrophone auf volle Leistung; alles was er hörte, waren Bewegungen der Gardisten, die sich in unruhigem Schlaf hin- und herwälzten.

Ein leises Summen – zwei kurze Töne gefolgt von einem längeren – ertönte im Empfänger seines Helmes: Die zweite Wache, hundert Meter entfernt auf der anderen Seite des Biwaks, machte ihren Kontrollruf.

Buck summte die Bestätigung.

Dann herrschte wieder Stille.

Der junge Gardist hockte im Schneidersitz auf dem Felsen, hatte die Waffe quer vor sich auf den Knien, lauschte in die Dunkelheit und vertrieb sich die Zeit ansonsten damit, über den morgigen Einsatz nachzudenken.

Noch vor Mitternacht löste sich die Wolkendecke ganz auf; wenig später war das Firmament über Robert leergefegt und der Nachthimmel voller Sterne. Ein Meer von dicht zusammengedrängten Sonnen auf samtschwarzen Hintergrund. Kurt versuchte, bekannte Sternbilder zu entdecken, aber die 38 000 Lichtjahre, die sie vom Sol-System entfernt waren, hatten die Perspektiven so verzerrt, daß nur ein Astronom oder Astrophysiker die Konstellationen mit bloßem Auge hätte exakt bezeichnen können. Nach einer Weile gab er es auf.

Er suchte sich eine bequemere Stellung; er fröstelte leicht. Eine rein subjektive Empfindung, wie er wußte. Selbst wenn auf der Paßhöhe Minusgrade herrschen sollten – die Außensensoren der Temperaturkontrolle seines Körperpanzers zeigten jedoch acht Grad über Null an – würde er nicht frieren. Der Panzer schützte seinen Träger natürlich auf jede erdenkliche Art und Weise – selbst vor Weltraumkälte.

Als er eine Stunde nach Mitternacht von André Souran abgelöst wurde, fiel es ihm schwer, sofort einzuschlafen. Zuviel ging ihm durch den Kopf. Nicht zuletzt das, was ihm Antoku über zwischenmenschliche Beziehungen im allgemeinen und über die von Angehörigen der Schwarzen Garde im besonderen gesagt hatte. Eigentlich, das erkannte er mit plötzlicher Deutlichkeit, waren seine Beziehungen – die wenigen, die er bisher gehabt hatte, mußte er einschränkend gestehen – tatsächlich immer nur von kurzer Dauer gewesen. Immer wenn er gestand, in welcher Einheit er diente, dauerte es nicht lange, und seine Freundinnen orientierten sich anderweitig. Ob ihm das auch mit Kadja passieren würde? Vermutlich.

Es würde wehtun, das wußte er mit unumstößlicher Sicherheit. Aber er würde vermutlich nicht kämpfen. Er war kein Typ, der in dieser Hinsicht leicht resignierte, geschweige denn vorzeitig aufgab, wenn es sich lohnte, aber mehr und mehr schien sich sein

Dienst eher als Hindernis denn als Vorteil zu erweisen…

Über diese elegischen Gedanken döste er langsam ein und sank kurze Zeit später in einen unruhigen Schlummer.

*

Kurt Buck bewegte sich im Schlaf. Er knirschte so sehr mit den Zähnen, daß er davon wach wurde.

Verwirrt blinzelte er in die Dunkelheit.

Die Orientierung fiel ihm schwer.

Wo befand er sich?

Sein Atem kam stoßweise. Er spürte den Puls in seinen Schläfen hämmern, während er sich herumwälzte und zum Himmel blickte.

Tintige Schwärze verhüllte das unbekannte, fremde Firmament; die leuchtenden Sternbilder waren inzwischen unter den Planetenhorizont gesunken, ihr Licht war wie von der Hand eines Riesen vom Himmel gefegt.

»Höllenauge« stand zwei Handbreit über dem Horizont. Er tauchte die Berge in ein düsterrotes Licht, übergoß sie wie mit Blut.

Kurt runzelte die Stirn.

Doch dann erinnerte er sich, wo er war.

Dies war Robert, eine Grakowohnwelt.

Die Wirklichkeit hatte ihn wieder.

Er sah nicht auf sein Chrono, aber er schätzte, daß es kurz vor Tagesanbruch sein mußte.

Er drehte sich auf die Seite und schlief sofort wieder ein.

*

Bei Sonnenaufgang brach Kaunas mit seiner Truppe von der Paßhöhe auf; 31 Motorschirme glitten von der Paßhöhe herab ins tiefe Land. Sie hielten sich dicht an den Felswänden, kämpften mit tückischen Fallwinden, die sie in Schluchten zu drücken versuchten, mit enormen Aufwinden, die die Motordrachen mit bis zu 30 m pro Sekunde wieder in die Höhe zu katapultieren vermochten.

Doch schließlich war der Kampf gewonnen, die Schirme frei, und die Gardisten glitten dicht über den Baumkronen auf die rund 200 km entfernte Hauptstadt zu.

Eine Entfernung, die in vier Stunden zurückgelegt werden konnte, wobei die Betonung auf »konnte« lag. Jedem war im Grunde seines Herzens klar, daß sie mit den Motorschirmen nicht unentdeckt bis in die Stadt fliegen konnten. Es würde nichts anderes übrigbleiben, als weit vor den Außenbezirken zu landen und zu versuchen, zu Fuß oder mit irgendeiner Art Fahrzeug das Ziel zu erreichen.

Bislang hatten sie noch keine Ansiedlung gesehen, geschweige denn eine Stadt. Der Dschungel unter ihnen schien so unberührt, wie er nur auf völlig unbewohnten Planeten zu finden war.

Der Flug verlief ereignislos. Knapp drei Stunden vergingen.

Buck drehte die Lautstärke seiner Kopfhörereinheit etwas auf, gerade rechtzeitig, um noch Andy Bicksburgs Worte zu hören, der als Späher etwas versetzt höher über dem Gros flog, um rechtzeitig vor Gefahren warnen zu können – oder das Auftauchen von Siedlungen zu signalisieren.

»... tut mir leid, aber ich kann absolut nichts unter uns erkennen. Es scheint tatsächlich eine weitgehend unerschlossene Kolonialwelt der Grakos zu sein, deren Infrastruktur erst noch ausgebaut werden muß. Wenn das stimmt, was uns die Gordo erzählt haben – und warum sollten wir daran zweifeln? – müssen die Städte und Gemeinwesen ziemlich isoliert voneinander errichtet worden sein.«

»Oder sie wickeln den gesamten Zulieferverkehr ausschließlich auf dem Luftweg ab – dazu braucht es keine Wege und Straßen«, meinte Rod Milota.

»Hat jemand von uns schon mal einen Gleiter oder ein anderes fliegendes Objekt gesehen, außer Raumschiffen natürlich?« stellte Kaunas die Gegenfrage.

Keine Antwort.
»Damit ist dieses Thema abgehakt.«
»Es geht doch nicht um Infrastruktur«, konterte Kurt Buck. »Die Bevölkerungsdichte auf Robert ist einfach noch zu gering, um eine hochtechnisierte, planetenumspannende Zivilisation hervorzurufen…«
»Gut gebrüllt, Löwe«, warf Antoku Seiwa ein, der dicht hinter Buck flog.
»… üben wir uns doch einfach ein wenig in Geduld, was meint ihr?« sagte Kurt Buck unbeirrt von der Bemerkung seines Freundes. »Wir haben noch nicht einmal hundertvierzig Kilometer hinter uns. Wir werden schon noch auf Grakos stoßen, sicher früher, als uns lieb ist…«
»Aha!« Bicksburgs zufriedener Ausruf in den Helmlautsprechern aller unterbrach Bucks Ausführungen. »Da haben wir's ja. Die ersten Hinweise kultivierten Bodens sind zu erkennen. So was ähnliches wie angelegte Felder, wobei nicht klar zu erkennen ist, ob es sich um Kulturpflanzen oder wildwachsende Sorten handelt. Es gibt ein paar Ansichten von Feldern beträchtlicher Größe, aber der dichte Baumbestand und die uns unbekannte Vegetation machen eine genaue Schätzung, welche dieser Veränderungen des Bodens tatsächlich kultiviertes Anbaugebiet ist, unmöglich. Außerdem – ihr bemängelt das Fehlen von Straßen? Also schön, hier haben wir eine!« Bicksburg dirigierte die Gardisten in die entsprechende Richtung. »Sie wollten eine Ansiedlung, Milota, da ist sie!«
Jetzt sahen alle, was Bicksburg entdeckt hatte: Inmitten einer gerodeten Lichtung erhob sich eine Ansiedlung mit geduckten, wuchtigen, fast monolithisch wirkenden Gebäuden. Keines höher als zwei, drei Stockwerke. Schwarz als Farbe dominierte. Nirgendwo stieg Rauch oder Dampf auf; Schornsteine waren keine zu erkennen. Welche Art von Energie verwendet wurde, ließ sich so nicht feststellen. Fossile Brennstoffe wurden scheinbar nicht zur Energieerzeugung herangezogen. Ansonsten wirkte die Ansied-

lung eigentlich normal: Gebäude, Straßen, parkähnliche Bereiche als Ruhezonen…

Benötigten Grakos Spaziergänge in Parks!? wunderte sich Buck und erkannte mehr und mehr Einzelheiten, je näher sie kamen.

Sternförmig führten Wege von einem freien Platz in der Mitte nach außen und mündeten in eine umlaufende Ringstraße, die außerdem zum Dschungel hin mit einem Wall versehen war, der nur dort einen Durchbruch aufwies, wo die Straße in nordöstlicher Richtung in den Urwald führte.

»Können Sie etwas erkennen, das nach einem Kraftwerk aussieht?«

»Augenblick«, sagte Bicksburg und stieg um mehr als 100 Meter in die Höhe. »Nein«, kam dann seine Stimme aus den Kopfhörern. »Aber das will nichts heißen. Energieerzeugungsanlagen können durchaus auch unterirdisch angelegt sein.«

»Irgendwelche Verteidigungsanlagen zu sehen?« Kaunas ließ nicht locker.

»Negativ, Sarge. Nicht mal primitive.«

»Was meinen Sie mit ›primitiv‹, Soldat?«

»Na, Steinschleudern, Katapulte, Kessel mit kochendem Pech auf den Mauerzinnen… soll ich weiterreden?«

»Halten Sie bloß den Mund, Milota«, schnappte Jannis Kaunas. »Berichten Sie mir lieber etwas Vernünftiges.«

»Wie wär's damit: Ich sehe die Stadt – südlich und ein wenig östlich unserer augenblicklichen Position. Und mehr Straßen, viel mehr Straßen; es herrscht ein ziemlicher Verkehr…«

»Abdrehen, Männer!« befahl der Feldwebel schnell und hart. »Wir umfliegen die Siedlung in einem weitem Bogen, landen hinter ihr in der Nähe der Straße und schlagen uns zu Fuß zur Stadt durch. Das Risiko, daß unsere Schirme entdeckt werden, können wir nicht eingehen. Hat das jeder verstanden?«

Die Bestätigungen kamen nacheinander.

Zehn Minuten später vergruben sie ihre Motorschirme am jenseitigen Ende der Siedlung, mehrere Kilometer von den Gebäuden entfernt neben dem befestigten Weg unter abgestorbenen Zweigen und verrottetem Laub in einem undurchdringlichen Dickicht. Dann kehrten sie zur Straße zurück und liefen im Gänsemarsch auf die ferne Stadt zu.

Sie hatten noch keinen Kilometer zurückgelegt, als sie von einem Regenguß überrascht wurden, der mit der Gewalt von Kieselsteinen über sie herniederbrach.

»Kein gutes Omen«, murmelte Antoku Seiwa fatalistisch, der vor Buck durch die Wasserlachen patschte, »überhaupt kein gutes Omen.«

»Was soll's«, beschied ihm Kurt. »Setzt man gemeinsam über einen Strom, so ist es schon fünfhundert Jahre vorher vom Schicksal bestimmt.«

»Beim Bart des Moloch! Seit wann sprichst du mit meiner Zunge, mein grobschlächtiger Freund?«

Buck brummte nur und schaute auf sein Chrono.

Zwei Stunden waren vergangen, seit sie den Paß verlassen hatten.

Von den vorgesehenen 48 Stunden steckten sie jetzt schon rund 38 in ihren Anzügen.

Langsam wurde die Zeit knapp.

Und mit jedem Schritt, den Buck machte, wußte er, daß sie die Stadt niemals rechtzeitig erreichen würden.

Wenn, ja wenn sie nicht unwahrscheinliches Glück hatten.

Das Glück, oder wie immer man das launische Schicksal nennen wollte, war ihnen in der Tat geneigt. Es zeigte sich ihnen in Gestalt einer weitläufigen, niedrigen Anlage aus mehreren flachen Gebäuden und einer großen Halle, etwa fünfhundert Meter abseits der Straße, zu der ein breiter Weg führte. Der Regen ergoß sich über ein Labyrinth von Rohren, Tanks und Leitungen, die auf den Dächern angeordnet waren. Die Gebäude erinnerten an Gewächs- beziehungsweise Treibhäuser, konnten aber genausogut der Zuchttierhaltung dienen. Festlegen konnte man sich da noch nicht .

»He, Mann! Seht nur!« Tourneau machte die Kameraden auf etwas aufmerksam, das mit einem Schlag ihr Transportproblem zu lösen versprach: Neben dem Haupthaus parkte ein Lastenschweber mit einem rippenförmigen Aufbau über dem geschlossenen Laderaum. An den Flanken hatte er eine Markierung, deren Bedeutung unbekannt war – und es vorläufig auch bleiben würde, bis es jemanden gab, dem die Schriftsymbole der Grakos geläufig waren.

Mit knappen Befehlen verteilte Kaunas seine Truppe. Zehn Mann sicherten die Peripherie des Anwesens nach außen vor unerwarteten Besuchern, zehn hatten die flachen Gebäude zu durchkämmen, und die übrigen, darunter Buck, Seiwa und Gantzler, nahmen sich das Haupthaus vor.

Als Kaunas' Team das zweiflügelige Tor an der östlichen Schmalseite aufdrückte, öffnete sich dahinter eine Fabrikationsanlage für irgendwelche Futter- oder Nahrungsmittel. An der Längswand links vom Eingang befand sich eine lange Reihe wuchtiger Kessel, in denen es brodelte und kochte. Dampf stieg auf und staute sich unter der Hallendecke, wo er von surrenden Ventilatoren in trichterförmige Öffnungen gedrückt wurde, die scheinbar die Endstücke der Rohre darstellten, welche zu den Flachdächern der niedrigen Treibhäuser führten.

Optimiertes Wiederaufbereitungsverfahren, dachte Kurt Buck mechanisch.

An der rechten Seite arbeiteten neun Grakos an langen Tischen daran, aus offenbar in den Kesseln fermentierten Pflanzen eine Art Nahrung herzustellen und in rechteckige Kanister abzufüllen. Das Zeug sah schleimig und ekelhaft aus, und wenn das Nahrung war, wollte Buck nicht in Gefangenschaft der Grakos geraten. Schon allein der »Genuß« dieser breiartigen Substanz würde jegliche körperliche Folter übertreffen.

Gantzler leckte sich über die Lippen.

»Was machen wir?« kam seine ruhige Stimme aus der internen Phase.

»Kein Pardon!« versetzte Kaunas hart und ultimativ. In einer raschen, fließenden Bewegung hob er den Multikarabiner und erschoß den ersten Grako; der Schatten verging in einer Thermoreaktion, die die Halle grell ausleuchtete und die anderen Grakos durcheinanderwirbelte. »Nicht fragen, sofort handeln – die Grakos fragen auch nicht!« Wieder schoß er. Wieder verging ein Grako im Feuer der Thermoreaktion.

Buck atmete scharf ein; im Grunde widerte ihn diese Metzelei an. Doch dann erinnerte er sich daran, wie grausam und gnadenlos die Schattenkreaturen ganze Völker niedermachten, Nogk ebenso wie Terraner.

Die übrigen Grakos schienen von dem Feuerüberfall quasi aus dem Nichts – die Gardisten waren für sie ja unsichtbar, sie konnten nur die Flammen der Mündungsbremsen sehen – wie paralysiert und machten kaum Anstalten, sich zur Wehr zu setzen. Aber noch ehe sie ihre Erstarrung abschütteln und sich zur Wehr setzen konnten, hatten die restlichen Gardisten bereits in den Kampf eingegriffen. Sie ließen den Schattenkreaturen keine Chance. Den letzten Grako erledigte Kurt Buck.

Der Qualm hatte sich noch nicht verzogen, da tastete Kaunas die Kommandofrequenz ein. »An alle, hier spricht Feldwebel Kaunas! Das Terrain ist gesäubert. Sind andere Schattenaktivitäten bemerkbar?«

Die Außengruppe meldete negativ. Ebenso die andere in den Treibhäusern. Es gab keine weiteren Grakos in der Fabrik.

»Gut«, zeigte sich Kaunas zufrieden, »schließt zu uns auf. Treffpunkt Bodenschweber...«

»Aye, Sarge!«

Kaunas stürmte schon durch die Tür nach draußen. Über die Schulter gewandt rief er: »Raus mit euch, Männer! Vorwärts, vorwärts! Bewegt euch nicht so lahmarschig. Die Zeit wird knapp!«

»Wem sagt er das«, murrte Seiwa und lief Buck nach, der ins Freie rannte.

9.

»Können Sie das Ding in Bewegung setzen, Nick?« erkundigte sich Kaunas im gereizten Tonfall.

»Aber sicher, Sarge! Sie wissen doch, daß ich Lizenzen für alle Arten von antigravgetriebenen Transportvehikeln habe.«

Gantzler hantierte im Führerhaus an den Kontrollen herum, die eindeutig nicht für menschliche Finger, sondern für insektoide Greifklauen geschaffen waren.

»Hoffentlich weiß dieses Vehikel das auch«, ließ sich Kurt Buck süffisant vernehmen. Zusammen mit dem Feldwebel stand er neben dem Führerhaus; der Rest der Truppe hatte sich schon hinten im Kühlaufbau zusammengedrängt.

Gantzler stieß nur ein verächtliches Brummen aus. »Ich hab's gleich, Sarge«, versicherte der Experte für alles was flog, fuhr oder glitt, als Kaunas nervös von einem Fuß auf den anderen trat und dabei immer wieder auf sein Chrono schaute.

»Ich hasse es, zu drängeln, aber allmählich wird es Zeit, Soldat«, Kaunas' Stimme bekam einen drohenden Unterton.

»Nicht hetzen, Sarge. Ich… ah ja, wer sagt's denn!« Gantzlers Stimme klang triumphierend. »Alles einsteigen und von der Bahnsteigkante zurücktreten.«

»Besser, Sie fahren, Nick«, ordnete Kaunas an. »Sie sind der Experte. Schütze Buck, Sie kommen auch mit nach vorn«, befahl er, als Kurt Anstalten machte, sich nach hinten in den Laderaum zu verdrücken.

Der zuckte mit den Achseln und klemmte sich neben dem Feldwebel in die Fahrerkabine.

Der Lastenschweber ruckte und schlingerte; dann setzte er sich in Bewegung und glitt über die vom pausenlosen Regen aufgeweichte Trasse, eine dichte Wasserschleppe hinter sich herziehend.

»Zugegeben«, knurrte Gantzler und schob den Regler für die Geschwindigkeit auf maximale Leistung, »es ist nicht das neuste

Modell. Ich bin anderes gewohnt. Aber, na ja, besser zweimal schlecht gefahren als einmal gut gelaufen.«

Die Fahrt über die Piste in dem ziemlich gammeligen Lastenschweber glich einer Reise durch eine Alptraumlandschaft. Der Regen entwickelte sich zu einem Wolkenbruch, der sämtliche Konturen verwischte und Sichtverhältnisse schuf, die denen einer Abenddämmerung kurz nach Sonnenuntergang glichen. Aber so fiel keinem Schatten im langsam dichter werdenden Gegenverkehr auf, daß niemand am Steuer saß, der das Transportvehikel lenkte.

Auch dann nicht, als sie nach etwa 30 Minuten die Außenbezirke der Stadt erreichten.

Buck sah auf sein Chrono.

Es war Mittag auf dieser dunklen, von sintflutartigen Regenfällen heimgesuchten Welt. Das Fehlen des Sonnenlichtes schuf ein eigentümliches Zwielicht, in dem alle Konturen zu verschwimmen drohten.

Auf der anderen Seite des Gebirgszuges würde gerade der Konvoi mit der Königinnenpuppe aufbrechen, um die Stadt zu erreichen, durch deren Randbezirke sie im Augenblick fuhren. Irgendwo außerhalb der Ansiedlung würde er überfallen werden. Buck hoffte, daß das Vorhaben der zehn Kameraden unter der Führung des Bataillonskommandeurs unter einem guten Stern stehen würde. Von den Gordo hatten sie wohl keine Hilfe zu erwarten. So wie Buck sie einschätzte, waren sie kaum zu einer tatkräftigen Unterstützung fähig.

Buck wischte mit der Hand die beschlagenen Scheiben sauber – nur um festzustellen, daß es der zähe Regen war, der von außen die Sicht versperrte.

Inzwischen steckten sie 40 Stunden in ihren Anzügen – und ebenso lange unter dem Tarnfeld der Mannabschirmer.

Maximal noch 39 weitere Stunden konnte sie das Feld vor den Sinnen der Grakos schützen. Dann würde es die Abschirmungen der Kampfanzüge zersetzt haben und sie mit seiner exotischen Energie erst langsam rösten und schließlich töten.

Eine Vorstellung, die nicht zu seinem Seelenfrieden beitrug. Nein, überhaupt nicht.

Als Ausgleich für seine Befürchtungen gelang ihnen die Fahrt ins Zentrum der Koloniehauptstadt ohne Zwischenfälle. Niemand hielt den Lastenschweber an. Niemand kontrollierte den Laderaum.

Je tiefer sie in die Stadt eindrangen, um so unheimlicher kam ihnen ihr Auftrag vor.

Es war eine düstere Stadt in einer düsteren Welt. Die Grakoarchitektur wirkte im Dämmerschein alptraumhaft und verzerrt. Keine klaren Winkel oder geraden Linien waren auszumachen, alles erschien plump, wuchtig, roh behauen, unfertig. Schwarz war auch hier die dominierende Farbgebung. Schwarz die Gebäude, schwarz die Maschinen.

Vermutlich aufgrund des erbärmlichen Wetters herrschte kaum nennenswerter Verkehr, und so kamen sie rasch voran.

Ribicki hatte sich die vergangene Nacht um die Ohren geschlagen und mit Hilfe seines Suprasensors, seines Könnens und der Informationen der Gordo einen Lageplan der Koloniehauptstadt mit den wichtigsten Straßen und Gebäuden erstellt und in die Taktikdisplays der Gardisten überspielt.

Während der Fahrt durch die Stadt richtete sich Gantzler nach der auf die Innenseite seines Helmvisiers gespiegelten Karte, die ihn ohne viele Umwege ans Ziel brachte.

Buck betrachtete aus der Fahrerkabine heraus die nur schemenhaft erkennbaren Schatten, die trotz des denkbar schlechten Wetters unterwegs waren, voller Argwohn und Mißtrauen. Und mehr als einmal mußte er an sich halten, beim Auftauchen von Schwebern oder Passanten am Straßenrand nicht den Kopf einzuziehen.

Auf einem verlassenen Platz stellte Gantzler die Maschine ab.

»Wir sind da«, gab er bekannt und sprang aus dem Fahrerhaus.

Er lief nach hinten und klopfte gegen die Verkleidung des Laderaumes.

Wenige Sekunden später sammelten sich die Gardisten um den

Feldwebel.

»Unser Ziel«, bedeutet ihnen Kaunas und zeigte auf einen Gebäudekomplex, keine fünf Fußminuten entfernt, der sich in seiner Massivität und Größe wie eine ständige Bedrohung über die Stadt erhob.

Der Zentralkomplex.

Sitz der Planetenverwaltung und gleichzeitig Zentralarchiv – den Informationen der Gordo zufolge.

Sie setzten sich in Bewegung.

Der Regen fiel wie eine dichte, strähnige Haarflut aus dem verhangenen Himmel und machte aus der ohnehin dunklen Stadt einen noch dunkleren Ort der Verlassenheit, der Ödnis.

»Achtung!« sagte Kaunas und hob eine Hand über den Kopf, und aus den Augenwinkeln erkannte Kurt Buck eine Bewegung am Rand des Platzes. Ein großes Fahrzeug näherte sich, eine Art offener Pritschenwagen mit zwei Grakos am Steuer. »Weichen wir ihnen lieber aus«, befahl Kaunas durch die Helmphase. Sie verließen den Platz, überquerten eine Fahrbahn und liefen im Gänsemarsch mit entsicherten Automatikwaffen das breite Trottoir entlang in Richtung des großen, alles überragenden Gebäudes, dessen Architektur von wuchtiger, schier erdrückender Häßlichkeit war – für menschliches Empfinden.

Buck wandte seine Aufmerksamkeit von den Gebäuden ab und den wenigen Grakos zu, die trotz des garstigen Wetters unterwegs waren. Ein gespenstischer Anblick in einer gespenstischen Umgebung. Er kam sich vor wie in Dantes Unterwelt, durch die die auf ewig verdammten Seelen nur als Schatten ihrer selbst irrten.

Ein merkwürdiges Gefühl, dachte Buck und bewegte unbehaglich die breiten Schultern unter den Protektoren des Körperpanzers, *den Regen zu hören, aber nicht zu spüren.* Aber noch eigenartiger erschien ihm der Umstand, daß sie die ersten Menschen in der Geschichte waren, die sich auf einer Grakowelt unerkannt bewegten, quasi als Schatten unter Schatten.

Eine leise Stimme drang aus der Kopfhörereinheit. »Ich könnte nicht sagen, daß ich hier begraben sein möchte.«

Niemand antwortete auf diese Feststellung.

Es gab darauf nichts zu antworten.

Minuten später bewegten sich die 31 Gardisten über einen mit massiven Platten belegten Weg, der in einen weiten Platz vor dem Zentralkomplex mündete.

»Dort!« machte Kaunas seine Männer aufmerksam und deutete mit schnellen Handbewegungen auf die Phalanx von Antennen, die die Gebäudespitze des Zentralkomplexes krönten. »Die sollten zuerst ausgeschaltet werden. – Glint, Galspan, Jobange«, er nannte noch vier weitere Namen, »das ist euer Job. Macht ihn gut. Ich möchte keine Massierung zusätzlicher Einheiten während unserer Operation.«

Vor dem kathedralenartigen Haupteingang war niemand zu sehen; daß das Gebäude nicht gänzlich verlassen war, sah man daran, daß sich von Zeit zu Zeit außenliegende Liftkabinen wie riesige schwarze Käfer über die Fassade nach oben bewegten. Es hatte etwas Obszönes an sich, wie Buck meinte.

Antoku murmelte neben ihm: »Nachdem es uns gelungen ist, ungesehen bis hierher zu gelangen, bin ich neugierig, ob unser weiteres Vordringen von ebensoviel Fortüne begleitet sein wird.« Mitunter gefiel sich der kleine Japaner in einer etwas verqueren Sprechweise.

Kaunas klatschte in die Hände, die in verstärkten Gliederhandschuhen steckten. Er konnte das unbedenklich tun. Im Augenblick war weit und breit kein Schatten zu sehen.

»Gut, Männer. Bereit?« Seine Stimme klang scharf aus den Kopfhörern.

Die Gardisten waren es, fieberten dem Einsatz entgegen.

»Dann vorwärts!«

Sie liefen los, kamen aber nicht weit.

»Vorsicht!« zischte Kaunas, der an der Spitze lief. Er stoppte ihr Vordringen mit einer Handbewegung.

Die Gardisten schwärmten aus. Der Sturm auf das Zentralgebäude der Grakos auf Robert geriet ins Stocken. Aus einem Nebenkomplex des Hauptgebäudes schossen plötzlich eine ganze Anzahl mit bewaffneten Grakos besetzte Bodenschweber – Buck zählte auf die Schnelle wenigsten dreißig – die mit brummenden Aggregaten in die Zufahrt zur Hauptstraße einbogen und sich rasch entfernten.

Sie wollten gerade ihren Marsch fortführen, als eine zweite Welle vollbesetzter Gleiter aus den unterplanetarischen Depots kam und sich an die Fersen – oder Schweberhecks – der ersten heftete.

»Eine Strafexpedition?« ließ sich jemand vernehmen.

»Der Überfall auf den Konvoi mit der Königinnenpuppe durch den Kommandeur«, stellte Kurt Buck richtig und erntete ein zustimmendes Grunzen von Kaunas.

»Vorsicht!« ließ sich eine andere Stimme über die offene Helmphase hören. »Es ist noch nicht vorbei…«

Sie warteten die dritte Welle ab und gaben noch ein paar Minuten zu. Doch nun tat sich nichts mehr. Im Zentralkomplex schien das Kontingent an bewaffneten Schattenkriegern erschöpft zu sein. Bis auf die obligatorischen Wachen würde sich keine nennenswerte Streitmacht mehr im Gebäude aufhalten.

Ganz wie erwartet – na ja, schränkte Buck in Gedanken ein, *wie erhofft*. Er war sich zudem sicher, daß jetzt überall im Umkreis die Garnisonen ihre hochgerüsteten Krieger in Marsch gesetzt hatten, um den Überfall auf die Königinnenpuppe zu vereiteln – oder sie den Renegaten wieder abzujagen.

»Was glaubst du, auf wieviel Widerstand wir stoßen werden?« fragte Seiwa und knetete die Finger in den gepanzerten Handschuhen.

»Wir werden sehen«, erwiderte Buck. »Bist du bereit?«

»Bin ich.« Die Stimme des Japaners und Ex-Kanoniers einer Jagdstaffel klang ruhig, obwohl er der noch unbekannten Auseinandersetzung entgegenfieberte.

»Jetzt!« befahl Kaunas und machte heftige Handzeichen. Die sieben dafür bestimmten Gardisten nahmen augenblicklich sämtliche Antennen auf dem Zentralkomplex und den umliegenden Gebäuden unter Feuer.

»Die anderen mir nach!«

Kaunas stürmte los, gefolgt vom Rest der Gruppe. Es war fast eine holodramareife Szene, als die gut zwanzig Mann in ihren schwarzen Körperpanzern mit den Insignien des 1. Bataillons der Schwarzen Garde auf der Brust wie ein Unwetter durch die Doppelflügel in die Eingangshalle stürmten. Nur für Grakos hatte die Szene den Nachteil, daß sie nicht sichtbar war.

Die Halle war hoch, reichte über mehrere Etagen. Im Hintergrund führte so etwas wie eine breite Treppe auf eine Galerie, über der noch weitere zu erkennen waren. Neben der Treppe, deren Stufen für nichthumanoide Extremitäten konzipiert waren, befand sich eine Phalanx von Liftröhren, vermutlich A-Grav, da keine Kabinen zu sehen waren. An den Wänden eine Reihe von merkwürdigen Sitzgelegenheiten, überraschenderweise Pflanzeninseln, die die fremdartige, nichthumanoide Strenge auflockerten und den Bereich in verschiedene Zonen teilte. Vor der Treppe ein Art langer Tisch, hinter dem Schatten auf jenen merkwürdigen Sitzen hockten, die auch an den Wänden zu sehen waren. Fahle Helligkeit wie der Nachhall von Wetterleuchten entsprang dem Tisch – vermutlich das Grakoäquivalent einer Bildschirmkonsole.

Ohne in ihrem Lauf innezuhalten, erschossen Kaunas und zwei Gardisten die Grakos hinter der Konsole.

Die Helmvisiere der Gardisten blendeten automatisch ab, als die aufflammenden Thermoreaktionen zu grell für menschliche Augen wurden.

Im Feuer von Seiwa und Buck verging ein anderer Schatten in einer heftigen Thermoreaktion.

Ein weiterer bewaffneter Schatten saß am Ende der Halle vor einer Bildschirmkonsole, wandte ihnen den Rücken zu und betrachtete eine Reihe von Monitoren. Ehe ihm aufging, was um ihn herum geschah – ob er sich wunderte, weil er niemanden sah, der seinen Gefährten den Tod brachte, war nicht festzustellen – verging er selbst in einer heftigen, funkensprühenden Thermoreaktion; Jon Tando hatte ihn erschossen.

Dann herrschte mit einem Mal Ruhe.

Mehrere Männer benutzten die Atempause dazu, ihre Waffen nachzuladen.

Kurt Buck, der die Außenmikrophone heruntergedreht hatte, um von dem Explosionslärm der verglühenden Schatten nicht taub zu werden, drehte den Regler wieder auf. Er lauschte gespannt. Aber alles war still – für den Augenblick.

Das Team, das die Antennen zerstört hatte, kam von draußen herein und verstärkte die Gruppe. Kaunas postierte zwanzig Mann im Eingangsbereich und schärfte ihnen ein, auf alles zu schießen, was sich näherte.

Dann wandte er sich an die anderen.

»Ihr wißt, was ihr zu suchen ab. Ab mit euch. Los!«

In Zweiergruppen machten sich die Gardisten daran, im Gebäude die Räume des Archivs zu suchen, wobei ihnen klar war, daß es sich nicht unbedingt um ein Archiv im herkömmlichen Sinn handeln mußte. Es konnte sich hinter etwas gänzlich anderem verbergen. Sie konnten mit der Nase darauf stoßen, ohne zu erkennen, daß sie es gefunden hatten und unverrichteterdinge wieder davonziehen. Es war alles möglich.

Die Teams verteilten sich auf die Galerien; vereinzelt wurden wieder Schüsse hörbar. In den oberen Räumen schien es doch noch einige Schatten zu geben.

Buck und Seiwa hatten die zweite Galerie erreicht, als der blonde Deutsche plötzlich seinen Kameraden, der schon den Fuß auf die nächste Stufe gestellt hatte, mit einer Handbewegung stoppte.

»Hör zu, Anto. Überleg mal. Wärst du Verwaltungsbeamter...«

»Igittigitt«, schüttelte sich der agile Japaner.

»... nur mal angenommen, versteht sich, und hättest ein Archiv anzulegen. Wo würdest du es unterbringen?«

»Im Keller«, erwiderte Seiwa spontan, »denn da wäre es am sichersten vor Diebstahl, Feuersbrünsten, Erdbeben – such dir was aus.«

»Genau!« erwiderte Buck grinsend.

»Du meinst...?«

»Das meine ich. Wollen wir?« Er deutete auf den Antigravschacht.

»Aber immer!«

Einen Augenblick lang zögerte der Sohn Nippons, dann ließ er sich in die trübe erhellte Öffnung fallen, deren Ende von oben nicht zu erkennen war. Das A-Gravfeld arbeitete, und Seiwa schnaubte erleichtert. Es wäre ihm auch nicht viel passiert, wäre der Schacht nur ein Schacht gewesen. Sein Körperpanzer war mit einem Antigravpolster für Notfälle ausgestattet; es hätte sich selbsttätig aktiviert, sobald der fallende Körper eine bestimmte Geschwindigkeit überschritten hätte.

Buck folgte ihm unmittelbar danach.

Der Schacht endete hundert Meter tiefer in einem Raum, der nur eine metallene Schiebetür aufwies. Überraschenderweise war die Luft frisch und kühl, wie die Analysegeräte anzeigten.

Und keine Schatten!

Buck blieb vor der Schiebetür stehen, rührte sich nicht.

»Was ist?« kam Antokus drängende Stimme.

Der Deutsche wiegte unschlüssig den Kopf. Etwas sagte ihm, daß keine physische Gefahr in unmittelbarer Nähe drohte. Aber gerade das war es, was ihn beunruhigte. Bislang waren sie nur auf verdächtig geringen Widerstand gestoßen.

Er teilte Antoku seine Zweifel mit.

»Eine Falle?« Der Japaner dachte über die Möglichkeit nach. »Wenn das zutrifft, könnte es etwas unangenehm werden«, bemerkte er schließlich.

»Daran läßt sich jetzt nichts mehr ändern. Außerdem können meine Zweifel auch unbegründet sein.« Er schwieg einen Augenblick. Dann: »Los, bringen wir's hinter uns. Sollten wir wirklich in eine Falle laufen, können wir uns noch immer den Kopf darüber zerbrechen, wie wir ihr begegnen.«

Der kleine, drahtige Asisate nickte; seine dunklen Augen leuchteten tatendurstig.

Gemeinsam zogen die beiden Männer die Schiebetür auf – und schoben sich geräuschlos in den dahinterliegenden, strahlendhell erleuchteten Raum.

Die Grakos in ihm zeigten keine Reaktion, für sie ging die Tür lediglich durch eine technische Panne auf.

Die beiden Gardisten brachten mit gezielten Feuerstößen zwei Schatten zum Verglühen. Die anderen waren von dem Feuerüberfall aus dem Nichts dermaßen verstört, daß sie nicht an Flucht dachten – außer einem, der durch eine Öffnung in der Seitenwand zu fliehen versuchte; er lief genau in einen Feuerstoß, den Bucks Waffe ausspuckte.

»Achtung, Anto!«

Der hatte es schon gesehen. Wie auf dem multivariablen Schießstand der Trainingsanlage von Star City legte er den Karabiner an und verschoß zwei Projektile. Der Grako fiel halb aus einem Nebengelaß, aus dem er plötzlich aufgetaucht war, um nachzusehen, weshalb seine Gefährten verglühten, und verging selbst in einer heftigen Reaktion, die einen Schwall siedendheißer Luft mit sich brachte.

»Irgendwie ist es keine Meisterleistung, auf jemanden zu schießen, der nicht mal sieht, wer ihn umlegt«, bekannte Anto. »Aber weshalb diese Bewachung hier unten? Liegen hier etwa die Kronjuwelen der Grakokönigin im Tresor?«

»Sehen wir doch einfach nach«, sagte Kurt und deutete auf die Tür am Ende des Raumes. Ein kurzer Sprint, dann öffneten sie den Durchgang. Der Raum, den sie als nächstes betraten, hatte etwas von einem Horrorkabinett an sich. Ein unentwirrbares Durcheinander von technischen Geräten, untereinander mit Kabeln und Lichtleitern verknüpft und verschaltet. Ein derartiges Sammelsurium von Technik hatten Buck und Antoku noch nicht zu Gesicht bekommen. Und doch bot der Raum den Eindruck einer Raumschiffszentrale oder des Leitstandes eines Kraftwerkes. Buck wollte sich da nicht so genau festlegen. Wichtig waren für ihn in dem ganzen Durcheinander nur die Ansammlung wuchtiger Konsolen, die an einen zusammengeschalteten Suprasensor-Nexus erinnerten. Dahinter erhob sich ein etwa fünf mal fünf Meter messender Holotank, in dem der Ausschnitt eines galaktischen Spiralarms vor dem Hintergrund einer Wolke diffusen Wasserstoffgases zu sehen war.

»Bingo!« stöhnte Anto begeistert auf.

»Du sagst es überdeutlich, Freund Anto«, bestätigte Kurt. »Hier haben wir unser Sternenarchiv.«

Der Helmfunk schlug an.

Buck und Anto meldeten sich.

»Wie weit seid ihr?« kam Kaunas' drängende, nervöse Stimme.

»Wir haben das Zentralarchiv der Kolonieverwaltung gefunden – in den Kellerräumen des Komplexes«, erwiderte Buck. »Aber es wird Tage, wenn nicht Wochen dauern, die Daten hier unten auszuwerten.«

»Vergeßt es«, kam Kaunas scharfe Stimme. »Hier oben ist der Teufel los. Die Schattenkreaturen haben endlich geschnallt, was wir unter unseren Tarnschirmen abziehen. Sie schießen sich auf unser Mündungsfeuer ein. Wir mußten schon unsere anzugeigenen Energieschirme aktivieren. Dadurch sind wir natürlich anmeßbar – und noch verwundbarer. Es hilft nichts, wir müssen uns unverrichteterdinge zurückziehen, wenn wir nicht alle draufgehen wollen. Ich gebe jetzt das Signal an die ROY VEGAS, damit sie uns abholt. Also nehmt die Beine in die Hand und kommt hoch. Ich würde euch nur ungern zurücklassen.«

Kaunas blendete sich aus, und noch während dieses Vorganges bekamen die beiden Gardisten einen Fetzen jenes Höllenlärms mit, der oben herrschen mußte.

»Mist, verdammter!« fluchte Buck mit Inbrunst. »So kurz vor dem Ziel und aufgeben. Ich hasse das. Ich kann dir gar nicht sagen, wie sehr!«

Anto nickte mitfühlend und setzte sich sofort in Bewegung. Erst an der Tür merkte er, daß Buck keine Anstalten machte, ihm zu folgen.

»Was ist?«

Verwundert sah er, wie Buck mit dem machetenartigen Kampfmesser, das zur Ausrüstung jedes Gardisten gehörte, auf einen der Computer einzuschlagen begann und mit gezielten, dosierten Hieben das Gehäuse knackte.

»Was gibt das, wenn's fertig ist?« Anto sah seinen Kumpel entgeistert an.

Buck zeigte ein verbissenes Grinsen.

»Ich kann unmöglich mit leeren Händen zurückkommen, verstehst du. Wenn diese Dinger nicht total abwegig konstruiert sind, finde ich Speicherchips in ihnen. Speicherchips beinhalten Wissen, Informationen... ah, das müssen welche sein!« Er griff in das Innere des geknackten Gehäuses und zog ein kristallenes Plättchen heraus, dann noch eines und noch eines. Zum Schluß hatte er eine ganze Handvoll dieser Dinger. Er zerrte ein Verbandspäckchen aus seinem Notfallpack und warf den Inhalt auf den Boden. Dann verstaute er die Chips zwischen Lagen von Wundgaze und steckte das Päckchen zurück an seinen Platz. »So!« Ein triumphierendes Glitzern stand in seinen Augen. »Jetzt steht unserem Verschwinden nichts mehr im Wege.«

*

Sie kamen auf die erste Galerie zurück – und fanden sich im Mittelpunkt eines erbarmungslos geführten Gefechts zwischen Gardisten und Schatten.

Um sie herum tobte ein Kampf, wie ihn Buck bisher noch nie erlebt hatte. Es krachte unaufhörlich, schwarze Feuerlanzen schossen in die Höhe. Rauch waberte über der Szenerie. Die Schatten versuchten immer wieder, über die Liftsäulen und die Treppe nach oben zu gelangen. Sie wurden jedesmal zurückgeworfen.

»Himmel!« rief Anto gepreßt, aktivierte seinen Abwehrschirm und machte eine halbkreisförmige Bewegung. Seine Waffe schickte flammenden Tod in die Reihe der über die Treppe heraufstürmenden Schatten.

Buck prägte sich gerade die Positionen der Kameraden ein – da wuchs ein Schatten vor ihm auf. Eine schwarze Schattenlanze zuckte in seine Richtung. Aber Kurt hatte sich gedankenschnell aus der Richtung geworfen; die schwarzleuchtende Strahlbahn raste über ihn hinweg. Anto, drei Schritte neben ihm, schwenkte die Mündung seines Karabiners. Die Waffe stieß ein heiseres Husten aus, und die Geschoßgarbe erwischte den Schatten. In einer Glutwelle verdampfte er.

Kurt kniff die Augen vor der Thermoreaktion zusammen, obwohl sein Helmvisier automatisch abblendete. Dann riß er sie wieder auf.

»Aufpassen, Sarge!« schrie Tourneau links von ihm. Der Franzose riß die Waffe herum und gab einen Feuerstoß ab. In zehn Metern Entfernung verging etwas in einem grellen Aufblitzen. Die thermische Reaktion, mit der die Schattenkreatur verdampfte, brachte die Luft in der Halle zum Kochen.

»Danke, Soldat!« preßte Kaunas zwischen den Zähnen hervor. »Sie haben was gut bei mir.«

»Ich werd' Sie bei Gelegenheit daran erinnern, Sarge«, erwiderte Tourneau grinsend und schickte zwei weitere Schatten zur Hölle; er wurde zwar auch getroffen, aber der Energieschirm seines Kampfanzugs leitete die Strahlbahn ins Nichts.

Dann herrschte Ruhe.

Die Schatten waren verschwunden. Sie hatten sich zurückgezogen, leckten ihre Wunden und zählten ihre Toten; vermutlich aber waren sie so dezimiert, daß sie erst Verstärkung abwarten wollten, ehe sie erneut angreifen würden.

»Jetzt wäre die beste Gelegenheit, zu verschwinden, finden Sie nicht, Sarge?«

»Ich habe den vereinbarten Kurzimpuls schon gesendet, Buck.

In diesem Moment wird die ROY VEGAS den Kommandeur und sein Team aufnehmen. Kann sich nur noch um Minuten handeln, ehe wir in Sicherheit sind, denke ich... was ist das?« Er hob lauschend den Kopf und hörte auf etwas, das wie ein tiefes Orgeln klang und sich näherte.

»Die VEGAS?« mutmaßte ein Gardist.

»Kaum. Sie hätte uns über ihr Kommen informiert.«

»Es ist ein Schattenschiff, Sarge!« rief Roman Ruiz, der auf die andere Seite der Galerie gelaufen war und durch die großen Bogenfenster hinausschaute. »Es kommt direkt auf uns zu.«

Das tiefe Orgeln kam näher und näher – und entfernte sich wieder. In geringer Höhe flog das schwarze Raumschiff über die Stadt hinweg und entfernte sich in Richtung des ungefähren Standortes von Oberstleutnant Kenneth MacCormack und seiner Gruppe. Sicherlich war die Königinnenpuppe von weit größerer Bedeutung als der Tod vieler Grakos.

(Was niemand zu diesem Zeitpunkt wissen konnte, war die Tatsache, daß noch zwei weitere Schattenschiffe gestartet waren und in den Raum hinauswollten.)

Kurt Buck und Antoku Seiwa hatten sich ebenfalls zu einem Fenster begeben und starrten in die Richtung, in der das Schattenschiff am Horizont verschwunden war.

Es hatte endlich zu regnen aufgehört.

Die dichte Wolkendecke, die die Oberfläche von Robert verhüllte, war durchsichtiger geworden, zeigte einen dunkelroten Schimmer, der die Sonne dahinter erahnen ließ, obwohl sie kaum dazu beitrug, daß es sehr viel heller wurde.

Und doch wurde es hell. Sehr hell sogar.

Etwas blähte sich am Horizont mit brachialer Urgewalt auf. Eine zweite Sonne erschien dicht über der Kimm, aus der sternförmig schwarze Lichtbahnen schossen und die Wolkendecke durchdrangen, sie aufrissen und partiell hinwegfegten. Der Weltraum wurde in einem genau abgegrenzten Bereich sichtbar, obwohl es Tag war.

Ein düster-grandioses Spektakel.

Beklemmend in seiner Stille. Denn erst lange nach der Explosion des Schattenschiffes kam der urweltliche Donner, der in einem langdauernden Grollen und Kreischen verklang.

Buck schauderte unwillkürlich; er – nein sie alle, wie sie hier waren, hatten das gleiche Schauspiel schon einmal erlebt. Nur war damals die Implosion viel, viel intensiver und durch unheimliche, unerklärliche 5-D-Phänomene begleitet. Das war auf Spooky gewesen, als der Schattenraumer der Aufzuchtstation unter dem konzentrierten Beschuß mehrerer Batterien Pressorgeschütze in die Grakoentsprechung des Fegefeuers gebombt worden war.

Die ROY VEGAS war dank der Supertechnik der Mysterious nicht auf Pressorgeschütze angewiesen, jenes Überbleibsel der Gianttechnik, das endlich entschlüsselt worden war und auf Spooky im Einsatz mit der Schwarzen Garde erstmals seine Tauglichkeit bewiesen hatte.

Pressorgeschütze waren so ziemlich das modernste Stück Waffentechnik – für die TF und SG. Ein modifizierter Suprasensor terranischer Fertigung stellte sich auf das gewünschte Ziel ein, berechnete innerhalb von Nanosekunden die Stärke und Varianz von vorhandenen Schutzschirmen um ein Ziel, dann feuerte das Strahlgeschütz, durchdrang Schutzsphären und massive Wandungen gleichermaßen wirkungsvoll und verrichtete sein zerstörerisches Werk.

Die ROY VEGAS hingegen verfügte über Nadelstrahlantennen. Ihre rosaroten Emissionen konnten fast jeden Schutzschirm durchdringen und setzten Materie spontan in Energie um. Die Entschlüsselung oder gar der Nachbau der Nadelstrahltechnik war den Terranern bisher nicht gelungen.

Als das letzte Grollen und Grummeln verklungen war, wandten sich die Gardisten wieder dem Naheliegenden zu: dem Warten auf die nächste Angriffswelle der Grakos.

Antoku Seiwa aktivierte die Nahrungsversorgung seines Kampfanzugs und begann genüßlich zu speisen.

Kurt Buck schüttelte den Kopf. »Daß du essen kannst!«

»Warum nicht«, sagte Anto leichthin. »Der Mensch ist ein Gewohnheitstier, wußtest du das nicht? Er putzt sich täglich zweimal die Zähne und bringt seine Finanzen in Ordnung. Warum nicht auch seinen Magen?«

»Du mit deinen Weisheiten...«, begann Buck, als eine harte Stimme aus dem Kopfhörer drang.

»Hier ist die ROY VEGAS. Sind im Anflug auf eure Koordinaten. Macht euch zur Aufnahme bereit...« Der Spruch wurde noch einmal wiederholt, um dann zu verstummen.

Kaunas sprang wie von der Tarantel gestochen hoch.

»Vorwärts, Männer, wir müssen nach draußen. Gebt noch einmal alles, was ihr habt. Los, los!«

Als sie durch die Portale nach draußen auf den Vorplatz des Zentralkomplexes stürmten, loderte es am Himmel über ihnen plötzlich auf, hell und unheilvoll. Die ROY VEGAS erschien, aus allen Antennen feuernd, über dem Platz.

Kapitän Nomo ließ auf alles schießen, was sich im Umkreis um den Vorplatz und darüber hinaus bewegte. Gewaltige Detonationen wirbelten Wolken von Trümmern weit in die Atmosphäre empor. Die Strahlgewitter aus den Antennen im Ringkörper des S-Kreuzers rissen klaffende Wunden in die Phalanx der Gebäude, pulverisierten alles, was sie trafen, ob Grakos, Fahrzeuge oder Maschinen.

Die ROY VEGAS ging tiefer, und noch immer feuerte sie.

»Warum dieses Armageddon?« schrie Kurt Buck über den Lärm hinweg, an Kaunas gerichtet.

»Sie muß jeden Widerstand brechen!« gab Kaunas ebenso lautstark zurück. »Sie muß ihr Intervallfeld abschalten, um uns aufzunehmen. Deshalb.«

Die 31 Mann standen auf dem Platz bereit, der wie eine Oase von allen Zerstörungen verschont wurde; eine Insel im Meer der Vernichtung, dieser Vergleich drängte sich Kurt unwillkürlich auf. Als er merkte, wie sehr der Vergleich hinkte, grinste er verzerrt, während sich vor ihnen die Ringröhre des S-Kreuzers antigravgepolstert auf den Platz niedersenkte. Dann schubste ihn Antoku Seiwa an und trieb ihn vorwärts, auf die Rampe der Hauptschleuse zu.

Kaum waren die Gardisten an Bord, hob der Ringraumer auch schon wieder ab. Die Antigravtriebwerke brachten das Schiff vom Boden weg; noch innerhalb der Lufthülle beschleunigte es mit SLE und jagte in knapper Unterlichtfahrt im flachen Winkel über die Ekliptik in den tiefen Weltraum jenseits der Bahn des äußeren Planeten.

Dann kam Sternensog dazu – und die beiden Schattenschiffe, die versuchten, die ROY VEGAS abzufangen und zu zerstören, mußten unverrichteterdinge wieder umkehren.

*

Im Halbschlaf hörte er den Türservo summen; gähnend richtete sich Kurt Buck auf.

»Nur zu, es ist offen!«

Die Tür zischte in die Wand. Antoku Seiwa trat in die winzige Kabine.

»Wie fühlst du dich?«

Buck schwang die Beine vom Bett; er war vollständig angezogen. »Danke, geht so.« Dann: »Sag schon, was gibt's?«

Anto machte eine unbestimmte Handbewegung.

»Die Lagebesprechung, schon vergessen?«

»Richtig!« Buck klatschte sich mit der flachen Hand gegen die Stirn. »Hätte ich glatt verschwitzt.«

Sie gingen den zentralen Ringkorridor entlang und betraten gleich darauf den Besprechungsraum unterhalb der zweistöckigen Zentrale der ROY VEGAS.

Es waren bereits alle Gardisten und Jannis Kaunas anwesend. Unter den mehr oder minder freundschaftlichen Kommentaren ihrer Kameraden nahmen Seiwa und Buck ihre Plätze ein.

Jannis Kaunas war der einzige, der nicht saß; er lief vor seinen Leuten wie ein hungriger Wolf auf und ab und schoß manchmal drohende Blicke über sie hinweg, wenn es etwas zu laut für seinen Geschmack wurde.

Dann zischte das Schott zur Seite, und Oberstleutnant MacCormack betrat den Raum.

»Achtung!« schnarrte Kaunas. »Offizier anwesend!«

Wie ein Mann ruckte der 14. Zug hoch und stand stramm.

»Setzen, Männer.«

»Danke, Sir!« kam es unisono aus 40 Kehlen.

MacCormack stand breitbeinig vor seinen Soldaten und hatte die Hände auf den Rücken gelegt. »Männer, ich will es kurz machen: Ich bin sehr stolz auf die Leistung, die ihr vollbracht habt. Niemand ist verletzt, alle sind wohlbehalten an Bord der ROY VEGAS zurückgekehrt. Ich möchte diejenigen, die nicht in meinem Team waren, noch darüber informieren, daß uns bei der Entführungsaktion der Königinnenpuppe leider kein Erfolg beschieden war. Die Übermacht der Grakos war zu groß. Ein Schattenschiff ist zu ihrer Unterstützung herbeigeeilt, aber die ROY VEGAS konnte es abfangen und vernichten, ehe es in den Kampf eingreifen konnte. Trotzdem haben die beteiligten Gordo ebenso wie die Königinnenpuppe bei dem Angriff auf den Transport ausnahmslos den Tod gefunden, was ich sehr bedaure. Es ist uns allerdings gelungen, ganz spezifische Hyperraumvibrationen zu orten, die gleichen 5-D-Vibrationen, an denen auch die Gordo offenbar die Puppe erkannten. Mit der Kenntnis über diese ganz spezifischen 5-D-Felder müßte es möglich sein, andere geschlechtsreife Puppen zu orten, vielleicht sogar Königinnen. Wer weiß, vielleicht haben wir damit den Hebel in der Hand, mit dem wir das verfluchte Grakoimperium aus den Angeln heben können. Diese Informationen sind von einer solchen Tragweite, daß schon allein ihretwegen die gesamte Mission als voller Erfolg in den Annalen der Schwarzen Garde ihren Niederschlag finden wird.

Aufgrund dieser Leistung werde ich dem Oberkommando nach unserer Rückkehr vorschlagen, jedem eine persönliche Belobigung auszusprechen, die Eingang in seine Personalakte finden wird. Ich danke euch. Wegtreten!«

Kurt Buck fing den Kommandeur am Ausgang ab.

»Könnte ich Sie kurz sprechen, Sir?« sagte er.

»Worum geht es, Mr. Buck?«

Buck machte eine Handbewegung. »Hier?«

Kenneth MacCormack runzelte die Stirn. »Kommen Sie in meine Kabine. In fünf Minuten.«

»Danke, Sir.«

Exakt fünf Minuten später trat Kurt Buck in Kenneth MacCormacks Kabine, nachdem er die Erlaubnis zum Eintreten erhalten hatte.

Da er nicht aufgefordert wurde, sich zu setzen, blieb er mit auf dem Rücken verschränkten Armen vor dem winzigen Schreibtisch des Kommandeurs stehen.

»Nun, Mr. Buck?« sagte MacCormack, den Blick auf Kurts Gesicht geheftet.

Der junge Deutsche zwang sich, dem Blick seines Gegenübers standzuhalten.

»Sir«, sagte er geradeheraus, »ich habe den Eindruck, daß Ihnen der Mißerfolg der Gordo und ihr Tod gar nicht so unrecht kommt. Oder irre ich mich da?«

Oberstleutnant Kenneth MacCormack zuckte nicht mit der Wimper. »Haben Sie dafür irgendwelche Beweise?«

»Nein, Sir. Es ist nur so ein Gefühl.«

»Gefühle haben bei der Schwarzen Garde keinen Platz, Mr. Buck.« Es klang nicht wie eine Drohung, konnte aber als solche aufgefaßt werden. Er fuhr fort: »Genügt es Ihnen, wenn ich Ihnen versichere, daß nichts daran zu ändern war?«

»Natürlich, Sir. Ich danke Ihnen für die offene Antwort.«

Er machte eine vorschriftsmäßige Kehrtwendung und verließ den Raum.

Kenneth MacCormack saß hinter seinem Schreibtisch und starrte die Tür an, als könne er durch sie hindurch den jungen Deutschen den Korridor entlanggehen sehen.

Er war nicht sehr zufrieden mit sich. Vor allem gefiel ihm nicht, daß er dem jungen Mann gegenüber die Unwahrheit gesagt hatte, sagen mußte. Denn er hatte tatsächlich kein Interesse daran, mit den Gordo ein weiteres Fremdvolk auf der galaktischen Bühne zu etablieren, dessen Zwischenstufe stets eine permanente Bedrohung für viele friedliche Völker darstellte. So gesehen war die Lüge das weitaus geringere Übel. Und das versöhnte ihn wieder mit seinem Verhalten.

*

Auch Kurt Buck war alles andere als zufrieden.

Während die ROY VEGAS Kurs auf das Sol-System nahm, lag er in seiner Kabine auf der Liege, hatte die Hände hinter dem Kopf und analysierte auf seine Weise die Mission.

Das Ergebnis des Einsatzes hatte ihm eine ganze Reihe neuer Erkenntnisse und eine Kiste – na ja, ein Kistchen! – voller Speicherchips gebracht, deren Auswertung abgewartet werden mußte. Und als Fazit hatte er erkennen müssen, daß Versprechen nicht immer Versprechen waren und daß das Kriegshandwerk manchmal eine sehr schmutzige Angelegenheit sein konnte. Und während er sich noch fragte, ob er wirklich für die Garde geschaffen sei, schlief er ein.

Und seine Träume beschäftigten sich nicht mit dem Kriegshandwerk, und auch nicht mit Speicherchips, sondern mit einer jungen Dame namens Kadja Lelo, was ihn dann doch wieder mit allen Widrigkeiten versöhnte.

10.

Nachdem der Hypersturm abgeflaut war, äußerten die Rahim sich lobend über die Eigenschaften des Tofirits, das ihren Angaben zufolge die meisten Auswirkungen sowieso abschirmte und ihnen so fast jede Anstrengung, das Schiff mit ihren Parakräften zu schützen, erspart hatte. Sie zeigten sich jetzt noch zuversichtlicher, unbeschadet in das SBH eindringen zu können.

Shodonn war zutiefst empört. So froh er auch war, die Schlacht überlebt zu haben, machte er den Rahim doch ernste Vorwürfe. »Ihr seid nicht besser als die Grakos, ihr seid vielleicht noch schlimmere Mörder als sie«, klagte er an. »Warum habt ihr sie gezwungen, sich gegenseitig zu vernichten? Hätte es nicht völlig ausgereicht, ihnen den Befehl zum Rückzug zu geben?«

Gola sah von oben auf ihn herab.

»Sie wären davongeflogen«, sagte er. »Aber sie wären zurückgekehrt. Und dann vielleicht mit Verstärkung. Zu einem Zeitpunkt, den wir nicht hätten kalkulieren können. Es mußte sein.«

Shodonn wollte sich damit nicht zufriedengeben, aber der Rahim wies ihn schroff ab. »Wir sind nicht bereit, über Geschehenes zu diskutieren. Jene, die ihr Grakos nennt, sind tot, und das ist auch gut so. Sie werden niemanden mehr angreifen.«

Chris Shanton verspürte ein leichtes Frösteln. Sicher, er hatte mit der Wuchtkanone selbst den Tod in die Reihen der Gegner getragen. Auch die POINT OF hatte zahlreiche Schattenraumer zerstört. Aber dieser Kampf war mit normalen Waffen ausgetragen worden. Gegen den Parazwang der Rahim jedoch halfen nicht einmal die stärksten Schutzschirme.

*

Nachdem die Grakogefahr auf so grausige Weise beseitigt war, konnten sie endlich ungestört mit dem Experiment beginnen.

Weiterhin bestand Dhark darauf, an Bord der IKO 1 zu gehen.

»Laß es!« warnte Dan Riker. »Höre ein einziges Mal in deinem Leben auf die Stimme der Vernunft!«

»Genau das tue ich ja«, gab Ren stirnrunzelnd zurück. »Oder solltest du mit der Stimme der Vernunft dein eigenes Sprechorgan meinen?«

»Du weißt ganz genau, was ich meine«, sagte Riker. »Du bringst dich nur unnötig in Gefahr. Du bist nicht irgendwer – du bist der Commander der Planeten! Und als solcher bist du der Menschheit...«

»Ja!« Ren winkte ab. »Diese Diskussion hatten wir doch schon, ehe die Grakos uns unterbrachen!«

»Und deshalb haben wir sie leider nicht zu Ende geführt. Ren, du riskierst zuviel!«

Der weißblonde Commander schüttelte den Kopf. »Ich riskiere nicht mehr und nicht weniger als die Besatzung der IKO 1, als Shodonn, als Chris Shanton und die beiden Rahim! Natürlich kann ich dabei umkommen, wenn der Versuch mißlingt! Aber, mein lieber Dan – im Fall eines Fehlschlags sterben wir sowieso alle – ohne Ausnahme! Wenn Drakhon in unsere Milchstraße transitiert, ist alles vorbei! Wohin sollten wir fliehen können? Durch das Exspect kommen wir doch aus der Galaxis nicht hinaus!«

»Ren«, begann sein Freund noch einmal, aber der Commander winkte ab.

»Es bleibt dabei, ich steige um. Du hast in meiner Abwesenheit hier das Kommando.«

»Wie immer«, murrte Riker unzufrieden. »Der Held geht auf die Queste, und ich darf hier die Stellung halten... Was machst du, wenn ich als Kommandant der POINT OF dann den Befehl gebe, dich aus der IKO 1 zurückzuholen?«

»Nichts, weil du diesen Befehl nicht geben wirst«, behauptete Ren. »Dan, ich muß es tun, ich muß bei dem Vorstoß dabeisein, um Eindrücke zu sammeln, damit ich anschließend die richtigen Entscheidungen treffen kann. Mir Aufzeichnungen anzusehen, ist die eine Sache, die Praxis zu erleben die andere...«

Riker verdrehte die Augen. Er begriff, daß er Ren auf keinen Fall umstimmen konnte. Wenn der sich einmal etwas in den Kopf gesetzt hatte, hielt er daran fest. »Paß auf dich auf, mein Freund«, sagte er leise. »Paß verdammt gut auf dich auf – du verdammter, sturer Bock.«

Etwas Zeit blieb noch bis zum Start der IKO 1. Während Ren hinüberwechselte, unterhielt Dan sich in seiner Kabine unter vier Augen mit seiner Frau Anja über den *sturen Bock*.

Die schlug sich auf Rens Seite.

»Abenteuerlust ist es ganz bestimmt nicht, die ihn dazu treibt, sondern sein Verantwortungsgefühl«, behauptete sie.

»Verantwortung? Der wird er doch nicht gerecht, wenn er sich umbringt!«

»Er bringt sich nicht um, Dan. Er ist sicher, daß es funktioniert. Ich würde an seiner Stelle genauso handeln.«

»Aber wenn es eben nicht funktioniert...«

»Dann spielt es wirklich keine Rolle mehr, ob er jetzt im Black Hole stirbt oder in ein paar Wochen gemeinsam mit uns allen. Er hat's dann wenigstens hinter sich...«

»Auch 'ne Ansicht, nur kann mir die nicht gefallen, Anja!«

»Reiner Pragmatismus gefällt selten, Dan. Unser Freund fühlt sich persönlich für das Überleben zweier Galaxien verantwortlich – nicht, weil er sich danach gedrängt hat, sondern weil das Schicksal ihm diese verdammte Last auf die Schultern gepackt hat! Meinst du nicht, daß er sich manchmal wünscht, noch der kleine Leutnant der solaren Handelsflotte zu sein, der stolz darauf war, zum größten und modernsten Kolonistenraumer abkommandiert worden zu sein – und nicht einer der mächtigsten Männer unserer Milchstraße geworden zu sein? Dan, er hat es sich nicht ausgesucht, wie das keiner von uns getan hat, sondern es hat ihn getroffen! Und er muß damit irgendwie fertig werden!«

Dan sah Anja lange stumm an.

Dann nickte er schließlich.

»Okay, vielleicht hast du recht. Aber es fällt mir verdammt schwer zu akzeptieren, daß er sich immer und immer wieder in Gefahr begibt. Er ist mein Freund, und ich möchte ihn nicht verlieren – nur dieser verdammten Verantwortung wegen...«

»Er ist auch mein Freund, Flottenchef Riker!«

»Nur haben wir wohl unterschiedliche Vorstellungen davon, wie man seiner Verantwortung gerecht wird.« Dabei ließ er offen, ob er damit die Konstellation Riker-Dhark oder Riker-Riker meinte.

Er straffte sich.

»Der Flottenchef muß jetzt wieder in die Zentrale und aufpassen, daß alles abläuft wie geplant«, sagte er. Er küßte Anja.

»Ich komme mit«, sagte sie. »Meine Schicht beginnt ohnehin in einer Viertelstunde.«

Ihre Schicht? Hatte sie nicht bei einer früheren Gelegenheit, in der Galaxis Drakhon, ihm einmal an den Kopf geworfen, ihre Zeit als Chefmathematikerin der POINT OF sei vorbei und sie nur als Gast an Bord des Ringraumers?

Frauen! Welcher Mann hätte sie jemals verstanden?

*

Die Planung sah vor, daß die IKO 1 mit hoher Unterlichtgeschwindigkeit tangential und parallel zur Akkretionsebene den äußersten Rand des Ereignishorizonts des Schwarzen Loches durchstoßen sollte. Um diese Geschwindigkeit so rasch wie möglich zu erreichen, sollte die POINT OF den Ikosaeder im Intervallschlepp auf Tempo bringen. Damit sollten die Triebwerke des Tofiritraumers teilweise entlastet werden; die beachtliche Masse des Raumers stark zu beschleunigen, kostete doch erhebliche Energiemengen und auch Zeit. Im Gegensatz zu »normalen« Raumschiffen war die IKO 1 äußerst träge. Ein Problem, welches die Tofiritringraumer TERRA und EUROPA nicht gehabt hatten, weil beide mit gleich drei Mysterioustriebwerken ausgestattet gewesen waren, die mit der Schiffsmasse fertig wurden. Aber die TERRA war vom

Galaktischen Blitz zu einem flugunfähigen Wrack gemacht worden, und die EUROPA hatte ein geheimnisvoller Unbekannter *geklaut*.

Die IKO 1 besaß bedauerlicherweise nur einen Multipack von terranischen As-Onen-Triebwerken und war damit in der Beschleunigung selbst dem langsamsten Scoutboot unterlegen.

Andererseits: Was die Fluggeschwindigkeit anging, durfte die IKO 1 auf maximal 97 % der Lichtgeschwindigkeit beschleunigt werden, weil ihre Dilatationsausgleicher terranischer Produktion sonst überfordert gewesen wären. Die Zeitverzerrungsphänomene ließen sich dann nicht mehr kompensieren. Die POINT OF dagegen mit ihrer Mysterioustechnologie hatte damit keine Probleme.

Allerdings reichten für den Flug der IKO 1 95 % der Lichtgeschwindigkeit aus, wie der Checkmaster berechnet hatte. Damit würde das Schiff sich nur 0,8 Sekunden lang jenseits des Ereignishorizonts befinden. Das sollte es eigentlich aushalten, bis es von seinem Schwung wieder aus dem direkten Einzugsbereich des Schwarzen Loches hinausgeworfen wurde.

Die Rahim sollten zwar mit an Bord sein, aber Ren Dhark ging davon aus, daß sie nicht wirklich gebraucht wurden.

Dan Riker leitete das Unternehmen von der POINT OF aus. Er hatte sich inzwischen einigermaßen damit abgefunden, daß sein bester Freund den Flug ins Ungewisse antrat.

»Unteres Intervall aus…«

Die POINT OF glitt heran und schwebte dann so dicht über der IKO 1, daß das zweite Intervallfeld sie nicht berühren und nicht durchdringen konnte. Bei anderen Gelegenheiten hätte es ausgereicht, beide Intervalle abzuschalten, gewissermaßen auf dem zu schleppenden Schiff aufzusetzen und dann die beiden künstlichen Mini-Kontinua wieder zu aktivieren. Aber in diesem Grenzbereich im Zentrum der Milchstraße wollte niemand ein Risiko eingehen.

Schon gar nicht in so brutaler Nähe zu einem Schwarzen Loch!

Die POINT OF hing jetzt »über« dem Ikosaeder; an sich ein irreführender Begriff, weil es im Weltraum kein »oben« und »unten«

gab.

»Intervallfeld ein...«

Im nächsten Moment befand sich die IKO 1 innerhalb des 3 000 Meter durchmessenden Mini-Weltraums.

Sofort wurden Ortungen und Bildschirme blind.

Ein Blick nach »draußen« in das normale Raum-Zeitgefüge war nicht mehr möglich. Nur Ringraumer verfügten über den Reizstrahl, der den künstlich erzeugten Mini-Weltraum von innen heraus durchsichtig werden ließ.

Als der Hauptbildschirm in der IKO 1 wieder aufleuchtete, zeigte er eine Bildübertragung, die von der POINT OF kam.

Die beiden Männer an der Ortung des Tofiritraumers waren vorübergehend arbeitslos geworden. Sie konnten sich mit verschränkten Armen zurücklehnen und abwarten. Für sie wurde es erst wieder interessant, wenn die POINT OF ihr Schiff wieder freisetzte.

Der Ringraumer nahm Fahrt auf.

*

Dan Riker hatte nur kurz überlegt, ob er die Steuerung dem Checkmaster überlassen sollte. Aber die Kurs- und Geschwindigkeitsberechnung lag vor, und die Instrumente auf seinem Pult verrieten ihm, wie er zu fliegen hatte.

Die POINT OF beschleunigte und zog die IKO 1 mit. Im Inneren des Intervallfeldes spielte die Masse des Tofiritraumers für den Rest des Weltraums keine Rolle mehr. Der Ringraumer hatte mit dem überschweren Raumer leichtes Spiel.

30 % Licht!

Vor den beiden Raumern lag das Super Black Hole mit seinem Ereignishorizont, der sich den Ortungen und der Optik in Form einer plattgedrückten Kugel darstellte. Ein unglaublicher, lichtschluckender Anblick, unbegreiflich dem menschlichen Verstand und eher von komplizierten Rechnersystemen zu erfassen.

60 % Licht!

»Nähern uns kritischem Bereich!«

Rikers Hände schwebten über den Steuerschaltern. Ein winziger Fehler nur, und sie gerieten in den Anziehungsbereich des Schwarzen Loches. War es nicht doch besser, die Steuerung an den Checkmaster abzugeben? Arbeitete der nicht viel präziser als ein Mensch, der von seiner Reaktionsgeschwindigkeit abhängig war?

Aber Riker wollte das Leben seines Freundes und der Besatzung der IKO 1 nicht einem Rechengehirn überlassen. So wie Ren sich zwei Galaxien gegenüber verantwortlich fühlte, so trug Dan die Verantwortung für die Sicherheit der Menschen zweier Raumschiffe.

90 % Licht!

Jemand räusperte sich. In der atemlosen Stille, die sich in der Zentrale ausbreitete, klang es wie ein Gewittergrollen.

Rasend schnell wuchs der Ereignishorizont vor der POINT OF auf! Die Werte der Distanzortung ließen Riker frösteln.

95 %!

Noch eine halbe Sekunde –

»Intervall aus!« Riker schaltete. Von einer Sekunde zur anderen hörte das untere Intervallfeld auf zu existieren. Die IKO 1 befand sich übergangslos wieder im Normalraum. Die von der POINT OF erzwungene Geschwindigkeit nahm sie dabei mit und jagte wie ein rubinrotes Geschoß weiter dem Ereignishorizont entgegen.

Die POINT OF wich über Gelb aus. Der Brennkreis des SLE wurde auf der gegenüberliegenden Seite semistabil, so daß das Schiff *durchsackte*. Riker beschleunigte dabei weiter.

98 % Licht! Unteres Intervallfeld wieder ein!

Etwas stimmte nicht. Die Ausweichkurve war zu weit geschwungen! Die Schwerkrafteinflüsse des Black Holes begannen bereits an den Intervallfeldern der POINT OF zu zerren, wollten sie mitsamt dem Ringraumer anziehen!

Die Berechnungen stimmen nicht! durchfuhr es Riker.

Sie waren zu nahe dran!

»Wir müssen springen, Riker!« keuchte Hen Falluta auf.

Riker schüttelte den Kopf. Eine Transition in so unmittelbarer Nähe des Black Holes konnte er nicht riskieren. Die Einflüsse des Schwarzen Lochs griffen auch in den Hyperraum. Wenn die POINT OF sprang, würde sie unweigerlich in das Loch gezogen!

Und noch schneller ließ er den Raumer werden. Mit dem Überschreiten der Lichtgeschwindigkeit wurde der Brennkreis zum Brennpunkt, der die POINT OF jetzt noch rasender vorwärts jagte.

1,3 Licht!

Im Moment des Überschreitens war aber zugleich auch alles anders geworden. Plötzlich wirkten keine Gravitationseinflüsse mehr.

Die POINT OF raste davon! Schwang überlichtschnell in jetzt sicherer Distanz um das Loch herum.

»IKO 1 erreicht Ereignishorizont!«

Fantastisch spielten die Ortungen des Ringraumers mit, trotz der starken Verzerrungen im Nahbereich des Black Holes. Von einem Moment zum anderen verschwand der Ikosaeder aus dem Universum.

0,8 Sekunden sollte sein Durchflug dauern!

Gerade mal ein Augenzwinkern lang!

Diese Verweildauer mußte das Tofirit aushalten, das durch seine Masse über erhebliche Beharrungskräfte verfügte und sich auch von den schwarzen Strahlen der Grakos kaum aus dem Raumgefüge reißen ließ.

Nicht nur Dan Riker hielt den Atem an.

Jetzt mußte der Ikosaeder wieder auftauchen!

Und da kam er, vom eigenen Schwung getragen, verließ parallel zum Kurs des Ringraumers den gefährlichen Bereich.

Riker atmete auf.

»Geschwindigkeit 87 Prozent Licht«, meldete Tino Grappa.

Vom Checkmaster-Terminal her meldete Anja Riker: »Verweildauer 1,2 Sekunden! Das war zu lange – da stimmt was nicht mit den Berechnungen!«

Aber was war falsch? Die IKO 1 war länger als beabsichtigt jenseits der Ereignishorizonts geblieben, und sie hatte in diesen zusätzlichen 0,4 Sekunden fast ein Zehntel an Geschwindigkeit verloren!

»Der Commander«, meldete Glenn Morris aus der Funk-Z und stellte die Verbindung gleich durch.

Ren Dhark machte einen leicht verwirrten Eindruck. Seine Augen zeigten einen seltsamen Glanz, den Riker früher nie an ihm bemerkt hatte.

»Alles in Ordnung«, sagte er. »Wir haben es geschafft – wir können es schaffen!«

*

Im Raumschiff der Galoaner wurden die Daten ausgewertet, welche die IKO 1 mitgebracht hatte. Shodonn war in die H'LAYV zurückgekehrt und koordinierte die Arbeiten. Ren Dhark hatte das Gefühl, daß der Weise aus dem Nareidum heilfroh war, sich nicht mehr in der unmittelbaren Nähe der beiden Rahim zu befinden – und schon gar nicht mehr in der drangvollen Enge im Ikosaeder.

Er war gespannt, ob Shodonn wieder zurückkehrte, um auch bei den nächsten Experimenten mit von der Partie zu sein. Seine wissenschaftliche Neugier mußte ihn eigentlich dazu zwingen. Aber…

Als der Commander vor dem Versuchsflug die IKO 1 betreten hatte, hatte Chris Shanton ihn beiseite genommen. Leise hatte er von Shodonns Verhalten während der Schlacht gegen die Grakos berichtet. »Ich kann ihn ja gut verstehen, aber ein wenig ist er uns allen mit seiner Panik doch auf den Wecker gegangen«, hatte der Dicke geschlossen. »Noch mehr gehen mir nur diese beiden kleinen Riesen auf den Geist«, und damit hatte er mit einer Kopfbewegung auf die beiden Rahim gewiesen, deren biologische Exoskelette, diese fantastisch konstruierten Scheinkörper, über ihr wahres Aussehen hinwegtäuschten.

Dhark hatte gegrinst. »Vielleicht sind sie ja auch große Zwerge«, hatte er gesagt. »Wenn ich an ihre Parakräfte denke, kommen sie mir gar nicht so klein vor, diese Riesen…«

Er war wieder ernst geworden, weil er an das Gemetzel hatte denken müssen, das die Rahim unter den Grakos angerichtet hatten, und dann hatte er wieder an die Synties und die Telflotte gedacht. Aber das hier war schlimmer, weil an Bord der Schattenraumer keine Roboter gewesen waren, sondern organische Wesen.

Auch wenn diese organischen Wesen Mörder waren…!

Während des Durchflugs hatte Shodonn sich dann aber erstaunlich gut gehalten. Sofern er Angst vor einem Mißlingen des Experiments hatte, verstand er es gut, sie zu verbergen – er ebenso wie sein Träger Rhaklan. Trotz der seltsamen, faszinierenden Effekte…

Die Insassen der IKO 1 brauchten eine Weile, um sich aus dem Bann des Erlebten zu lösen. Dan Riker in der POINT OF betrachtete das mit Sorge, während er sich anhörte, was die Galoaner bei der Auswertung der gewonnenen Daten herausfanden.

Danach mußte die Masse des Super Black Holes noch wesentlich größer sein als genommen, was auch die Flugverzögerung des Ikosaeders erklärte. Die mutmaßlich größere Masse hatte das Raumschiff erheblich abgebremst und dabei den Durchflug um jene gemessenen 0,4 Sekunden – oder 50 Prozent! – länger dauern lassen als vorherberechnet.

Im Raumer selbst war das niemandem aufgefallen – wie denn auch? Derartig kurze Zeitspannen waren subjektiv nicht mehr zu erfassen. Das konnten nur Meßinstrumente.

Am Checkmaster der POINT OF leistete Anja Riker, unterstützt von zwei Offizieren, Schwerstarbeit bei der Eingabe der Daten. Das Bordgehirn des Ringraumers sollte die Resultate, zu denen die Galoaner gelangten, zusätzlich überprüfen, um auch jede noch so geringe Fehlerquelle auszuschließen. Immerhin ging es um die Existenz zweier Galaxien!

Hierbei schien der Checkmaster erstmals an die Grenzen seiner

Leistungsfähigkeit zu kommen. Immer wieder brach er zwischendurch Berechnungen ab und verweigerte weitere Dateneingaben, die er Minuten später aber wieder akzeptierte. Die beiden Offiziere, die Anja unterstützten, kapitulierten längst bei dem Versuch, die Arbeitsweise und die Teilresultate verstehen zu wollen. Sie sicherten nur noch Datensätze, um sie für weitere Teilberechnungen wieder zur Verfügung stellen zu können, sobald sie vom Checkmaster angefordert wurden.

Die einzige, die hier den Überblick behielt, war Anja. Sie war auch die einzige, die die Supermathematik der Mysterious vollständig verstand. Auf Hope hatte sie sich sehr lange und intensiv damit befaßt und galt seither als *die* Expertin. Was sich auf Terra und anderswo an M-Mathematikern tummelte, war von ihr ausgebildet worden.

Ein Stephen Hawking oder Werner Heisenberg hätte seine Freude daran gehabt, in welchem Umfang Mysteriousmathematik in der Lage war, kosmische Weltbilder zu beschreiben, die sich mit menschlicher Mathematik nicht mehr darstellen ließen. Das Verhältnis von herkömmlicher Mathematik zu M-Mathematik verhielt sich etwa wie die vier Grundrechenarten zu höherer Algebra. Seinerzeit hatte Anja eigens neue Begriffe formulieren müssen, weil es keine direkte Übersetzung aus der Formelsprache der Mysterious gab!

Und jetzt begann sich für sie allmählich ein klares Bild abzuzeichnen.

Was sie etwas erstaunte, war, daß die Galoaner mithielten, vielleicht sogar ein wenig voraus waren. Aber das mochte daran liegen, daß einem Geistwesen wie Shodonn im Nareidum, dem *Bund der Weisen Toten*, über Jahrhunderte unglaubliche Wissensschätze und Denkkapazitäten zur Verfügung standen, und nicht nur im Nareidum selbst, sondern über das *HyCyber*-Netzwerk auch im gesamten galoanischen Reich. Auch wenn er von der Milchstraße aus keinen Zugriff zu dem »Seelencomputer« namens Nareidum und dem *HyCyber* hatte, waren da doch seine Erfahrungen und sein weiter geistiger Horizont. Shodonn war in der Lage, in völlig anderen Bahnen zu denken als »normale« Lebewesen.

Der Checkmaster bestätigte Shodonns Behauptung über die erheblich höhere Masse des Schwarzen Loches. Was ein Rätsel blieb, war der Durchmesser. Der mußte bei den gemessenen drei Millionen Sonnenmassen knapp 4,4 Millionen Kilometer betragen. Festgestellt worden war während des Fluges aber nur ein Durchmesser von etwa 3,9 Millionen Kilometern!

»Hier paßt ja gar nichts zusammen!«, meuterte Anja, der diese Mißverhältnisse unbegreiflich waren. Die M-Mathematik kam hier nicht mehr mit. Steckte ein Fehler in den Berechnungen, oder waren die Messungen fehlerhaft?

Währenddessen berichtete Ren Dhark von unglaublichen Lichteindrücken, die die Besatzung der IKO 1 wahrgenommen hatte. Jetzt, nach einigem zeitlichen Abstand, den sie alle gebraucht hatten, um das Erlebte innerlich zu verarbeiten, konnte er das Phänomen endlich in Worte fassen. Der seltsame Glanz in seinen Augen war wieder da, als er von einer geradezu psychedelisch wirkenden *Landschaft* aus gebogenen Lichtbahnen und farbigen Fraktalmustern berichtete, die innerhalb des Ereignishorizonts existierten und um so intensiver wurde, je näher man dem Black Hole-Materie selbst kam.

»Ihr wart doch nur wenig mehr als eine Sekunde drinnen«, wunderte sich Dan Riker kopfschüttelnd. »Was du da erzählst, klingt aber nach einer langen Kinovorführung…«

»Möglicherweise hatten wir subjektiv einen anderen Zeitablauf«, spekulierte Dhark. »Aber wir haben Aufzeichnungen von diesen Lichteffekten. Bitte…«

Die Aufzeichnungen wurden übertragen und konnten in den anderen Raumern jetzt abgespielt werden.

Riker war fasziniert, und nicht nur er. Die Bedingungen, die rings um ein Schwarzes Loch und vor allem hinter seinem Ereignishorizont herrschten, waren noch immer zum großen Teil unerforscht und Gegenstand wilder wissenschaftlicher Spekulation.

Der Aufenthalt in diesem äußerst exotischen Bereich des Universums war alles andere als ungefährlich und erst recht nicht selbstverständlich. Konnte man es angesichts der Abweichungen zwischen Berechnung und Realität überhaupt noch einmal wagen, hinter den Ereignishorizont dieses gigantischen Massemonstrums vorzustoßen?

In diesem Moment entschied Ren Dhark: »Wir unternehmen einen zweiten Versuch!«

11.

»Wir benötigen exaktere Daten. Deshalb werden diesmal etwas weiter und tiefer hinter den Ereignishorizont vorstoßen«, beschloß Ren Dhark in Absprache mit Shodonn und den Rahim.

»Wir?« fragte Riker stirnrunzelnd. »Ren, du forderst das Schicksal heraus! Komm an Bord der POINT OF!«

»Ich kann von anderen nicht verlangen, was ich nicht selbst zu tun bereit bin«, erwiderte Dhark. »Ich bleibe an Bord der IKO 1. Außerdem sehe ich hier direkt aus erster Hand, was vielleicht wichtig werden kann und bin nicht auf die Erzählungen anderer angewiesen.«

»Hältst du die anderen für nicht zuverlässig genug?«

»Dan«, wehrte der Commander ab. »Wie oft sollen wir diese Diskussion noch führen? Ich habe mich entschlossen, und ich bleibe dabei. Mein Platz bei diesem Experiment ist in der IKO 1. Auch Shodonn will wieder an Bord kommen.«

Das bedeutete zumindest, daß der Nareidum-Angehörige kein zu großes Risiko sah, und damit hatte Ren seinem Freund auch endgültig den Wind aus den Segeln genommen. Riker seufzte. »Und wie soll die Aktion diesmal ablaufen?«

»Wir werden den Ereignishorizont in stumpferem Winkel, also tiefer über der SBH-Oberfläche, anschneiden, und auch mit etwas langsamerer Geschwindigkeit. Shodonn hat das ausgerechnet, und die Rahim sind einverstanden und wollen ihre Parakräfte einsetzen. Uns kann also überhaupt nichts passieren.«

»Sagte die Maus zum Vogel, als die Katze kam.«

»Wirst du für deinen manischen Pessimismus eigentlich bezahlt? Wenn ja, von wem?« erwiderte Ren etwas schroffer als beabsichtigt.

Riker antwortete nicht darauf. Was hätte er auch sagen sollen?

Wieder nahm die POINT OF den Tofiritraumer in Intervallschlepp. Es war für Ren Dhark ein seltsames Gefühl, den Ringraumer – *seine* POINT OF! – in Aktion zu erleben, selbst aber an Bord eines anderen Schiffes zu sein. Er bedauerte, daß die POINT OF nicht genügend Masse besaß, um dem Black Hole Widerstand leisten zu können. Mit dem Ringraumer war er irgendwie »verwachsen«, während er sich an Bord der IKO 1 wie ein Fremdkörper fühlte, der nicht hierher gehörte, und seinerseits auch den Ikosaeder als Fremdkörper empfand.

Aber es ging nicht anders. Nur ein Schiff aus Tofirit hatte eine Chance. Dhark konnte sich nicht vorstellen, daß die Rahim auch ein so »leichtes« Schiff wie die POINT OF stabilisieren konnten...

»Ich traue den Rahim nicht«, flüsterte Shanton. Er winkte Jimmy zu sich und schaltete dessen Sprachmodul wieder ein. »Was hältst du blöder Köter von der Lage der Nation?«

»Bin ich Politiker oder Pressereferent?« gab der Robothund zurück. Dann wurde er so leise, daß nur Shanton und Dhark hören konnten, was er sagte: »Ihr Verhaltensmuster ändert sich, wie es sich auch vorhin geändert hat, als wir den Ereignishorizont durchstießen. Danach waren sie wieder normal – bis jetzt.«

»Birgt das für uns ein Risiko?« wollte Dhark wissen.

»Zu wenig Daten für eine sichere Aussage«, erwiderte Jimmy und klappte sein Scotchterriermaul wieder zu.

Ren beobachtete die beiden Rahim. Hatten sie von der leise geführten Unterhaltung etwas mitbekommen? Sie zeigten keine Reaktion, aber ihm fiel eine eigenartige Unruhe an ihnen auf, die sie auch gezeigt hatten, als sie nach dem ersten Durchflug wieder in den Normalbereich des Weltraums zurückkehrten. Da hatte er sich aber noch nichts dabei gedacht, weil er selbst zu sehr damit beschäftigt war, mit den visuellen Eindrücken zurechtzukommen, die über ihn und alle anderen an Bord hereingebrochen waren.

Jetzt, da er den Bildern selbst wieder entgegenfieberte, fiel es ihm auf.

Von der POINT OF kamen Meldungen. Walt Brugg gab sie an die IKO 1 durch, während Glenn Morris den allgemeinen Funkverkehr überwachte.

»Geschwindigkeit 48 Prozent Licht...«

In der IKO 1 ließ sich das momentan nicht feststellen. Der Hauptbildschirm zeigte wieder nur das, was die POINT OF übermittelte.

Als habe Shanton Dharks Gedanken gelesen, sagte er: »Wir sollten dem guten Arc Doorn mal einen Tritt in den anatomischen Südpol verpassen, daß er für alle unsere Raumer so einen Reizstrahlemitter entwirft wie auf diesen Mysteriouskringeln!«

Dhark lachte leise auf. »Wozu? Für den absoluten Ausnahmefall, daß einer unserer Raumer von S-Kreuzern geschleppt wird und der Kommandant trotzdem sehen will, wie hell die Sterne ringsum glitzern?«

»Diese Ausnahmefälle haben sich in den letzten Monaten gehäuft, Dhark«, stellte der Diplom-Ingenieur fest. »Fragen Sie Doorn doch mal, ob er das hinkriegt. Der Wunderknabe mit seinem fantastischen Einfühlungsvermögen in Fremdtechniken...«

»... hat dahingehend schon kapituliert, Chris«, zerstörte Dhark die Hoffnungen des anderen. »Dank Doorn haben wir ja eine Menge M-Technik nachbauen können, aber alles, was mit Antrieb, Intervallfeld und somit auch Reizstrahl zu tun hat, funktioniert auf subatomarer Basis und ist seit dem Galaktischen Blitz nur noch Makulatur.«

»Jaaah, Commander...« dehnte Shanton, selbst ein genialer Konstrukteur, der seinen Jimmy seinerzeit auf Hope nur zusammengebastelt hatte, weil das Mitnehmen lebender, echter Tiere im Kolonistenraumer GALAXIS verboten war. Seither hatte er seinen Robothund immer weiter verbessert und verfeinert und zu einem High-Tech-Instrument gemacht, das seinesgleichen suchte. »Ja... aber das gilt doch nur für subatomare Technik von damals. Wenn wir jetzt was Neues konstruieren, müßte das doch wieder funktionieren können. – Bis der nächste Blitz einschlägt...«

Dhark sah ihn verblüfft an.

»Da könnten Sie recht haben, Chris. Was existierte, ist verloren, aber was neu geschaffen wird... nur haben wir doch alle keine

Ahnung von dem, was die Mysterious seinerzeit alles entwickelt haben, und gerade diese Form der Technologie ist nach wie vor ein Buch mit sieben Siegeln! Daran kann auch ein Genie wie Arc Doorn nichts ändern. Er mag die Technologie durchschauen, aber wir haben nicht die Möglichkeit, sie nachzuvollziehen!«

»Noch nicht, Dhark! Noch nicht! Aber was die Geheimnisvollen geschafft haben, das schaffen wir irgendwann auch, sonst wären wir keine Menschen! Sie kennen doch den alten Spruch: ›Es kann gedacht werden, also kann es auch gemacht werden.‹ Oder?«

Dhark nickte. »Aber von der Erfindung des Rades bis hin zum Zwölfzylinder-Ferrari war es ein weiter Weg, und dazwischen brachen Hunderttausenden von Eselskarren die Achsen weg…«

»Verdammt, die Transmitter haben wir auch nachbauen können! Und die Ringbeschleuniger samt Meilern ebenfalls!« knurrte Shanton. »Lassen wir uns doch nicht die Butter vom Brot nehmen! Sie haben vor ein paar Minuten erst Ihren Freund Riker einen Pessimisten genannt, und jetzt tropft Ihnen selbst der Pessimismus aus dem…« Er verstummte, weil ihm gerade noch einfiel, daß er beinahe etwas sehr Unanständiges gesagt hätte.

»Der Dicke kann ja noch rot werden!« warf Jimmy respektlos ein.

Shanton hob die Faust. »Mehr Respekt, oder du kannst gleich wieder nicht mehr sprechen, dann aber für alle Zeiten!«

»Immer diese leeren Versprechungen, aber von Rede- und Meinungsfreiheit in einem demokratischen System hast du noch nie was gehört?« blieb der Robothund ihm nichts schuldig.

»Das sind Menschenrechte«, gestand sein Konstrukteur, »aber du bist kein Mensch, sondern ein Brikett auf Beinen!«

Dhark grinste. Diesen Spitznamen hatte der Robothund schon auf Hope gehabt, nur benutzte Chris Shanton ihn selbst jetzt zum ersten Mal.

Walt Brugg unterbrach den Disput mit seiner Meldung. »86 Prozent Licht…« Der entscheidende Moment nahte!

Das »Brikett auf Beinen« schnürte durch die Zentrale und näherte sich den beiden Rahim. Kapitän Scott McKenzie machte sich bereit, den Raumer durch den Ereignishorizont zu jagen.

»91 Prozent...!«

Im gleichen Moment gab die POINT OF den Ikosaeder frei und drehte ab. Die errechnete Geschwindigkeit des Tofiritraumers war erreicht. Sofort funktionierten die Ortungen wieder, die Instrumente lieferten Werte – nur waren die nicht hundertprozentig klar, weil in dieser Nähe zum Schwarzen Loch bereits Raumverzerrungen auftraten. Die IKO 1 jagte der kritischen Grenze entgegen.

Der Hauptbildschirm zeigte wieder die tiefe Schwärze, die ihr Flugziel vom übrigen Universum abgrenzte. Selbst ein Lichtstrahl, der den Ereignishorizont einmal überschritten hatte, konnte ihm nicht mehr entkommen. Dazu war nur dieses Raumschiff aus Tofirit in der Lage. Und dann tauchte die IKO 1 ein!

*

Der Winkel, in dem das Raumschiff den Ereignishorizont schnitt, war wesentlich stumpfer als beim ersten Mal, brachte die IKO 1 also wesentlich näher an die »Oberfläche« des Schwarzen Loches heran. Ren mußte sich fast gewaltsam von dem Farbenspiel losreißen, das ihn in seinen Bann ziehen wollte. Er sah, daß es den anderen ähnlich ging. Sie konzentrierten sich kaum noch auf ihre Tätigkeiten, ließen sich von den psychedelischen Effekten fangen.

Licht, das im Schwarzen Loch produziert wurde, konnte nur eine gewisse Höhe gewinnen. Dann bogen sich die Lichtbahnen und stürzten zurück auf die gleißende Oberfläche aus unfaßbar dicht komprimierter Materie. Drei Millionen Sonnen, zusammengepreßt auf einen Raum von nur 3,9 Millionen Kilometer Durchmesser! Immerhin brachte es die irdische Sonne allein auf einen Durchmesser von knapp 1,4 Millionen Kilometer.

Ren glaubte Musik zu hören, einschmeichelnde, seltsame Klänge, die ihn umgarnten wie einst der Gesang der Sirenen den

Odysseus, aber er wußte, daß das, was er hörte, nur Einbildung war. Die Klänge existierten nicht, sie wurden lediglich durch das Farbenspiel induziert, das immer prächtiger und immer bunter und immer großartiger wurde, je näher die IKO 1 kam.

Und er glaubte, in den Farbmustern auch Bilder seiner Vergangenheit zu sehen… und seiner Zukunft… und *diagonal zum Strom der Zeit… er sah eigenartige, bizarre Wesen, die durch das Nichts tanzten und Abenteuer erlebten, die Heldenlieder sangen… kleine Riesen…*

Das riß ihn aus der Traumwelt in die Wirklichkeit zurück. Kleine Riesen – große Zwerge – darüber hatte er sich doch mit Chris Shanton unterhalten, und beide hatten damit die Rahim gemeint… aber diese Riesen, die in Wirklichkeit Zwerge im Körper von Riesen waren, standen da wie erstarrt, während der Ikosaeder durch das irrlichternde Farbenspiel voller sinnverwirrender Muster dem Ereignishorizont des Schwarzen Lochs entgegenraste.

Je näher, desto großartiger! Und dann tauchte die IKO 1 ein!

Dhark zuckte zusammen.

War der Raumer nicht bereits hinter den Ereignishorizont vorgestoßen? Was stimmte hier nicht?

Die Lichteffekte ließen ihn nicht mehr los. Wurden immer größer, immer bunter, immer greller und wunderschöner. Und dann tauchte…

Zeitüberlappung! durchfuhr es Ren. *Wir sind in einer Art Zeitschleife gelandet! Das Black Hole verzerrt nicht nur den Raum, sondern auch die Zeit!*

Sich stark ähnelnde Variationen des gleichen Erlebnisses überschnitten sich, und die IKO 1 rutschte von der einen Ereignisebene in die andere, durchlief immer wieder den gleichen Zeitabschnitt, nur in jedes Mal im Detail unterschiedlichen Abläufen…

Im nächsten Moment war das vorbei.

In die Rahim kam Bewegung. Sie standen nicht mehr starr wie Salzsäulen. Und der Zeitablauf wiederholte sich nicht.

Der Ikosaeder befand sich tatsächlich längst hinter dem Ereignishorizont. Die Uhren liefen wieder, die Sekunden tropften zäh dahin.

Die Meßinstrumente arbeiteten mit Höchstleistung.

Wie lange flog die IKO 1 bereits hinter der kritischen Grenze?

Fünfzehn Sekunden, sechzehn, siebzehn... ewigkeitslang schienen sie zu dauern. 19 – 20 – 21 – und dann jagte der Raumer auf der anderen Seite wieder hinaus, ließ das SBH hinter sich, kippte wieder ins Universum zurück.

Keine psychedelischen Farbeffekte mehr!

Kein Zittern des Raumers, keine schwingenden Vibrationen, die allein davon zeugten, welch ungeheure Kräfte an dem Tofirit zerrten, dessen Beharrungskraft sich immerhin als stark genug erwiesen hatte.

21 Sekunden!

»Geschwindigkeit 80 Prozent Licht!« las Kapitän Scott McKenzie von seinen Instrumenten ab. »Beschleunige.«

Den beiden Rahim war nicht anzusehen, ob sie sich besonders angestrengt hatten, und der Paraverstärker war auch diesmal nicht zum Einsatz gekommen. Allerdings glaubte Ren bei den Paramonstren eine seltsame Erregung festzustellen.

»Was bei allen Sternteufeln war das eben?« polterte Chris Shanton. »Wie oft haben wir den Einflug eigentlich erlebt? Sind wir überhaupt 'reingekommen, oder versuchen wir es immer noch und merken gar nichts davon?«

»Eine multitemporale Diskontinuität«, ließ sich Jimmy vernehmen. »Unsere Rahim-Freunde haben nicht gut genug aufgepaßt!«

Gola wandte sich um und maß den Robothund mit einem verächtlichen Blick. »Das Spielzeug ist vorlaut. Man sollte es verschrotten!«

»Vorsichtig«, warnte Shanton. »Wer hier wen verschrottet, entscheiden andere, aber ich werde das Gefühl nicht los, daß Jimmy Recht hat. Ihr habt wohl etwas zu spät eingegriffen, ihr Herzallerliebsten!«

»Jetzt wird er auch noch zum Erzromantiker!« sagte Jimmy.

»Ich gehe jetzt lieber, sonst kommen mir die Tränen!«

Ein paar Männer lachten auf, bis sie Shantons drohende Mörderblicke bemerkten. Das Brikett auf Beinen huschte davon und verschwand in Deckung einiger der Aggregate, mit denen jeder verfügbare Raum und auch die Zentrale der IKO 1 vollgestopft war.

»Unser Eingreifen fand völlig korrekt zum vorausberechneten Zeitpunkt statt«, sagte Gola.

»Den wir fünfmal erlebten!«

»Fünf?« staunte Ren. »Ich hatte den Eindruck von drei Überlappungen…«

»Acht«, meldete Kapitän McKenzie.

»Wer bietet mehr?« fragte Shanton spöttisch. »Acht zum ersten, zum zweiten…«

»Es ist gut jetzt, Chris«, unterbrach ihn Dhark leise. »Kümmern wir uns um die Auswertung.«

War er der einzige, dem auffiel, daß Shodonn die ganze Zeit über geschwiegen hatte?

*

Wieder hatten die Rechner in der H'LAYV und in der POINT OF zu tun. Diesmal waren die Datenpakete noch umfangreicher. Tatsächlich hatte der Durchflug exakt 21 Sekunden gedauert; damit wich die Praxis nicht von dem errechneten Wert ab.

Die Astrophysiker in der POINT OF trauten ihren Augen nicht. War das SBH an sich schon ein Phänomen für sich, weil es nicht über das natürliche Ventil einen Teilchenstrahls verfügte, widersprachen die Meßergebnisse jeglichen bisherigen Kenntnissen über Schwarze Löcher.

Die Masse des Super Black Hole war extrem!

Nach bisherigen Erkenntnissen und Berechnungen war sie dreimal höher als die eines »normalen« Schwarzen Loches im Zentrum. Daß sie immer noch weiter wuchs, war ebenfalls bekannt.

Jetzt aber stellte sich heraus, daß diese Masse noch weitaus dichter gepackt war als normale Schwarzlochmaterie. Der gemessene Durchmesser des Black Hole betrug exakt 3,896 Millionen Kilometer statt der vor dem Einflug errechneten 4,4 Millionen.

Diese ungeheure Masse war ebenso unbegreiflich wie der überdichte Zustand, in dem sie sich befand. Physiker, Astronomen und Astrophysiker wetteiferten bei der Suche nach Erklärungen und vergaßen dabei teilweise ihre vornehme wissenschaftliche Zurückhaltung. Dr. Ken Wask, mit seiner theatralischen Gestik und seinem dürren Aussehen einem wild flatternden, mageren Vogel nicht unähnlich, entwickelte gleich ein Dutzend Theorien, fuchtelte bei deren Begründungen wild in der Luft herum und verpaßte dabei unbeabsichtigt seinem ohnehin streitbaren Kollegen Claus Bentheim eine Kopfnuß. Worauf dieser vehement verlangte, daß Wask unverzüglich aus den Arbeitsräumen, am besten gleich aus der POINT OF, entfernt werde. »Stopft ihn meinetwegen in das Schwarze Loch, dann kann er das mit seinem verrückten Herumhampeln zertrümmern!« Wask zeigte sich empört.

»Wenn Sie nicht *beide* unverzüglich Ruhe geben, schalte ich den Bordsicherheitsdienst ein«, drohte Kontinuumsexperte H. C. Vandekamp an, der darüber brütete, wieso das Schwarze Loch bei dieser immensen Masse nicht einfach zu einer sogenannten Singularität kollabierte. Um seine Gedanken zu entwickeln, brauchte er Ruhe, aber die gab es in diesen Stunden in der Astroabteilung des Ringraumers nicht.

Immer wieder wurden neue Berechnungen angestellt und vom Checkmaster sowie dem Rechner der H'LAYV unabhängig voneinander geprüft. Mehr und mehr stellte sich dabei eine leichte Überlegenheit des Checkmaster heraus, aber eher deshalb, weil Anja Riker, eigentlich Gast an Bord, in ihrer einstigen Eigenschaft als Chefmathematikerin neu aufblühte und vom Ehrgeiz gepackt immer neue Berechnungsmethoden anwandte. Selbst die am Checkmaster geschulten Offiziere, die sonst problemlos auch mit kompliziertesten Berechnungen zurechtkamen, konnten angesichts von Begriffen wie »Vikill-Sätze«, »Narritische Gleichungen«, »Rhonsche Kul« oder »Thradytischer Sprung« nur noch mit den Ohren schlackern und andächtig staunen. Gern fanden sie sich damit ab, nur noch Dateneingaben durchzuführen und den Kontakt mit den schlauen Köpfen in der Astroabteilung zu halten.

Fest stand, daß das SBH durch seine ungeheure Masse nichts entkommen ließ – außer der IKO 1. Aber das lag vorwiegend an den Beharrungskräften, die deren extreme Masse aufwies. Trotzdem gab es einen Näherungsbereich, ab dem auch das Tofirit nicht mehr im Raum zu halten sein würde. Bei ihrem zweiten Flug war die IKO 1 dieser Grenze gefährlich nahegekommen.

Ohne die stabilisierende Paraaktivität der Rahim wäre der Raumer vielleicht tatsächlich zum Bestandteil des Schwarzen Loches geworden, aber weder von der H'LAYV noch vom Checkmaster konnte exakt definiert werden, wie stark diese Paraaktivität wirklich gewesen war. Sie hatte nicht gemessen werden können, und sie entzog sich auch den Berechnungen, weil es nicht genügend Daten über die Rahim selbst gab.

Der Paraverstärker war zwar noch nicht zum Einsatz gekommen, und Gola und Kalnek wirkten nicht gerade besonders angestrengt – obgleich sie zuvor schon eine Raumschlacht entschieden hatten. Aber gerade weil der Verstärker noch nicht angesprochen hatte, wurde Ren Dhark mißtrauisch. Wie stark oder wie schwach waren die Rahim wirklich? Hatten sie den Verstärker vielleicht absichtlich nicht aktiviert, um Schwächen zu verbergen?

Der Schein der Lässigkeit und Kraft, der sie umgab, konnte trügen. Wer war schon in der Lage, hinter die Masken zu blicken?

Wenn du einen Riesen siehst, achte auf den Stand der Sonne und bedenke, ob es nicht der lange Schatten eines Zwerges ist.

Körperlich waren sie Zwerge, geistig Riesen, wie sie im Kampf gegen die Grakos eindeutig demonstriert hatten, aber waren diese Riesen wirklich groß genug, um den Erwartungen zu entsprechen? Ren wurde den seltsamen Eindruck nicht mehr los, den er beim An- und Durchflug von den beiden Rahim gewonnen hatte.

Natürlich, auch das konnte täuschen; die Körpersprache der Bio-Hüllen war mit Sicherheit anders als die der kleinen eigentlichen Rahim in ihrem Inneren, aber diese Exo-Hüllen waren mit ebensolcher Sicherheit auch manipulierbar und konnten daher falsche Eindrücke liefern.

Ren war nicht mehr sicher, wie weit er den Rahim bei dieser Aktion vertrauen konnte.

Spielten sie mit den Terranern, um eigene Ziele zu verfolgen?

Fragend sah er Shodonn-Rhaklan an, der diesmal noch an Bord der IKO 1 geblieben war, aber der »doppelte« Galoaner verstand seine Mimik nicht und hüllte sich weiterhin in Schweigen. Ren dagegen verzichtete darauf, seine stumme Frage in Worte zu fassen.

Er wartete auf weitere Erklärungen der terranischen und galoanischen Wissenschaftler.

*

Einige Stunden später sprach er die beiden Rahim an.

»Wir haben absolut alles unter Kontrolle«, behauptete Kalnek. »Wie kannst du es wagen, an unseren Fähigkeiten zu zweifeln, Ren Dhark? Haben wir sie nicht eindeutig unter Beweis gestellt?«

»Kalnek, ich bin ein vorsichtiger Mensch«, erwiderte Ren Dhark. »Und gerade wenn es um existentielle Dinge geht, prüfe ich lieber zehnmal zu viel als einmal zu wenig. Wir müssen absolut sicher sein, daß die IKO 1 oder andere Schiffe aus Tofirit perfekt stabilisiert werden können, sobald sie sich jenseits des Ereignishorizonts bewegen. Wir werden nur eine einzige Chance haben. Ich bin besorgt.«

»Ich sehe kein Problem außer dem, daß du uns nicht glaubst, Terraner«, erwiderte Kalnek angriffslustig. »Es wird gelingen. Zweifel sind irrelevant.«

»Und Widerstand ist zwecklos«, warf Robothund Jimmy aus sicherer Deckung heraus ein.

Chris Shanton wandte sich zu seiner Schöpfung um. »Was willst du damit sagen, du synthetisch bepelzter Schrottklumpen?«

»Das würde uns auch mal interessieren«, bemerkte Kalnek finster.

»Wenn ich sage, was meine Kalkulatorik denkt, schaltet der Dicke nur wieder mein Sprachmodul ab«, wehrte Jimmy sich.

Dhark sah Shanton verblüfft an. »So ein Ding haben Sie Ihrem Jimmy eingebaut? Die Rechner sind doch noch in der Testphase!«

»Aber schon jetzt den herkömmlichen Suprasensoren überlegen, doch vielleicht sollte ich noch was an der Programmierung ändern«, brummte Shanton. »Und fragen Sie mich jetzt nur nicht, Dhark, woher ich einen der Prototypen in Mini-Ausführung habe. Ich müßte lügen.«

»Muß er nicht«, meldete sich Jimmy. »Kann ruhig jeder wissen, daß Bert Stranger dieses technische Wunderwerk organisiert hat.«

»Dieser verdammte Hund!« Ren Dhark mußte unwillkürlich schmunzeln, obwohl es ihm offiziell gar nicht gefallen durfte, daß der Starreporter der Terra-Press auf vermutlich recht dunklen Umwegen an eine der streng geheimen Entwicklungen der Regierung gekommen war.

»Beleidigen Sie Jimmy nicht mit diesem Vergleich!« protestierte Shanton.

»Ach! Vorhin war ich noch ein Brikett auf Beinen und ein synthetisch bepelzter Schrottklumpen, und jetzt bin ich plötzlich ein Hund?« meckerte Jimmy.

Ren grinste und beschloß, Bernd Eylers ein paar Takte zu singen. Auch wenn die Galaktische Sicherheitsorganisation derzeit genug mit der Jagd auf robonische Terroristen zu tun hatte, ging es nicht an, die Sicherheit von geheimen Forschungs- und Entwicklungseinrichtungen zu vernachlässigen. Oder – gerade deshalb nicht! *

---

* siehe Sonderband 13: »Dreizehn« von Werner K. Giesa

»Können wir zum Thema zurückkommen?« drängte Gola und fuhr dann fort: »Während ihr euch in stundenlangen Rechenoperationen verzettelt habt, bei denen keine wirklich brauchbaren Erkenntnisse gewonnen werden konnten, haben wir eine Lösung für das Problem an sich erarbeitet.«

Da kam wieder die Arroganz der Rahim durch, die sich anderen gegenüber unendlich überlegen glaubten.

»Ich lausche gespannt«, erwiderte Ren Dhark.

»Es stellt für uns kein Problem dar, die Masse des Schiffes... sagen wir, *umzupolen*. Das ist wohl ein Begriff, der es für euch am treffendsten beschreibt. Durch diese Umpolung wird der Raumer wie ein gleichgepolter Magnet über dem Schwarzen Loch schweben können. Ihr wißt ja – gleiche Ladungen stoßen sich ab, ungleiche ziehen sich an. Die Umpolung sorgt für Abstoßung. Dadurch kann der Raumer nicht mehr in das Black Hole hineingezogen werden.«

Gola machte eine kurze Pause, um den Terranern Gelegenheit zu geben, diesen Vorschlag innerlich zu verarbeiten, und sprach dann weiter:

»Darüber hinaus können wir die Ladung der umgepolten Schiffsmasse nach Belieben manipulieren, also verstärken oder abschwächen. Wir können somit auch ohne Antrieb senkrecht zur Rotationsebene des Schwarzen Loches auf- und absteigen.«

Ren Dhark runzelte die Stirn.

Es klang logisch, aber es mußte ein Haken dabei sein.

Der Vorschlag Golas kam ein wenig zu... drängend.

Und warum hatten die beiden Rahim ihn nicht schon früher vorgebracht? Sie mußten doch ihre Parakräfte kennen.

Ihr seltsames Verhalten, das selbst Jimmy aufgefallen war...

Die psychedelischen Farbenspiele, von denen Ren sich selbst nur mühsam hatte losreißen können... wirkten sie auf die Sinne der Rahim vielleicht noch ganz anders?

Vielleicht hätte ein Nogk mehr dazu sagen können. Aber von denen hatte keiner den Flug zum SBH mitgemacht. Die Nogk besaßen eigentlich keine »richtigen« Parafähigkeiten, wenngleich sie sich auf einer mentalen Ebene miteinander verständigten, für die Terraner spezielle Geräte brauchten, um mithalten zu können. Jene kugelförmigen »Übersetzungsgeräte«, die die Mentalschwingungen der Nogk in akustische Sprache umsetzten und umgekehrt. Vielleicht hätten die Nogk eher Kontakt zu dem gefunden, was sich hinter den seltsamen Effekten jenseits des Ereignishorizonts verbarg, als ein Terraner.

Ren Dhark hatte jedenfalls den Eindruck, daß die Rahim süchtig nach diesen Effekten geworden waren!

Oder daß sie zumindest großen Gefallen an den exotischen Verhältnissen jenseits des Ereignishorizonts fanden – so groß, daß sie unbedingt noch einmal dorthin wollten und auch beabsichtigten, längere Zeit dort zu verweilen! Ohne Rücksicht auf Verluste?

Waren sie bereit, die Zerstörung der IKO 1 und damit auch ihre eigene Vernichtung zu riskieren, nur um noch einmal auf den Trip gehen zu können?

So wie ein Drogensüchtiger mehr und mehr unter Realitätsverlust leidet und schließlich alles dafür gibt, sich dem Rausch hinzugeben – selbst um den Preis seines Lebens...

Verdammt, dachte Ren. *Genau das hat uns gerade noch gefehlt! Zwei Rahim, die durchdrehen und damit zum Risiko für uns alle werden!* Wenn diese Wesen aus der drakhonschen Pseudodunkelwolke Kurnuk den Bezug zur Realität verloren und nur noch scharf auf die träumerischen Raumverzerrungseffekte waren, nahmen sie wahrscheinlich keine Rücksicht mehr auf die »Niederen« an Bord, deren Wohlergehen für sie dann nicht mehr von Interesse war.

Das durfte nicht passieren!

»Wir müssen das durchrechnen«, sagte Dhark. »Wir brauchen weitere Daten, die ihr uns geben müßt. Ich will...«

»Rechnen, kalkulieren, spekulieren!« sagte Gola verächtlich. »Ist das alles, was ihr Terraner könnt? Ihr werdet noch über euren Computern hocken und euch die Köpfe über Berechnungsformeln zerbrechen, die ihr ohnehin niemals verstehen könnt, wenn die beiden Galaxien endgültig miteinander verschmelzen und zu einer kosmischen Fackel werden.«

»Unnötige Risiken auszuschalten ist der beste Weg zum Überleben«, konterte Dhark.

»Zu langsam und zu spät zu handeln ist der beste Weg zum Sterben«, sagte Kalnek. »Wir haben euch einen Weg gezeigt. Wollt ihr ihn beschreiten?«

»Ich kann jederzeit unter Beweis stellen, daß es funktioniert«, sagte Gola.

Dhark sah ihn auffordernd an. »Wie sieht der Plan aus?«

Der Rahim wiegte den Kopf.

»Warum fragst du? Wir fliegen hinter den Ereignishorizont, und ich lasse die IKO 1 antriebslos senkrecht zum Schwarzen Loch ab- und wieder aufsteigen.«

»Das ist der Plan? Komplett in allen Details?«

»Was willst du mehr, Ren Dhark?«

Der Commander der Planeten straffte sich.

»Abgelehnt, Gola«, entschied er.

*

Wie zu erwarten, protestierten die Rahim gegen seine Entscheidung. Ren Dhark ließ sich zunächst auf keine weitere Diskussion ein und kehrte gemeinsam mit Chris Shanton und Jimmy an Bord der POINT OF zurück. Er bedeutete auch Shodonn, daß es besser sei, die IKO 1 wieder zu verlassen.

Shodonn vertraute ihm.

Zurück blieben nur Kapitän Scott McKenzie und seine Mannschaft sowie die beiden Rahim.

»Was hat das alles zu bedeuten?« fragte Gola in scharfem Tonfall.

»Ich weiß es nicht«, gestand McKenzie. »Der Commander hat mich ebensowenig eingeweiht wie Sie beide. Sie wüßten es sonst –

sie waren doch ständig hier.«

»Wir müssen mit Ren Dhark sprechen«, verlangte Gola. »Sorgen Sie dafür.«

»Geht nicht«, erwiderte McKenzie trocken.

»Wieso?«

»Dazu brauche ich von Ihnen ein ganz bestimmtes Kodewort. Haben Sie es zufällig parat?«

»Was für ein Kodewort?« schnarrte Kalnek zornig.

»Es lautet ›bitte‹, aber es funktioniert nur in Verbindung mit Ihrer Stimme. – Natürlich können Sie auch jederzeit von Ihrem eigenen Raumschiff aus versuchen, den Commander zu erreichen.«

»Was erlauben Sie sich?« fauchte Kalnek.

McKenzie lächelte verbindlich. »Ich bin der Kapitän dieses Schiffes. Sie sind Gäste an Bord. Wenn Sie Wünsche haben, äußern Sie sie in gebührender Form. Wir sind hier nicht in Ihrer Galaxis, sondern in unserer, und wir sind auf *meinem* Schiff. Also halten Sie sich netterweise an die bei uns üblichen Spielregeln. Wenn wir in Ihrer Galaxis oder an Bord Ihres Schiffes sind, werden wir es nicht anders halten.«

Die beiden Rahim erweckten den Eindruck, als wollten sie McKenzie vernichten. Er sah es, aber er schätzte die beiden Paramonstren so ein, daß sie ihre Verbündeten nicht einfach so attackierten. Ein bißchen Verstand mußte doch auch in ihren Hirnen wohnen.

Seine Lässigkeit war gespielt. Er rechnete damit, daß diese überheblichen Riesen ihre Parakräfte einsetzen, um ihn und den Rest der Mannschaft zu zwingen, das zu tun, was die Rahim von ihnen erwarteten. Und er wußte, daß er diesem Zwang nichts entgegenzusetzen hatte.

Aber Gola und Kalnek verzichteten darauf, den »Niederen« ihre Macht zu demonstrieren.

»Lassen Sie eine Funkverbindung zu Ren Dhark herstellen – *bitte*«, sagte Gola.

Kapitän McKenzie lächelte zuvorkommend.

»Mit dem größten Vergnügen, Sir…«

*

Dan Riker schüttelte den Kopf. »Ren, meinst du nicht, daß du die Rahim mit deinem Verhalten unnötig provozierst?«

»Sie provozieren uns doch auch, Dan, und ich bin sicher, daß sie nachgeben werden, aber darüber hinaus habe ich das Gefühl, daß sie süchtig sind – wenn man es mal so ausdrücken darf. Sie wollen wieder hinter den Ereignishorizont, um sich den bewußtseinsverändernden Ausstrahlungen des Schwarzen Loches hinzugeben. Aber es muß ihnen klar werden, daß sie als Psycho-Junkies eine Gefahr sind – nicht nur für uns, sondern für alle Lebewesen in beiden Galaxien!«

»Psycho-Junkies«, echote Dan Riker. »Bist du sicher, daß du weißt, was du da sagst?«

Ren nickte. Er erzählte dem Freund, wie er selbst auf die Effekte reagiert hatte und wie schwer es ihm gefallen war, sich davon wieder loszureißen. Er erzählte auch von seiner Beobachtung des Rahim-Verhaltens, das nicht nur ihm, sondern zumindest auch Shanton und seinem Robothund aufgefallen war. »Willst du noch mehr, Dan? Möchtest du auch noch Shodonn dazu befragen?«

»Verzichte dankend«, knurrte Riker. »Dann sieh mal zu, daß deine Junkies spuren...«

Die meldeten sich über Hyperfunk. Normalfunk war in der Nähe des Schwarzen Loches ungeeignet, da er zu starken Verzerrungen unterlag. Die überlichtschnellen Frequenzen waren da wesentlich effektiver. Das Optimum stellte der To-Funk dar, bei dem die ausgehende Sendung durch vorgeschaltete Tofiritkristalle extrem gebündelt und verstärkt wurde. Allerdings gab es To-Funk nur an Bord terranischer Raumer; die Rahim und Galoaner konnten diese Richtfunksprüche zwar empfangen, aber nur auf »normaler« Hyperfunkbasis antworten.

Es sah so aus, als würden die Rahim sich sehr dafür interessieren, so wie sie sich auch für das Tofirit mit seinen fantastischen

Eigenschaften und für die Wuchtkanone interessierten. Seit Chris Shanton damit auf Grakoraumer geschossen hatte, warfen die Rahim immer wieder neugierige Blicke auf das Kontrollpult dieses Waffensystems. Sie schienen sehr beeindruckt zu sein.

Gola zeigte sich auf dem Bildschirm. »Hast du dich endlich anders entschieden, Ren Dhark?« fragte er. »Setzen wir die Experimente in der gewohnten Form fort, oder lassen wir zwei Galaxien sterben?«

»Mir gefällt nicht, daß ihr die Kontrolle übernehmen wollt«, erwiderte Ren.

»Du bist ehrlich, Ren Dhark«, gestand Gola ihm zu. »Aber Ehrlichkeit kann zuweilen behindern.«

»Heißt das, daß ihr nicht ehrlich zu uns seid?« fragte Ren schnell zurück.

Golas Augen blitzten zornig. »Wir sind keine Niederen! Wir sind ehrenhaft.«

»Ja dann... habe ich keine Sekunde lang daran gezweifelt«, schwindelte Ren Dhark. »Kommen wir zur Sache. Wir...«

Gola unterbrach ihn.

»Ich werde, wie schon dargelegt, mit der IKO 1 antriebslos im Bereich hinter dem Ereignishorizont manövrieren, indem ich die Masse des Raumers entsprechend umpole.«

Dhark schüttelte den Kopf. »Das entspricht nicht den Planungen. Und ich frage mich einmal mehr, wozu es nützlich sein sollte. Daher lehne ich diesen Versuch nach wie vor ab.«

»Du solltest lieber uns nach dem Nutzen fragen, Terraner, und nicht dich selbst«, entgegnete der Rahim. »Siehst du den Nutzen wirklich nicht?«

»Den Nutzen für wen?« fragte Dhark. »Für euch oder für die Bewohner zweier Galaxien?«

»Unterstellst du uns Eigennutz?« warf Gola ihm vor.

»Ich unterstelle nichts. Ich stelle nur Fragen. Wesen eurer Art müßten das eigentlich erkennen.«

Gola zuckte nicht einmal zusammen. Mit keiner Regung gab er

zu verstehen, ob diese spitze Bemerkung ihn traf oder nicht.

»Wesen unserer Art fragen sich, ob sie ihre Ressourcen nicht vergeuden, indem sie Niederen helfen.«

Dhark lachte spöttisch auf. »Wem nützen sichere Ressourcen, wenn sie vernichtet werden? Rahim Gola, indem ihr uns helft, helft ihr euch selbst!«

»Wer sagt, daß das unsere Absicht ist?« gab Kalnek zu bedenken.

Gola drängte ihn beiseite. »Ich werde beweisen, daß unser Vorhaben funktioniert«, versprach er. »Dieser Beweis wird uns einen enormen Schritt vorwärts bringen, was dein Vertrauen angeht, Terraner Ren Dhark.«

»Es ist zu riskant«, sagte Dhark. »Ich setze die Existenz der IKO 1 nicht aufs Spiel.«

»Es ist kein Spiel«, protestierte Gola. »Wir wollen helfen, nicht mehr und nicht weniger.«

Wenn ich es nur glauben könnte, dachte Ren Dhark.

»Vielleicht beruhigt es dich, Ren Dhark, daß ich Gola bei dem Versuch unterstützen werde«, sagte Kalnek.

Gola fuhr herum. »Das haben wir nicht abgesprochen«, protestierte er. »Ich werde das Schiff allein lenken. Damit, Ren Dhark, liegt auch das gesamte Risiko nur bei mir allein.«

»Du fliegst nicht allein«, warnte Kalnek. »Ich werde dich begleiten.«

»Sofern ich zustimme«, sagte Dhark laut und schneidend. Er betrachtete die beiden Gestalten in ihren übergroßen Exokörpern eingehend. Auch wenn er jetzt nicht direkt vor ihnen stand und ihre Reaktionen nur über die Hyperfunkbildverbindung sehen konnte, ahnte er, daß etwas nicht stimmte. Die beiden Rahim waren geradezu besessen von dem Gedanken, wieder hinter den Ereignishorizont zurückzukehren.

Waren sie also wirklich süchtig?

»Du mußt zustimmen«, verlangte Gola. »Nur so können wir noch mehr und noch bessere Erkenntnisse über dieses Schwarze

Loch gewinnen.«

Das war das erste vernünftige Argument, das Ren in diesen Stunden vernahm.

»Also fliege ich«, stellte Gola voreilig fest.

»Wir«, fauchte Kalnek. »Du glaubst doch nicht, daß du mich einfach beiseiteschieben kannst!«

»Ich will nur nicht dein Leben riskieren«, antwortete Gola spöttisch.

»Aber dein eigenes? Deine Worte sind wie die eines Niederen«, sagte Kalnek und machte dabei eine Handbewegung, die jeden anderen hinfortgewischt hätte – allein durch ihre Symbolkraft. Bevor Gola etwas entgegnen konnte, fuhr Kalnek fort: »Ich durchschaue dich. Du willst Ruhm und Ehre für dich allein. Aber es führt kein Weg daran vorbei, daß du sie mit mir teilen mußt.«

»Ich schaffe das allein, ich bedarf deiner Unterstützung nicht«, behauptete Gola. »Ist es deine Absicht, Kalnek, bei unseren Verbündeten den Eindruck der Schwäche hervorzurufen?«

Ren Dhark schloß für ein paar Sekunden die Augen. Mehr und mehr bewahrheitete sich sein Verdacht, daß die Rahim verrückt nach den Hypereffekten waren. Und der eine schien dem anderen nichts zu gönnen. Waren sie tatsächlich eifersüchtig aufeinander?

Genau das fehlt uns jetzt, dachte er. *Ein Streit zwischen diesen beiden Paraungeheuern…*

»Die IKO 1 ist mein Schiff«, sagte er entschlossen. »Daher bestimme ich, was geschieht.«

»Und was bestimmst du, Ren Dhark?« fragte Kalnek einen winzigen Hauch zu schnell.

»Um so wenige Leben zu gefährden wie möglich, wird nur Gola diesen Testflug durchführen«, bestimmte er. »Die Mannschaft der IKO 1 wird auf eine Notbesatzung reduziert, die ausschließlich aus Freiwilligen besteht.«

»Ich bin einverstanden«, verkündete Gola beinahe fröhlich.

Kalnek schien protestieren zu wollen, aber Dharks strenger Blick, der von der Bildfunksendung übertragen wurde, ließ ihn tatsächlich verstummen – etwas, womit der Commander überhaupt nicht gerechnet hatte.

Gab es das, daß ein Rahim sich der Anordnung eines »Niederen« beugte?

Ren ahnte nicht, daß er in Augenblicken wie diesen eine Autorität ausstrahlte, der sich jeder fügte, ob er nun Terraner oder Artfremder war. Er besaß etwas, das von innen heraus kam und sich nicht erklären ließ.

Er war der Commander der Planeten, aber das war weit mehr als ein Titel – es war eine Bestimmung, welcher er sich nicht entziehen konnte, und diese Bestimmung ließ ihn in kritischen Situationen über sich hinauswachsen, ohne daß er es selbst wahrnahm.

Aber andere erfaßten es und beugten sich der natürlichen Autorität des Commanders!

Selbst die arroganten, sich so unendlich überlegen fühlenden Rahim widersprachen seiner Anweisung nicht!

*

»Weißt du, wie du eben ausgesehen hast, Ren?« fragte Dan Riker. »Wie ein – hm... wie ein Zauberer, der gerade sein gesamtes Publikum hypnotisiert! Deine Augen – sie leuchteten geradezu!«

Ren zuckte mit den Schultern. »Davon weiß ich selbst nichts, und ich glaube, ich will auch lieber nichts wissen, oder bin ich plötzlich selbst zum Paramonstrum geworden? Dan«, und er griff nach den Schultern seines Freundes, schüttelte ihn. »Dan, bin ich noch ein Mensch, oder hat das alles hier mich zu einem Ungeheuer werden lassen?«

Betroffen sah Riker ihn an. »Was soll das, Ren? Ich verstehe dich nicht. Wieso glaubst du, ein Monster zu sein?«

»Ich glaube es eben nicht, aber mit den Rahim ist eine Veränderung vorgegangen, warum dann nicht auch mit mir? Mit uns allen, die wir hinter dem Ereignishorizont waren?«

»Wenn du darauf ernsthaft eine Antwort erwartest, kann ich dir nur attestieren, daß du den Verstand verloren hast«, sagte Riker. »Möchtest du noch mehr tröstende Worte?«

Darauf konnte Ren dankend verzichten.

»Was hast du jetzt vor?« fragte Riker, der einmal mehr befürchtete, sein Freund beabsichtige schon wieder einen riskanten Alleingang.

»Mit einem Experten über die ganze Geschichte reden«, sagte Ren Dhark.

*

Manu Tschobe, der afrikanische Arzt und Funkspezialist, wollte nicht gern an seine eigene, schwach ausgeprägte Parafähigkeit erinnert werden. Die war ihm schon immer etwas unheimlich gewesen, und deshalb war er jetzt auch alles andere als begeistert davon, daß Ren Dhark ihn einen Paraexperten nannte und ihn bat, ein wachsames Auge auf den Rahim zu halten.

»Das heißt, ich soll den Flug mitmachen und diesen großäugigen Zwerg notfalls hypnotisieren? Dhark, ich bin Arzt und kein Zauberkünstler! Und Selbstmörder erst recht nicht.«

»Deshalb kann ich Sie auch nur bitten, Manu«, sagte Ren. »Zwingen werde ich Sie auf keinen Fall.«

»Schon die Art, wie Sie Ihre Bitte in Worte kleiden, ist doch schon Dreiviertelzwang!« konterte der Afrikaner unzufrieden, der dabei in seiner typischen Art jeden direkten Blickkontakt mied. »Sie gehen doch davon aus, daß ich Ja sage, sonst würden Sie jetzt nicht so um den heißen Brei herumreden. Haben Sie eine Ahnung, was dieses Paramonstrum mit mir anstellt, wenn es feststellt, daß ich an seinem Gehirn herumzupfuschen versuche?«

»Wenn mein Verdacht stimmt, wird Gola es nicht einmal richtig wahrnehmen. Der Aufenthalt hinter dem Ereignishorizont ist für ihn das, was für Terraner ein Drogentrip ist. Mich interessiert, ob die Wirkung nur bei Rahim auftritt oder andere Parabegabte ebenfalls davon berührt werden.«

»Okay, süchtig machen wollen Sie mich also auch noch... Ren, ich bin in der IKO 1 fehl am Platz!«

»Niemand will Sie süchtig machen, und Sie können auch nicht süchtig werden! Ihre Parabegabung reicht von ihrer Stärke nicht einmal annähernd an die der Rahim heran...«

»Aber immerhin reichte sie einst für meine Frechheit, mich dem CAL der Giants entgegenzustellen, nicht wahr? Und Massen von Robonen zu hypnotisieren, die uns jagten... damals in Starlight... und daran haben Sie doch gedacht, als Sie jetzt zu mir kamen, Ren!«

Keine Frage, eine Feststellung. Und Ren Dhark nickte schuldbewußt.

Tschobe seufzte und schüttelte den Kopf.

»Verdammt«, murmelte er. »Ich hätte damals auf Hope, als Rocco uns alle nach Deluge deportierte, vielleicht doch mein eigenes Ding durchziehen sollen, statt mich Ihrem Haufen einzugliedern...«

Dhark sah ihn überrascht an. Es war das erste Mal, daß Tschobe von sich aus dieses Thema anschnitt.

Damals hatte es Gerüchte gegeben, daß Tschobe Machtambitionen besaß; vermutlich deswegen hatte der diktatorische Stadtpräsident von Cattan nicht nur Ren Dhark und seine Getreuen, sondern auch den undurchsichtigen Tschobe auf den unwirtlichen Inselkontinenten Deluge deportiert. Rocco hatte einfach jeden ausschalten wollen, der ihm irgendwie gefährlich werden konnte.

Daß die Gruppe Dhark dann auf Deluge den Industriedom der Mysterious und die POINT OF entdeckte, war für Rocco zum Eigentor geworden. Aber auch Ren Dhark hatte dem Afrikaner damals noch voller Skepsis und Mißtrauen gegenübergestanden, weil dessen Eigenart, einem Gesprächspartner nicht in die Augen sehen zu können, ihn nicht gerade sympathisch machte.

Jetzt grinste Tschobe etwas schief. »Vergessen Sie's, Ren. Ich mache Ihren Flug mit. Wer ist sonst noch dabei?«

»Nur Freiwillige, zu denen diesmal ich nicht gehöre«, erwiderte der Commander etwas unbehaglich. Dabei fürchtete er nicht etwa einen tödlichen Fehlschlag dieses dritten Vorstoßes, sondern er war irgendwie sicher, daß es tatsächlich funktionierte. Aber er wollte den Rahim mit seinem Fernbleiben dramatisch signalisieren, daß er sie nicht für omnipotent hielt. Und er wollte den seltsamen, verwirrenden Lichteffekten diesmal entgehen...

Aber irgend jemand mußte dabei sein, und hier bot sich Manu Tschobe als geeignet an.

Tschobe betrachtete seine Schuhspitzen. »Ich nehme an, nachdem Sie die ersten beiden Male an Bord waren, ziehen Sie sich jetzt nicht aus Feigheit zurück?«

»Ich würde Sie nicht bitten, Ihr Leben zu riskieren«, erwiderte Dhark. »Ich würde Sie ebenso ungern verlieren wie mein eigenes Leben.«

Tschobe nickte. Er hob den Kopf, sah aber wieder an Dhark vorbei. »Commander, darf ich notfalls dem Rahim auch eins aufs Maul hauen, falls er frech wird?«

»Das meinen Sie doch nicht ernst, Manu?«

»Todernst«, erwiderte der Afrikaner. »Ich mag diese arroganten Typen nicht. Da sind mir selbst die Rateken sympathischer. Bei denen weiß man wenigstens, woran man ist.«

Ren grinste und legte seinem Weggefährten aus alten Zeiten die Hand auf die Schulter. »Wenn Sie keine diplomatischen Schwierigkeiten heraufbeschwören, hauen Sie ruhig«, sagte er. »Aber nur dann. Und bitte nicht zu fest.«

»Ach, Ren, diese Rahim wissen doch gar nicht, was Diplomatie überhaupt ist... schon gut, ich halte mich zurück. Wann geht's los?«

»Sobald Sie an Bord sind!«

12.

Obgleich Ren Dhark diesmal den Flug der IKO 1 nicht mitmachte, fanden sich genug Freiwillige für die Bedienung des Raumers. Kapitän McKenzie bekam Probleme, die Leute auszumustern, die von Bord gehen sollten.

Auch Chris Shanton und sein Robothund waren nicht mit von der Partie. Ehe er sich verabschiedete, raunte Chris dem Kommandanten zu: »Passen Sie auf den Rahim auf, der hat ziemlich begehrliche Blicke auf die Steuerung der Wuchtkanone geworfen. Er und Kalnek scheinen von dem Ding ziemlich beeindruckt zu sein – ebenso vom Tofirit.«

»Das Gefühl habe ich auch«, murmelte McKenzie zurück. »Aber ich glaube nicht, daß das im Moment von Bedeutung ist.«

Wenig später begann der Flug.

Wieder wurde die IKO 1 von der POINT OF im Intervallschlepp beschleunigt, aber diesmal auf eine wesentlich geringere Geschwindigkeit als zuvor. Der Tofiritraumer flog über den Nordpol des Schwarzen Loches, mehrere Millionen Kilometer hoch über dem Ereignishorizont.

Manu Tschobe saß rechts neben Kapitän McKenzie, der den Raumer steuerte. Da die Mannschaft auf das absolut nötige Minimum reduziert worden war, gab es jetzt auch in der Zentrale genügend Platz.

Die IKO 1 flog langsamer als bei den ersten Versuchen. Eine dementsprechende Wirkung ließ nicht lange auf sich warten. Wie in einem Fahrstuhlschacht wurde der Raumer plötzlich nach »unten« gezogen.

Kapitän McKenzie schaltete.

As-Onen-Triebwerke auf Vollast!

In den Maschinenräumen des Ikosaeders begannen Konverter zu brüllen und zu vibrieren, als ihnen das Leistungsmaximum abgefordert wurde. Unglaubliche Energiemengen flossen über die

Trajektoren in die Triebwerke. Unter der Wucht der freiwerdenden Gewalt wären Kugelraumer der Giants, die diese Triebwerke ursprünglich entwickelt hatten, innerhalb weniger Sekunden zerborsten.

As-Onen, auch Hypo-Ionen genannt, kreisten innerhalb der Ionen. Ihre Ladungen hoben sich gegenseitig auf. Wurden sie aber aus dem Ion herausgebrochen, gaben sie spontan große Energiemengen frei, die in keinem Verhältnis zu ihrer Größe standen. Und diese gewaltigen Energien waren in der Lage, ein Raumschiff bis fast zur Lichtgeschwindigkeit zu beschleunigen. Selten war das nötig; normalerweise reichte eine Geschwindigkeit von etwa 75 % Licht aus, um eine Transition durchzuführen. In diesem Geschwindigkeitsbereich waren auch die Dilatationseffekte zwar schon spürbar vorhanden, aber noch nicht stark genug, um die Ausgleicher vor Probleme zu stellen.

Aber die beachtlichen Energiemengen, die von den Hypo-Ionen freigesetzt wurden, waren hier plötzlich weniger als ein Tropfen auf dem heißen Stein. Die As-Onen-Triebwerke waren nicht in der Lage, den Sturz des Raumers abzufangen!

Manu Tschobe fühlte, wie ihm der Schweiß auf die Stirn trat. Verdammt, worauf hatte er sich hier eingelassen?

Aber der Kapitän zeigte keine Unruhe.

»Fallgeschwindigkeit konstant!« kam es von der Ortung.

McKenzie nickte nur.

»Ich habe alles unter Kontrolle, es besteht keine Gefahr«, verkündete Gola, der sich links neben dem Kommandanten in einen Sitz preßte. »Der Antrieb kann abgeschaltet werden. Weshalb verschwendet ihr Terraner unnötig Energie?«

»Weil wir genug davon haben«, versetzte McKenzie. »Ich halte es nicht für richtig, abzuschalten!«

»Du kannst die Triebwerke mit einem einzigen Knopfdruck jederzeit wieder aktivieren«, sagte Gola. »Es macht keinen Unterschied, ob die Energie verschwendet wird oder nicht.«

Tu's nicht, dachte Tschobe.

Aber McKenzie ging das Risiko ein!

Er schaltete die unter Vollast tobenden As-Onen-Triebwerke ab!

Von einem Moment zum anderen verstummte die nervtötende Geräuschkulisse aus den Maschinenräumen, die sich nicht isolieren ließen, wenn man den ohnehin schon superschweren Raumer nicht mit noch mehr Gewicht belasten wollte. Die für den Innenausbau verwendeten Leichtmetalle und Kunststoffe waren zwar mechanisch extrem belastbar, aber Schallschwingungen hatten sie nichts entgegenzusetzen.

»Fallgeschwindigkeit bleibt weiter konstant!« kam die Meldung.

Obgleich der Antrieb der IKO 1 nicht mehr arbeitete, erhöhte sich das Tempo ihres Sturzes in das Schwarze Loch nicht weiter!

»Unfaßbar«, hörte Tschobe den Captain flüstern. »Das kann doch gar nicht sein!«

Gola reagierte nicht darauf. Hatte er das Flüstern nicht mitbekommen? Und dann durchdrang das Schiff den Ereignishorizont.

Tschobe registrierte die seltsamen Lichterscheinungen. Aber er konnte ihnen widerstehen; sie zwangen ihn nicht in einen Rauschzustand. Zumindest nicht stärker als die anderen Terraner an Bord.

Hing die von Ren Dhark vermutete »Sucht« also nicht mit Parafähigkeiten zusammen, sondern mit anderen artspezifischen Eigenheiten der Rahim?

Immerhin war Tschobe von den psychedelischen Effekten fasziniert. Er konnte sich sehr gut vorstellen, einfach nachzugeben und sich auf den Wellen der Illusion davontragen zu lassen, irgendwohin…

Er riß sich davon los. Sein Platz war nicht irgendwo, sondern hier an Bord. Hier in der Realität, nicht in irgendwelchen künstlich erzeugten Wachträumen.

Tiefer sank die IKO 1 jenseits des Ereignishorizonts dem eigentlichen Black Hole entgegen, mit konstanter Geschwindigkeit.

Tiefer und tiefer.

Stop! schrie es in Tschobe. *Aufhören, stop, nicht weiter – sonst stürzen wir endgültig ins Nichts…*

Angst sprang ihn an wie ein wildes Tier, das seine Krallen in seine Seele schlagen wollte. Angst, einem Wahnsinnigen ausgeliefert zu sein, der sich nicht mehr unter Kontrolle hatte.

Wie weit wollte Gola es noch treiben?

Dem Rahim war keine Anstrengung anzumerken, aber strengte er sich überhaupt an? Oder ließ er einfach nur geschehen, was geschah?

Tschobe konnte die Parakräfte des Rahim nur ahnen, nicht aber registrieren. Sein eigenes schwaches Können reichte dazu nicht aus.

Tiefer als je zuvor sank die IKO 1!

»Stop, Gola!« verlangte jetzt auch McKenzie. »Halte es auf! Das Risiko wird zu groß!«

Lachte der Rahim?

»Risiko? Welches Risiko, Terraner?«

Tschobes Hand flog zum Paraschocker an seinem Gürtel. Er spielte ernsthaft mit dem Gedanken, dem Rahim eine Dosis zu verpassen – aber was, wenn dann erst recht alles schiefging, weil Gola die IKO 1 dann nicht mehr kontrollieren und stabilisieren konnte?

Der Afrikaner bereute, daß er sich auf das gefährliche Spiel eingelassen hatte, und er bedauerte die Menschen an Bord, die sich freiwillig gedrängt hatten, diesen dritten und riskantesten Flug mitzumachen.

Da stoppte die IKO 1!

Gola, der Rahim, hatte den Raumer mit seiner Parakraft angehalten!

Die IKO 1 sank nicht mehr weiter dem Schwarzen Loch entgegen. Inmitten einer Zone besonders wild wirbelnder, psychedelischer Licht- und Energieeffekte kam der Raumer zum Stillstand. So sauber und sanft, als gäbe es die ungeheure Gravitation des manipulierten Schwarzen Loches überhaupt nicht.

Dabei wirkte die durchaus und arbeitete gegen die Beharrungskraft von Tofirit und Rahim an!

Die Hülle des Schiffes schwang wie eine Glocke unter dem Gravitationssog, und sie dröhnte mißtönend, als habe diese Glocke einen Sprung. Nie zuvor hatte jemand in einem Tofiritraumer ein solches Dröhnen und Vibrieren erlebt.

»Gola…«

Der reagierte nicht. Tschobe stand auf und trat zu dem Rahim, schüttelte ihn. »Gola, wir müssen hier verschwinden!«

Der Rahim hörte ihn nicht.

Er wirkte geistig völlig weggetreten.

Gola reagierte auf gar nichts mehr!

Er mußte sich total im Bann der Farbenspiele befinden. Die genoß er stumm und schottete sich von der Realität ab.

Ren hat Recht, durchfuhr es den Afrikaner. *Der Knabe ist süchtig – hochgradig!* Mit seinen eigenen rudimentären Parakräften konnte er das gerade noch erfassen. Aber nicht einmal auf diese mentalen Tastversuche reagierte Gola.

Er schien sich völlig in dem verwirrenden, wirbelnden Spiel aus Farben, sich windenden Linien und morphenden Strukturen zu verlieren.

»McKenzie«, murmelte Tschobe. »Triebwerke auf Vollast! Schnell!«

»Aber der Rahim…«

»Der ist doch geistig total weggetreten und weiß gar nicht mehr, was er tut!« knurrte Tschobe. »Machen Sie schon, oder Gola bringt uns alle um.«

»Nein«, sagte Gola und war dann wieder nicht mehr ansprechbar. Scheinbar bekam er doch noch etwas mit von dem, was um ihn herum geschah, aber reichte das Wenige aus?

»Triebwerke hochschalten!« drängte Tschobe.

McKenzie zuckte mit den Schultern und begann zu schalten. Die As-Onen-Triebwerke wurden wieder angefahren. Abermals veränderte sich die Geräuschkulisse im Schiff. Nahmen die Schwingungen, denen die IKO 1 ausgesetzt war, nun auch Einfluß auf die Maschinen des Raumers?

Die mit maximaler Leistung feuernden Triebwerke konnten die Position des Raumers jedenfalls nicht verändern.

Tschobe versuchte noch einmal vergeblich, den Rahim anzusprechen und ihn aus seinem entrückten Zustand zu reißen, und da begriff er, warum Ren Dhark ausgerechnet ihn, Tschobe, an Bord des Ikosaeders hatte haben wollen.

Der Afrikaner nahm sich zusammen. Auf Paraebene versuchte er Gola zu erreichen, aber es fiel ihm schwer, sich zu konzentrieren, weil der Bildschirm ihm nicht nur das sinnverwirrende Farbenspiel zeigte, das nun auch ihn zu vereinnahmen drohte, sondern auch das irrlichternde und dennoch lichtlose, alles verschlingende Nichts.

Gola! Löse dich aus der geistigen Fessel! Werde wieder du selbst! Gola, bring uns nicht um – bring uns hier 'raus! Gola...!

Immer wieder versuchte Tschobe, dem Rahim seine Forderung aufzuzwingen. Immer wieder versuchte er, mit den peitschenden Rufen den Zwerg, der ein Geistesriese war, zu wecken.

Plötzlich wurde er zurückgeschleudert. Eine unheimliche, unsichtbare Kraft packte ihn und schmetterte ihn quer durch die Zentrale. Er schrie, und er sah vor sich den tobenden Rahim, aber im nächsten Moment begriff er, daß das nur eine Illusion war, die ihm Gola aufdrängte, so wie er selbst sich Gola aufzudrängen versuchte. In Wirklichkeit saßen sie beide immer noch rechts und links des Kommandanten in ihren Sitzen.

Aber die IKO 1 stieg wieder!

Gola mit seinen immensen Parakräften brachte den Raumer wieder auf Steigflug, neutralisierte den Sog des Schwarzen Loches, und plötzlich wirkte die freigesetzte Energie der Hypo-Ionen wieder, und wie eine Kanonenkugel schleuderte das Black Hole den Ikosaeder entlang seiner Nordpolachse von sich und über den Ereignishorizont hinaus wieder in den Normalraum!

*

Gola war immer noch geistig völlig weggetreten, als stände er unter extrem starkem Drogeneinfluß. Als Tschobe die IKO 1 verließ, um an Bord des Ringraumers zurückzukehren, wollte er Gola mitnehmen und ihn in der Medostation versorgen lassen – aus nicht ganz uneigennützigen Gedanken, weil es ihn als Mediziner reizte, mehr über den Metabolismus dieser Wesen herauszufinden. Aber das zumindest bekam der Rahim mit und drängte darauf, an Bord seines eigenen Raumers gebracht zu werden.

Wohl oder übel mußte Tschobe zustimmen.

In der Zentrale der POINT OF erstattete er Dhark und den anderen Bericht über das, was sich an Bord abgespielt hatte. Zwischenzeitlich floß ein stetiger Datenstrom zwischen den Schiffen hin und her, und wieder bekamen die Computer mehr als genug Arbeit.

Tschobe sah alt und erschöpft aus. Mit seinem Versuch, den Rahim zum Verlassen der kritischen Zone zu bewegen, hatte er sich stärker verausgabt als er ahnte. So wie Gola sich in den psychedelischen Effekten verlor, hatte Tschobe sich im Einsatz seiner eigenen Paragabe verloren.

»Verdammt«, murmelte er. »Viel hätte nicht gefehlt, und wir wären tatsächlich hineingestürzt und dann wohl für alle Zeiten verschwunden…«

»Sind Sie aber nicht, Manu«, sagte der Commander. »Das Experiment war ein weiterer Erfolg.«

»Erfolg?« Tschobc kicherte haltlos. »Frfolg nennen Sie das? Der Rahim war unzuverlässig, er hätte uns beinahe umgebracht…«

»Er war nicht unzuverlässig«, berichtigte ihn Dhark. »Er hat es trotz allem geschafft, die IKO 1 stabil zu halten. Die Belastungswerte zeigen, daß schon beim zweiten Flug das Tofirit allein nicht mehr genug Beharrungsvermögen hatte. Ohne Gola wäre jetzt schon alles vorbei.«

»Wissen Sie eigentlich, wie lange das Schiff jenseits des Ereignishorizonts war?« fragte Dan Riker.

Der Afrikaner schüttelte den Kopf. Jetzt erst wurde ihm klar, daß er *drinnen* jegliches Zeitgefühl verloren hatte. Ihm kam es vor wie mehr als eine Stunde, während sein Verstand ihm sagte, daß es nur wenige Sekunden gewesen sein konnten. Aber wahrscheinlich dehnte und verdrehte die ungeheure Supermasse des Schwarzen Loches auch die Zeit.

»Fast zwei Minuten«, sagte Dan Riker.

Tschobe hob den Kopf, sah aber an ihm und Dhark vorbei auf die Bildkugel. Sie zeigte das Ungeheuer, dieses allesverschlingende Nichts, das mit seiner Größe den Gesetzen der Physik widersprach.

»Zwei…«

»Ziemlich genau 116 Sekunden und ein paar Zerquetschte! Wissen Sie, was das bedeutet, Tschobe?«

Der nickte ganz langsam.

»Ein relativ gefahrloser Aufenthalt von einer solchen Dauer – das ist mehr, als wir brauchen«, fuhr Riker fort. »Den Berechnungen zufolge – und da haben wir inzwischen auch die neuesten Daten der beiden ersten Flüge mit einbezogen«, er nickte zu seiner Frau Anja hinüber, die am Checkmaster saß, »diesen Berechnungen zufolge müßten etwa 30 Sekunden ausreichen, um das Schwarze Loch zu manipulieren und wieder zu dem zu machen, was es eigentlich sein sollte!«

»Wir haben also den annähernd vierfachen Zeitrahmen«, fügte Dhark hinzu. »Das ist ein enormer Sicherheitsfaktor.«

»Sicherheit.« Tschobe schüttelte den Kopf. »Sicherheit – wissen Sie beide überhaupt, wovon Sie da reden? Solange wir dabei von den Rahim abhängig sind, gibt es keine Sicherheit. Nicht so viel!« Er deutete es mit Daumen und Zeigefinger an, deren Kuppen er auf Millimeterabstand zusammenbrachte. »Eher noch weniger.«

Dann wandte er sich ab und verließ die Zentrale.

Er hatte seine Schuldigkeit getan. Er ging.

Und um nichts in der Welt wollte er noch einmal einen solchen Risikoflug machen.

»Sicherheit…«

*

Nur eine Stunde nach dem Experiment tauchte Gola wieder auf und kam an Bord der POINT OF. Er wirkte frisch und erholt, als sei überhaupt nichts geschehen. Von der Anstrengung, allein und ohne seinen Artgenossen den Ikosaeder stabil gehalten zu haben, war ihm nichts anzusehen, auch nicht von seinem rauschähnlichen Zustand.

Ren war beeindruckt. Er hatte damit gerechnet, daß der Rahim eine längere Auszeit nehmen würde.

»Wir müssen noch einmal in das Black Hole zurück«, sagte Gola.

Ren sah ihn zweifelnd an. »Weshalb? Der Versuch war erfolgreich, und wir haben jetzt alles an Daten, was wir benötigen.«

»Nein«, widersprach Gola. »Wir müssen wieder... müssen Messungen wiederholen...«

»Welche Messungen?« fragte Dhark. »Was für Messungen hast du denn durchgeführt?«

Kalnek trat hinzu und enthob seinen Artgenossen einer Antwort. »Auch ich halte es für erforderlich, einen weiteren Flug zu machen. Ich werde Gola begleiten, zu zweit können wir noch tiefer vorstoßen und...«

»Ihr seid süchtig, nicht wahr?« unterbrach ihn Ren Dhark.

»Was willst du damit sagen?« fragte Gola. Seine Stimmlage wechselte eine Oktave aufwärts, klang jetzt schrill. »Süchtig?«

»Euer Verhalten ist nicht nur mir aufgefallen, Gola«, erwiderte Ren. »Und wenn dich beim letzten Flug Manu Tschobe nicht aus deinem Zustand gerissen hätte, wärst du wohl deiner Sucht gefolgt und – schwupp...!«

»Wir verstehen nicht, was du meinst, Terraner«, grollte Kalnek finster. »Wir sind Wissenschaftler. Wir wollen erforschen, was sich im Inneren des Schwarzen Loches an rätselhaften Prozessen abspielt. Wir werden nie wieder eine solche Gelegenheit bekommen. Es muß sein. Wir fliegen noch einmal mit eurem Tofiritschiff ein.«

»Nein«, sagte Ren. »Das werdet ihr nicht tun.«

Genau das hatte ihnen allen noch gefehlt – zwei süchtige Rahim, die ihr gefährliches Verhalten hinter wissenschaftlicher Neugier zu verstecken versuchten. Um Ausreden waren sie wohl beide nicht verlegen. Der eine wollte sich wieder berieseln lassen, und der andere wollte ihn unbedingt begleiten, weil er ihm den Erlebnisvorsprung neidete und selbst auch daran teilhaben wollte...

»Nein«, wiederholte Ren. »Es ist vorbei. Wir verlassen diesen Raumsektor wieder und kehren nach Terra zurück. Wir wissen jetzt, was wir wissen müssen.«

»Aber wir...« setzte Gola an.

Dhark sah zu ihm hoch. »Wenn ihr unbedingt noch einmal hinter den Ereignishorizont vorstoßen wollt, könnt ihr das gern tun – aber mit eurem eigenen Raumschiff. Nicht mit der IKO 1.«

»Du weißt, daß wir das nicht können«, knurrte Kalnek finster. »Unsere eigenen Schiffe würden unter den entfesselten Gewalten zerplatzen. Auch mit unseren Parakräften könnten wir das nicht verhindern. Nur das Tofirit ist beharrungsfähig und in sich selbst massereich genug.«

»Ja dann...« Dhark lächelte und wandte sich ab.

Innerlich war er angespannt wie selten zuvor.

Er rechnete damit, daß die beiden Schwarzlochjunkies eine Paraattacke starteten. Daß sie versuchen würden, die Flugerlaubnis mit hypnosuggestiver Gewalt zu erzwingen. Unwillkürlich nahm er lautlos Kontakt mit der Gedankensteuerung des Ringraumers auf. Für den Fall eines Hypnoangriffs sollte die Zentrale blitzschnell mit Betäubungsgas geflutet werden, dem auch die Rahim keinen Widerstand entgegensetzen konnten.

Aber nichts geschah.

»Du bist der Kommandant, Terraner Ren Dhark«, sagte Kalnek ganz friedlich. »Wenn du nicht willst, daß wir noch einmal einfliegen, fügen wir uns deiner Anordnung.«

Ren war verblüfft. Kalnek sprach ihm fast etwas zu friedlich, und für einen kurzen Augenblick glaubte er an eine Täuschung, rechnete er damit, daß gleich doch noch ein Angriff kam.

»Wir kehren nun an Bord unseres Schiffes zurück«, sagte Kalnek.

Ohne ein weiteres Wort verließen die beiden Rahim die Zentrale.

»Ich fasse es nicht«, murmelte Dan Riker. »Die Jungs sind ja wirklich kooperativ! Wer hätte sie daran hindern können, die IKO 1 einfach zu kapern und mit ihr zu verschwinden?«

Ren zuckte mit den Schultern.

»Es ist gut, daß sie es nicht getan haben. Und vielleicht haben wir sie auch falsch eingeschätzt. Sie sind vielleicht nicht ganz die großen Arschlöcher, für die wir sie halten...«

»He, so böse Wörter sagt man aber nicht in Gegenwart einer Dame!« tadelte Dan schmunzelnd.

»Wo ist denn hier eine Dame?« wunderte sich Anja Riker vom Checkmaster her.

»Dazu sage ich lieber nichts ohne meinen Anwalt«, murmelte Dan. Er nahm auf dem Kopilotensitz Platz. Ren Dhark nickte Hen Falluta zu und überließ ihm das Kommando über den Ringraumer.

»Bringen wir unsere Datenschätze zur Erde«, sagte Ren. »So schnell wie möglich. Und nun wird es Zeit, daß die anderen Iko-Schiffe endlich fertig werden, damit wir diesem Höllenspuk ein Ende bereiten können.«

Er betrachtete das Schwarze Loch in der Bildkugel, das ihm wie der gefräßige Rachen eines Ungeheuers erschien. Es blieb ihnen nicht mehr viel Zeit, diesem Ungeheuer den Schlund zu stopfen.

Die Anzeige der Giller-Skala hatte einen neuen Höchstwert erreicht; die magnetischen Stürme, die als Vorboten der Katastrophe die Galaxis durchrasten, waren noch einmal stärker geworden.

Die Tage waren längst gezählt...

13.

FREIHEIT.

Der treffende Name für ein Gefährt, das sie aus der Unterdrükkung geholt hatte, um sie in eine bessere, in eine strahlende Zukunft zu führen. Keinen passenderen Namen hätte der kleinwüchsige Nomade ersinnen können, und hätte er seinen klugen Verstand auch noch so angestrengt. Doch er hatte überhaupt nicht nachdenken müssen. Der Name war von sich aus zu ihm gekommen.

Wie ein Omen.

FREIHEIT.

Was das Wort bedeutete, war ihm so klar wie nie zuvor, denn er sah die Freiheit vor sich. Zu greifbarer Realität geworden, nach der er nur die Hände auszustrecken brauchte, um sie auch materiell spüren zu können.

Unbekannte Sternkonstellationen lagen vor ihm und seinen Anhängern.

Ganz so, wie er gehofft hatte.

Wie sie alle es sich erträumt hatten.

Andächtig stand Priff Dozz in der Kommandozentrale seines Schiffs und betrachtete die Raumausschnitte, die auf verschiedenen Monitoren gezeigt wurden. Er brauchte nicht zu fragen, um sicher zu sein, daß nicht nur er sie nie zuvor gesehen hatte. Keinem Mitglied seiner Besatzung erging es anders, und seine Gefährten auf der Brücke schwiegen ebenso andächtig wie er selbst. Das nach ihrer Flucht von Chidar künstlich erzeugte Wurmloch hatte sie dort ausgespuckt, wohin sie gewollt hatten.

In der zweiten Galaxis, aus der die Fremden mit ihrem mächtigen Ringraumer gekommen waren.

Die Fremden, die sich Menschen oder Terraner nannten.

Diese Ungeheuer, denen selbst mit Pakk Raffs gesamter Flotte nicht beizukommen gewesen war.

Dies war die Milchstraße, wie die Fremden ihre Sterneninsel nannten.

Erheitert knurrte Priff Dozz, als er an den obersten Rudelführer aller Nomaden dachte, dessen Berater er zwar noch bis vor kurzem gewesen war, unter dessen Willkür und Schikanen er aber ständig zu leiden gehabt hatte. Doch das war vorbei. Denn der kleine, schwächliche Omega hatte den starken und kampferprobten Alpha mittels seines Gehirnwellenmanipulators besiegt. Nicht der großmäulige, grobschlächtige Pakk Raff war nun im Besitz des beeindruckendsten Raumschiffes, das die Nomaden jemals gebaut hatten, sondern der ehemalige Denker und heimliche Lenker der Geschicke des gesamten Nomadenrudels.

Falls es überhaupt noch lange ein einziges Rudel sein würde.

Mochte es ohne ihn doch vor die Katzen gehen!

Keine Träne weinte er der Vergangenheit nach. Und auch nicht dem Ringschiff, das nahezu unbesiegbar schien und das Pakk Raff deshalb um jeden Preis in die Hände bekommen wollte. Denn Priff Dozz war Herr über den Prototypen einer neuen Generation von Kreuzraumern, nach dem sich jeder Rudelführer verzehrt hätte. Gegen die imposanten Abmessungen mit einer Balkenlänge von 270 Metern wirkte selbst das Ringschiff klein und zerbrechlich.

Was natürlich kein wirklich treffendes Argument war. Besonders ihm war das klar. Ihm, der die Verschwörung angeführt hatte, deren Ziel es gewesen war, die sozialen Strukturen der Nomadengesellschaft radikal zu ändern. Weg vom martialischen System der durch Zweikämpfe gesteuerten Rangordnung, hin zu einer Gesellschaftsordnung, in der die Klugen und Intelligenten das Sagen hatten. Zu einem demokratischen Wertesystem, in dem alle Nomaden gleich viel bedeuteten und die gleichen Rechte besaßen. Daß er dieses hehre Ziel nicht erreicht hatte, betrübte ihn im nachhinein gar nicht so sehr, hatte in seinen Augen letzten Endes doch der Geist über den Körper gesiegt. Denn sein Triumph über seinen ehemaligen Peiniger zeigte nur zu deutlich, daß sich wahre Größe nicht an optischen Dimensionen festmachen ließ. Er war der Mann des Geistes, und letzten Endes hatten sich Intellekt und Geistesgaben durchgesetzt, nicht Kraft und rohe Gewalt.

»Träumst du?« riß ihn eine Stimme aus seinen Gedanken. »Wir sind noch lange nicht in Sicherheit.«

»Wir *sind* in Sicherheit!« stieß Priff Dozz verärgert aus.

Ein halbes Dutzend Nomaden befand sich einschließlich ihm selbst in der Schiffszentrale der FREIHEIT. Die anderen richteten ihre Kabinen ein und verstauten die mitgebrachten Habseligkeiten. Die meisten Nomaden an Bord hatten Familien, und nach der Zahl des Anhangs wurde die Größe der Wohnbereiche festgelegt. Es würde eine Weile dauern, bis sie die anfänglichen logistischen Notwendigkeiten hinter sich gebracht hatten.

Der Reihe nach schaute Priff Dozz die Anwesenden an. Karr Sutt, Parr Jipp, Knapp Bozz, Ross Nokk und Jazz Corr. Er hatte nicht mal mitbekommen, von wem der Einwand gekommen war, aber an ihren Mienen erkannte er, daß sie alle verunsichert waren.

»Wir haben Pakk Raff abgehängt«, beschwor er sie. »Ich habe es euch schon einmal erklärt. Ihr müßt ihn vergessen, andernfalls wird er immer bei uns sein.«

»Pakk Raff wird niemals aufgeben. Insgeheim wissen wir das alle. Ihm wird kein Weg zu weit sein, sich an uns zu rächen.«

»Aber er wird sich nicht in diese Galaxis wagen. Muß ich euch daran erinnern, wie oft er die Fremden bei uns daheim angegriffen hat? In ihrer eigenen Heimat hat er ihnen mit seiner Handvoll Schiffe nichts entgegenzusetzen. Er wird nicht alles aufs Spiel setzen. Außerdem wird man uns helfen. Der Feind meines Feindes ist mein Freund, ihr kennt die alte Nomadenweisheit. Also werden die Menschen in uns Verbündete gegen Pakk Raff sehen.«

»Dein Wort in des allmächtigen Darrggs Gehör. Doch davon rede ich gar nicht. Es geht nicht um Pakk Raff«, erwiderte Parr Jipp, wobei er auf seine Meßanzeigen deutete. »Die Gefahr, von der ich rede, kommt aus einer ganz anderen Richtung.«

Sofort nach Austritt aus dem Wurmloch hatten Orter und Taster ihre Tätigkeit aufgenommen. Auch ohne daß Priff Dozz entsprechende Anweisungen gegeben hatte, war Jipp nicht untätig geblieben. Eine Selbstverständlichkeit bei einem Volk wie den Nomaden, das an Bord seiner Raumschiffe beheimatet war und Planeten lediglich als Stützpunktwelten oder Versorgungsetappen betrachtete.

»Fremde Schiffe? Funkverkehr?«

»Weder noch. Jedenfalls können wir keine Schiffe anmessen. Aber wenn sich wirklich welche in der Nähe aufhalten, können sie uns wahrscheinlich ebenfalls nicht anmessen. Der gesamte Raumsektor ist übersättigt von energetischen Anomalien. Um uns herum tobt das reinste Chaos.«

»Das bedeutet?«

»Anscheinend sind wir in einem Bereich dieser Galaxis herausgekommen, der instabil ist.«

Alarmiert zuckte der kleine Nomade zusammen.

Alles durfte passieren, nur das Schiff durfte niemals in Gefahr geraten. Sie waren auf sich alleingestellt, ohne die Möglichkeit, einen Hilferuf senden zu können. So wie es vermutlich für den Rest ihres Lebens sein würde. Priff Dozz spielte mit dem Gedanken, einen weiteren Wurmlochsprung durchzuführen, um sich möglichst rasch aus dem Gefahrenbereich zu bringen. Doch ein unbestimmtes Gefühl hielt ihn zurück.

»Besteht Gefahr für die FREIHEIT?«

»Schwer zu sagen. Ich erfasse starke gravitative Schwankungen, allerdings nicht in unmittelbarer Nähe. Wir sollten trotzdem auf Nummer Sicher gehen und von hier verschwinden.«

Der neue Kapitän hielt das für keine gute Idee. Schließlich stand nicht fest, über welche Ausdehnungen der gefährliche Bereich verfügte. Es war keineswegs gesagt, daß sie sich mit übereilter Flucht in ruhigeres Fahrwasser brachten. Mit einem Wurmlochdurchgang auf gut Glück mochten sie sogar geradewegs in eine noch schlimmere Zone geraten.

Priff Dozz zog es vor, sich selbst ein Bild von der Lage zu machen. Seine Besatzungsmitglieder waren im Gegensatz zu den meisten Nomaden zwar gebildete Leute. Doch bei keinem von ihnen handelte es sich um eine wissenschaftliche Koryphäe wie ihn selbst. Dozz war der Ansicht, daß nur das wirklich taugte, was man selbst machte. Nur dann konnte man hundertprozentig sicher sein.

Überrascht schnappte er nach Luft, als er ein paar hektische Messungen vornahm. Doch diesmal konnte er den Worten seines Offiziers Glauben schenken. Parr Jipp hatte sich keineswegs getäuscht. Allerdings fehlte ihm die notwendige Weitsicht, die Tragweite seiner Entdeckung zu begreifen. Er verstand offenbar nicht einmal ansatzweise, was in diesem Bereich des Weltalls vor sich ging.

Priff Dozz tat das auch noch nicht vollständig, aber eine düstere Vorahnung befiel ihn. Er konnte in den Zeichen, die ihm die Meßeinrichtungen lieferten, lesen wie in einem Buch. Irgendwo dort draußen geschah etwas, das nach kosmischen Maßstäben ganz und gar nicht normal war. Eine vordringliche Frage blieb allerdings. Nämlich die, ob die FREIHEIT davon wirklich bedroht wurde. Natürlich würde er darauf achten, daß sie nicht in unmittelbare Gefahr geriet, aber er war viel zu sehr Forscher, um die herrschenden Verhältnisse unverrichteterdinge hinter sich zu lassen. Außerdem bestand die Möglichkeit, daß sich, was auch immer in diesem Raumsektor geschah, über einen viel größeren Bereich erstreckte, als sie ahnen konnten. Priff Dozz war Wissenschaftler mit Leib und Seele. Allein von daher war es seine Pflicht, weitere Informationen zu sammeln, die sich später einmal als wertvoll erweisen mochten.

Er beschloß, in Warteposition zu gehen, um genauer untersuchen zu können, wo sie da hineingeraten waren.

*

Gereizt ging Dell Wudd in ihrem Quartier auf und ab. Für die Einrichtung hatte sie nur abschätzige Blicke übrig. Nichts davon sagte ihr zu. Es gab luxuriösere Quartiere an Bord dieses Schiffes, wie sie bei einem Rundgang festgestellt hatte, und sie sah es als Selbstverständlichkeit an, eines davon beziehen zu dürfen. Sie vermißte die Annehmlichkeiten, die sie an Bord der KRIEGSBRAUT genossen hatte. Als eine der drei Frauen des obersten Rudelführers hatte es ihr an nichts gemangelt, und Pakk Raffs Besatzungsmitglieder hatten ihr jeden Wunsch von den Augen abgelesen, so wie es ihr in ihrer Position zustand. Noch immer konnte sie nicht glauben, daß es ihr nicht länger vergönnt war, Raffs Gespielin zu sein. Daß es neben ihr zwei weitere Nomadinnen in seinem Leben gab, hatte sie nicht gestört. Bei den Nomaden war es üblich, daß die begehrtesten Männer mehrere Weibchen hatten. Wie die anderen hatte sie sich freiwillig hingegeben, denn Nomadenfrauen waren keine Sklavinnen, wie Dell Wudd es zuweilen bei anderen Völkern kennengelernt hatte.

Und wer sollte schon begehrter sein als der mächtige Pakk Raff.

Sie stieß ein zorniges Fauchen aus, als sie an diesen Schwächling dachte, der die Dreistigkeit besaß, sie für sich zu beanspruchen.

Priff Dozz!

Sie spuckte verächtlich aus.

Er war klein und schmächtig, und sie wußte, daß er niemals einen erfolgreichen Kampf gegen einen anderen Nomaden hinter sich gebracht hatte. Der mit seinen dürren Ärmchen und dem mickrigen Gebiß! An Bord der KRIEGSBRAUT war er das Gespött aller gewesen. Wie sollte sie Respekt vor ihm haben? Geschweige denn Gefallen an seinen Avancen finden? Er war ihrer nicht wert, denn er war kein echter Kerl. Kein Mann, der eine Frau ihrer Klasse für sich gewinnen konnte.

Und um ihre Klasse wußte Dell Wudd. Sie war die schönste unter all ihren Geschlechtsgenossinnen und deshalb auch stets Pakk Raffs bevorzugte Gefährtin gewesen.

Zu allem Überfluß hatte dieser Baddakk sich geweigert, ihr eines der begehrten Luxusquartiere zuzuweisen.

An Bord der FREIHEIT ist alles anders. Hier gelten deine Privilegien nicht mehr. An diesen Gedanken wirst du dich gewöhnen müssen.

Seine Worte klangen ihr noch immer wie Hohn in den Ohren. Wie eine Beleidigung, die ihm noch leid tun würde. So wie er eines Tages bereuen würde, überhaupt die Kühnheit zu ihrer Entführung besessen zu haben.

Sie blieb vor einem Spiegel stehen und betrachtete sich selbst. Sie war schlank und hochgewachsen. Zweifellos körperlich größer und durchtrainierter als jeder andere Nomade an Bord der FREIHEIT, gleichgültig ob es sich um Männer oder Frauen handelte. Also hatte sie auch von niemandem etwas zu befürchten, körperlich war sie ihnen allen überlegen. Eine starke Faszination ging von dieser Erkenntnis aus. Denn damit befand sich Dell Wudd in einer für eine Nomadin ungewohnten Machtposition, die es sicher nie zuvor gegeben hatte.

Die Vorstellung bereitete ihr Genugtuung.

Mit ihren langen, schlanken Läufen, dem flachen, sehnigen Bauch, ihren festen, prallen Brüsten und dem blitzenden Gebiß, mit dem es ihr keine Probleme bereitet hatte, Priff Dozz bei seinen lächerlichen Annäherungsversuchen zu verbeißen, vermochte sie jedem Nomaden den Kopf zu verdrehen.

Aber bei den erbärmlichen Gestalten an Bord sah sie keinen Grund, das zu versuchen. Natürlich hatte sie bemerkt, daß kein männliches Besatzungsmitglied ihr nicht mit hängender Zunge hinterherhechelte, wenn es sie zu Gesicht bekam. Kein Wunder bei deren Weibchen. Waren die doch allesamt klein, dick, häßlich oder alles zusammen. Wenn Dell Wudd gewollt hätte, dann hätte sie jeden einzelnen von ihnen haben können – doch allein bei dem Gedanken liefen Schauer über ihre schwarzglänzende Haut.

Trotzdem konnte sie einen Anflug von Respekt für Priff Dozz nicht leugnen, und der Gedanke verwirrte sie ein wenig. In der Vergangenheit war ihr mehrmals aufgefallen, wie er sie begehrlich betrachtet hatte, wenn er der Meinung gewesen war, daß es keinem auffiel. Doch da war er nicht der Einzige, und sie hatte Pakk Raff nie davon erzählt. Es war einfach nicht der Rede wert gewesen. Aber sie hätte diesem Winzling niemals zugetraut, sie zu entführen. Unter den Augen des Rudelführers, den er beinahe ebenso fürchtete wie den allmächtigen Darrgg. Nicht daß er damit Eindruck bei ihr gemacht hätte, denn letzten Endes hatte er das nur durch Verrat und Hinterlist geschafft.

Trotzdem war es eine imponierende Leistung, sich offen gegen Pakk Raff zu stellen. Der Schwächling mußte schließlich genau wissen, daß sein Leben von diesem Augenblick kein Muun-Stäubchen mehr wert war.

All diese Überlegungen halfen ihr in ihrer Lage aber nicht weiter. Sie war Gefangene an Bord dieses Schiffes, auch wenn Priff Dozz sich alle Mühe gab, ihr einen anderen Eindruck zu vermitteln und das vermutlich sogar ehrlich meinte. Aber ein ehrlicher und grundanständiger Nomade, das war ebenfalls keine Vorstellung, die dazu angetan war, ihre Gefühle zu erwärmen. Ein Mann mußte zeigen, daß er ein Mann war. So einfach war die Sache für sie, und das hatte kein Nomade jemals so gut verstanden wie Pakk Raff.

Dell Wudd verdrängte die müßigen Gedanken. Sie wollte weniger grübeln, sondern einen Weg finden, ihr Schicksal wieder zu ändern.

Es mußte ihr gelingen, Pakk Raff eine Botschaft zukommen zu lassen. Er mußte erfahren, wo sie war. Sobald er das wußte, würde er seine gesamte Flotte in Bewegung setzen, um sie zu befreien. Sie kannte ihn gut genug, und vor allem kannte sie sein unstillbares Verlangen nach ihr. Dann würde es nicht lange dauern, bis Priff Dozz bei seinen Vorfahren Einkehr hielt.

Doch so sehr sie sich auch den Kopf zerbrach, sie hatte keine Idee. Mit der Funkanlage wußte sie so wenig umzugehen wie mit sämtlichen anderen technischen Gerätschaften dieses Raumschiffs. Viele Nomadinnen kannten sich an Bord der Raumer so gut aus wie die Männer und hätten auch bei der Bedienung der Instrumente helfen können. Dell Wudd selbst hatte das jedoch nie nötig gehabt. Was sich im nachhinein als Versäumnis erwies. Vielleicht war das der Grund, weshalb Pakk Raffs ehemaliger Berater ihr Quartier nicht versiegelt hatte.

Sie konnte sich ungehindert an Bord der FREIHEIT bewegen. Anscheinend traute er ihr einen Sabotageakt nicht zu, und damit lag er natürlich nicht falsch. Sie knurrte angriffslustig, als sie daran dachte, daß dieser Wicht sie tatsächlich in der Hand hatte.

Ob er wirklich wagen würde, sie auf einem unbewohnten Planeten auszusetzen, wenn sie seinen Forderungen nicht nachkam? Sie hatte die Drohung nicht vergessen.

Er war klug, und das machte ihn gefährlich. Darin unterschieden er und Pakk Raff sich gewaltig. Pakk Raff war schlau, aber Priff Dozz war intelligent. Und damit um so schwerer zu durchschauen. Sie konnte gut verstehen, warum das System der Nomaden nicht von Klugheit regiert wurde. Klugheit machte alles kompliziert und undurchsichtig. Wer sollte damit schon klarkommen? Das System der Rangkämpfe hingegen bezog eindeutige Positionen und schuf klare, für jeden verständliche Verhältnisse.

Dell Wudd löste sich von ihrem Spiegelbild.

Auch wenn sie noch nicht wußte was – sie mußte etwas unternehmen.

*

»Dieses Weib verdreht unseren Männern den Kopf. Ross Nokk schaut mich kaum noch an«, wetterte Cadd Dall. »In Gedanken ist er nur noch bei ihr.«

»Mein Mann sabbert ebenfalls ständig herum und schwärmt von ihr. Er versucht das nicht mal vor mir zu verbergen.«

»Besonders dein Mann hat es auf sie abgesehen. Alle anderen Männer wissen das, aber wenn es um dieses Weib geht, vergessen sie sogar, daß sie Priff Dozz zu ihrem Kapitän und Anführer ernannt haben. Wenn wir nicht aufpassen, fangen unsere Männer an, sich an die Kehle zu gehen.«

»Das darf auf keinen Fall geschehen. Genau deswegen haben wir uns doch von unserer Heimat abgewandt. Ich habe Angst, daß hier an Bord bald genau die Verhältnisse eintreten, die wir angeblich hinter uns gelassen haben.«

Bidd Nobb machte eine zustimmende Kopfbewegung. Mit einem großen Teil der weiblichen Besatzung hatte sie sich in einen abgelegenen Konferenzraum zurückgezogen, nachdem sie ihre Leidensgenossinnen in aller Heimlichkeit nacheinander aufgesucht und über das bevorstehende Treffen informiert hatte. Ihre ursprüngliche Sorge, eine der Frauen könnte ihrem Mann davon erzählen, hatte sich als haltlos erwiesen. Denn sie alle fühlten sich durch die Anwesenheit von Pakk Raffs Favoritin an Bord der FREIHEIT gedemütigt. Bereitwillig waren sie Bidd Nobbs Einladung zu dem konspirativen Treffen gefolgt. Die kleine, dickliche und wirklich häßliche Nomadin war Priff Dozz' angetrautes Eheweib.

»Ich verstehe euch«, versicherte sie. »Schließlich geht es mir nicht anders. Das Verhalten meines Mannes macht mich verrückt, und ich bin nicht gewillt, es noch länger zu tolerieren. Deshalb müssen wir uns überlegen, was wir tun. Unsere Männer haben kein Recht, uns so zu behandeln.«

Hin und wieder warf sie einen verstohlenen Blick zur Tür. Zwar hatte sie keine Angst vor Entdeckung und möglichen Restriktionen. Schließlich propagierte Priff Dozz als Kommandant dieses Schiffes wie kein zweiter die neue Ordnung der Nomaden, in der jeder (und auch jede) Redefreiheit hatte. Doch es wäre ihr peinlich gewesen, bei der von ihr einberufenen Versammlung ertappt zu werden wie eine Diebin. Die Ergebnisse der Zusammenkunft der Frauen würde sie ihm höchstpersönlich überbringen. Wann und wo, das bestimmte sie. Hätte Priff Dozz sie zufällig entdeckt, wäre ihr damit etwas von ihrem Vorteil genommen worden. Unversehens hätte sie sich in der Defensive befunden, und dann hätten am Ende die anderen Frauen das Vertrauen in sie verloren.

»Das Problem würde gar nicht existieren, wenn nicht dein Mann

Dell Wudd mit an Bord genommen hätte.«

Bidd Nobb überhörte den Vorwurf nicht. Wie sollte sie auch, denn nie waren wahrere Worte gesprochen worden. Sie selbst hätte Priff Dozz deswegen ja am liebsten aus dem gemeinsamen Quartier verjagt, aber den Gefallen würde sie ihm nicht tun. Er würde das nur zum Anlaß nehmen, sich diesem Miststück endgültig an den Hals zu werfen.

Auf die Idee, daß Dell Wudd da ganz anders dachte, kam sie bei ihren Überlegungen überhaupt nicht.

»Ich weiß«, erwiderte sie deshalb. »Aber macht euch doch nichts vor. Jeder eurer Männer hätte genau so gehandelt wie Priff Dozz, wenn sich ihm die Möglichkeit geboten hätte. Nomaden sind nun mal so. Die Begehrtesten unter ihnen nehmen sich die Weibchen, die ihnen am besten gefallen.«

»Aber nur, wenn die sich freiwillig hingeben«, gab Cadd Dall zu bedenken. »Wir alle wissen aber, auf welche Weise Priff Dozz Dell Wudd an Bord der FREIHEIT gebracht hat. Gefesselt und geknebelt.«

»Außerdem ist dein Mann nicht der Begehrteste.«

Hier an Bord schon, wollte Bidd Nobb sagen. Schließlich war er der neue Anführer.

Sie verbiß sich die Antwort. Schließlich wollte sie sich mit den anderen Nomadinnen auf eine gemeinsame Strategie festlegen und keinen Streit vom Zaum brechen. Nur geeint vermochten sie die Männer umzustimmen, und sie war überzeugt, daß ihnen das gelingen konnte. Schließlich waren die es, die ständig von neuen Zeiten und einer neuen Denkungsart redeten.

»Darum geht es doch gar nicht. Sondern darum, daß dieses Luder versucht, die Männer um den Finger zu wickeln.«

»Glaubst du, sie macht das mit Absicht?«

»Sieh sie dir doch an. Die ist gerissener als wir glauben. Ich bin überzeugt, sie spinnt ihre geheimen Pläne.«

»Was denn für Pläne?«

»Ich weiß es nicht.« Bidd Nobb gab sich Mühe, sich ihre Beunruhigung nicht anmerken zu lassen. »Aber wir dürfen nie vergessen, daß sie eine lange Zeit an der Seite dieses Großmauls Pakk Raff zugebracht hat. So etwas färbt ab. Außerdem muß sie von Natur aus durchtrieben sein, sonst hätte sie ihn gar nicht ertragen können.«

Ringsum registrierte sie Zustimmung.

»Was willst du tun?« fragte Cadd Dall. »Du hast doch einen Plan?«

»Ich werde mit Priff Dozz reden. Ich wollte nur sicher sein, daß ihr mich unterstützt. Denn allein kann ich unsere Forderungen nicht durchsetzen. Aber wenn die Männer merken, daß wir alle an einem Strang ziehen, werden sie sich gut überlegen, was sie tun.«

»Aber nur Priff Dozz kann eine Entscheidung treffen, was zu tun ist. Die anderen Männer haben ihn als Anführer auserkoren. Also werden sie auch auf ihn hören, wenn es um Dell Wudd geht.«

Bidd Nobb machte eine zustimmende Kopfbewegung.

»Das laßt nur meine Sorge sein. Ich werde es sein, die Priff Dozz unsere Wünsche überbringt. Also hört zu, ich habe mir folgendes überlegt.«

Ihre Ideen stießen auf allgemeine Begeisterung.

*

Während Dell Wudd ziellos durch das Schiff streifte, begann ein Plan in ihr zu reifen.

Wenn ihr einer der Männer aus Priff Dozz' Gefolgschaft begegnete, geschah jedes Mal das gleiche. Fasziniert starrte er sie an, unfähig, den Sabber in seinem Schlund zu behalten. Dell Wudd hatte sich also nicht geirrt, was ihre Ausstrahlung auf die Besatzung der FREIHEIT anging. Jeder Mann an Bord hechelte ihr hinterher, sobald er sie zu sehen bekam. Zunächst hatte sie nicht einen Gedanken daran verschwendet. Diese mickrigen Gestalten waren nicht mal wert, daß sie erkennen ließ, die Blicke überhaupt wahrgenommen zu haben.

Ein paar waren sogar so dreist, sie anzusprechen. Sie antwortete ihnen nicht und zeigte ihnen das Gebiß, wenn sie allzu aufdringlich wurden. Sie fragte sich, was deren Frauen wohl denken mochten angesichts dieser Anmachjagd, die auf Dell Wudd veranstaltet wurde. Möglicherweise waren sie eifersüchtig.

Dell Wudd lachte amüsiert, während sie durch einen einsamen Verbindungsschacht lief.

Zu Eifersucht gab es nun wirklich keinen Grund.

Denn sie zeigte jedem der schwächlichen Nomaden, was sie von ihm hielt.

Jedenfalls hatte sie das bisher getan, aber vielleicht sollte sie ihre Taktik ändern. Sie mußte nur jemanden finden, der direkten Umgang mit Priff Dozz hatte.

Aber das stellte sie sich nicht besonders schwierig vor. Sie schätzte, daß höchstens ein paar Dutzend Nomaden dessen Gefolgschaft bildeten. Es war anders als an Bord von Pakk Raffs KRIEGSBRAUT. Auf der FREIHEIT hatte jeder mit jedem zu tun. Ohnehin wunderte sie sich, daß sich dieses große Raumschiff von so wenigen Nomaden steuern und betreiben ließ. Pakk Raffs Mannschaft war viel größer. Aber wahrscheinlich brauchte dieses neue technische Meisterwerk nicht mehr so viele Besatzungsmitglieder zur Bedienung. Der kluge Priff Dozz verfügte zweifellos über so viel Weitsicht, daß er den Prototypen nicht gestohlen hätte, wenn er nicht der festen Gewißheit gewesen wäre, ihn mit seiner vergleichsweise kleinen Schar von Anhängern mühelos unter Kontrolle behalten zu können.

Ein Beweis, daß das wirklich ein tolles Schiff war.

Und ein weiterer Grund, daß es in die Hände von Pakk Raff gehörte und von sonst niemandem.

Dell Wudd passierte eine Reihe von Türen. Neugierig blieb sie vor einer stehen und fragte sich, was sich dahinter befinden mochte. Der Öffnungsmechanismus war betriebsbereit, also zögerte sie nicht. Sollte sie in Schwierigkeiten geraten, wäre es ihr ein Leichtes, einen eventuell Anwesenden um den Finger zu wikkeln oder wegzubeißen.

Doch ihre Überlegung war die Mühe nicht wert. Hinter der Tür befand sich eine schmucklose Kabine bar jeglicher persönlicher Dinge. Sie war also nicht bewohnt. Offenbar hatte es Dell Wudd in einen Bereich verschlagen, der gänzlich unbewohnt war. Es mußte viel mehr Unterkünfte an Bord geben als Nomaden, die sie bewohnen konnten. Mit abschätzigen Blicken taxierte sie das Quartier, aber es war so armselig wie ihr eigenes.

Danach versuchte sie es noch bei ein paar anderen, doch der Erfolg war überall der gleiche. Verwaiste Unterkünfte, die nicht ihrem gewohnten Standard entsprachen. Da konnte sie auch in der Kabine bleiben, die Priff Dozz ihr zugewiesen hatte.

Sie wollte schon aufgeben und ihren Erkundungsgang fortsetzen, als sich Schritte näherten.

Dell Wudd fuhr herum und wäre beinahe gegen einen Nomaden geprallt. Sie hatte den Eindruck, ihn bereits zuvor gesehen zu haben. War das nicht im direkten Gefolge von Priff Dozz gewesen?

Der Nomade war wie angewurzelt stehengeblieben und starrte sie begierig an. Genau wie alle anderen. Er machte nicht den Versuch, seine Gier zu verbergen. Sein Verlangen stand ihm geradezu auf die schwarzglänzende Stirn geschrieben.

Nachdenklich musterte sie ihn. Ob er der geeignete Kandidat für ihren Plan war?

»Wer bist du?« fragte sie und lächelte ihn vielsagend an.

»Knapp... Knapp Bozz«, stammelte er. »Und du bist die schöne Dell Wudd, von der alle reden. Endlich bekomme ich dich einmal persönlich zu sehen. Die anderen haben nicht übertrieben.«

»Die anderen sind Schwätzer«, erwiderte sie, sich sorgfältig ihre Worte zurechtlegend. »Ich gebe nichts auf Gerede. Aber ich freue mich über ein Kompliment von einem netten Kerl wie dir.«

»Einem... netten Kerl?« wiederholte er zögernd. Anscheinend traute er dem Braten nicht recht. Sicher hatten ihm seine Freunde auch gesagt, wie spröde und unnahbar sie sich ihnen gegenüber verhalten hatte. Trotzdem war er viel zu sehr ein Mann, um ihren

Reizen trotz aller Vorsicht widerstehen zu können.

»Du gehörst zu Priff Dozz?«

Ihr Gegenüber zögerte. Sie konnte sehen, wie es in ihm arbeitete. Auch er überlegte sich seine nächsten Worte scheinbar sehr genau. Schließlich straffte er seine klägliche Gestalt und richtete sich zu seiner vollen Größe auf, womit er ihr immer noch eben so bis zum Kinn reichte.

»Ich bin einer seiner Brückenoffiziere.«

»Dann bist du wohl gerade auf dem Weg zur Brücke?«

»Ich... nun ja, eigentlich nicht.«

»Das kann ich verstehen. Solch ein stattlicher Bursche wie du sollte auch nicht unter dem Kommando eines armseligen Emporkömmlings stehen.« Sie rückte so nah an ihn heran, daß ihre Körper sich berührten.

Knapp Bozz Augen wurden immer größer, sein heißer, feuchter Atem ging schneller. Sie konnte seine körperliche Erregung spüren und heizte ihn weiter an.

Ein Brückenoffizier! Das war genau der Mann, den sie brauchte, um ihr Ziel zu erreichen.

Priff Dozz' luxuriöse Unterkunft.

Mit einer schnellen Bewegung stieß sie ihre Schnauze gegen seine. Knapp Bozz griff nach ihr, aber da hatte sie sich bereits wieder losgemacht. Mit ausgestreckten Armen hielt sie ihn auf Distanz und streichelte gleichzeitig über seine Brust.

»Übernimm das Kommando über dieses Schiff«, flötete sie verführerisch. »Fordere Priff Dozz zum Zweikampf heraus.«

»Aber das kann ich nicht. Wir haben beschlossen, nicht mehr auf diese Weise zu leben. Wir sind jetzt anders als in der Heimat«, sträubte er sich, doch sie merkte, wie sein Widerstand erlahmte.

»Doch, du kannst das. Nach guter alter Nomadensitte ist es dein Recht. Priff Dozz kann dir das nicht verwehren. Wenn du erst an der Macht bist, wirst du mir seine Unterkunft zuteilen.«

Knapp Bozz nahm all seinen Mut zusammen. »Wollen wir uns nicht lieber in mein Quartier zurückziehen?«

Dell Wudd erkannte, daß er nahe dran war, vor Begehrlichkeit die Kontrolle über sich zu verlieren. Nun hatte sie ihn in der Hand. Laszív strich sie mit ihren kräftigen Fingern seine Brust hinab und noch etwas tiefer.

»Ich werde dich in meiner eigenen Unterkunft empfangen und dich belohnen. In der Unterkunft, die jetzt noch Priff Dozz gehört. Keine Frau hier an Bord kann, was ich kann. Ich werde dir Wonnen bereiten, von denen du nie auch nur zu träumen wagtest.«

Fauchend versuchte er sie zu erreichen, aber sie hielt ihn spielerisch auf Distanz. Der Körpergeruch, den er ausstieß, sprach für sich. Er würde alles tun, was sie verlangte, nur um sie einmal zu besitzen.

Er machte eine zustimmende Geste.

»Dann geh! Jetzt gleich!« trieb sie ihn an.

Wie im Rausch wankte Knapp Bozz davon.

*

Priff Dozz lachte heiser auf, dabei war er keineswegs erheitert.

»Gleichberechtigung? Gleiche Rechte für Frauen wie für Männer? Wie stellst du dir das vor? Das wäre gegen die Natur!«

Seine Stimme drohte sich vor Empörung zu überschlagen. Wie konnte seine eigene Frau wagen, ihn so bloßzustellen? Wie konnte sie wagen, im Gefolge aller anderen Frauen in die Schiffszentrale einzudringen und ihn vor seinen Leuten mit dieser unerhörten Forderung zu konfrontieren?

Wieder lachte er, um sich keine Blöße zu geben. Dabei war ihm die Sache peinlich genug, aber es blieb ihm nichts anderes übrig, als so zu tun, als würde sie ihn lediglich amüsieren.

Doch dafür würde er Bidd Nobb noch in ihre Schranken weisen. Die indessen dachte nicht daran, den Mund zu halten. Seine Ablehnung ließ sie ihre Forderungen nur noch energischer vortragen.

»Nicht nur ich, alle Frauen an Bord haben sich von der neuen Gesellschaftsordnung mehr versprochen. Mehr Freiheiten auch für uns Frauen. Die gleichen Rechte wie für die Männer«, verteidigte sie beharrlich ihren Standpunkt. »Du kannst uns das nicht länger verwehren, schließlich hast du die neue Ordnung selbst propagiert.«

Aus den Augenwinkeln ließ Priff Dozz seine Blicke über die Weibchen gleiten. Allein die Tatsache, daß sie unaufgefordert hier eingefallen waren, war ungeheuerlich. Damit stellten sie seine Autorität als Anführer in Frage. Als legitim gewählter Anführer wohlgemerkt. Am liebsten hätte er sie allesamt von der Brücke geworfen, aber ihm war klar, daß er damit ein schlechtes Licht auf sich werfen würde. Wenn er eine Diskussion von vornherein unterdrückte, war er nicht besser als Pakk Raff. Ihm blieb also überhaupt keine Alternative, als sich ihren Forderungen zu stellen.

»Was verlangt ihr eigentlich genau?« fragte er lauernd.

»Die Abschaffung der Mehrehe!«

Priff Dozz starrte Bidd Nobb verblüfft an. Die Frauen johlten zustimmend. Die verärgerten Zwischenrufe seiner Anhänger entgingen ihm ebenfalls nicht. Sie blieben nur leise, weil es *seine* Aufgabe war, sich diesem Problem zu stellen. Bidd Nobbs Anhängerschaft hingegen machte nicht den Eindruck, einem Streit aus dem Weg gehen zu wollen. Er mußte achtgeben, daß ihm die Situation nicht aus der Hand glitt.

»Aber wie stellst du dir das vor? Es gibt hier an Bord eine Reihe von Mehrehen, die können wir doch nicht kurzerhand annullieren.«

»Um die geht es auch gar nicht. Sie sollen bestehenbleiben. Wir wollen nur deine Zusage, daß keine weiteren geschlossen werden.«

»Aber wieso? Ihr seid doch nie schlecht damit gefahren. Das System hat sich stets als praktikabel und erfolgreich erwiesen.«

»Für euch Männer bestimmt«, zeterte Bidd Nobb. »Nicht aber für uns. Denn immer sind nur wir es, die teilen müssen. Wir sehen das nicht länger ein. Stell dir vor, eine von uns würde sich mehrere Männer nehmen.«

Das Argument saß, wie er sich eingestehen mußte.

»Das ist... etwas anderes«, druckste Priff Dozz hilflos. Er suchte verzweifelt nach einem schlagenden Gegenargument, aber es wollte ihm partout keines einfallen. So kam er nicht weiter, aber er dachte gar nicht daran, sich einen derartigen Beschluß von den Weibchen vorschreiben zu lassen. Pakk Raff hätte sie im luftleeren Raum kielholen lassen, wenn sie den Gedanken auch nur formuliert hätten.

Aber er war nicht Pakk Raff!

Trotzdem! Es gab Grenzen seines guten Willens.

»Wir werden sehen«, lenkte er notgedrungen ein. Das schaffte ihm zumindest eine Galgenfrist. Aber das Problem würde sich möglicherweise ohnehin von allein erledigen. Die meisten der Nomaden, die ihn begleiteten, besaßen wie er selbst nur eine Ehefrau. Männer mit zwei oder drei Frauen waren nicht mal eine Handvoll dabei, und alleinstehende Nomadinnen hatten die Revolutionäre sowieso nicht begleitet. Woher also sollten potentielle Weibchen für künftige Mehrehen kommen? Und es würden auch nicht mehr so viele Männer bei Rangordnungskämpfen sterben – gar keine mehr, wenn er Erfolg hatte. Das würde den üblichen Frauenüberschuß bei den Nomaden beseitigen.

Aber da war noch Dell Wudd.

Die unvergleichliche Dell Wudd!

Und die hatte er für sich auserkoren, gleichgültig, was Bidd Nobb dazu zu sagen hatte.

»Außerdem verlangen wir, daß dieses Weibsstück Dell Wudd aufhört, unseren Männern den Kopf zu verdrehen«, forderte Bidd Nobb, als hätte sie seine Gedanken gelesen. Es fiel ihm nicht schwer zu erkennen, daß ihre Worte zwar für alle Männer galten, aber auch ganz speziell an ihn gerichtet waren. »Sie soll sich fügen, oder sie wird die FREIHEIT verlassen.«

»Willst du das entscheiden?«

»Wir Frauen haben das bereits getan, und wir sind uns einig.« Sie deutete anklagend in die Runde. »Jeder von euch winselt ihr doch hinterher. Das ist entwürdigend.«

»Nein, das ist gutes altes Nomadenrecht«, verteidigte Ross Nokk die Sichtweise der Männer. »Kein Weib hat jemals gewagt, das zu kritisieren!«

»Dann wird es Zeit, daß es endlich jemand tut!«

Priff Dozz beobachtete die zunehmende Aggressivität mit gemischten Gefühlen. So hatte er sich das alles nicht vorgestellt. Er mußte einschreiten, bevor die Auseinandersetzung eskalierte.

Doch er wurde von einer anderen Seite von dem Problem befreit.

Unversehens öffnete sich der Zugang zur Kommandozentrale.

Knapp Bozz stand im Durchgang und starrte ihn aus glühenden Augen an. Priff Dozz hatte den Eindruck, daß er der Welt entrückt war.

»Was willst du?«

Knapp Bozz antwortete nicht. Er stand nur da und zitterte vor Anspannung. Priff Dozz fühlte sich unwillkürlich an einen Drogensüchtigen in einer der Freizonen erinnert. Die strenge und weitgehend asketische Lebensweise der Nomaden ließ aber keinen Drogenkonsum zu, dazu kannte er Knapp Bozz auch schon zu lange.

»Ist alles in Ordnung?«

Inzwischen hatten sich alle, die auf der Brücke versammelt waren, zum Eingang gewandt. Endlich kam wieder Bewegung in Knapp Bozz. Er trat in die versammelte Runde und schaute sich langsam um. Dann legte er den Kopf in den Nacken und strich sich die Ohren glatt.

»Ich komme, um dich nach alter Sitte herauszufordern, um unsere Führerschaft zu kämpfen.«

Er fletschte die Zähne und stieß angriffslustig nach Priff Dozz.

Der wollte es nicht glauben.

Eine Herausforderung?

Dozz verzog das Gesicht zu einer Grimasse. Ohne sich dagegen wehren zu können, spürte er Zorn in sich aufwallen. Erst die

Weibchen und nun das! Er verstand die Welt nicht mehr. Bereits beim Ausfall seines Gehirnwellenmanipulators, mit dem er Pakk Raff geknechtet hatte, und der anschließenden abenteuerlichen Flucht von der KRIEGSBRAUT und von Chidar hatte er den Eindruck gehabt, daß sich alles gegen ihn verschworen hatte. Auch wenn danach vorübergehend alles ins rechte Lot geraten war, schien sich seine Pechsträhne jetzt fortzusetzen. Knurrend ballte er die Hände zu Fäusten. Er war nahe dran, sich gehen zu lassen, aber wenn er das tat, trat er seine eigenen Ideale mit Füßen.

»Kannst du mir bitte erklären, was das bedeuten soll?«

»Ich glaube nicht, daß meine Forderung so schwer zu verstehen ist. Außer dir scheinen sie jedenfalls alle begriffen zu haben. Es handelt sich um eine Herausforderung. Mann gegen Mann. Ich will unser Anführer werden und Befehlshaber über unser Schiff.«

»Aber ihr habt mich gewählt. Freiwillig! Freiwillig, wie ihr es nie zuvor getan habt. Auch du hast für mich gestimmt. Was ist geschehen, daß du dich auf einmal so benimmst?«

»Nichts ist geschehen«, wiegelte Knapp Bozz mit unsicherer Stimme ab, aber Priff Dozz spürte instinktiv, daß das nicht die Wahrheit war. Es mußte etwas passiert sein, was diesen plötzlichen Meinungsumschwung herbeigeführt hatte. »Ich habe nur nachgedacht.«

»Nein!« zischte Priff Dozz verärgert. »Das hast du anscheinend nicht getan, denn dann würdest du nicht einen solchen Unsinn reden! Waren wir nicht alle einig, daß es keine Rangkämpfe mehr gibt?«

Anstelle einer Antwort stieß Knapp Bozz ihm beide Fäuste gegen die Brust. »Du sollst nicht reden, sondern kämpfen! Wenn du zu feige bist, fällt mir die Führerschaft kampflos zu.«

Priff Dozz erinnerte sich daran, daß er nie zuvor einen Zweikampf gekämpft hatte. Doch diesmal hatte er keine Angst davor. Seine Anhänger waren weder größer noch stärker als er selbst. Besonders Knapp Bozz wirkte kaum abschreckend auf ihn.

Er spürte, wie ihn eine innere Hitzewelle durchströmte. Zornig fauchte er in Bidd Nobbs Richtung, die sich rasch in Sicherheit brachte. Knapp Bozz, dieser Narr! Er machte alles zunichte, was Dozz über einen so langen Zeitraum geplant und vorbereitet hatte.

Alte Nomadenrituale! Priff Dozz spuckte darauf. Die ganze Aktion hatte er nur durchgeführt, um endlich davon loszukommen und fürderhin nur noch nach den Regeln der Vernunft und der Demokratie zu leben. Seine Wut nahm gefährliche Ausmaße an, und er registrierte die steigende Aggressionsbereitschaft bei sich selbst. Sein Herz raste, sein Puls donnerte. Adrenalin wurde in ungekannten Mengen in seinem Körper ausgeschüttet.

Trotz aller guten Vorsätze – Priff Dozz war ein Nomade, der nicht gegen seine tiefverwurzelten Instinkte ankommen konnte. Das archaische Erbe seiner Vorfahren wallte in seinem Blut, ohne daß es sich unterdrücken ließ.

Schneller als Knapp Bozz oder ein anderer Nomade reagieren konnte, warf er sich nach vorn. Seine Wut und die aufgestauten Frustrationen entluden sich in einem kehligen Grollen, als er sich auf seinen Herausforderer stürzte und ihn, bevor der überhaupt wußte, wie ihm geschah, zu Boden riß.

Unterbewußt registrierte Priff Dozz die entsetzten Schreie um sich herum. Auch vereinzelte Anfeuerungen waren dabei; auch seine Anhänger konnten ihre Identität nicht leugnen. Ineinander verkeilt rollten die beiden Nomaden über den Boden. Mit gefletschten Zähnen begegneten sich ihre Blicke, und Dozz erkannte die Furcht in den Augen des anderen. Doch da war noch etwas. Ein lauernder Impuls, ein hintergründiges Glühen. Der typische Blick eines Nomaden, dessen animalischer Trieb nach etwas gierte. Lag Knapp Bozz so sehr an der Führungsrolle?

Er würde sie nicht bekommen!

Nur über Priff Dozz' Leiche!

Mit einem Ruck riß er seinen Gegner zu sich heran und schnappte nach ihm. Ohne sich dessen überhaupt bewußt zu sein, hatte er dessen Kehle anvisiert. Doch Knapp Bozz lag auf dem Bauch, und so trieb Priff Dozz ihm die Zähne in den speckigen

Nacken seines Herausforderers. Er spürte den metallischen Geschmack von Blut im Mund und fuhr sich mit der Zunge über die Schnauze. Diesen Geschmack hatte er noch nie wahrgenommen, denn es war das erste Mal, daß er einen anderen Nomaden gebissen hatte.

Der Geschmack setzte Endorphine in ihm frei.

Täuschte er sich, oder war da der Anflug eines triumphalen Glücksgefühls in ihm?

Knapp Bozz jaulte erbärmlich auf, was Dozz wieder zur Besinnung brachte. Das irre, rote Leuchten vor seinen Augen verschwand. Er konnte wieder klarsehen. Was hatte er getan? Er hatte sich gehenlassen und genau das praktiziert, wogegen er wie kein anderer angekämpft hatte. Er ließ seinen Widersacher los und rappelte sich auf. Seine Anhänger und die Frauen wichen vor ihm zurück.

»Alles in Ordnung« wisperte Priff Dozz. »Alles in Ordnung. Macht euch keine Sorgen.«

Auch Knapp Bozz richtete sich vorsichtig auf. Der Glanz war aus seinen Augen verschwunden. Er wirkte verdattert und eingeschüchtert zugleich. Mit fahrigen Fingern tastete er nach der Wunde in seinem Nacken und wischte sich das Blut weg. Es war nicht viel, weil Priff Dozz' nur schwach entwickeltes Gebiß keine großen Wunden reißen konnte.

Darrgg sei Dank!

In seiner Verblendung hätte er seinen Widersacher andernfalls vielleicht getötet. Eine Vorstellung, die er sich nur schwer erklären konnte.

»Warum?« fragte er nur.

Wie ein Häufchen Elend stand Knapp Bozz im Kreis der Versammelten, der sich nun wieder enger zog. Er senkte den Kopf und schwieg betreten.

»Ich will wissen, warum!« herrschte sein Anführer ihn an, der merkte, wie sein Zorn schon wieder zunahm. »Was ist nur in dich gefahren, daß du unsere Ideale verraten und mich gezwungen hast, dasselbe zu tun?«

»Dell Wudd«, erwiderte Bozz kleinlaut, der nicht länger wie ein Mann wirkte, der ein Ziel verfolgte, sondern allenfalls feige und jämmerlich.

»Was?«

»Sie wollte, daß ich dich herausfordere. Ich wollte doch nie kämpfen, das weißt du. Sie ist schuld, sie hat mir einfach den Kopf verdreht. Es verlangt sie nach deinem komfortablen Quartier. Sie versprach mir...«

Abrupt brachen seine Worte ab. Priff Dozz schaute ihn aus großen Augen an. Dell Wudd! Diese falsche Schlange! Nur zu gut konnte er sich vorstellen, was sie Knapp Bozz versprochen hatte. Aber konnte er ihr böse sein? Eigentlich trug er die Schuld, schließlich war es nicht die feine Art, wie er sie behandelt hatte. Jede andere mochte er so behandeln, aber doch nicht ausgerechnet sie. Beim Gedanken an sie drohte sich sein Verstand zu überschlagen.

»Dieses falsche Weibsstück!« schrie Bidd Nobb. »Ich habe es gewußt. So geht das nicht weiter. Du mußt etwas gegen sie unternehmen, sonst wird sie unser aller Untergang sein.«

Priff Dozz ignorierte ihre Worte. Er bekam nicht einmal richtig mit, wie sie ihre Anhängerinnen um sich scharte und zeternd die Brücke verließ. Er konnte das Geschehene nicht so einfach durchgehen lassen, doch was sollte er tun? Denn vor allem konnte er Dell Wudd nicht böse sein. Nicht der schönen Dell Wudd, die er so sehr begehrte. Wenn er es sich recht überlegte, gereichte ihm sogar zum Vorteil, was vorgefallen war. Wenn sie Knapp Bozz zu seinem Angriff animiert hatte, stand sie jetzt in Priff Dozz' Schuld und mußte sich ihm verpflichtet fühlen, wollte sie nicht, daß er Restriktionen gegen sie ergriff.

Er beschloß, sie aufzusuchen, um ihr das klarzumachen.

Augenblicke später hatte er seine Absicht vergessen.

Ohrenbetäubender Alarm gellte durchs Schiff.

Die FREIHEIT machte einen bockigen Sprung, als sie ohne

Vorwarnung unter Feuer genommen wurde. Zum Glück war der Schutzschirm aktiviert.

»Die KRIEGSBRAUT!« gellte Jazz Corrs Stimme durch das akustische Chaos. »Sie ist eben aus einem Wurmloch aufgetaucht!«

»Pakk Raff!«

Da war er, ihr aller Alptraum. Er hatte sie gefunden.

Priff Dozz konnte nicht mehr denken. Er reagierte wie eine Maschine.

Mit einer weit ausholenden Bewegung ließ er seine Hand auf eine Konsole krachen. Nur so hatten sie noch eine Chance, Pakk Raff zu entkommen.

Nottransition!

Ohne die geringste Ahnung, wohin es sie diesmal verschlagen würde.

14.

»Verflucht, verdammt und halleluja!«

Wütend schlug Colonel Clark mit der Faust auf den Schreibtisch des GSO-Chefs. Es tat ihm gut, sich einmal kräftig Luft zu machen. Meistens fraß er seine Probleme in sich hinein.

Nicht einmal des Colonels engste Vertraute wußten, wie es in ihm aussah. Seit der knapp fünfzigjährige P. S. Clark im Kampf gegen die Grakos zweimal hintereinander schwere Verluste in seinem Verband hatte hinnehmen müssen, kämpfte er mit Alpträumen und Depressionen. Es gelang ihm perfekt, nach außen hin Autorität und Souveränität auszustrahlen – sich selbst aber konnte er nicht täuschen.

Colonel Clark war ein mehrfach ausgezeichneter Held und weltweit einer von sechzehn Trägern der rubinroten Tapferkeitsmedaille. Die schwere Bürde, welche als militärischer Vorgesetzter auf ihm lastete, teilte er sich nicht mit fünfzehn anderen – die mußte er ganz allein tragen.

Und immer und immer wieder setzte ihm das Schicksal noch einen obendrauf...

»Meine EUROPA wird von einem durchgeknallten Abenteurer als Treibstoff verheizt?« fragte er den Leiter der Galaktischen Sicherheitsorganisation aufgebracht. »Als ob es nicht schon schlimm genug wäre, daß man mir mein Raumschiff quasi unter dem Hintern weggeklaut...«

»Ob John Brown – oder wie auch immer er sich jetzt nennt – Ihren To-Raumer zum Antrieb für sein eigenes Ringschiff verwendet, steht nicht zweifelsfrei fest«, unterbrach ihn Bernd Eylers, der einunddreißigjährige GSO-Chef. »Allerdings ist die Wahrscheinlichkeit, daß Sie die EUROPA unversehrt zurückbekommen, nicht sehr hoch. Browns Ringraumer ist offenbar so leistungsfähig wie die POINT OF, und falls er mehrere davon besitzt, braucht er dringend Tofirit als Energiequelle.«

»Mehrere?« regte sich der Colonel auf. »Eben noch war die Rede von einem Glücksritter, der per Zufall einen Ringraumer entdeckt und für sich behalten hat, anstatt ihn der Regierung zu übergeben.«

»Ich sprach von mindestens einem Ringraumer«, stellte Eylers richtig, »und von eventuellen weiteren unentdeckten Hinterlassenschaften der Mysterious. Brown verfügt über M-Wissen, das er sich vermutlich über Mentcaps besorgt hat. Auch sonst scheint er ein Mensch mit außergewöhnlichen Fähigkeiten zu sein.«

»Vielleicht ist er überhaupt kein Mensch«, warf Clark ein, der sich allmählich beruhigte. »Ebensogut könnte er Angehöriger eines Volkes sein, das äußerlich den Menschen ähnlich ist – so wie die Tel.«

Eylers, der manchmal etwas unbeholfen wirkte, fuhr sich mit seiner linken Unterarmprothese durchs Haar. »Meine Leute und ich ermitteln in alle nur erdenklichen Richtungen, doch bevor wir Brown nicht gefaßt haben, sind wir weitgehend auf Vermutungen angewiesen. Zwar gehe ich davon aus, daß Sie die EUROPA niemals wiedersehen, aber ganz und gar würde ich sie noch nicht abschreiben, Colonel. Auch heutzutage geschehen manchmal Zeichen und Wunder.«

P. S. Clark und seine Mannschaft waren in einem »Wegwerfraumer« von Hope zur Erde zurückgekehrt. Der Sicherheitschef hatte ihn sofort zu sich gebeten. Nachdem ihm Clark die Umstände des Verlustes seines Raumschiffs ausführlich geschildert hatte, war Eylers auf den geheimnisvollen John Brown/Jim Smith zu sprechen gekommen, der M-Verfahren zu Spionagezwecken gegen die Erde eingesetzt hatte und seither die Nummer eins auf der GSO-Fahndungsliste war – noch vor Scholf. Der GSO-Chef hatte kaum Zweifel daran, daß Brown oder Smith oder wie immer er auch wirklich heißen mochte für den dreisten Diebstahl der EUROPA verantwortlich war.

»Höchste Zeit, daß der Kerl gefaßt wird«, grummelte Clark. »Was bezweckt er eigentlich mit seinem seltsamen Verhalten?

Welche Ziele verfolgt er?«

Eylers hob die Schultern. Damit war für ihn alles gesagt.

Der Colonel war insgeheim froh, daß man es mit einem derart starken, undurchschaubaren Gegner zu tun hatte, der sogar die GSO an der Nase herumführte. Hätte er sein Schiff an einen schwächeren Kontrahenten verloren, wäre er unweigerlich wieder depressiv geworden. So aber konnte er der nachfolgenden Unterredung mit Marschall Bulton weitaus gelassener ins Auge blicken.

*

Ted Bulton (eigentlich hieß er Theodore – aber so redeten ihn nicht einmal seine ärgsten Feinde an), Marschall der terranischen Raumstreitkräfte, war von untersetzter, massiger Gestalt. Solange man sich nicht mit ihm anlegte, kam man prima mit ihm aus.

Colonel Clark erwartete von seinem Vorgesetzten eine gesalzene Standpauke wegen des gestohlenen To-Raumers. Aber der Marschall zeigte sich überraschend gnädig und rüffelte ihn nicht. Wozu sich aufregen über Dinge, die sowieso nicht mehr zu ändern waren? Einen Orden verlieh er Clark für seine »Glanzleistung« allerdings auch nicht.

»Wie sich mittlerweile unter den Flottenoffizieren herumgesprochen haben dürfte, hat der Commander der Planeten bei Wallis Industries den Bau von zehn 400-Meter-Ikos in Auftrag gegeben«, sagte Bulton, der wie Buddha hinter seinem Schreibtisch thronte, dem wohl größten Schreibtisch im gesamten Bürohochhaus. »Das erste dieser ultrastarken Kampfschiffe soll in etwas mehr als zehn Monaten in Dienst gestellt werden – im April 2059. Halten Sie sich für die Übernahme bereit, Colonel.«

»Ich?« entfuhr es Clark überrascht.

»Sie – und Ihre komplette Mannschaft. Ich wüßte keinen besseren Kommandeur für die SAM DHARK.«

»SAM DHARK? Der Kampfraumer wurde nach Dharks Vater benannt?«

Der Marschall nickte. »Auch die neun anderen Schiffe werden Namen von berühmten Toten aus der Raumfahrt erhalten. Die Hauptbewaffnung Ihres neuen Kampfraumers besteht aus zwölf von Saams Wuchtkanonen mit dem gewaltigen Kaliber fünf Zentimeter«, sagte der Marschall, der jetzt eine Zigarre in der Hand hielt und auf seiner umfangreichen Tischplatte mit suchendem Blick nach dem Zigarrenabschneider fahndete.

Clark pfiff durch die Zähne. »Damit könnte ein einzelnes Schiff eine ganze Armee in Schach halten.«

Er erinnerte sich noch gut an den Jungfernflug der IKO 1, dem er als inoffizieller militärischer Beobachter hatte beiwohnen sollen. Wallis hatte ihm jedoch das Kommando über das Schiff aufgenötigt – eine kluge Entscheidung, wie sich später herausstellte, als der Ikosaeder von Grakos angegriffen wurde. Seinerzeit hatte sich der Prototyp der Wuchtkanone im Kampf voll bewährt – und das, obwohl die Geschosse dieser Waffe nur ein Kaliber von einem Zentimeter aufwiesen. Tofiritkugeln von 5 cm Durchmesser hatten ein Gewicht von rund 12,6 Tonnen. Schon die nur rund 125 Kilo schweren Geschosse der Versuchswaffe konnten Schattenschiffe in die Flucht treiben. Die Wirkung eines lichtschnellen Massivgeschosses, das 12,6 Tonnen auf einen kugelförmigen Raum von nur 5 cm Durchmesser konzentrierte, war schlichtweg kaum vorstellbar.

Als Colonel P. S. Clark wenig später das Büro des Marschalls verließ, verschwendete er keinen Gedanken mehr an die EUROPA. Was hatte er schon groß verloren? Einen 450-Meter-Ringraumer aus Tofirit, mit einer Röhrendicke von 90 Metern und einer vergleichsweise harmlosen Bewaffnung. Sollte sich dieser John Brown das Schiff ruhig einverleiben. Mit der SAM DHARK würde er kein so leichtes Spiel haben.

Clark konnte die nächste Begegnung mit dem waghalsigen Weltraumfreibeuter kaum erwarten.

*

Anfang Juni 2058 traf die ROY VEGAS mit den erfolgreichen Gardisten wieder auf der Erde ein. Das Schiff landete auf dem kleinen Raumhafen außerhalb von Star City.

Fast zeitgleich kehrte die Dhark-Expedition aus dem galaktischen Zentrum zurück.

Die Landung der POINT OF erfolgte auf dem Raumflughafen Cent Field. Shanton brachte die IKO 1 auf dem Werksraumhafen von Wallis Industries in Pittsburgh herunter. Shodonn folgte ihm mit der H'LAYV. Die Rahim zogen es vor, in der Umlaufbahn zu bleiben und die vorläufigen Erkenntnisse der Expedition an Bord ihres Schiffes auszuwerten.

Chris Shanton begab sich umgehend zu Robert Saam, der für ihn längst zu einer Art Busenfreund geworden war (was er allerdings nicht einmal auf der Streckbank zugegeben hätte). Er traf ihn in einem seiner Labors an. Ausführlich berichtete er ihm von den Geschehnissen im galaktischen Zentrum.

»Dhark will die Ergebnisse unserer Forschungsreise von staatlichen Instituten auswerten lassen«, schloß er seine Schilderung ab. »Aber ich habe auf einem kompletten Datensatz für meine Zwecke bestanden.«

»Gut gemacht«, lobte ihn Saam ganz gegen seine Gewohnheit. »Die staatlichen Labors und Werkstätten sind nicht einmal halb so gut ausgerüstet wie der Forschungskomplex von Wallis Industries. Sobald wir die benötigten Daten in den Händen halten, setze ich mein Team darauf an.«

»Sollten wir vorher nicht Terence Wallis um Erlaubnis fragen?« fragte Shanton.

Saam winkte ab. »Wozu? Hat er hier das Sagen oder ich?«

Das war Robert Saam, wie Shanton ihn kannte. Der hagere Norweger, dessen wirres blondes Haar stets aussah, als hätte es gerade einen Stromstoß abbekommen, neigte des öfteren zur Überheblichkeit. Saam wußte nur zu genau, was für ein Genie er war und daß er in Bahnen dachte, die die meisten Menschen nicht einmal annähernd begriffen.

»Na ja, schaden kann es nichts, meinen Förderer und Geldgeber über unser Vorhaben zu unterrichten«, räumte er nach kurzem Nachdenken ein.

Stante pede erhob er sich von seinem Sitzplatz und verließ das Labor. Jimmy folgte ihm, ohne auf sein Herrchen zu warten, das gemächlich hinterherkam.

Unterwegs erhaschte der schwergewichtige Diplomingenieur einen Blick in die riesigen Hallen, in denen die Hüllen der neuen 400-Meter-Ikos hergestellt wurden.

Trotz schallgedämpfter Maschinen war der Lärm in den Werfthallen nervtötend. Überall wimmelte es von Hilfsarbeitern, Technikern, Ingenieuren, die sich teils durch Zurufe, teils durch Handzeichen verständigten. Auch tragbare Funkgeräte wurden zur Verständigung eingesetzt.

Das Arbeitstempo war hoch, trotzdem saß jeder Handgriff. Offensichtlich beschäftigte Terence Wallis nur bestens geschultes Personal.

Am meisten aber beeindruckten Chris Shanton die Ausmaße der dreieckigen Tofiritplatten. Schon jetzt war klar ersichtlich: Gegen diese gewaltigen Kampfraumermonster würde sich die IKO 1 wie ein Gartenzwerg ausnehmen.

*

Kurt Buck hatte gehofft, sich selbst um die Auswertung der Speicherchips, die er unter Zeitdruck aus dem Grakocomputer gerissen hatte, kümmern zu dürfen. Aber Generalmajor Farnham beschloß, diese wichtige Aufgabe persönlich zu übernehmen.

Seinem Schützen, der aufgrund seiner vielfältigen Talente gute Aussichten hatte, sich zu einem hochrangigen Wissenschaftler emporzuarbeiten, erteilte er den Auftrag, sich mit den spezifischen Hyperraumvibrationen zu befassen, die zur Ortung weiterer geschlechtsreifer Königinnenpuppen der Gordo führen könnten.

»Stellen Sie gemeinsam mit Jaschin eine Forschergruppe zusammen«, ordnete Farnham an. »Sie beide können jeden verpflichten, den Sie dafür benötigen. Die Betreffenden werden vorübergehend von sämtlichen Dienstverpflichtungen freigestellt – ausgenommen das körperliche und geistige Fitneßtraining, dem selbstverständlich auch Wladimir und Sie sich weiterhin regelmäßig unterziehen werden.«

Der fast zwanzigjährige Wladimir Stepanowitsch Jaschin hätte seinen gleichaltrigen Kameraden Kurt vor Freude fast umarmt, als der ihm Farnhams Befehl übermittelte. Endlich wurde er wieder mit einer wirklich bedeutsamen Aufgabe betraut.

Monatelang hatte Wladimir im Heilkoma gelegen, ein verbrannter Klumpen Fleisch in einer grünlich schimmernden Nährlösung, von zahllosen Drähten und Schläuchen notdürftig am Leben erhalten. Später hatte man seinen Körper mit einer komplett neuen Haut überzogen, gezüchtet aus seinen eigenen Stammzellen.

Mittlerweile war er wieder ein gutaussehender Bursche. Seine Entlassung aus der Rehabilitation hatte er bereits ausgiebig in einer Milchbar gefeiert, mit Freunden und Freundinnen. Lediglich ein paar winzige, noch nicht ganz verschwundene Narben an versteckten Körperstellen erinnerten ihn an seinen Leidensweg. Damit konnte er leben. Die seelischen Narben, die der Schrecken des Terrors in ihm hinterlassen hatte, schmerzten wesentlich schlimmer.

Dennoch gab es keinen Grund, ihn wie ein rohes Ei zu behandeln. Obwohl er inzwischen nicht nur sein körperliches Training, sondern auch seine Arbeit als Forscher wieder aufgenommen hatte, hatte er ständig das Gefühl, von seinen Vorgesetzten und Kameraden mit Glacéhandschuhen angefaßt und von allem Wichtigen ausgeschlossen zu werden. Befürchtete man, er sei seinen Aufgaben nicht mehr gewachsen?

Hier und jetzt würde er allen das Gegenteil beweisen.

*

Vor den Erfolg hatte der liebe Gott bekanntermaßen den Schweiß gesetzt. Und ins Schwitzen geriet die Forschergruppe um Buck und Jaschin des öfteren, denn intensive Forschung war nun einmal mit ungeheurer Anstrengung verbunden.

Das mußte auch Christopher Farnham feststellen, der bei seiner Arbeit mit erheblichen Komplikationen zu kämpfen hatte. Die fremdartigen Speicherchips ließen sich nicht so ohne weiteres mit terranischen Computern vereinen. Auch nachdem es gelungen war, eine halbwegs passable Kompatibilität herzustellen, weigerten sich die seltsamen Datenträger hartnäckig, ihre Geheimnisse preiszugeben.

Der Generalmajor und sein Team suchten unermüdlich nach Lösungen. Kein leichtes Unterfangen, denn im Anschluß an jedes beseitigte Problem kamen zwei neue hinzu.

Die größte Schwierigkeit war, daß Kurt Buck die Chips nicht gerade sachgemäß aus dem Grakocomputer entfernt hatte. Dadurch waren einige davon überhaupt nicht mehr zu gebrauchen, trotz zäher Bemühungen der Informatiker, ihnen wenigstens einen klitzekleinen Hinweis zu entlocken.

Aus den ersten brauchbaren, aber leider nur bruchstückhaften Daten schlau zu werden, war ebenfalls ein Kapitel für sich. Die Dechiffrierungsexperten bissen sich die Zähne daran aus.

»Im Zuge meiner Doktorarbeit beschäftigte ich mich seinerzeit mit historischen Flugzeugabstürzen«, erinnerte sich einer der Experten, ein älterer Mann mit viel Erfahrung in diesem Bereich. »Noch zu Anfang unseres Jahrhunderts kam es immer wieder zu schweren Unfällen, sowohl in der Luft als auch auf den Flughäfen. Nicht immer war die Ursache bekannt. Hilfestellung erhielten die Ermittler durch Flugdatenschreiber, die an Bord jedes gesprochene Wort und viele Daten aufzeichneten. Berstsichere Gehäuse sollten die Aufnahmebänder bei Abstürzen schützen. Trotzdem wurden die Flugschreiber nicht selten stark beschädigt aufgefunden. Es war eine verdammt schwierige Aufgabe, aus den noch vorhandenen Wort- und Datenfetzen einen wirklichkeitsgetreuen Ablauf der Geschehnisse an Bord zu rekonstruieren – aber verglichen mit dem, was wir hier zu bewerkstelligen versuchen, das reinste Kinderspiel. Wie soll man Tausende von Puzzleteilen zu einem logischen Ganzen vereinen, wenn nicht einmal annähernd erkennbar ist, welche Form die einzelnen Teile haben?«

»Das kriegen wir schon hin«, erwiderte seine junge Assistentin, die ihm beratend und helfend zur Seite stand. »Menschen und Grakos kommunizieren nun mal nicht auf derselben Ebene. Dennoch wird es Ihnen früher oder später gelingen, die scheinbar abnormen Signale und Schriftzeichen zu entschlüsseln und in einen sinnvollen Zusammenhang zu bringen, davon bin ich fest überzeugt.«

In Wahrheit befürchtete auch sie, daß die terranischen Spezialisten der raffinierten Verschlüsselungstaktik der Grakos nicht gewachsen waren, doch das ließ sie sich nicht anmerken, um bei ihrem Mentor Mutlosigkeit erst gar nicht aufkommen zu lassen.

Wladimir Jaschin setzte sich per Vipho mit dem Generalmajor in Verbindung und bat ihn um ein vertrauliches Gespräch.

Farnham ließ sein Team für eine Weile allein und ging nach draußen vor die Tür. Er war froh über jede Arbeitsunterbrechung. Es tat ihm gut, hin und wieder etwas Abstand zu den Dingen zu nehmen und seine Gedanken zu ordnen. Hinterher lief es dann um so besser.

Jaschins Anruf bescherte ihm allerdings keine Zerstreuung – nur neue Probleme.

»Unmöglich?« grunzte Farnham ungehalten. »Als Mitglied unserer Truppe dürften Sie dieses Wort überhaupt nicht kennen, Wladimir. Alles ist möglich, daran müssen wir immer und unbedingt glauben. Was haben Sie denn gedacht? Daß Sie und Ihr Team mal so ganz nebenbei herausfinden, wodurch die Hyperraumschwingungen erzeugt werden und wie man sie anpeilen kann?«

»Ich sagte, es sei schwierig, aber nicht unmöglich«, berichtigte ihn sein junger Gesprächspartner. »Allerdings bin ich der Meinung, wir würden schneller vorankommen, wenn wir etwas mehr Unterstützung bekämen.«

»Sie können Ihr Team jederzeit mit geeigneten Mitarbeitern aufstocken, das wissen Sie doch.«

»Wir benötigen keine Unterstützung aus den eigenen Reihen«, ließ Wladimir die Katze aus dem Sack, »sondern Hilfestellung von außerhalb. Genauer gesagt: von Zivilisten.«

»Hilfe von Zivilisten?« Dem Generalmajor verschlug es fast die Sprache. »Sind Sie noch bei Trost? Unsere Arbeit unterliegt der strengsten Geheimhaltung. Und überhaupt: Hole ich mir Unterstützung von außerhalb? Die fremden Chips bereiten meinem Team und mir enormes Kopfzerbrechen. Das ist der reinste Wissenschaftskrimi! Allerdings weiß ein Krimischreiber bereits vorab, wie des Rätsels Lösung am Schluß aussieht. Im Gegensatz zu mir, ich habe nämlich nicht den blassesten Schimmer, was bei der Auswertung der Speicherchips am Ende herauskommt.«

»Vielleicht greift Ihnen ja eine gute Fee unter die Arme«, entgegnete Jaschin schmunzelnd.

»Ich bezweifle, daß es Feen gibt, die sich mit Grakoinformatik auskennen«, erwiderte Christopher Farnham.

»Aber es gibt eine, die so einiges von Bioschwingungen versteht. Eine Frau, deren Name in jeder zweiten Fachveröffentlichung erwähnt wird: Regina Lindenberg. Sie gehört zum Team von Robert Saam, dem persönlichen Schützling des WI-Chefs Terence Wallis. Es dürfte nicht ganz leicht sein, an sie heranzukommen. Ihr Terminkalender ist wahrscheinlich umfangreicher als der von Henner Trawisheim. Aber dieses Problem müßte sie faszinieren.«

»Wie stellen Sie sich das vor? Wir reden hier von militärischen Geheimnissen, ist Ihnen das eigentlich klar? Genehmigungen von höchster Stelle müssen eingeholt werden, entsprechende Geheimhaltungsabkommen unterzeichnet…«

»Sind wir Soldaten und Wissenschaftler – oder Bürokraten?« unterbrach Jaschin seinen Vorgesetzten angriffslustig.

In der regulären Armee hätte ihm diese respektlose Bemerkung mindestens einen Wochenendarrest eingebracht. Doch die Schwarze Garde war alles andere als eine übliche Truppe.

»Wallis Industries arbeitet eng mit der Regierung zusammen«, sagte Farnham nach einer Weile nachdenklichen Schweigens. »Wenn ich meine Beziehungen spielen lasse, kommt der Kontakt zwischen Ihnen und Frau Lindenberg vielleicht zustande, Wladimir.«

»Heißt das, Sie sind einverstanden? Wunderbar!«

*

Die schöne Schweizer Biologin Regina Lindenberg war wie elektrisiert, als Terence Wallis ihr am Vipho mitteilte, es läge eine Anfrage »von ziemlich weit oben« vor, ihre Mitarbeit in einem Forscherteam aus Star City betreffend.

»Star City?« wiederholte sie erstaunt. »Die Stadt der wissenschaftlichen Wunderkinder? Man sagt, die Jungs dort seien die hellsten Köpfe des ganzen Universums. Und ihre sportlichen Fähigkeiten sollen auch nicht ohne sein. Wieso braucht man ausgerechnet dort meine Mitarbeit?«

»Weil auch Sie alles andere sind als ein kleines Licht«, erwiderte Wallis und übermittelte ihr den Verbindungskode für ihren Ansprechpartner. »Freuen Sie sich aber nicht zu früh auf einen Ausflug nach Star City. Ich plane nämlich, das Forscherteam in meine eigenen Labors einzuladen, um die Arbeit hier fortzusetzen. Worum es genau geht, erfahren Sie direkt von den Projektleitern Kurt Buck und Wladimir Jaschin.«

»Ich darf nicht nach Star City?« entgegnete Regina enttäuscht. »Wirklich schade.«

»Unsere Firmenlabors sind weitaus besser ausgestattet als die von Star City«, erklärte ihr Wallis den Grund für seine Entscheidung. »Das kleine, aber feine Geniestädtchen in den Bergen über Alamo Gordo befindet sich teilweise noch in der Entstehungsphase. Ich kann zwar nachvollziehen, daß es Ihnen dort gut gefallen würde, doch man kann sich seinen Arbeitsplatz nicht immer aussuchen. Auch ich würde manchmal eine andere Umgebung vorziehen, beispielsweise eine Mädchenhochschule.«

»Kaufen Sie sich doch eine«, konterte Regina. »Anschließend lassen Sie das Gebäude abreißen und direkt vor Ihrem Bürofenster wieder aufbauen – mit Ausblick in die Umkleidekabinen der Cheerleader.«

»Keine schlechte Idee«, sagte Wallis, mit einer Miene, der man kaum anmerken konnte, ob er nur Spaß machte oder das Ganze ernsthaft in Erwägung zog. Nur wer ihn wirklich gut kannte, sah, wie sehr er sich über Lindenbergs Frechheit amüsierte.

Kurz darauf nahm Regina übers Rechnernetz Kontakt mit Kurt Buck auf.

Der junge Gardist war begeistert von der Aussicht einer engen Zusammenarbeit. Er versprach, umgehend alles Notwendige für den Umzug aufs Gelände von Wallis Industries vorzubereiten.

*

Bereits zwei Tage später traf die Delegation aus Star City in Pittsburgh ein.

Es war nur ein kleines Team, das sich auf dem Forschungskomplex von Wallis Industries mit den Hyperraumschwingungen, die man im Reich der Grakos und Gordo geortet hatte, befassen sollte – Zivilisten und Militärangehörige, ausgesuchte Leute, die mittlerweile zigmal auf ihre Zuverlässigkeit und Verschwiegenheit überprüft worden waren.

Der Einfachheit halber hatte man den Besuchern aus Star City bequeme Unterkünfte auf dem Werksgelände eingerichtet. Zwar konnten es alle Beteiligten kaum erwarten, mit der Arbeit zu beginnen und zu Ergebnissen zu gelangen, doch ein gewisses Maß an Ruhepausen sollte dabei unbedingt eingehalten werden. Unausgeruhte, nervöse Hektiker machten in der Regel mehr Fehler als ausgeschlafene, ausgeglichene Menschen.

Kurt und Wladimir waren hingerissen. Von Regina Lindenberg sowieso und von den arbeitstechnischen Möglichkeiten, die sich ihnen bei Wallis Industries boten, schon überhaupt.

»Der reinste Spielplatz für Wissenschaftler«, bemerkte Kurt Buck im Verlauf des ersten Besichtigungsrundgangs, wofür er von einigen im Großraumlabor tätigen Gelehrten mißbilligend angeschaut wurde.

»Verzeihung«, entschuldigte er sich sogleich. »Selbstverständlich ist mir bewußt, daß hier ernsthaft gearbeitet wird und nicht gespielt.«

»Manch einer betrachtet die wissenschaftliche Arbeit tatsächlich als Spiel und die Welt als einen großen Sandkasten«, erwiderte Regina lächelnd und dachte dabei an Robert Saam.

Sie war überzeugt, daß sich der sechsundzwanzigjährige Norweger bald höchstpersönlich zur Begrüßung der Gäste aus Star City einfinden würde. Wahrscheinlich würde er vor allem die beiden Gardisten argwöhnisch beäugen. Nicht, weil er an ihren Fähigkeiten zweifelte, sondern aus Eifersucht. Er mochte Regina, begehrte sie als Frau – was er sich allerdings niemals eingestand...

... und ihr leider auch nicht.

Natürlich wußte sie längst, daß er beide Augen auf sie geworfen hatte. Aber solange er sich nicht als ganzer Mann erwies und ihr offene Avancen machte, ließ sie ihn in seinem eigenen Saft schmoren.

Nicht einmal auf der wilden Party, die neulich auf Wallis' Landsitz stattgefunden hatte, war Robert aus sich herausgegangen, obwohl er zur Überwindung seiner Verlegenheit reichlich dem Alkohol zugesprochen hatte. Dabei hatte sie ihn mit einem besonders tief ausgeschnittenen Dekolleté halbverrückt gemacht.

Vergebliche Liebesmüh.

»Was motiviert einen Privatmann wie Wallis, ein derart riesiges Forschungszentrum zu betreiben?« fragte Jaschin die Biologin. »Will er etwa die Welt beherrschen?«

»Das halte ich nicht für ausgeschlossen«, antwortete Regina.

Wladimir und Kurt grinsten – doch sie meinte das durchaus ernst. Terence Wallis war mitunter schwer zu durchschauen.

Nach der kleinen Besichtigungstour zeigte sie den Gardisten ihren künftigen Arbeitsplatz, einen großen Laborraum mit diversen Nebenzimmern, in denen verschiedene Geräte standen. Die Räumlichkeiten waren sowohl für gemeinschaftlich durchgeführte Tests als auch für Einzelversuche geeignet. Zusammenarbeit war wichtig, allerdings sollte keiner dem anderen dabei im Wege stehen. Manchmal war es besser, schwierige Probleme unabhängig voneinander anzugehen. Das sparte Zeit und führte hinterher zu einem interessanten Erfahrungsaustausch.

*

Wissenschaftliche Forschung war vergleichbar mit einer Wanderung durch eine wildfremde Gegend. Kein kurzer Ausflug, sondern ein langer, mühseliger Marsch. An jeder Kreuzung mußte man sorgsam überlegen, welchen Weg man als nächstes einschlug. Wählte man den verkehrten Pfad, konnte es passieren, daß man wieder zurück zum Ausgangspunkt und von vorn losmarschieren mußte. Das war umständlich, anstrengend und zeitraubend. Geduld war daher eine der wichtigsten Tugenden eines jeden Wissenschaftlers.

Unterwegs wurde der Wanderer beziehungsweise Forscher mit faszinierenden Erkenntnissen konfrontiert, aber er stieß auch auf unbekannte Gefahren, die sich nur mit viel Fingerspitzengefühl und einem gewissen Hang zum Risiko bewältigen ließen. Eine falsche Entscheidung konnte mitunter das gesamte Forschungsprojekt zum Scheitern bringen.

Zwar war es in einigen Fällen von Nutzen, beim Forschen getrennte Wege zu gehen, doch zum Schluß mußten die Pfade unbedingt wieder zusammenführen, sonst lief man ergebnislos aneinander vorbei. Für Einzelgänger war in einer wissenschaftlichen

Arbeitsgruppe daher kein Platz.

Das Team um Jaschin, Buck und Lindenberg hatte keine Schwierigkeiten, sich aufeinander einzuspielen. Hier waren zweifelsohne Profis am Werk.

Nicht jeder Tag, den das junge Forscherteam in den Labors von Wallis Industries verbrachte, führte zu neuen, spannenden Erkenntnissen. »Prüfen, prüfen und nochmals prüfen!« lautete eine der wichtigsten Grundregeln der Wissenschaft. Jeder Test, ob kompliziert oder einfach, wurde zur Sicherheit mehrfach wiederholt – bis kein noch so winziger Zweifel das Endergebnis mehr trübte.

»Die Hyperraumschwingungen werden offenbar dadurch erzeugt, daß die Königinnen im Gegensatz zu den normalen Gordo von einem modifizierten Grako-Halbraumfeld umgeben sind«, faßte Regina einen erfolgreich abgeschlossenen Teilabschnitt der Gemeinschaftsarbeit zusammen. »Dieses Halbraumfeld, das sich während der Verpuppung verändert hat, strahlt in einem ganz bestimmten Frequenzbereich. Auf dieser wichtigen Feststellung können wir unsere weiteren Nachforschungen aufbauen.«

»Wir sollten versuchen, ein Gerät zu entwickeln, mit dessen Hilfe man die Puppen und vor allem die Königinnen orten kann«, schlug Wladimir vor. »Damit hätten wir ein Druckmittel gegen die Grakos in der Hand.«

»Klingt logisch«, meinte Kurt. »Die Grakos brauchen die Königinnen zum Fortbestand ihrer Art. Bisher lehnten sie jede Form der Friedensverhandlung ab. Mit einem entsprechenden Faustpfand könnten wir sie dazu zwingen.«

»Erzwungene Friedensgespräche«, entgegnete die Biologin nachdenklich. »Ist das nicht ein Widerspruch in sich?«

Die beiden Gardisten blieben ihr die Antwort schuldig.

Robert Saam betrat das Labor. Niemand befand sich an seinem Arbeitsplatz, alle standen in einer Gruppe zusammen. Für das Resümee des bewältigten Abschnitts war die Arbeit kurz unterbrochen worden.

»Nichts zu tun?« bemerkte Saam mißbilligend und schaute dabei Regina Lindenberg an. »Dann können Sie ja Shanton und mir bei der Entwicklung der Masseneutralisatoren assistieren.«

»Nichts zu machen«, antwortete Wladimir anstelle der Schweizer Biologin. »Wir können auf Regina leider nicht verzichten. Unsere Arbeit ist noch lange nicht beendet. Wir ruhen uns lediglich ein halbes Stündchen auf unseren wohlverdienten Lorbeeren aus.«

»Wie schön, wenn man es sich leisten kann, seine Freizeit zu genießen«, erwiderte Saam, dem es gar nicht paßte, daß Jaschin die Wissenschaftlerin beim Vornamen nannte. »Soll ich Ihnen einen bequemen Sessel bringen lassen? Und einen Hocker, damit Sie die Füße hochlegen können?«

»Mit jeder Pause frischt man Geist und Körper auf«, entgegnete der Russe unbeeindruckt. »Sollten Sie auch einmal probieren, es macht einen völlig neuen Menschen aus Ihnen.«

Robert nuschelte irgend etwas Unverständliches, Unfreundliches und ging hinaus.

Seine Eifersucht hielt nur kurze Zeit an, dann hatte er den Kopf wieder voller Formeln und Zahlen.

*

Muun-Kristalle waren äußerst selten in der Galaxis Drakhon – und daher entsprechend wertvoll. Sie kamen nur an wenigen Orten vor und wurden für den Bau der Wurmlochgeneratoren benötigt.

Noch wertvoller erschien Shodonn allerdings etwas, das es überhaupt nicht in seiner Galaxis gab: Tofirit. Seit er eine Probe davon in den Labors seines Raumschiffs hatte untersuchen lassen, war er unheimlich fasziniert, ja nahezu besessen von den außergewöhnlichen Eigenschaften des Metalls. Tofirit war der exotischste Stoff, dem er jemals begegnet war.

Er hatte keinen Zweifel daran, daß das gesamte Tofiritvorkommen in der Milchstraße kaum größer war als das Vorkommen an Muun-Kristallen in Drakhon. Dennoch hoffte er, eine begrenzte

Menge davon mit in die Heimat nehmen zu dürfen. Vielleicht im Tausch gegen irgend etwas Wertloses, das sich an Bord seines Raumers befand und den Menschen begehrenswert erschien.

Shodonn wußte mittlerweile, wie eng der Allround-Geschäftsmann Terence Wallis mit der Regierungsspitze zusammenarbeitete. Er hatte Wallis auf dessen Landsitz im Lancaster County näher kennen- und schätzen gelernt. Wenn ihm jemand Tofirit beschaffen konnte, dann er.

Der sechsundvierzigjährige Wallis – ein schlanker, sportlicher Typ, der sein schon etwas schütteres, trotzdem (oder gerade deswegen?) schulterlanges Haar gern zu einem Pferdeschwanz zusammenband – war nachweislich der reichste Mann der Erde. Ihm gehörten Firmen rund um den Globus. Firmenzentrale war das riesige Gelände bei Pittsburgh, Pennsylvania, auf dem sich Shodonn gerade aufhielt.

Der Galoaner, der sich aufgrund einer Sondergenehmigung fast überall auf dem Industriegelände frei bewegen durfte, überlegte angestrengt, auf welche Weise er mit Wallis in Verhandlung treten könnte. Auf gar keinen Fall durfte er »gleich mit der Tür ins Haus fallen« und »die Katze zu früh aus dem Sack lassen« (zwei Redewendungen, die er bei den Werksarbeitern aufgeschnappt hatte).

Shodonn beschloß, Wallis in seinem Büro aufzusuchen und ihn zu einer privaten Plauderei einzuladen, irgendwo an einem gemütlichen Platz. Er könnte ihn auf die gelungene »kleine Party« auf seinem Landsitz ansprechen, ihm ein bißchen was von galoanischen Feierbräuchen und vom alltäglichen Leben auf Galoa erzählen, ihm unverfängliche Fragen zum Erdenalltag stellen...

Erst zum Schluß der unverbindlichen Unterhaltung hin würde er wie zufällig eine Bemerkung über Tofirit fallenlassen.

Im Eingang zum Bürogebäude kam ihm der Multimilliardär entgegen.

»Guten Tag, Shodonn, Rhaklan«, begrüßte Terence Wallis sowohl das Mitglied des Nareidums als auch dessen willfährigen Seelenchipträger. »Ich wollte gerade nach Ihnen suchen lassen.«

»Das trifft sich gut«, erwiderte Shodonn. »Auch ich verspüre Lust auf eine kleine Privatunterhaltung.«

»Es geht nicht um Privates, sondern um ein geschäftliches Angebot«, stellte Terence Wallis klar. »An Bord Ihres Raumschiffs vermute ich etwas, das unter Umständen für mich von Interesse sein könnte. Da Sie mit unserem Geld auf Ihrem Planeten wohl kaum etwas anfangen können, möchte ich Ihnen einen Tauschhandel anbieten.«

»Setzen wir uns zusammen und verhandeln«, schlug Shodonn vor.

Was auch immer Wallis begehrte, er war entschlossen, es ihm zu geben – im Austausch gegen Tofirit, und das nicht zu knapp.

»Im Stehen läßt es sich viel besser verhandeln«, meinte der Milliardär. »Wir könnten zu meinem privaten Landsitz im Lancaster County fliegen und dort eine Partie Golf spielen, während wir miteinander reden. Ist Ihnen diese Sportart ein Begriff?«

»Nein«, antwortete der Chefwissenschaftler, »aber bestimmt gibt es auf Galoa ähnliche Wettkämpfe. Rhaklan und ich lernen schnell. Gemeinsam sind wir unschlagbar.«

Aufschneider, dachte Terence. *Höchste Zeit, daß ihm jemand die Luft rausläßt.*

Die Hookers fielen ihm ein. Sie waren vor ihrem Aufbruch nach M 53 leichtsinnigerweise gegen ihn angetreten und hatten haushoch verloren. Art und Jane spielten unsäglich – aber wenigstens hatte er ihnen nicht erst noch die Golfregeln erklären müssen.

*

Pine Valley – Piniental. So lautete der Name des Golfplatzes, den Terence Wallis detailgetreu auf seinem riesigen Grundstück hatte nachbilden lassen. Das Original hatte sich einst im sandigen Brachland von New Jersey befunden. Es war bei der Giant-Invasion zerstört und später mehr schlecht als recht wieder instandgesetzt worden.

Inzwischen waren beide Parteien (Shodonn und Rhaklan als Einheit gegen den Golfprofi Terence Wallis) kurz vor dem ersten Loch angelangt.

Der Fairneß halber gab Wallis seinem unerfahrenen Gegner laufend nützliche Tips.

»Für den rollenden Schlag zum Loch benutzt man einen Putter, dessen Griff auf der Vorderseite abgeflacht ist, so daß er sich korrekter umfassen läßt. Korrekt bedeutet: Daumen auf der Oberseite, Handflächen an der Seite. Sitzt der Putter zu flach auf dem Boden auf, beschreibt der Schwung eine Kurve. Je aufrechter...«

Er sprach nicht weiter. Shodonns Träger hatte den Ball bereits eingelocht.

Das war einer jener Spielmomente, in denen sich der Milliardär wie ein Vollidiot vorkam. Da redete er sich den Mund fusselig, um das unbeholfene Anfängerduo großzügig zu unterstützen – und selbiges fuhr mal so ganz nebenbei den ersten Etappensieg ein, derart fix, daß Wallis nicht mal mitbekommen hatte, welcher von Rhaklans vier schlanken Fingern eigentlich als Daumen fungierte.

Je weiter das Match voranschritt, um so besser spielten sich Shodonn/Rhaklan ein. Die Regeln hatte sich der Bewohner des Seelenchips problemlos verinnerlicht und an seinen Träger weitergegeben. Für gutes Golf benötigte man keine Kraft, sondern absolute Körperbeherrschung und -kontrolle. In dieser Hinsicht waren die Galoaner den Menschen überlegen.

Schon bald verzichtete Wallis darauf, sportliche Ratschläge zu erteilen, es hörte ihm eh niemand zu. Souverän bewältigte sein außerirdischer Kontrahent eine knifflige Situation nach der anderen, als wäre das die selbstverständlichste Sache der Welt.

Als die ungleichen Gegner am achtzehnten Loch eintrafen, lag Wallis so weit hinten, daß ihn nicht einmal mehr ein Wunder hätte retten können. Während er zuschaute, wie Rhaklan auch diesen Ball leicht und locker einlochte, pfiff er leise ein altes Lied vor sich hin, das besonders gern auf Beerdigungen gespielt wurde, und er fragte sich, ob die Redewendung *»auf dem letzten Loch pfeifen«*

ursprünglich von einem enttäuschten Golfspieler stammte.

Während des gesamten Matches war nicht übers Geschäftliche geredet worden. Das hatte Terence Wallis, angesichts der erstaunlichen spielerischen Leistungen der Galoaner, zunächst einmal zurückgestellt.

Nun aber war er wieder in seinem Element.

Auf dem Rückweg zu seinem Haus teilte er Shodonn ohne Umschweife mit, was er ihm als Tauschobjekt anbieten wollte.

»Tofirit.«

»Tofirit?« wiederholte Shodonn staunend.

Genau darauf war er aus. Allerdings hatte er sich auf zähe, lange Verhandlungen eingestellt. Damit, daß man ihm das Objekt seines Begehrens einfach so anbieten würde, hatte er nicht gerechnet. Offensichtlich ließen sich geschäftliche Abschlüsse auf Terra genauso leicht bewältigen wie Golfspiele.

Oder?

Wo war der Haken an der Sache?

15.

»Was verlangen Sie für das Tofirit?« erkundigte sich Shodonn mißtrauisch bei Terence Wallis.

Wallis, der neben ihm herging und die Hände auf dem Rücken verschränkt hatte, gab ihm auf die direkte Frage eine direkte Antwort.

»Muun-Kristalle. So viele wie möglich.«

»Völlig ausgeschlossen«, lehnte Shodonn entsetzt ab. »Haben Sie eine Vorstellung, wie wertvoll jene edlen Kristalle sind?«

»Natürlich habe ich das. Dachten Sie, ich würde mich mit nutzlosem Tand begnügen?«

»Der Wert unserer Kristalle übersteigt den Ihres Edelmetalls bei weitem. Ich hörte zwar von den ungewöhnlichen Fähigkeiten, die Tofirit zugeschrieben werden, trotzdem ist mein Interesse daran nur sehr gering.«

»Geben Sie sich keine Mühe, mich täuschen Sie nicht. Wie mir zugetragen wurde, sind Sie hinter Tofirit her wie der Teufel hinter der sündigen Seele.«

»Wie wer?« fragte Shodonn verwundert und wies Rhaklan an, stehenzubleiben.

Terence Wallis ging ebenfalls nicht weiter. Die beiden Caddys – zwei frisch aus der Fabrik georderte Kegelroboter – schwebten an den Männern vorbei. Die entsprechend programmierten Maschinen wußten, wohin sie die Golftaschen und -schläger zu bringen hatten. Anschließend würden sie sich selbsttätig abschalten und auf ihren nächsten Einsatz warten.

»Der Teufel ist ein von uns Erdenbewohnern erdachtes Fabelwesen«, erklärte Wallis seinem außerirdischen Gesprächspartner. »Angeblich verfügt er über Hörner, Schwanz, Pferdehuf und stinkt nach Schwefel. Im finsteren Mittelalter benutzten ihn die Herrschenden, um Entsetzen unter der Bevölkerung zu verbreiten, denn wer sich fürchtet, läßt sich leichter unterdrücken. Auch in zivilisierten Zeitaltern gab es noch verworrene Individuen, die felsenfest an die Existenz des Teufels glaubten und ihn in ihrem Wahn sogar anbeteten. Heutzutage taugt diese lächerliche Phantasiegestalt nicht einmal mehr zum Erschrecken von Kleinkindern. Wie viele Kristalle haben Sie an Bord?«

Den letzten Satz sprach er wie beiläufig aus, so als würde ihn diese Information nur am Rande interessieren.

Shodonn fiel darauf herein.

»Meine stille Reserve beträgt etwa einen Kubikmeter Ihres Maßsystems«, antwortete er – ohne zu überlegen, denn gedanklich beschäftigte er sich noch immer mit der seltsamen Figur, die Wallis als Teufel bezeichnete. So richtig konnte er sich nichts darunter vorstellen.

Als ihm bewußt wurde, was er gerade gesagt hatte, hätte er sich am liebsten auf die Zunge gebissen – hätte er eine gehabt.

»Ahnte ich doch, daß Sie massenweise Muun-Kristalle als Reisegepäck mitführen«, merkte Wallis schmunzelnd an. »Wahrscheinlich haben Sie außer Ihrer Reserve noch viel mehr dabei, aber ich bohre nicht weiter nach. Der Kubikmeter reicht mir fürs erste völlig aus. Ich tausche ihn gegen die gleiche Menge Tofirit ein.«

»Verfügen Sie denn über so viel Tofirit?« wollte Shodonn wissen.

»Das kratze ich schon irgendwie zusammen«, bekam er zur Antwort. »Sobald Sie die Kristalle ausgeladen haben, lasse ich sie wiegen und...«

»Moment mal!« fuhr der Galoaner dazwischen. »Sie wollen mir doch nicht etwa das *Gewicht* meiner Kristalle in Tofirit anbieten?«

»Warum nicht? Das wäre nur gerecht.«

»Sie haben seltsame Vorstellungen von Gerechtigkeit, Wallis, das muß ich schon sagen. Ein Kubikzentimeter dieses außergewöhnlichen Metalls wiegt nach irdischen Gewichtsmaßen ungefähr eine halbe Tonne.«

»Ein Grund mehr, Ihre Kristalle gegen mein Tofirit auszutauschen. Auf diese Weise nimmt die Ladung wesentlich weniger Platz ein als vorher.«

Shodonn ließ sich nicht ins Bockshorn jagen. Er bestand darauf, als Maßeinheit für den Tausch das Volumen zu wählen.

»Sie verlangen allen Ernstes einen ganzen Kubikmeter Tofirit?« regte sich Wallis auf – was nur gespielt war, denn seit der Entdekkung des Achmed-Systems war Tofirit extrem billig für ihn. Tatsächlich konnte er sich kaum noch das Grinsen verkneifen. »Haben Sie eine Ahnung, was mich das kostet?«

»Ein Vermögen, nehme ich an«, erwiderte Shodonn schadenfroh und erinnerte ihn an seine eigenen Worte: »Dachten Sie, ich würde mich mit nutzlosem Tand begnügen?«

Schon am nächsten Tag wurde das Geschäft perfekt gemacht. Ein Kubikmeter Muun-Kristalle wurden von der H'LAYV in die Tresore von Wallis Industries gebracht. Im Gegenzug ließ Wallis einen Kubikmeter Tofirit aufs Raumschiff transportieren, wo es in speziellen Fesselfeldern gelagert wurde – ansonsten hätte sein Gewicht das Schiff zerrissen.

Beide Männer gratulierten sich hinterher gegenseitig zum guten Geschäftsabschluß.

»Sie sind ein fairer, wenn auch harter Geschäftsmann«, lobte Shodonn den Magnaten und fügte in Gedanken hinzu: *Aber ein mieser Golfspieler*.

»Nicht so hart, wie ich sollte«, entgegnete Terence Wallis. »Ihre Sturheit bei der Verhandlung macht mich fast arm. Mein Tofiritvorrat ist beinahe erschöpft.«

Abgesehen von ein paar unwesentlichen Restbeständen im Weltall, dachte er zufrieden. *Niemand schlägt mich ungestraft auf meinem eigenen Golfplatz!*

*

Robert Saam und Chris Shanton legten sich bei der Entwicklung der Masseneutralisatoren mächtig ins Zeug. Aber auch ihnen waren wissenschaftliche Grenzen gesetzt. Nichts ließ sich erzwingen.

Die Planungsphase lag längst hinter ihnen – Saam hatte ja bereits erhebliche Vorarbeit geleistet. Auch die meisten technischen Probleme schienen inzwischen weitgehend gelöst. Nur an der Durchführbarkeit gab es noch einige Zweifel. Um diese endgültig zu beseitigen, wäre ein praktischer Test, eine Art Generalprobe an Ort und Stelle von Nutzen gewesen. Weil das aber unmöglich war, mußte man sich auf simulierte Versuche beschränken.

Jeder Vorgang brauchte seine Zeit. Beide Männer wußten aus Erfahrung, daß man sich als Forscher in Geduld üben mußte, auch wenn es manchmal schwerfiel.

Ren Dhark, dem Commander der Planeten, war das ebenfalls bewußt. Dennoch gehörte Warten nicht zu seinen Tugenden. Er wollte verwertbare Ergebnisse sehen, und das möglichst rasch.

Ständig trieb er Shanton und Saam übers Vipho zu mehr Eile an. Der Norweger lehnte es schließlich ab, weiterhin mit ihm zu kommunizieren und kappte die Verbindung mitten im Gespräch.

»Das hätte ich an Ihrer Stelle nicht getan, Robert«, tadelte ihn Shanton, der sich allein mit ihm in der gemeinsamen Laborwerkstatt aufhielt.

»Sie sind aber nicht an meiner Stelle«, giftete der Jüngere zurück. »Dhark geht mir allmählich auf den Wecker mit seiner andauernden Fragerei.«

»Es ist sein gutes Recht, zu fragen«, meinte sein schwergewichtiger Forscherkollege. »Immerhin ist er unser aller Big Boß.«

»Meiner nicht«, entgegnete Saam freiheraus. »Ich bin als Freidenker auf die Welt gekommen. Nur ich allein entscheide, was gut für mich ist und was nicht.«

Hätte ihm jetzt ein Fremder zugehört, er hätte ihn für einen charakterstarken, selbstbewußten Menschen gehalten. Aber Chris Shanton kannte seinen Freund besser. Trotz seiner bahnbrechenden Ideen und anerkannten Leistungen war Robert Saam alles andere als ein typischer Erfolgsmensch. Tief in seinem Inneren war er nichts weiter als ein verunsichertes Kind, das ständig Angst hatte, irgend etwas falsch zu machen. Je arroganter er sich gab, um so unsicherer fühlte er sich.

Dabei würde ihm etwas mehr echtes Selbstbewußtsein wirklich nicht schaden, dachte Shanton. *Das wäre ein erster Schritt hin zum Erwachsenwerden – und in Regina Lindenbergs Arme*.

Der Diplomingenieur war überzeugt, daß es zwischen Saam und der teuflisch schönen Biologin längst zu einer heißen Affäre gekommen wäre, würde sich sein Freund endlich wie ein Mann und nicht wie ein kleiner Junge aufführen.

Chris selbst hielt sich für einen ganzen Mann, und natürlich schielte auch er Regina hinterher. Doch offensichtlich hatte sie nichts übrig für Caesars berühmten Ausspruch »Laßt wohlbeleibte Männer um mich sein, mit glatten Köpfen und die nachts gut schlafen.«

Manche Historiker bezweifelten, daß Gaius Julius Caesar jenen bedeutungsschwangeren Satz jemals in seinem Leben tatsächlich gesagt hatte. Andererseits hatte man William Shakespeare, von dem dieses Zitat stammte, nie das Gegenteil nachweisen können. Wie auch immer, Shanton war jedenfalls der Meinung, daß der Ausspruch voll und ganz auf ihn zutraf. Er war dick, hatte eine Glatze und konnte nachts – insbesondere nach dem Genuß eines guten Cognacs – ausgezeichnet schlafen.

Ob ein gesunder Schlaf jedoch ausreichte, um Regina Lindenberg zufriedenzustellen…?

Ach, wäre ich nur zwanzig Jahre jünger, dachte der Sechsundvierzigjährige wehmütig.

»Woran denken Sie gerade, Chris?« riß Saam ihn aus seinen Grübeleien.

Geht dich einen feuchten Kehricht an, Kleiner! antwortete er ihm in Gedanken. Laut sagte er: »An gar nichts.«

»Dann wäre es vielleicht an der Zeit, mit dem Denken anzufangen«, erwiderte Robert Saam trocken. »Sie sind nämlich gerade im Begriff, den Zettel zwischen ihren Fingern zu zerbröseln, auf dem Sie sich Notizen zu unseren letzten Berechnungen gemacht haben.

Glücklicherweise habe ich das meiste davon inzwischen auf meine Speichereinheit übertragen. Ich war noch nie ein Fan von Papier und Bleistift.«

Shanton legte den Zettel, der aussah, als hätte ihn ein Karnickel angeknabbert, erschrocken auf den Tisch und bügelte ihn mit dem Handrücken glatt.

»T'schuldigung«, nuschelte er und gähnte. »Am frühen Vormittag bin ich manchmal noch etwas geistesabwesend.«

Jimmy, der in einer Ecke des Zimmers nutzlos herumlag, wollte dazu eine fiese Bemerkung machen. Ein durchbohrender Blick seines Schöpfers brachte ihn jedoch schon im Ansatz zum Verstummen.

Am späten Nachmittag stürmte Ren Dhark ärgerlich in die Laborwerkstatt, fest entschlossen, Robert Saam wegen seines unverschämten Verhaltens zur Rede zu stellen.

»Sie haben wohl gehofft, als Regierungschef würde ich keine Zeit finden, um hier persönlich nach dem Rechten zu sehen?« fuhr er Wallis' Schützling anstelle einer Begrüßung lautstark an.

»Ganz im Gegenteil«, entgegnete Saam seelenruhig. »Ich freue mich, daß Sie hier sind. Wir sind einen entscheidenden Schritt weitergekommen und können Ihnen zumindest einen Teilerfolg präsentieren. Alles übrige ist nur eine Frage der Zeit.«

Erst vor ein paar Minuten hatten er und Shanton es geschafft, eine wichtige Testreihe zu ihrer vollsten Zufriedenheit abzuschließen. Robert benahm sich jedoch, als hätte er schon beim Viphogespräch mit dem Commander einen Trumpf in der Tasche gehabt.

»Na, dann schießen Sie mal los«, forderte Dhark den jungen Forscher auf, wobei er die Stimme wieder senkte.

Unnötiges Herumbrüllen lag ihm eh nicht.

Shanton ärgerte es ein bißchen, daß Saam auf diese Weise um den verdienten Rüffel herumkam. Manchmal hatte der Junge mehr Glück als Verstand.

»Die von uns entwickelten Geräte müssen in der Lage sein, ihre masseneutralisierenden Felder über mindestens 500 000 km hinweg zu projizieren«, erläuterte Saam dem unangemeldeten Besucher. »Näher kann man sich auch im Schutz der Rahim nicht an die eigentliche SBH-Materie heranwagen. Eine halbe Million Kilometer sind eine enorme Entfernung und somit eine echte Herausforderung. Eine Herausforderung, der wir gewachsen sind. Wir sind ziemlich sicher, die Massewirkung sogar über 618 000 km hinweg neutralisieren zu können.«

Ren Dhark war verärgert. Nach einer halben Ewigkeit des Wartens präsentierte man ihm endlich Resultate – und dann waren sich die beiden nur »ziemlich sicher«.

»Man könnte meinen, es sei nahezu unmöglich, unbeschadet eine solche Entfernung zu überwinden«, übernahm Shanton das Wort. »Dennoch benötigen wir dafür keine neuen technischen Hilfsmittel. Statt dessen greifen wir auf schon für die Wuchtkanone entwickelte Technik zurück. Für die geplante Anlage müssen ungeheure Energiemengen erzeugt werden, aber wir sind ziemlich sicher, daß das mit den nachgebauten M-Meilern kein Problem darstellt.«

»Ziemlich sicher!« wiederholte der Commander ungehalten. »Und wann seid ihr hundertprozentig sicher?«

»Unmittelbar nach dem direkten Einsatz vor Ort«, antwortete Robert Saam.

In seiner Stimme schwang keine Ironie mit, es war nur eine sachliche Feststellung.

»Bis dahin müssen wir uns mit Hoffen und Beten begnügen«, fuhr er fort. »Und mit den nahezu unfehlbaren Simulationen, die wir Ihnen gern als nächstes vorführen möchten.«

Nahezu unfehlbar – das klang in Dharks Ohren schon etwas besser als »ziemlich sicher«. Allerdings war auch ihm nur zu gut bewußt, daß keine noch so detailgetreue Simulation unvorhersehbare Zwischenfälle bei einem Einsatz im All ganz und gar ausschließen konnte. Selbst wenn aufgrund vorangegangener Tests die Erfolgswahrscheinlichkeit bei 99,999999 % lag, war das Verhältnis zwischen Scheitern und Gelingen einer gefährlichen Aktion immer halbe-halbe.

Und das war ein Erfahrungswert.

*

Ren Dharks Position als »Commander der Planeten« war alles andere als gefestigt. Seine zahlreichen Widersacher sägten stetig an seinem Stuhl und versuchten in einem fort, die Bevölkerung gegen ihn aufzuwiegeln.

Nicht alle Vorwürfe konnten seine Regierungsmitarbeiter mit rhetorischem Geschick entkräften. Vor allem der Hauptvorwurf, er würde sich mehr im fernen Weltall als auf seiner Heimatwelt aufhalten, ließ sich nicht widerlegen. Um allen zu beweisen, daß auch ein Abenteurer wie er ein guter Regierungschef sein konnte, bemühte er sich nach Kräften, ständig auf dem laufenden zu bleiben und sich, wann immer es ihm möglich war, selbst um die Amtsgeschäfte zu kümmern.

Seit er von seinen Regierungsvollmachten Gebrauch gemacht und für Terra die erste Stufe des Notstandes ausgerufen hatte, um zehn Spezialschiffe und zehn 400-Meter-Ikosaeder-Kampfschiffe bauen zu lassen, wurde er mit Vorwürfen aus der Bevölkerung nur so überschüttet.

Die amtlichen Beschwerden und Eingaben häuften sich.

Über Leserbriefe und Straßenbefragungen vor laufender Kamera drückten zahllose weitere Mitbürger ihren Unmut aus – allerdings wurden vereinzelt auch Zustimmung und Verständnis signalisiert. Noch stand ein großer Teil der Bevölkerung hinter Ren Dhark. Die Mehrheit formierte sich jedoch – mehr oder weniger seriösen Umfragen zufolge – allmählich gegen seine Art des Regierens.

Dhark begriff nicht, warum ihm nicht das gesamte Volk geschlossen den Rücken stärkte. Was nutzte den Terranern all ihr Geld, wenn die galaktische Katastrophe oder die Grakos der Erde und sämtlichen von Menschen besiedelten Planeten den Garaus machten? Niemand konnte das, was er zu seinen Lebzeiten mühselig zusammengerafft hatte, mit ins Grab nehmen.

In seinem Büro in Alamo Gordo traf der Commander mit seinem siebenunddreißigjährigen Stellvertreter Henner Trawisheim und dem GSO-Chef Bernd Eylers zusammen, um mit ihnen über die bisher getroffenen Notstandsmaßnahmen und deren Folgen zu beraten.

Zuvor ging Eylers kurz auf die Aktionen gegen die Robonen ein, wobei er Regina Lindenbergs Einsatz besonders würdigte.

»Ich weiß ja, wie sehr sie derzeit eingespannt ist. Die Analyse der Hyperraumschwingungen fordert ihre ganze Energie. Trotzdem findet sie noch Zeit, jenen rätselhaften Deltawellenverstärker zu untersuchen, der bei der Durchsuchung von Le Puy im Keller einer verlassenen Schule entdeckt wurde.* Hoffentlich bricht sie über dieser Doppelbelastung nicht zusammen.«

»Frauen sind härter im Nehmen als Männer«, meinte Trawisheim. »Stellt euch mal vor, wir würden die Kinder zur Welt bringen müssen. Das gäbe vielleicht ein Gejammer.«

»Manch einer jammert und stöhnt bereits, wenn er ein Kind zeugen soll«, bemerkte Dhark, der zufrieden feststellte, daß sein Stellvertreter auch in schlimmen Zeiten nie seinen goldigen Humor verlor.

Für den mundfaulen Eylers hingegen war Lachen ein Fremdwort. Nicht einmal zu einem Schmunzeln reichte es bei ihm. Ungerührt setzte er seinen Bericht über die Maßnahmen gegen die Robonen fort.

»Die enorme Anzahl der speziellen Kernspintomographen wird uns früher oder später bestimmt auf ihre Spur bringen«, endete er. »Allerdings verschlingt diese Aktion Unsummen von Geld. Womit wir wieder bei unserem unbeliebtesten Thema wären...«

*

---

* siehe Sonderband 13: »Dreizehn« von Werner K. Giesa

»... freue ich mich, daß Sie endlich Zeit für ein Gespräch vor laufender Kamera gefunden haben, Mister Trawisheim. Ihre Medienpräsenz läßt in letzter Zeit sehr zu wünschen übrig. Fast könnte man meinen, Sie weichen uns Journalisten aus.«

»Aber nein, ich habe nichts gegen Reporter, wirklich nicht. Ich ersticke derzeit in Arbeit, muß wichtige Entscheidungen treffen...«

»Entscheidungen wie die Auslösung der nächsten Stufe des Notstandsplans? Uns wurde ein geheimes Regierungsdokument zugespielt, aus dem hervorgeht, welche weiteren Maßnahmen für die kommenden Monate angeordnet werden sollen.«

»Das ist ungeheuerlich! Von wem haben Sie das Dokument, Mister...«

»Smythe. Und mein Kameramann heißt Simmons. Tut mir leid, wir verraten unsere Informanten nicht. Nur soviel: Vertrauen Sie niemandem, in Ihrem Büro haben auch die Wände Ohren. Soweit unser Sender in Erfahrung bringen konnte, sind schmerzhafte finanzielle Einschnitte geplant. Vor allem die Schweberfahrer sollen mal wieder tüchtig geschröpft werden. Reicht denn die letzte Steuererhöhung noch nicht aus?«

»Bei weitem nicht, Mister Smythe. Gerade im mobilen Bereich kann die Steuerschraube gar nicht fest genug angezogen werden, damit es sich nicht jeder leisten kann, mit dem eigenen Fahrzeug zur Arbeit oder sonstwohin zu fahren. Die Parole lautet: ›Schweber kaufen – ja! Schweber benutzen – nein!‹ Schweberfahren sollte einigen Privilegierten überlassen bleiben – der Rest der Bevölkerung soll gefälligst auf öffentliche Verkehrsmittel umsteigen.«

»Trifft es zu, daß der Staat Tausende von Verkehrsbetrieben aufkaufen und anschließend die Fahrpreise kräftig erhöhen will?«

»Nein, da sind Sie einer Falschinformation aufgesessen. Der Staat verfügt gar nicht über die finanziellen Mittel, um in dieser Größenordnung private Unternehmen zu erwerben. Allerdings soll ein Gesetz verabschiedet werden, das die Verkehrsbetriebe zu dra-

stischen Fahrpreiserhöhungen verpflichtet. Den erwirtschafteten Überschuß müssen die Firmeninhaber dann an die Regierung abführen – wir ziehen die Beträge zusammen mit der regulären Unternehmenssteuer ein.«

»Glauben Sie wirklich, bei derart hohen Preisen benutzt noch jemand öffentliche Verkehrsmittel, Mister Trawisheim?«

»Den Leuten wird nichts anderes übrig bleiben, es sei denn, sie wollen zu Fuß gehen. Wir werden nämlich alles daran setzen, auch noch dem letzten privaten Schweberbesitzer den Fahrspaß zu vermiesen – anhand von immens hohen Parkgebühren in Verbindung mit stark verkürzten Parkzeiten und verschärften Geldbußen.«

»Bisher hatte ich angenommen, bei den Notstandsmaßnahmen ginge es einzig und allein um Einsparungen. Erst jetzt wird mir klar, daß die Regierung obendrein versucht, sich zu bereichern.«

»Diesen Vorwurf weise ich energisch zurück, Mister Smythe! Was der Staat erwirtschaftet, egal auf welche Weise, kommt stets dem gesamten Volk zugute. Mit Sparen allein ist es nun mal nicht getan, es müssen auch zusätzliche Einnahmen her. Das erfordert eine Menge Arbeit und Einfallsreichtum. Und falls uns mal die Ideen ausgehen, erfinden wir halt ein paar neue Steuern mit phantasievoll klingenden Bezeichnungen. – Keine Sorge, in den meisten Fällen beschränken wir uns auf Streichungen, beispielsweise in den Bereichen Sport und Kultur. Subventionen für Theater, Museen, Bibliotheken, Schwimmhallen und Sportfeste fallen von jetzt an rigoros weg. Sämtliche Verbände und Vereine, gleich welcher Art, erhalten keine Zuschüsse mehr.«

»Strengere Überwachung des ruhenden Verkehrs, Extraeinnahmen mittels gesetzlicher Beschlußfassung, neue Steuern, Subventionsstreichungen... vergrößert sich dadurch nicht Ihr Verwaltungsaufwand?«

»Stimmt. Wir werden vermutlich etliche zusätzliche Mitarbeiter einstellen müssen. Am besten Rentner, Künstler und Hausfrauen, die arbeiten erfahrungsgemäß für ein Butterbrot.«

»Wäre es nicht sinnvoller, die Behörden würden Personalkosten sparen, anstatt den Mitarbeiterstamm aufzustocken?«

»Darin stimme ich Ihnen zu. Überflüssige Posten und Arbeitsstellen werden daher gnadenlos ausgemerzt. Als erstes stellen wir in jeder Kommune der Frauenbeauftragten den Stuhl vor die Tür. Wer braucht die schon? Ich jedenfalls nicht. Danach setzen wir mindestens die Hälfte unserer Mitarbeiter vom Amt für Soziales auf die Straße. Sie werden kaum noch benötigt, da die Regierung ohnehin beabsichtigt, die Sozialausgaben auf ein Minimum zu reduzieren. Sozialwohnungen werden abgeschafft, es gibt bedeutend weniger finanzielle Zuwendungen für Kleider und Möbel, und staatlich bezuschußte Weiterbildungsmaßnahmen fallen ebenfalls weg. Wissen ist eine Ware wie jede andere. Wer studieren will, soll gefälligst dafür bezahlen. Ach ja, Putzkolonnen werden in den Ämtern auch nicht mehr gebraucht. Jeder Staatsdiener sollte in der Lage sein, seinen Arbeitsplatz selbst sauberzuhalten.«

»Viel sparen werden Sie bei der Putzerei aber nicht. Die meisten einfachen Arbeiten werden doch längst von Robotern ausgeführt.«

»Die schalten wir ab, das spart Energie. Unsere nächtlichen Ampelabschaltungen zahlen sich bereits aus – demnächst werden wir auch tagsüber kaum noch Ampeln einsetzen. Freie Fahrt für freie Bürger! Die Straßenbeleuchtung in den Städten betreiben wir ebenfalls nur noch auf Sparflamme. Wir reduzieren die Helligkeit in den Hauptstraßen um drei Viertel; Nebenstraßen und Gassen werden überhaupt nicht mehr beleuchtet.«

»Damit öffnen Sie dem Verbrechen Tür und Tor.«

»Verbrechen geschehen nicht nur im Dunkeln, Mister Smythe. Im übrigen liegen anständige Menschen nachts im Bett und treiben sich nicht auf den Straßen oder in Parks herum. Apropos Park – die Bepflanzungskosten für öffentlich zugängliche Grünanlagen schrumpfen wir auf das dringendst Notwendige zusammen. Das gilt auch für alle sonstigen Ausgaben für den Naturschutz. Die Natur muß sich endlich mal darüber im klaren werden, daß wir sie nicht brauchen – aber sie uns.«

»Das klingt wie ein fauler Witz.«

»Ist aber keiner. Die Pflege und Bewässerung von Grünanlagen verschlingt Jahr für Jahr Unsummen. Wassersparen sollte für jeden von uns erste Bürgerpflicht sein. Mal ehrlich, müssen sich die Menschen jeden Tag waschen?«

»Ihre Argumentation stinkt zum Himmel, Mister Trawisheim, im wahrsten Sinne des Wortes.«

»Das ist noch gar nichts gegen den Gestank, der sich ausbreiten wird, wenn die Mülltonnen nicht mehr regelmäßig geleert werden. Müllabfuhr und Straßenreinigung drehen künftig weniger Runden – so sieht es unser Notfallplan vor. Weitere Einsparungen nehmen wir beim Straßen- und Brückenbau sowie bei der Sanierung denkmalgeschützter Gebäude vor. Prächtige alte Schlösser sind zwar schön anzusehen, das ist jedoch kein Grund, ständig Geld in sie hineinzupumpen wie in ein Faß ohne Boden. Was vom Einsturz bedroht ist, wird abgerissen, basta! Das schafft Platz für Supermärkte und Fabriken.«

»Sie sind erschreckend ehrlich.«

»Ich blicke den Tatsachen ins Auge, sonst nichts. Ohne drastische Einschränkungen wäre die Weltregierung bald bankrott. Deshalb muß jeder Opfer bringen, auch wenn es schmerzt. Oder sollen wir tatenlos zusehen, wie rundum alles in die Brüche geht? Wasch mir den Pelz, aber mach mich nicht naß? Nein, so geht das nicht! Es muß etwas geschehen, notfalls gegen den Willen der Bevölkerungsmehrheit. Schon Theodor Fontane sagte: ›Zufriedenheit ist, wenn man sich mit dem begnügt, was man hat – anstatt nach dem zu verlangen, was gerade fehlt.‹ Er mußte es wissen, schließlich war er Chronist in einer Zeit des Wandels traditioneller Werte und Lebensformen. Und jetzt entschuldigen Sie mich bitte, meine Herren, ich habe zu arbeiten.«

Simmons (Kameramann) zu Smythe (Journalist), nachdem Henner Trawisheim fort ist:

»Wer ist Theodor Fontane?«

»Keinen blassen Schimmer, doch das kriegen wir schon heraus.

Sobald wir wissen, wo er sich aufhält, vereinbaren wir mit ihm einen Interviewtermin.«

*

»Ein Wort von Ihnen genügt, und ich lasse die Verursacher des Machwerks festnehmen«, sagte Bernd Eylers, wobei er Henner Trawisheim und Ren Dhark, die ihm beide in der Sitzecke von Dharks Büro gegenübersaßen, abwechselnd anschaute.

»Mit welcher Begründung?« fragte Henner ihn.

»Aufwieglung der Bevölkerung. Verleumdung. Erregung von öffentlichem Ärgernis. Mir fällt schon irgend etwas ein.«

»Haben Sie es nicht eine Nummer kleiner, Bernd?« merkte Dhark an. »Wollen Sie die Meinungsfreiheit abschaffen? Seit es Politiker gibt, gibt es auch Satiriker. Sie sind unsere ständigen Begleiter. Es ist ihr gutes Recht, Regierungsentscheidungen auf sarkastische Weise zu kritisieren.«

Eylers sah das anders. »Satire ist für mich etwas Intelligentes, Feinsinniges, nichts Beleidigendes, Ehrenrühriges. Die bisherigen Sparmaßnahmen sind in der breiten Öffentlichkeit doch noch gar nicht spürbar, schließlich handelt es sich gerade mal um die erste Stufe. Im übrigen hat man diese Holoaufnahme, die als Mikro-CD anonym an alle Haushalte in Alamo Gordo verteilt wurde, nicht als Satire gekennzeichnet. Statt dessen wird der Bevölkerung suggeriert, das Interview sei echt.«

»Die Bewohner von Alamo Gordo sind keine Dummköpfe«, erwiderte Trawisheim. »Mittlerweile lacht wahrscheinlich die ganze Stadt über meinen schlecht geschminkten Doppelgänger. Sie sollten mitlachen, Bernd.«

»Ich finde das aber nicht zum Lachen! Meiner Ansicht nach sieht Ihnen der Schauspieler verdammt ähnlich. Sogar Ihre Körperbewegungen ahmt er perfekt nach. Vermutlich hat er Ihre Gestik lange studiert, Henner. Lediglich an der Stimmlage müßte er noch etwas üben. Ich würde das Ganze jedenfalls nicht auf die leichte Schulter nehmen. Wer weiß, welche subversiven Elemente dahinterstecken.«

»Der Kerl soll mir ähnlich sehen? Nie im Leben. Selbst ein Blinder mit Krückstock erkennt den Unterschied auf Anhieb.«

»Eigentlich müßten Sie sich geehrt fühlen, Henner«, warf Dhark ein. »Nur sogenannte öffentliche Personen, also Menschen von großer Bedeutsamkeit, werden von Satirikern veralbert. Mit einem uninteressanten, farblosen Niemand hätte man sich nicht solche Mühe gegeben. Und die Sprüche in diesem ›Interview‹ sind dermaßen übertrieben, daß kein halbwegs intelligenter Mensch sie ernstnehmen kann. Meiner Meinung nach handelt es sich um keinen feindseligen Akt von Umstürzlern, Bernd, sondern um einen harmlosen Schurkenstreich, das Bravourstück einiger Witzbolde, vielleicht einen Studentenulk. In ein paar Tagen spricht in der Stadt keine Menschenseele mehr darüber.«

»Und damit ist der Fall für Sie erledigt?« fragte Eylers mißbilligend. »Diese Leute schüren die Ängste der Bevölkerung – und Sie wollen nichts dagegen unternehmen?«

»Man kann nur schüren, was an Glut bereits vorhanden ist«, entgegnete der Commander. »Die Menschen hatten schon vor Erscheinen der Mikro-CD panische Angst vor drastischen Einschränkungen. Möglicherweise nimmt ihnen die spaßige Darstellung ein bißchen was von ihrer Furcht.«

»Furcht, die durchaus ihre Berechtigung hat«, sagte Henner Trawisheim. »Bernd hat recht, die Auswirkungen der ersten Notstandsmaßnahmen sind in der breiten Öffentlichkeit noch nicht spürbar – zumindest nicht in diesem Teil der Welt. Aber die Ausrufung der Maßnahmen gibt der Regierung weitreichende Vollmachten, vorbei am Parlament, und das führt zu allgemeiner Besorgnis. Der kleine Mann auf der Straße befürchtet, daß wichtige Entscheidungen künftig über seinen Kopf hinweg getroffen werden, und daß seine Wählerstimme und seine Meinung nichts mehr wert sind. Solche Ängste müssen wir unbedingt ernstnehmen.«

Dhark nickte zustimmend. Wieder einmal wurde ihm klar, daß

mit Henner Trawisheim genau der richtige Mann am richtigen Platz saß. Nicht zum ersten Mal spielte er mit dem Gedanken, sich aus der Regierung zurückzuziehen und seinem bisherigen Stellvertreter die gesamte Verantwortung zu überlassen.

Und was dann, Ren? fragte er sich. *Willst du künftig nur noch kreuz und quer durchs All düsen und den Mysterious hinterherjagen? Ihnen – und all deinen unerfüllten Träumen?*

Bernd Eylers holte ihn in die Wirklichkeit zurück, indem er ihn auf erste Unruhen in den Bevölkerungszentren Asiens und Südamerikas hinwies – reale Unruhen, keine satirisch dargestellten. Unruhen, die man nicht mit etwas Toleranz und einem Schmunzeln abtun konnte. Unruhen, mit denen sich die Regierung zwangsläufig befassen mußte.

Sowohl Bernd Eylers als auch Henner Trawisheim bekundeten Verständnis für die bisher eingeleiteten Notstandsmaßnahmen. Allerdings waren beide dafür, damit eine Zeitlang auszusetzen.

»Aussetzen?« erwiderte Ren Dhark. »Wir fangen doch gerade erst an.«

»Trotzdem wäre es besser, noch etwas zu warten«, meinte Trawisheim.

»Warten?« fragte Dhark. »Worauf?«

»Darauf, daß es den ärmeren Regionen wieder bessergeht«, entgegnete sein Stellvertreter. »Ohne die gewohnten Mittelzuflüsse von außerhalb sind sie verraten und verkauft.«

»Das sind sie mit unseren Zuwendungen auch«, argumentierte der Commander der Planeten. »Wie lange schon fließen Hilfsgelder von einem Teil der Welt in den anderen, ohne daß sich was ändert? Hat sich in all dieser Zeit jemals irgend etwas bewegt?«

»So lange die vermögenden Regionen die mittellosen ausbeuten, bleibt stets alles beim alten«, merkte Eylers kritisch an. »Die Ärmsten der Armen sind auf unsere Großzügigkeit angewiesen.«

»Übertriebene Großzügigkeit ist ebenfalls eine Form der Ausbeutung«, gab Dhark zu bedenken. »Indem die Reichen den Armen laufend geben, was sie dringend benötigen, machen sie diese benachteiligten Menschen zu Abhängigen. Die Geber erwarten ewige Dankbarkeit von den Nehmern, und wenn sie nicht spuren, dreht man ihnen kurzerhand den Geldhahn wieder zu und läßt sie am ausgestreckten Arm verhungern. Es wird Zeit, mit dieser Ungleichbehandlung Schluß zu machen. Ganz neue Konzepte müssen her, damit endlich jeder Weltbürger dieselben Rechte hat. Dieselben Rechte – und dieselben Pflichten. Es muß uns gelingen, das brachliegende Potential der Regionen, die seit Jahrzehnten Unterstützung empfangen, so zu aktivieren, daß auch sie in naher Zukunft zu Nettozahlern an den Staat werden.«

»Überlege nicht, was der Staat für dich tun kann – überlege, was du für den Staat tun kannst«, zitierte Henner ein berühmtes Kennedy-Wort. »Große Sprüche gab es in der Vergangenheit schon genug. Leider folgten nur ganz selten große Taten.«

»Das wird sich von nun an ändern«, sagte Ren Dhark entschlossen. »Wenn Regierung und Volk zusammenhalten und zusammenarbeiten, wird die Armut auf diesem Planeten bald gänzlich ausgelöscht sein.«

Er erteilte Trawisheim die Aufgabe, entsprechende Vorschläge auszuarbeiten und Programme zu entwerfen, die geeignet waren, das Dauerproblem »Dritte Welt« in den Griff zu bekommen.

»Genaugenommen gibt es gar keine ›Dritte Welt‹, sondern nur eine einzige«, beendete er seinen flammenden Appell. »Wir Menschen sind *ein* Volk, und es ist unbedingt vonnöten, daß wir Seite an Seite zusammenstehen, um gegen die vielfältigen Gefahren aus dem All gewappnet zu sein. Wenn es um das Überleben der Erde und der Milchstraße geht, ist letzten Endes kein Preis zu hoch.«

Eylers nickte zustimmend. Dhark hatte ihn voll und ganz überzeugt. Die Notstandsmaßnahmen mußten unbedingt durchgeführt und durchgehalten werden.

Auch Trawisheim stimmt ihm in diesem Punkt zu.

Allerdings hatte er sich vom Regierungschef mehr konkrete Ideen erhofft. Statt dessen hatte sich Dhark zunächst auf vage, wenn auch intelligente Ansatzpunkte beschränkt und ihm, seinem allgegenwärtigen, tüchtigen Stellvertreter, die konkrete Ausarbeitung von effektiven Selbsthilfeprogrammen überlassen.

Es gab Tage, da fühlte sich Henner Trawisheim ungeheuer überfordert. Leider konnte er nicht einfach so mit der POINT OF davonfliegen wie gewisse andere Leute.

*

Anfang Juli 2058 – die Installation von Projektoren auf Terra für ein planetenweites Schutzfeld lag mittlerweile mehr als dreizehn Monate zurück. Seither war die Erde halbwegs geschützt vor den unberechenbaren Schwingungen des galaktischen Magnetfelds und vor allem gegen Angriffe der Grakos. Der globale Schirm war zu einem festen Bestandteil der militärischen Abwehr geworden.

Es war an einem Mittwoch, kurz nach halb zwei Uhr mittags, als Hauptfeldwebel Greg Mason an seinem Schaltpult in der Schirmzentrale Platz nahm. Die vergangene halbe Stunde hatte er in der Kantine verbracht, in Gesellschaft gleichaltriger Unteroffiziere, die dort ebenfalls ihre wohlverdiente Mittagspause eingelegt hatten. Man hatte über dieses und jenes geplaudert, über den einen oder anderen Vorgesetzten hergezogen und – wie jedesmal – auf den faden, einfallslosen Kantinenfraß geschimpft.

Mit nennenswerten Problemen rechnete Mason heute nicht. Selbst als er leichte Energieschwankungen im Nogk-Schirm um Terra registrierte, regte er sich nicht sonderlich auf. Routinemäßig begann er, nach der Ursache zu suchen. Wahrscheinlich würde ihn die Beseitigung derselben nur einen kleinen Knopfdruck kosten.

Doch die unerklärlichen Energieschwankungen wurden stärker. Mason brauchte Unterstützung.

Er stellte Verbindung zur ALLIGATOR her, einem ehemaligen Raumschiff der Giants von 50 Metern Durchmesser, das sich außerhalb des Schutzschirms auf Patrouillenflug befand.

Del Shannon, der vierzigjährige, hagere Kapitän der Sternschnuppe, verzehrte gerade eine wenig wohlschmeckende Diätmahlzeit aus der Tube, als ihn Masons Hilferuf erreichte. Fast zeitgleich meldete ihm sein Erster Bo Diddley – ein breitschultriger Schwarzafrikaner von mehr als zwei Metern Körpergröße – die Sichtortung einer seltsam leuchtenden Fläche im Schirm.

»Merkwürdig«, murmelte Shannon, während er mit nachdenklicher Miene das Leuchten am Bildschirm betrachtete. »Sehr, sehr merkwürdig.«

Kurz und knapp erteilte er seiner Mannschaft den Befehl, näher heranzufliegen.

In der Krankenstation verabreichte die schöne Ärztin Brenda Lee ihrem knapp sechsundzwanzigjährigen Patienten eine Vitamininjektion. Leutnant Johnny Burnette litt seit einigen Tagen unter leichten Kreislaufstörungen, für die er keine Erklärung hatte.

Er nicht – die Bordärztin schon.

»Zuviel Alkohol und Nikotin, zu fettes Essen, zuwenig Bewegung«, listete sie dem Übergewichtigen seine kleinen täglichen Sünden auf. »Wenn Sie so weitermachen, muß ich Sie vorübergehend dienstunfähig schreiben.«

»Nichts dagegen einzuwenden«, entgegnete Johnny, der auf einem Stuhl saß, grinsend. »Allerdings wird Ihre Diagnose bei meinen Vorgesetzten keine Freudensprünge auslösen, gelinde gesagt. Könnten Sie das ganze nicht auf Latein formulieren?«

*

Raumfeldwebel Tony Orlando war mit sich und der Welt zufrieden. In »seinem« Maschinenraum lief die gesamte Technik wie am Schnürchen.

So mochte es der Mann aus Neapel am liebsten. Technische Störungen waren meist mit viel Aufregung verbunden, und die schlug ihm immer gleich aufs Gemüt. Er war ein Mensch, für den Harmonie bei der Arbeit zu den wichtigsten Dingen im Leben zählte. Zugegeben, sein Arbeitsplatz war nicht der schönste, dennoch hätte er ihn gegen keinen anderen eingetauscht, für nichts auf der

Welt. Hier war er allein und gleichzeitig mittendrin im Geschehen.

Tony war alles andere als ein Held. Gab es Ärger, war er hier unten verhältnismäßig sicher. Im Maschinenraum eines jeden Raumschiffs konnte man sich bestens verbarrikadieren und verstecken.

Davon sprach er allerdings nie, wenn er heimkam und seinen Freunden, Verwandten und Bekannten abenteuerliche Raumfahrergeschichten auftischte. In seinen Erzählungen kämpfte er stets in vorderster Front gegen Bedrohungen aller Art.

Manchmal glaubte er seine Storys sogar selbst. Mit einer gewissen Berechtigung, wie er meinte. War er denn nicht der wichtigste Mann an Bord? Ohne ihn würde sich die Sternschnuppe keinen Millimeter durchs All bewegen.

Schon als Kind hatte Orlando davon geträumt, zu den Sternen zu fliegen.

»Junge, das ist nichts für dich«, hatte sein Vater ihm prophezeit. »Dort oben herrscht ewige Nacht. Du aber bist im sonnigen Süden aufgewachsen.«

Glücklicherweise hatte Tony nicht auf ihn gehört. Seit vielen Jahren war er auf verschiedenen Militärschiffen im Einsatz, und nicht eine einzige Minute hatte er dem blauen, sonnigen Himmel über Italien nachgetrauert. Warum auch? Die farbenprächtigen Sonnen fremder Systeme hatten schließlich auch ihren Reiz.

Obwohl der Abstand zu Sol rund 150 Millionen Kilometer betrug, hatte Tony Orlando auf einmal das Gefühl, ihr ganz nahe zu sein. Zu nahe – so wie Ikarus, kurz bevor das Wachs an seinen Flügeln schmolz.

Und dann war da plötzlich dieses grelle Licht, das von allen Seiten durch die Wände zu kommen schien…

Der italienische Maschinist verlor das Bewußtsein und stürzte der Länge nach hin.

*

Auch in der medizinischen Station spürte man die Hitze und sah das Licht.

Johnny Burnette sank lautlos auf dem Stuhl zusammen, kippte zur Seite weg und schlug mit einem dumpfen Geräusch auf dem Boden auf. Sein Körper dämpfte den Sturz von Dr. Brenda Lee, die noch die Injektionspistole in der Hand hielt.

Kapitän Shannon war der erste, der auf der Kommandobrücke zusammenbrach. Die zahllosen Diäten hatten ihn so sehr geschwächt, daß sein Körper kaum noch über Widerstandskraft verfügte.

Der Erste Offizier Diddley hielt am längsten durch. Fast sechs Sekunden widerstand er dem Energieblitz, der das Schiff getroffen und vollständig eingehüllt hatte. Er war ein Kerl wie ein Baum und kippte um wie eine gefällte Eiche.

An Bord der Sternschnuppe funktionierte nichts mehr. Antriebslos trieb der ehemalige Giantraumer auf den Nogk-Schirm zu.

Vergeblich versuchte Greg Mason, den Funkkontakt zwischen Schiff und Schirmzentrale wiederherzustellen. Mit seiner Gelassenheit war es endgültig vorbei. Aufgeregt alarmierte er den wachhabenden Offizier, den er bei seiner Rückkehr aus der Kantine abgelöst hatte.

Oberleutnant Gustav Valet ließ sein Mittagessen stehen und begab sich auf dem schnellsten Weg in die Zentrale. Mit einem kurzen Blick auf die Anzeigen erfaßte der Franzose die brenzlige Situation sofort.

»Das Schiff treibt auf den Schutzschirm zu! Wir müssen eine Öffnung freischalten, sonst wird es im Schirm verglühen.«

»Wir... wir können keine Lücke schalten«, stammelte der Hauptfeldwebel. »Die ALLIGATOR würde unweigerlich auf die Erde herabstürzen. Laut Berechnung des Suprasensors fällt sie mit siebenundneunzigprozentiger Wahrscheinlichkeit auf bewohntes Gebiet.«

»Haben Sie einen Lösungsvorschlag, Mason?«

»Leider nein. Ich halte es für das beste, wir holen uns weitere

Anweisungen von oben.«

»Nicht von oben«, sagte Valet entschlossen und deutete mit dem Zeigefinger in die Höhe, »sondern von ganz oben.«

»Von Gott?« fragte Greg Mason verblüfft.

»Wenn Sie den Commander der Planeten so nennen wollen«, antwortete sein Vorgesetzter. »Die POINT OF hat am Morgen den Schirm passiert, ist aber nicht sonderlich weit ins All hinausgeflogen und befindet sich in Funkreichweite. Dhark und Riker sind beide an Bord. Sie werden wissen, was zu tun ist.«

»Und wenn nicht?«

»Dann ist das Leben von Shannon und seiner Mannschaft keinen Pfifferling mehr wert.«

16.

Pakk Raff spuckte Gift und Galle.

»Ihr einfältigen Narren!«

Er stieß die Worte aus wie Dolche. Drohend blickte er sich um, fand aber kein Ventil für seinen Wutausbruch. Keiner seiner Brükkenoffiziere wagte, seinem Blick zu begegnen. Alle taten sie, als wären sie in wichtige Tätigkeiten vertieft, die keinen Aufschub duldeten.

Zu spät, dachte der oberste Rudelführer aller Nomaden. Das hätten sie vorher tun müssen. Aus blutunterlaufenen Augen stierte er auf den Bildschirm, der ihm den Sektor zeigte, in dem sich dieser verräterische Wurm, der einst sein Berater gewesen war, mit dem gestohlenen Raumschiff aufgehalten hatte. Pakk Raff war es gelungen, ihm auf den Fersen zu bleiben. Ein Fehler, den Dozz früher nicht gemacht hätte. Schließlich war ihm bekannt, daß die Schiffe der Nomaden den Wiedereintrittspunkt eines Raumschiffs nach einem Wurmlochdurchgang ermitteln konnten. Also mußte ihm klargewesen sein, daß er seinen ehemaligen Anführer nicht auf so plumpe Weise abschütteln konnte.

Normalerweise jedenfalls nicht.

Aber die Natur dieser fremden Galaxis hatte Pakk Raff einen Strich durch die Rechnung gemacht.

Denn hier galten scheinbar andere Gesetzmäßigkeiten als daheim in Drakhon.

Schnaufend und mit angespannten Muskeln stapfte er durch die Zentrale. Er mußte sich abreagieren, sonst würde ihm die Brust platzen. Zornbebend versetzte er einem der wuchtigen Gliedersessel einen derben Tritt. Das Möbelstück wurde aus der Verankerung gerissen und überschlug sich mit einem dumpfen Poltern. Die Nomaden, die in der Zentrale Dienst taten, zuckten zusammen wie geprügelte Hunde. Pakk Raff schloß die Augen und schnappte mit seinen mächtigen Kiefern zu. In Gedanken trennte er Dozz mit einem kräftigen Biß den Kopf vom Rumpf.

Noch in Gedanken, aber der Tag würde kommen, an dem sich seine Vision bewahrheitete.

Auch wenn es ihm schwerfiel, er zwang sich zur Ruhe.

»Wie hat dieser erbärmliche Wicht eine Flucht über diese Reichweite geschafft?«

Niemand war kühn genug, ihm eine Antwort zu geben, die er nicht exakt untermauern konnte. Pakk Raffs Wutausbrüche waren legendär, und wehe dem, der sie verschuldete.

»Wir waren auf eine Nottransition von Priff Dozz vorbereitet«, erhob Plepp Riff vorsichtig die Stimme. »Alle Vorbereitungen waren abgeschlossen. Das weißt du selbst am besten. Die Männer haben keinen Fehler begangen.«

Pakk Raff kniff die Augen zu schmalen Schlitzen zusammen und bedachte den besten Kapitän seines Rudels, der deshalb auf seinem Flaggschiff Dienst tat, mit einem warnenden Blick.

Auf seinem Flaggschiff! Er schnaubte verächtlich. Der Prototyp, den dieser dreiste Baddak vor seinen Augen gekapert hatte, hätte sein neues Flaggschiff sein sollen. Allein das war ein Grund, Priff Dozz zu töten. Viel schwerer wog jedoch die persönliche Beleidigung, die der seinem Anführer mit dessen Unterwerfung angetan hatte.

Gleichgültig wie lange es auch immer dauern mochte, und wenn er dafür bis ans Ende des Universums reisen mußte: Pakk Raff würde nicht ruhen, bis er Priff Dozz erlegt hatte.

»Weshalb wissen wir dann trotzdem nicht, wo er in den Normalraum zurückgefallen ist?«

»Sämtliche Berechnungen waren auf eine Sprungweite von maximal einigen Lichttagen ausgerichtet. So wie es üblich ist. Größere Transitionen sind nicht möglich.«

»Hier offenbar schon!«

Jedenfalls für Priff Dozz, wie auch immer er das zustandegebracht haben mochte.

Plepp Riff machte eine zustimmende Geste.

Der Rudelführer widmete sich wieder dem Hauptschirm. Ein verwegener Gedanke begann in ihm zu reifen. Warum eigentlich nicht? Sie mußten nur die Probe aufs Exempel machen. Zu verlieren hatten sie nichts, möglicherweise aber alles zu gewinnen.

Ruckartig drehte er sich zu seinem 1. Offizier um, der zugleich der Chefpilot war.

»Einen Stern anpeilen und Sprung durchführen!« ordnete er an. »Ganz egal welchen, aber mindestens in einer Entfernung von einem Lichtmonat. Was ist? Glotz mich nicht so einfältig an, oder muß ich dir Beine machen? Und ihr anderen braucht ebenfalls nicht zu tun, als hätte ich den Verstand verloren! Bewegt euch, oder ich werfe einen nach dem anderen aus der nächsten Raumschleuse.«

Die Männer duckten sich unter seinen Worten, als würden sie sie körperlich erleiden.

Der Pilot brach in hektische Aktivität aus. Schließlich meldete er Bereitschaft.

»Dann bring uns endlich hier weg!« polterte Pakk Raff ungeduldig.

Kurz darauf wußte er, daß er sich nicht geirrt hatte.

Ein sardonisches Grinsen huschte über seine herben Züge. Seine Vermutung stimmte also. Was immer es war, das längere Transitionen in ihrer Heimat verhinderte, in dieser Galaxis war es nicht vorhanden. Das eröffnete ganze neue Möglichkeiten. Allmählich verrauchte sein Zorn und wurde durch neue Zuversicht ersetzt. Hier waren sie also nicht auf Gedeih und Verderb der Wurmlochtechnologie ausgeliefert.

Das war besonders wichtig bei den Anstrengungen, die vor ihnen lagen.

»Die Jagd kann beginnen«, stellte er mit einer gewissen Vorfreude fest. Sollte Dozz sich ruhig in Sicherheit wiegen, um so dümmer würde er aus der Wäsche schauen, wenn er sich seinem ehemaligen Protektor unvermittelt gegenübersah. Pakk Raff fletschte sabbernd die Zähne.

»Auf Priff Dozz?« fragte Plepp Riff. »Aber wir haben ihn verloren.«

»Für den heutigen Tag gebe ich dir recht, aber das bedeutet noch lange nicht, daß wir ihn nicht wiederfinden.«

»Ihn suchen? In einer ganzen Galaxis? Wir haben keinen Anhaltspunkt, wohin dieser Feigling verschwunden ist. Die Wahrscheinlichkeit, daß wir ihn jemals wiederfinden, ist somit gleich Null.«

Zustimmendes Gemurmel unter der Brückenbesatzung wurde laut. Langsam gewannen sie ihren Mut zurück. Sie alle kannten Pakk Raff lange und gut genug, um instinktiv zu spüren, wann sein ärgster Zorn verraucht war und sie wieder wagen konnten, die Schnauze aufzumachen.

Mit einem mächtigen Knurren übertönte Pakk Raff sämtliche Einwände.

»Das war kein Vorschlag von mir«, blaffte er seine Leute an, »sondern ein Befehl! Aber ich will euch die freie Wahl lassen. Wer mich bei der Suche nach diesem Verräter nicht unterstützen will, sondern *im Stich läßt«,* er betonte die letzten Worte besonders, »kann mit einem der Beiboote nach Hause fliegen. Ich werde mich erst nach meiner triumphalen Heimkehr mit ihm beschäftigen.«

Das saß.

Keiner unter ihnen dachte auch nur im Traum daran, ihm die Gefolgschaft zu versagen. Zu klar war ihnen, daß sie damit früher oder später Priff Dozz' Schicksal teilen würden.

Zufrieden feixte Pakk Raff vor sich hin und faßte seine Männer einen nach dem anderen ins Auge.

»Ich sehe, wir haben uns verstanden. Ich werde Priff Dozz finden und töten.«

Die Jagd auf den Verräter war noch lange nicht beendet.

*

»Wir haben die Orientierung verloren!«

Karr Sutts Worte waren wie ein Schlag ins Gesicht jedes Nomaden. Sie, die im Weltraum beheimatet waren, seit die, deren Namen man nur hinter vorgehaltener Hand aussprach, ihren Planeten zerstört hatten, kannten jeden Winkel des Universums. Jedenfalls hatten sie das bislang geglaubt.

»Hier ist alles anders«, bestätigte Parr Jipp. »Ich frage mich, ob wir nicht einen Fehler gemacht haben.«

»Sicher nicht!« Priff Dozz warf seinen Unterführern aufmunternde Blicke zu. »Oder wäre es euch lieber, Pakk Raff hätte uns erwischt? Das System war nun mal auf volle Leistung gestellt. Immerhin wissen wir eines jetzt sicher. In dieser Galaxis funktionieren unsere Transitionstriebwerke ohne Einschränkungen. Aber das konnte vorher keiner ahnen, und selbst wenn, hätte ich nicht die Zeit gehabt, neue Einstellungen vorzunehmen. Bis dahin hätte uns Pakk Raff längst aus dem Universum gefegt.«

»Aber wie ist das möglich?« fragte Knapp Bozz, dessen Verletzung von dem Zweikampf nicht besonders schlimm war. Längst hatte die Blutung aufgehört, und die Männer auf der Brücke verloren kein weiteres Wort darüber.

»Das müssen wir später klären. Zweifellos gibt es eine plausible wissenschaftliche Erklärung dafür.« Ratlos schaute Priff Dozz die Meßinstrumente an, die Werte lieferten, mit denen er nichts anfangen konnte. »Achttausend Lichtjahre weit hat uns unser Sprung getragen. Allem Anschein nach in Richtung des galaktischen Zentrums der Milchstraße. Das ist aber schon alles, was sich lokalisieren läßt.«

Die Monitoren zeigten unbekannte Sternkonstellationen. Da sie die ersten Nomaden waren, die es in diese Galaxis verschlagen hatte, war ihnen dieser Weltraumabschnitt natürlich vollkommen unbekannt. Immerhin ergaben rasche Messungen, daß sie in einem Bereich aus dem Hyperraum zurückgekehrt waren, der völlig stabil war, auch wenn sich Spuren starker Magnetstürme nachweisen ließen. Dafür wurden sie hier nicht von den Ausläufern der galaktischen Gefahr bedroht, in die sie zunächst geraten waren. Gleichzeitig bedauerte er ein wenig, daß es ihm durch die Nottransition nicht vergönnt war, die außergewöhnlichen kosmischen Phänomene näher zu untersuchen.

»Ich kann unsere Heimatgalaxis nicht orten«, jammerte Karr Sutt. Er machte eine fahrige Handbewegung. »Ich vermute sie hinter uns, wenn wir davon ausgehen, daß das Zentrum der Milchstraße vor uns liegt.«

»Es gibt keinen Grund zu klagen. Wir sind Pakk Raff entkommen, und diesmal endgültig. Er wird uns nie wieder finden.«

»Das hast du schon einmal behauptet.«

Priff Dozz warf Knapp Bozz einen scharfen Blick zu, der diesen augenblicklich verstummen ließ.

»Ja, das habe ich. Hier aber kann er uns nicht finden, denn er kennt sich ebensowenig aus wie wir. Das ist eine fremde Galaxis. Glaubt ihr denn wirklich, daß ein einzelnes Raumschiff ein anderes darin finden kann? Wir sind weniger als zwei Aminosäurebausteine, die sich zufällig in der Ursuppe eines Planeten treffen. Ich beschwöre euch, für uns wird alles gut enden.«

Seine letzten Worte lenkten seine Gedanken wieder auf Dell Wudd und erinnerten ihn daran, daß er sie besuchen wollte, bevor der abscheuliche Pakk Raff wie aus dem Nichts aufgetaucht war. Er gab sich einen Ruck. Diesmal war der Moment gekommen, klare Verhältnisse zu schaffen.

»Wir halten diesen Kurs mit geringer Geschwindigkeit«, ordnete er an. »Bis ich weitere Befehle gebe. Ich habe noch etwas zu erledigen.«

Sie wußten alle, was er vorhatte, aber das war Priff Dozz egal. Niemand wagte, einen Kommentar abzugeben. Er fragte sich, ob das an seinem erfolgreich bestandenen Zweikampf gegen Knapp Bozz lag. Mit einem Mal begann er das Rangkämpfeverhalten der Nomaden zu verstehen. Was nicht bedeutete, daß sich an seiner Einstellung dazu etwas änderte.

Daß es aber durchaus seine Vorteile mit sich bringen konnte, ließ sich nicht leugnen.

Ihm war bewußt, daß diese Tatsache allein deshalb galt, weil sich nur Omegas an Bord der FREIHEIT befanden. Auf jedem anderen Nomadenraumer hätte alles gleich wieder anders ausgesehen.

Als er die Brücke verließ, wanderten seine Gedanken weiter zu Bidd Nobb. Noch immer ärgerte er sich über ihr Auftreten. Ein eigenartiges Gefühl befiel ihn, daß es mit dem Stellen ihrer Forderungen nicht getan war, sondern daß sie ihren Feldzug für die weibliche Gleichberechtigung eben erst begonnen hatte. Möglicherweise unternahm sie sogar etwas gegen Dell Wudd, womit man nach ihrer unverhohlen geäußerten Abneigung rechnen mußte.

Priff Dozz schüttelte den Gedanken ab.

Welch ein Unsinn!

Bidd Nobb hatte stets eine große Klappe gehabt, aber sie mußte auch erkennen, daß ihr Ehemann nun Kapitän eines mächtigen Kreuzraumers und gleichzeitig Anführer eines neuen Rudels von Nomaden war. Zweifellos war sie nicht so dumm, einen Fehler zu begehen, den sie später bereuen mußte.

Auf seinem Weg zu Dell Wudds Unterkunft würde er einen Umweg machen, um das neue Schiff besser kennenzulernen.

Sein neues Schiff!

*

Eine halbe Stunde lang redete Bidd Nobb auf die versammelten Frauen ein.

Verschwörerisch hockten sie in einem abgelegenen Frachtraum, gar nicht weit vom Quartier der verhaßten Dell Wudd entfernt. Durch Zufall verirrte sich niemand an diesen Ort, denn der Laderaum wurde nicht genutzt. Bis auf Bidd Nobbs Anhängerinnen war er leer.

»Wichtig ist, daß wir uns einig sind«, schwor sie die anderen

Frauen auf eine gemeinsame Linie ein. »Sonst können wir keinen Erfolg haben. Die Männer halten doch auch alle zusammen. Ihr wißt genau, daß nicht einer von ihnen sich gegen Dell Wudd entscheiden wird. Also müssen wir dafür sorgen, daß sie von Bord verschwindet. Andernfalls werden wir alle unsere Männer verlieren.«

Beifälliges Murmeln erhob sich. Es gab keinen Zweifel und keine Gegenstimme. Die dramatische Szene in der Kommandozentrale war wie ein traumatisches Erlebnis, das sich niemals wiederholen durfte.

In der Vergangenheit war es normal gewesen, daß die Männchen um die Weibchen gekämpft hatten.

In der neuen Zeit war es das nicht mehr.

Wenn die Männer das nicht einsehen wollten, mußten die Frauen sie eben zu ihrem Glück zwingen.

Nachdem Bidd Nobb geendet hatte, schwieg sie und sah sich um. Es war dunkel in dem Frachtraum, trotzdem konnte sie geschlossene Zustimmung erkennen. Nicht eine der Nomadinnen würde von der festgelegten Linie abweichen, daran zweifelte sie nicht. Ein unsichtbares Band war zwischen ihnen geschmiedet, das erst nach ihrem Erfolg wieder zerreißen würde.

Nach einer langen Weile ergriff Bidd Nobb wieder das Wort.

»Wir brauchen eine Freiwillige.«

»Warum machst du das nicht selbst?«

»Ich würde es tun«, verteidigte sich die Frau des Anführers. »Aber mich wird Priff Dozz als erste verdächtigen. Schließlich habe ich für euch gesprochen. Daher muß ich zu Hause sein, wenn er in die Unterkunft kommt.«

Sie fürchtete schon, keine Freiwillige zu finden, als Hudd Sibb vortrat.

»Ich mache es«, flüsterte sie andächtig. »Seid bereit.«

Bidd Nobb legte ihr aufmunternd eine Hand auf die Schulter. »Ihr habt es gehört. Ihr wißt, was zu tun ist. Alle anderen kehren in ihre Quartiere zurück. Nur Mut, dann ist dieser Spuk schon bald vorbei.«

Als Hudd Sibb ihr Ziel erreichte, waren die anderen bereits verschwunden.

*

Ruhelos ging Dell Wudd von einer Wand zur anderen und wieder zurück. Die bedrückende Enge ihrer Kabine raubte ihr den Verstand. Sie hatte alles durch die Gegend geworfen, was ihr in die Finger fiel, aber nun fand sie nichts mehr, was sie in ihrer ohnmächtigen Wut zerstören konnte.

Sie brauchte einen Verbündeten. Jemand, mit dem sie reden und mit dessen Hilfe ihr vielleicht die Flucht gelingen konnte. Viel Hoffnung hatte sie allerdings nicht. Sie mußte sich sogar in acht nehmen, nicht einen weiteren Fehler zu machen. Ihr war nicht entgangen, daß die Frauen an Bord sich gegen sie verschworen hatten, weil sie um ihre Männer fürchteten.

»Männer«!

Lachhaft. So konnte man diese armseligen Gestalten wohl kaum nennen.

Diese eifersüchtigen Weiber. Die mußten es wirklich nötig haben, wenn sie um solche Waschlappen kämpften. Naja, kein Wunder, schließlich waren sie nie in den Vorzug gekommen, eine Liebesnacht mit Pakk Raff verbringen zu dürfen.

Knapp Bozz hatte versagt. Wie hatte Dell Wudd auch erwarten können, daß eine dieser halben Portionen zu etwas gut sein konnte. Die reine Lüsternheit hatte ihn getrieben, aber seine Unfähigkeit war allem Anschein nach noch größer. Am liebsten hätte sie Priff Dozz selbst herausgefordert. Ein verwegener Gedanke, denn natürlich war dieses Recht allein Männern vorbehalten.

Männern, die sie samt und sonders besiegt hätte.

So aber waren ihr die Hände gebunden. Es wäre ihr ein Leichtes gewesen, einen anderen Mann dazu zu bringen, zu wiederholen, was Knapp Bozz nicht gelungen war. Doch sie wollte keine weitere Enttäuschung erleben. Kein einziger von ihnen würde sich geschickter anstellen, und sie durfte sich keine Blöße geben. Sie war allein unter Feinden, da konnte sie es sich nicht leisten, alle gegen sich aufzubringen. Mochten die Männer ihr noch so liebestoll nachjagen, es gab einen Punkt, an dem sie wieder anfangen würden zu denken.

Sie wunderte sich, daß Priff Dozz keine Maßnahmen gegen sie ergriff. Er wußte ja, wem er die Herausforderung zu verdanken hatte, da dieser Versager Knapp Bozz ihm alles gestanden hatte. Wahrscheinlich ließ Dozz sie unbehelligt, weil er sich immer noch Chancen bei ihr ausrechnete. Sie überlegte, ob sie noch einmal versuchen sollte, ihn um den Finger zu wickeln, verwarf den Gedanken aber gleich wieder. Auch wenn er seine Triebe in ihrem Beisein kaum unterdrücken konnte, würde er ihr kein luxuriöseres Quartier zuweisen.

Sie schreckte auf, als der Türsummer anschlug.

Dell Wudd schaute zum verschlossenen Eingang und fragte sich, wer sie wohl besuchen mochte. Einer der Männer, der sich an sie heranmachen wollte? Mit einem gelangweilten Blick betrachtete sie das angerichtete Durcheinander. Und wenn schon, niemand würde ihr deshalb Vorhaltungen machen.

Entschlossen öffnete sie.

Eine der Frauen stand draußen im Gang.

»Was willst du?« fragte sie abweisend.

»Ich bin Hudd Sibb«, erwiderte die Frau. »Ich muß mit dir reden.«

»Ich wüßte nicht, was wir zu besprechen hätten. Es sei denn, du kommst, um mir mitzuteilen, daß euer mächtiger Anführer mich zu Pakk Raff zurückbringen wird.«

»Genau darum geht es. Priff Dozz will das nicht. Ich aber schon«, flüsterte Hudd Sibb im Tonfall eines Verschwörers. »Ich kann dich an einen Ort führen, von dem aus du Kontakt zu Pakk Raff aufnehmen kannst.«

Dell Wudd schaute sie nachdenklich an. Sie hatte nicht damit gerechnet, daß sich ihr jemals eine solche Chance bieten würde. Wenn es ihr gelang, Pakk Raff eine Nachricht zukommen zu lassen, wäre sie in Kürze frei.

»Wieso sollte ich dir glauben? Du hast keinen Grund, mir zu helfen. Ihr Frauen habt euch gegen mich verschworen.«

»Nur weil wir dich nicht länger an Bord haben wollen. Wenn du verschwindest, haben wir keine Probleme mehr. Wir haben uns beraten und diese Entscheidung gemeinsam getroffen. Die anderen Frauen wissen, daß ich hier bin. Sie haben mich zu dir geschickt.«

Dell Wudds anfängliche Skepsis legte sich allmählich. Hudd Sibbs Gründe waren einleuchtend. Allerdings übersahen die Frauen an Bord, daß mit Dell Wudds Verschwinden von Bord ihre Probleme keineswegs gelöst waren. Sie kannte Pakk Raff viel zu gut. Er war kein Mann, der Gnade vor Recht ergehen ließ. Er würde sich für die Entführung seiner Lieblingsfrau bitter rächen. Besonders an Priff Dozz. Aber das mußte Dell Wudd ihrer Besucherin ja nicht verraten.

»Also gut«, sagte sie. »Bring mich zu der Funkanlage.«

Trotz ihrer mangelhaften technischen Fähigkeiten würde es ihr schon gelingen, sie in Betrieb zu nehmen.

»Dann komm. Es ist gar nicht weit von hier. Aber du mußt mir versprechen, daß du wirklich zu Pakk Raff zurückgehst.«

»Natürlich verspreche ich dir das. Denn es ist ja genau das, was ich will.«

Dell Wudd fletschte zufrieden die Zähne.

Über soviel Dummheit konnte sie sich nur wundern.

*

Zum ersten Mal hatte er Muße, sich das Schiff genauer anzusehen.

Es war riesig, und zuweilen hatte er den Eindruck, allein an Bord zu sein. Selbst an Bord der konventionellen Kreuzraumer gab es genug Möglichkeiten, anderen Nomaden aus dem Weg zu gehen, wenn man alleinsein wollte. Hier war das die Normalität. Denn das Schiff war noch viel größer, und das Gewirr von Korridoren und Hallen, Gängen und Verbindungsstollen, Maschinenräumen, Wartungsdurchlässen und Be- und Entlüftungsschächten war unüberschaubar. Außerdem beherbergte die FREIHEIT viel weniger Insassen, so daß sie sich in der Weite des Schiffs geradezu verloren. Priff Dozz war zufrieden damit.

Zwar waren die Nomaden gewohnt, tagein, tagaus auf engem Raum zusammenzuleben, aber dieser Zustand brachte auch Probleme mit sich. Gelegentlich ging man sich auf die Nerven, und trotz aller Zivilisation brach in den Hundeartigen manchmal der Drang durch, durch grenzenlose Weiten zu streifen. Ein Verlangen, das sich an Bord eines Raumschiffs naturgemäß nur im übertragenen Sinne stillen ließ.

Seine Überlegungen brachten ihn zu der Frage der Zukunft seines Volkes. Er mußte einen Plan entwickeln, denn über ein erhebliches Manko durfte er nicht hinwegsehen.

Zwar lebten an Bord der FREIHEIT genug Nomaden, um den Stamm zu erhalten. Auf Dauer reichte das aber nicht aus. Durch die im Vergleich zu anderen Nomadenschiffen geringe Population war der Genpool stark beschränkt. Viel durfte nicht mehr passieren, sonst drohte Inzucht, und das konnte für sein Rudel unabsehbare Folgen zeitigen. Abgesehen davon, daß er das für ethisch nicht vertretbar hielt. Irgendwann mußte im wahrsten Sinne des Wortes für frisches Blut gesorgt werden.

Doch genau da lag die Krux. Schließlich konnte man sich nicht mit anderen Nomaden austauschen. Man war nun mal allein in dieser Galaxis. Keine weiteren Schiffe, keine Handels- oder Stützpunktwelten. Keine Freizonen. Eine Zuwanderung von außerhalb schied also aus, ein Problem, an das er vor seiner Flucht nicht gedacht hatte.

Als er einen Knotenpunkt erreichte, von dem Gänge sternförmig in verschiedene Richtungen führten, verharrte er. Eine solche Symmetrie hatte er in keinem früheren Balkenraumer der Nomaden vorgefunden. Anscheinend waren die Konstrukteure bei der Neukonstruktion teilweise von anderen Voraussetzungen ausgegangen als bei herkömmlichen Typen.

Die neue Bauweise faszinierte ihn um so stärker, je mehr er von ihr sah.

Weniger denn je zuvor bereute er seinen gewagten Schritt.

Die FREIHEIT machte jedes Risiko, das er eingegangen war, mehr als wett. Er würde jederzeit wieder genau gleich handeln, und nun, da er seinen Erkundungsgang fortsetzte, überzeugter denn je.

Die Meßstationen arbeiteten währenddessen unentwegt, erfolglos bisher. Vordringliches Ziel war herauszufinden, wo genau sie sich befanden. Als im Raum lebende Spezies war es den Nomaden ein grundlegendes Bedürfnis, sich orientieren zu können. Zwar hätten sie weitere wahllose Transitionen vornehmen können, aber das war eine Praxis, die eines Nomaden unwürdig war. Priff Dozz war Wissenschaftler, also mußte es für ihn eine andere Lösung geben.

Er hatte sie nur noch nicht gefunden.

Doch dafür hatten sie Zeit. Da Pakk Raff nicht schon wieder aufgetaucht war, hatte er ihre Spur endgültig verloren.

Als Priff Dozz einen weiteren Knotenpunkt erreichte, kannte er sich wieder aus. Ganz in der Nähe lag Dell Wudds Unterkunft. Als er sie ihr persönlich zugewiesen hatte, war er aus einer anderen Richtung kommend dort angelangt. Bei seinem Erkundungsgang hatte er, ohne es zu merken, einen Halbkreis geschlagen und näherte sich diesmal aus der entgegengesetzten Richtung.

Er wollte eben in den Korridor einbiegen, der ihn ans Ziel seiner Träume bringen sollte, als er Geräusche vernahm.

Priff Dozz blieb stehen und lauschte. Tatsächlich, da waren sie wieder. Sie drangen aus einer anderen Richtung an sein Ohr, die für ihn noch Niemandsland war. Als er intensiver lauschte, wurde ihm klar, was er hörte.

Schmerzerfüllte Schreie.

*

»Beeil dich!« trieb Hudd Sibb sie an. »Wir befinden uns zwar in einem abgelegenen Teil des Schiffs, aber wir wollen nicht riskieren, daß uns einer der Männer über den Weg läuft und unangenehme Fragen stellt.«

Vor Dell Wudd öffnete sich ein Schott. Ein dunkler Raum von unbestimmter Größe lag dahinter. Sie trat ein und erwartete, daß Licht aufflammte, doch nichts geschah.

Ihre Besucherin drängte sie weiter.

»Ich kann nichts sehen«, beschwerte sich Dell Wudd. Mißtrauen erwachte in ihr. »Wieso geht das Licht nicht an?«

»Eine reine Vorsichtsmaßnahme. Ich werde gleich dafür sorgen.«

Mit einem schwachen Geräusch schloß sich das Schott hinter den beiden Nomadinnen.

»Gesichert!« ertönte eine Stimme aus der Dunkelheit.

Gleichzeitig wurde es hell.

Dell Wudd stieß ein überraschtes Knurren aus. Sie war nicht mit Hudd Sibb allein. Fünf weitere Frauen hatten in der Dunkelheit gelauert und versperrten ihr den Rückweg. Natürlich waren sie alle kleiner und schwächer als Dell Wudd, aber sie waren mit schweren Knüppeln bewaffnet.

Eine Falle!

Mit einem raschen Blick erkannte Dell Wudd, daß sie sich in einem leeren Lagerraum befand. Eine Funkanlage gab es nicht.

»Was wollt ihr von mir?«

»Wir wollen unsere Männer vor dir schützen. Es wird dir nicht gelingen, sie uns wegzunehmen.«

Dell Wudd lachte auf.

Ich will eure armseligen Männchen gar nicht, wollte sie sagen, aber sie kam nicht mehr dazu.

Von hinten traf sie etwas hart im Nacken und ließ sie zu Boden gehen. Schmerz raste durch ihren Kopf und spülte durch ihren Körper.

Dell Wudd schrie auf und versuchte sich aufzurichten. Gleichzeitig schnappte sie nach der Nomadin, die ihr am nächsten stand, und verbiß sich in ihrem Bein. Da wurde sie wieder hart getroffen. Was war sie doch für eine Närrin! Hilfe von denen? Sie hätte es besser wissen müssen. Die wollten sie loswerden, sicher, aber auf eine andere Art als ihr in Aussicht gestellt worden war. Mit jeder der Frauen wäre sie spielend fertig geworden, aber gegen alle zusammen, noch dazu mit ihren Knüppeln bewaffnet, hatte sie keine Chance.

Sie stieß ein schmerzerfülltes Jaulen aus, als ihr Kopf erneut getroffen wurde.

»Es gibt keine andere Lösung, als dich zu töten«, vernahm sie eine tonlose Stimme. »Du hast es ja nicht anders gewollt.«

Dell Wudd wollte etwas zu ihrer Verteidigung sagen, aber sie brachte kein Wort heraus. Sie begriff nur eines. Wenn es ihr nicht gelang, in die Höhe zu kommen, war sie gleich tot.

Verzweifelt rutschte sie über den Boden und bekam eine der Angreiferinnen zu fassen. Sie riß sie halb zu sich herunter und sich selbst an ihr hoch. Schwankend kam Dell Wudd auf die Beine, wich reflexartig einem Knüppel aus, den sie aus den Augenwinkeln kommen sah. Sie stieß die andere Nomadin von sich weg und machte einen Ausfallschritt. Vor ihren Augen drehte sich alles.

Knurrend wich sie zurück, drohend ihre kräftigen Zähne blekkend. Die Verschwörerinnen folgten ihr nach, wobei sie darauf achteten, sich zwischen Dell Wudd und dem Schott zu halten. Sie versperrten ihr die einzige Fluchtmöglichkeit. Verzweifelt sah sie sich um, aber es gab nichts, was sich als Waffe verwenden ließ. Sie war auf sich und ihre Körperkräfte angewiesen.

Aussichtslos, erkannte sie. Ihre Gegnerinnen trieben sie langsam aber sicher in eine gegenüberliegende Ecke, aus der es kein Entkommen mehr gab. Panik befiel Dell Wudd, und sie jaulte jämmerlich.

Übergangslos warf sie sich nach vorn und stürmte los. Sie rammte eine der Frauen kurzerhand aus dem Weg und tauchte zwischen zwei anderen hindurch. Hände griffen nach ihr, erreichten sie aber nicht. Sie hatte es beinahe geschafft, als ein Knüppel sie von den Beinen riß.

Dell Wudd fiel der Länge nach zu Boden und überschlug sich. Schmerzerfüllt schrie sie auf.

Ihre Sinne verschwammen, während die Angreiferinnen johlend auf sie eindrangen.

Sie hatte einen letzten Gedanken.

Diesmal war es endgültig vorbei.

*

Er hatte sich nicht geirrt. Er stand vor einem verschlossenen Schott. Wieder drang ein schmerzerfüllter Schrei zu ihm herüber, angsterfüllt und von Panik begleitet. Dann Gejohle.

Priff Dozz zögerte. Was mochte jenseits des Schotts geschehen? Wer mochte sich dahinter befinden? Anscheinend wurde gekämpft. Dies war sein Schiff, und es war seine Pflicht, nach dem Rechten zu sehen. Aber das konnte bedeuten, daß er sich selbst in Gefahr brachte. Am liebsten hätte er sich umgedreht und das Weite gesucht.

Auf der anderen Seite kehrte Ruhe ein.

Mit einem Mal wußte Priff Dozz, daß er eingreifen mußte. Es kam auf jede Sekunde an.

Entschlossen betätigte er den Öffnungsmechanismus. Als die Wandung beiseite fuhr, erstarrte der kleinwüchsige Nomade. Er konnte nicht glauben, was sich vor seinen Augen abspielte.

Dell Wudd! Sie lag regungslos am Boden. Mehrere Frauen, die jetzt zu ihm herumfuhren, standen über sie gebeugt. Bewaffnet mit Knüppeln, mit denen sie sie offenbar traktiert hatten. Priff Dozz Magen krampfte sich zusammen. Die Schmerzensschreie, die er vernommen hatte, stammten von der Schönen.

Eine hatte sich über seine Angebetete gebeugt, den Kopf gesenkt und das Maul aufgerissen. Bereit, ihr die Kehle durchzubeißen.

»Halt!« schrie Priff Dozz außer sich. »Sofort aufhören!«

Die Nomadinnen starrten ihn entsetzt an. Zweifellos hatten sie nicht mit seinem Auftauchen gerechnet. Priff Dozz' Gedanken überschlugen sich. Ihm war klar, was hier vor sich ging. Die Frauen mußten Dell Wudd unter einem Vorwand an diesen Ort gelockt haben, um sie umzubringen.

»Verschwindet von hier! Sofort!«

Die Weibchen ließen die Knüppel sinken, bewegten sich aber nicht. Die Frau, die über Dell Wudd gebeugt war, kam langsam in die Höhe.

»Hudd Sibb! War das deine Idee?«

»Verschwinde von hier!« sagte sie angriffslustig, statt auf seine Frage zu antworten. »Das hier geht dich nichts an. Wenn du nicht willst, daß dir ebenfalls etwas passiert, solltest du schleunigst das Weite suchen.«

Priff Dozz glaubte seinen Ohren nicht zu trauen. Wie konnte ein Weibchen wagen, so mit dem Anführer des Rudels zu sprechen?

»Du bist es, die verschwindet, und zwar augenblicklich!« herrschte er sie an. »Sonst werfe ich dich eigenhändig hier raus!«

Seine Blicke wanderten zwischen ihr und Dell Wudd hin und her. Die Schöne am Boden bewegte sich schwach. Hin und wieder entfuhr ihr ein leises Stöhnen. Er war im letzten Moment gekommen, nun durfte er keine Zeit mehr verlieren. Unschlüssig warteten die Frauen ab.

Unschlüssig bis auf…

Hudd Sibb!

Er schaffte es gerade noch, den Kopf zur Seite zu ziehen, als er ihre Fangzähne aufblitzen sah. Sie forderte ihn heraus, und Priff Dozz reagierte instinktiv. Seine Kiefer schnappten zu, und Hudd Sibb jaulte kläglich auf. Bevor er nachsetzen konnte, brachte sie sich mit raschen Sprüngen in Sicherheit. Ihr Rückzug war wie ein

Signal an die restlichen Frauen, ebenfalls fluchtartig aus dem Frachtraum zu laufen.

Priff Dozz schenkte ihnen keinen weiteren Blick, er wußte, daß sie nicht wiederkommen würden. Mit einem weiten Satz sprang er zu Dell Wudd. Erleichtert atmete er auf. Auch wenn er kein Mediziner war, erkannte er, daß sie mit ein paar Beulen und Schrammen davonkommen würde.

Nach einer oberflächlichen Untersuchung half er der Schönen auf die Beine. Sie war etwas ramponiert, aber das machte sie in seinen Augen kein bißchen weniger attraktiv.

»Danke«, hauchte sie benommen und fuhr ihm mit ihrer feuchten, warmen Zunge übers Gesicht. »Ohne dich hätten sie mich umgebracht.« Sie strich ihm provozierend mit den Fingern über die Brust. »Wenn ich mich dafür erkenntlich zeigen kann, dann sage es mir.«

Priff Dozz verspürte einen wohligen Schauer. Nachdenklich schaute er sie an. Einerseits hatte sie Knapp Bozz auf ihn gehetzt, andererseits war er nicht in der Lage, von ihr zu lassen. Natürlich war sie berechnend, und Dozz war sicher, daß sich das auch zukünftig nicht ändern würde. Es blieb ihm nichts anderes übrig als darüber hinwegzusehen. Es lag allein an ihm, sie unter Kontrolle zu behalten, und das konnte er um so besser, je näher sie ihm war.

»Ich will nur eines«, forderte er. »Daß du meine Gefährtin wirst.«

Dell Wudd hielt seinem Blick stand. Sie brachte sogar ein Lächeln zustande.

»Ich sehe dich jetzt anders. Du hast gegen Knapp Bozz bestanden, und du warst bereit, dich mit den sechs Frauen anzulegen. Du bist gar nicht der Feigling, für den ich dich immer hielt.«

»Dann bist du einverstanden?«

»Unter einer Bedingung. Ich werde deine Gefährtin. Aber dafür ziehe ich in deinen Wohnbereich.«

Priff Dozz tat so, als müßte er nachdenken, dabei hatte er sich längst entschieden. Wenn sie seine Zweitfrau war, mußte sie bei ihm leben. Er machte eine zustimmende Geste.

»Noch heute holst du deine Sachen und kommst in meine Unterkunft.«

Priff Dozz jauchzte innerlich vor Glück.

Endlich war er am Ziel seiner Träume.

*

»Niemals!« keifte Bidd Nobb. »Ich lasse nicht zu, daß sich dieses Weibsstück hier breitmacht!«

Ihre Züge hatten sich vor Wut verzerrt, und ihre Stimme überschlug sich. Wenn sie gekonnt hätte, hätte sie Dell Wudd mit Blikken getötet.

Pakk Raffs ehemalige Favoritin stand im Eingang und verfolgte die Szene teilnahmslos. Sie wußte, daß sie nichts mehr zu befürchten hatte. Gegen die Entscheidung, die Priff Dozz als Rudelführer getroffen hatte, konnte nicht mal seine Erstfrau etwas machen. Mochte sie noch so viel zetern und schreien, es half ihr nicht. Sämtlicher Protest war umsonst.

»Sie hat dich um den Finger gewickelt. Begreif doch endlich, daß sie nur ein Ziel hatte, und das hat sie erreicht. Du interessierst sie doch gar nicht. Ich bin deine Frau, nicht sie.«

»Beruhige dich.« Priff Dozz gab sich betont unbeeindruckt. Zum ersten Mal kam ihm seine Machtposition so richtig zu Bewußtsein. Er strotzte vor Selbstbewußtsein. Nun hatte er nicht nur das neuste und schlagkräftigste Raumschiff, das je von seinem Volk erbaut worden war, und sein eigenes Rudel, das ihn noch dazu einstimmig zum Anführer gewählt hatte, sondern dazu die schönste Nomadin von allen. Wenn er es genau betrachtete, hatte der ehemalige Unterling seinen Peiniger Pakk Raff in allen Belangen hinter sich gelassen.

»Hörst du mir überhaupt zu? Sieh dir an, wie dieses Biest mich auslacht.«

»Merkst du denn nicht, daß du dich lächerlich machst?«

Priff Dozz lächelte Dell Wudd begehrlich an, was Bidd Nobb noch mehr zur Raserei brachte. Sie ließ eine Schimpfkanonade vom Stapel, bis sie die Sinnlosigkeit einsah. Wie von *Darrgg* gejagt, verschwand sie in ihren Räumen und knallte die Tür hinter sich zu.

»Sie wird sich schon an mich gewöhnen«, bemerkte Dell Wudd. Der Klang ihrer Stimme ließ keinen Zweifel daran, daß ihr vollkommen gleichgültig war, wie Priffs Erstfrau über sie dachte. Denn tatsächlich hatte sie ja erreicht, was sie wollte.

Der Rudelführer gab sich keinen Illusionen hin, schließlich war er kein Dummkopf.

So war ihm auch bewußt, was ihn unten im Frachtraum angetrieben hatte. Trotz all ihrer Intelligenz waren Nomaden instinktgesteuert. So hatte er nicht nachgedacht, sondern sich von seinem Instinkt leiten lassen. Weibchen konnten sich untereinander heftig hassen. Gleichgeschlechtliche Eifersucht war trotz des etablierten Systems von Mehrehen nicht selten, wie Bidd Nobb bewies. Weibchen bissen Männchen in der Regel weg, aber wenn ein Rüde wirklich etwas durchsetzen wollte, biß er das Weibchen weg. Das war allerdings eher die Ausnahme und kam nur in ganz seltenen Fällen vor. Das Vorkommnis im Frachtraum war solch ein besonderer Fall gewesen, und damit war das Thema erledigt. Natürlich dachte Priff Dozz nicht daran, eine der beteiligten Frauen zur Rechenschaft zu ziehen. Sie hatten ebenfalls nur getan, was die Natur ihnen vorgab. Da sie letzten Endes klein beigegeben hatten, war die Lage auf natürliche Art geklärt und bedurfte keiner weiteren Maßnahmen.

Als Wissenschaftler betrachtete Priff Dozz dieses Verhalten völlig wertneutral. Es handelte sich um für sein Volk arttypische Reflexe, die sich nicht unterdrücken ließen. Im Zweifelsfall würde immer der Instinkt die Oberhand gewinnen. Selbst für einen Denker und Reformer wie ihn war das völlig in Ordnung.

»Woran denkst du?« fragte Dell Wudd.

»Was glaubst du wohl?«

Laszív näherte sie sich ihm.
Priff Dozz bewunderte die Geschmeidigkeit ihres vollendeten Körpers.
Er konnte nicht mehr an sich halten. Ein animalisches Knurren ausstoßend, warf er sich auf sie.
Endlich war seine Stunde gekommen.

*

Ein fiebriger Glanz lag in seinen Augen, als sich die Tür hinter ihm schloß. Er hatte nicht zu viel erwartet, und er war entschlossen, Dell Wudd nie wieder gehen zu lassen.

Priff Dozz fühlte sich leicht und beschwingt und so voller Selbstvertrauen wie nie zuvor in seinem Leben. Noch immer konnte er nicht richtig glauben, was während der vergangenen Stunden geschehen war. Doch es war Realität. Dell Wudd hatte sich ihm hingegeben, und sie hatte es freiwillig getan. Daran bestand kein Zweifel nach allem, was sie mit ihm angestellt hatte.

Das einzige, was erschöpft war, war sein Körper. Sie hatte ihm mehr abverlangt, als Bidd Nobb das jemals gekonnt hätte. Er mußte einen Bissen zu sich nehmen, und danach wollte er nur noch eines. Schlafen!

»Bist du endlich zufrieden?« empfing Bidd Nobb ihn mit versteinerter Miene. »Du Dummkopf weißt genau, daß sie dich benutzt. Eigentlich müßte ich mich für dich schämen.«

»Schämen? Wohl kaum. Keine Nomadin schämt sich, wenn ihr Mann eine Zweitfrau nimmt. Vielmehr ist sie stolz, einen Mann zu haben, der mehrere Frauen haben kann. Das spricht doch für den Mann. Oder hast du das bereits vergessen?«

»Aber doch nicht ausgerechnet die. Außerdem habe ich meine Meinung zu Mehrehen nicht geändert.«

»Du solltest dich daran gewöhnen.« Er dachte gar nicht daran, dieses neue Arrangement jemals rückgängig zu machen. Das Wissen, daß Bidd Nobb rechtlich nichts dagegen unternehmen konnte, bereitete ihm ein diebisches Vergnügen.

Zu seiner Überraschung winkte Bidd Nobb großzügig ab. Sie räkelte sich auf einem Sofa und lächelte ihm freundlich zu. Ihr Stimmungsumschwung gefiel ihm nicht. Irgend etwas führte sie im Schilde, und Priff Dozz hatte mit einem Mal das Gefühl, ihr in eine Falle zu gehen. Seine Nackenhaare richteten sich auf. Das war kein gutes Zeichen. Auf seine Instinkte konnte er sich immer noch verlassen, und die warnten ihn, Vorsicht walten zu lassen und keinen Fehler zu begehen.

»Ich möchte, daß du etwas freundlicher zu Dell Wudd bist. So wie du es zu jeder anderen Zweitfrau ebenfalls wärst. Ich möchte, daß ihr wie zwei Schwestern zusammenlebt. Wie zwei Freundinnen.«

Bidd Nobb lächelte verfänglich und rollte sich auf den Rücken.

»Wie dem auch sei, ich bin froh, daß du eines richtig erkennst. Sie ist lediglich deine Zweitfrau.«

»Ich habe nie etwas anderes behauptet.«

»Deine Erstfrau bin ich.«

Es gefiel ihm nicht, daß sie ihn so explizit darauf hinwies. Er musterte sie, unwillkürlich Vergleiche mit Dell Wudd anstellend. Bidd Nobb war klein und dicklich, mit einer stumpfen Haut, die von Ekzemen bedeckt war. Ihr mickriges Gebiß war nicht der Rede wert, und ihr heißer Atem roch faulig und abstoßend. Alles in allem war sie das genaue Gegenteil von Dell Wudd, nämlich das reinste Trampel.

»Komm her zu mir!«

Priff Dozz horchte auf.

»Was meinst du?«

Sie lächelte ihn verführerisch an.

»Das weißt du. Ich verlange nur, was mir zusteht. Meine ehelichen Rechte als deine Erstfrau.«

»Das ist nicht dein Ernst.« Sie mußte doch erkennen, daß er völlig am Ende war. Keinesfalls war er dazu noch in der Lage. Sie mußte sich bis zum nächsten Tag gedulden. Allein die Vorstellung, sich ihr in diesem Moment zu nähern, stieß ihn ab. Doch nicht, nachdem er eben erst von der wunderbaren Dell Wudd kam. Diesen Moment des ersten intimen Erlebnisses wollte er im Nachhinein gedanklich noch einmal voll und ganz auskosten.

Er versuchte sich an seiner Erstfrau vorbeizudrücken, aber mit einer raschen Bewegung bekam sie ihn zu fassen und zog ihn zu sich herunter.

»Ich will nicht«, protestierte Priff Dozz lahm. »Laß mich in Ruhe.«

Erheitert lachte Bidd Nobb auf.

»Du willst nicht? Na und? Das ist mir ganz egal. Muß ich dich daran erinnern, daß ein Nomade auch an seiner steten Manneskraft gemessen wird? Du kommst sofort zu mir, und wehe dir, du versagst. Dann werde ich es überall herumerzählen. Und alle, alle werden mir glauben. Kein Wunder, bisher hast du ja noch nicht mal einen Wurf Welpen zustandebekommen.«

Priff Dozz zuckte zusammen. Ihre Worte bereiteten ihm körperliche Schmerzen. Er spürte, wie sich sein Magen zusammenzog. Er suchte einen Ausweg, wie er sich aus dieser Situation herauswinden konnte, aber es gab keinen. Denn Bidd Nobb hatte recht. Wenn sie ihre Drohung wahrmachte, sanken seine Chancen bei der nächsten demokratischen Wahl auf Null. Bei seinen Anhängern verlöre er jegliches Ansehen, und damit wären seine Tage als Anführer und Kommandant der FREIHEIT gezählt.

Priff Dozz ächzte. Dazu durfte es nicht kommen.

»Also gut«, seufzte er schwermütig.

Er hatte keine andere Wahl, als sich in sein Schicksal zu fügen.

17.

Die Stammbesatzung der POINT OF hatte Landurlaub, nur eine Notmannschaft befand sich an Bord. Ren Dhark und Dan Riker nutzten die Gelegenheit, um einige bisher weniger in Erscheinung getretene Mannschaftsmitglieder auf ihre Eignung für den Einsatz in der Kommandozentrale zu testen. Es konnte nie schaden, ein gewisses Potential von Ersatzleuten in der Hinterhand zu haben, falls den bewährten Kräften im Kampf etwas zustieß.

Die Ortung hatte Riker mit zwei aufstrebenden deutschstämmigen Offizieren besetzt: den Leutnants Schneider und Hornig. Beide machten einen unzufriedenen Eindruck.

»Erst ist die Rede von einer Eignungsprüfung«, raunte Schneider seinem Kameraden zu, »und dann kurven wir nur in der Erdumlaufbahn herum. Wie sollen wir hier zeigen, was wir auf dem Kasten haben?«

»Wie es scheint, traut man uns noch nicht viel zu«, pflichtete Hornig ihm bei. »Dhark und Riker behalten uns ständig im Blick, als ob wir kleine Kinder wären.«

In diesem Moment spürte jeder von ihnen eine kräftige Hand auf der Schulter. Dan Riker stand hinter ihnen und beugte sich zu ihnen herab.

»Es gibt nur drei Grundregeln in der Zentrale der POINT OF, aber die sollte man unbedingt beachten«, sagte er so leise, daß es kein anderer hören konnte. »Erstens: Jeder konzentriert sich voll und ganz auf seine Arbeit, denn der kleinste Fehler im Einsatz könnte der letzte sein. Zweitens: Niemand muß sich schämen, wenn er anfangs Schwierigkeiten hat, den Überblick zu behalten – wir haben schließlich alle mal klein angefangen.«

»Und drittens?« wollte Schneider wissen.

»Regel Nummer drei lautet: Bevor man über seine Vorgesetzten lästert, sollte man sich unbedingt vergewissern, daß sie nicht direkt hinter einem stehen. Ist man sich nicht ganz sicher, hält man besser sein loses Mundwerk und wendet wiederum Regel eins an.«

»Verstanden, Sir«, erwiderte Schneider, und Hornig fügte zackig hinzu: »Alles klar. Klappe halten und konzentrieren.«

Dan kehrte zu Ren zurück, der im Kommandosessel saß.

Dhark schaute fasziniert auf die große Bildkugel in der Zentrale, so als ob er die vielfältigen Schönheiten des Weltalls zum erstenmal betrachten würde. Raumfahrt war für ihn etwas Wunderbares, jeden Tag aufs neue, sogar in Erdnähe – das konnten ihm selbst die tödlichen Gefahren, die überall im Reich der Sterne lauerten, nicht vermiesen.

»Geheimbesprechung beendet?« fragte der Commander seinen Freund, der neben ihm Platz nahm, augenzwinkernd.

»Die Neuen werden allmählich ungeduldig«, informierte ihn Dan. »Sie sind die Trockenübungen leid und möchten sich endlich beweisen.«

»Solange sie das wollen, sind sie noch nicht reif für den Einsatz. Erst wenn sie ihre Ungeduld und ihren Ehrgeiz vollständig abgelegt haben, sind sie für die Kommandozentrale geeignet.«

»Du setzt Ungeduld mit Unreife gleich? Hoffentlich erinnerst du dich daran, wenn dir mal wieder irgend etwas nicht schnell genug geht.«

In diesem Augenblick ging in der Funkzentrale die Meldung über die führerlos durchs All treibende ALLIGATOR ein.

Ren Dhark ließ sich aus der Schirmüberwachungszentrale umgehend alle erforderlichen Daten übermitteln. Somit konnte er die Berechnung des wahrscheinlichen Aufschlagpunkts dem Checkmaster übertragen.

Viel Zeit zum Beratschlagen blieb den beiden erfahrenen Raumfahrern nicht. Es mußte gehandelt werden, und das so schnell wie möglich.

»Wir erreichen das Schiff nicht mehr vor dem Kontakt mit dem Nogk-Schirm«, stellte Dhark fest, nachdem die Auswertung des Checkmasters vorlag. »Wenn wir eine Lücke schalten lassen, passiert die ALLIGATOR den Schirm zwar unbeschadet, stürzt danach aber unweigerlich auf Kapstadt herab.«

»Nicht, wenn wir sie vorher in Intervallschlepp nehmen«, entgegnete Riker.

»Mit unserer Behelfsmannschaft? Unmöglich. Falls wir versagen, bricht über Kapstadt ein Hölleninferno herein.«

»Du willst doch nicht tatenlos zusehen, wie Shannon und seine Mannschaft vor die Hunde gehen?«

Die Neulinge in der Zentrale verfolgten die kurze, aber heftige Diskussion gespannt mit.

»Lassen Sie es uns wenigstens versuchen, Commander«, mischte sich Leutnant Schneider ein. »Wir schaffen es! Garantiert!«

»Wir dürfen unsere Kameraden nicht im Stich lassen«, pflichtete ihm Fähnrich Prewster aus der Funk-Z bei. »Ihr Raumschiff wird sonst im Schirm mit Mann und Maus verglühen.«

Er war ein junger englischer Gentleman vom Scheitel bis zur Sohle. Obwohl er die gleiche Uniform wie die anderen trug, wirkte er darin wesentlich eleganter.

Immer mehr Zustimmung für einen Rettungseinsatz wurde laut.

»Schluß jetzt!« donnerte Dan Riker dazwischen. »Was glaubt ihr, wo ihr hier seid? Im Parlament, wo jedem Anwesenden ein Abstimmungsrecht zusteht? Auf der POINT OF werden die Entscheidungen ausschließlich vom ranghöchsten Offizier getroffen, und das ist hier und heute der Commander, verstanden? Er tut das einzig richtige, alles andere wäre töricht.«

*

Die ALLIGATOR schien dem Tode geweiht. Lautlos wie ein unheilbringendes Gespenst glitt sie durchs All. Der vernichtende Kontakt mit dem globalen Schutzschirm stand unmittelbar bevor.

Hauptfeldwebel Greg Mason und Oberleutnant Gustav Valet verfolgten die letzten Augenblicke der Sternschnuppe und ihrer Insassen auf dem großen Bildschirm in der Schirmüberwachungszentrale mit.

»Wie eine Filmszene in Zeitlupe«, bemerkte der Unteroffizier heiser. »Wenn man wenigstens wüßte, wer dafür verantwortlich ist. Was hat es mit dem geheimnisvollen Leuchten auf sich? Woher kam der unheimliche Energieblitz?«

Sein Rachen war vor innerer Anspannung so trocken, daß er nicht einmal mehr schlucken konnte.

Seinem Vorgesetzten erging es nicht anders. Ihm blieb zeitweise die Luft weg, als würde ihm jemand langsam die Kehle zuschnüren.

Ein zweites Raumschiff tauchte am Rand des Bildschirms auf: die POINT OF. Das Flaggschiff der Terranischen Flotte nahm mit hohem Tempo die Verfolgung der 50 Meter durchmessenden Sternschnuppe auf.

»Sie sind viel zu weit weg«, stellte Valet fest, wobei er sich anstrengte, seine Stimme sachlich klingen zu lassen.

Als wachhabender Offizier mußte er ein Vorbild sein und durfte nach außen hin keine Emotionen zeigen. Auch dann nicht, wenn es um den kurz bevorstehenden Tod mehrerer Kameraden ging. Guter Kameraden, die er fast alle persönlich kannte.

»Gleich ist es soweit«, sagte Mason leise und begann, in Gedanken die Sekunden zu zählen.

»Schalten Sie eine Lücke in den Schutzschirm«, kam plötzlich und unerwartet über Funk der Befehl des Commanders der Planeten. »Groß genug für die ALLIGATOR – und für die POINT OF!«

»Das dürfen wir nicht tun, Sir«, setzte Valet zu einer Erwiderung an.

»Befolgen Sie sofort meinen Befehl, oder ich stelle Sie vor ein Militärgericht!« drohte Dhark ihm an.

Mason und Valet handelten fast gleichzeitig.

Kurz darauf schoß die Sternschnuppe durch die Öffnung im Schutzschirm. Ihre totale Vernichtung war im letzten Augenblick verhindert worden.

Jetzt galt es, unter allen Umständen einen katastrophalen Absturz zu vermeiden.

Kaum hatte auch die POINT OF den Nogk-Schirm durchquert, wurde die Lücke wieder geschlossen – normalerweise eine Angelegenheit von Sekunden. Diesmal dauerte es etwas länger, weil die Energieabflüsse aus dem Schirm immer stärker wurden.

An Bord der POINT OF drosselte Dhark die Geschwindigkeit, schließlich wollte er die ALLIGATOR aufhalten und nicht rammen.

Gemeinsam mit Dan Riker und der bunt zusammengewürfelten Behelfsmannschaft leitete er das Abschleppverfahren ein. Die Sternschnuppe mußte ins Intervallfeld aufgenommen werden – eine Prozedur, die eine ruhige Hand und starke Nerven erforderte. Ein stillstehendes Raumschiff abzuschleppen war schon schwierig genug, aber es mitten im Flug einzufangen…

Ren Dharks Gedanken schweiften zurück zu dem Tag, an dem der Intervallschlepp erstmals ausprobiert worden war. Damals hatte man die Besatzung des zu bergenden Schiffes – der HOPE – aus Sicherheitsgründen vorher komplett evakuiert. Das war diesmal nicht möglich.

Während der Commander das Flaggschiff über die abstürzende ALLIGATOR steuerte, überwachte Dan Riker alle sonstigen Vorgänge in der Kommandozentrale. Fehler durfte sich in dieser kritischen Situation niemand leisten. Es gab nur einen Versuch, und der mußte auf Anhieb klappen.

Kurz vor dem Erreichen des Kugelraumers wurde das doppelte Intervallfeld ausgeschaltet.

»Ich verstehe das nicht, Sir«, bekannte Leutnant Hornig. »Ich denke, wir wollen die ALLIGATOR mit Hilfe des Intervallums aufhalten. Wieso deaktivieren wir es dann?«

»Es würde die Sternschnuppe unweigerlich wie einen unerwünschten Fremdkörper behandeln und nicht in den künstlichen Kosmos integrieren – was aber Sinn der Sache ist«, erklärte Riker ihm in wenigen Worten. »Erst wenn wir uns millimetergenau über dem anderen Raumer befinden, schalten wir das Doppelintervallum wieder ein.«

»Die POINT OF setzt sich sozusagen auf die ALLIGATOR drauf«, ergänzte Fähnrich Prewster. »Das größere Raumschiff verschluckt das kleinere, so daß die ALLIGATOR zu einem Teil der POINT OF wird. Wird das Intervallfeld dann aktiviert, nimmt es beide Raumschiffe in sich auf, als wäre es nur eines.«

»Anschaulicher könnte selbst ich es nicht darstellen«, meinte Riker. »Und nun konzentrieren Sie sich bitte voll und ganz auf die Aufgabe, die jedem von Ihnen zugeteilt wurde. Nur wenn wir Hand in Hand arbeiten, gelingt das Manöver. Vergessen Sie nicht, wie viele Menschenleben auf dem Spiel stehen.«

»Ganz bestimmt nicht«, versicherte ihm Prewster. »An Bord der ALLIGATOR befindet sich ein Verwandter von mir – Hauptfeldwebel Tony Orlando. Er arbeitet dort in leitender Funktion und hat eine ganze Abteilung unter sich.«

»Orlando?« wunderte sich Schneider. »Hört sich italienisch an. Bist du nicht gebürtiger Engländer?«

»Tony gehört einem angeheirateten Familienzweig an«, erklärte Prewster. »Dennoch ist er für mich wie ein Bruder. Ohne ihn wäre ich heute nicht bei der Flotte. Die spannenden Erzählungen von seinen waghalsigen Abenteuern im Weltall brachten mich dazu, die militärische Laufbahn einzuschlagen.«

Ren Dhark hatte allmählich die Nase voll von dem Geschwätz. Offenbar hatten die Neulinge den Ernst der Situation nicht begriffen. Kapierten sie denn nicht, daß dies hier kein Spiel, keine Simulation war? Es ging um Leben und Tod. Das war keine Übung! Falls das Unternehmen schiefging, würde echtes Blut fließen, und die Angehörigen der Opfer würden echte Tränen weinen.

Warum hatte er sich bloß auf den Rettungsversuch eingelassen? Hätte Dhark seine eigene Mannschaft an Bord gehabt, hätte er die Ankopplung an die abstürzende Sternschnuppe wahrscheinlich eigenhändig durchgeführt, schon allein, um nicht aus der Übung zu kommen. Doch mit dieser Anfängertruppe traute er sich das nicht zu.

Glücklicherweise konnte er sich auf die Mithilfe des zuverlässigsten Weggefährten stützen, den sich ein Raumschiffskommandant in einer solchen Situation nur wünschen konnte.

»Finger weg von sämtlichen Kontrollen!« befahl er unmißverständlich. »Von jetzt an übernimmt der Checkmaster alles weitere.«

»Die legendäre Gedankensteuerung greift ein«, flüsterte Hornig in Schneiders Richtung. »Und wir sind live mit dabei.«

Unter präziser Anleitung des Checkmasters stülpte sich die POINT OF wie eine Glocke über das Beuteschiff, das sich gegen den Ringraumer wie ein Kleinkind gegenüber einem Erwachsenen ausnahm.

Als sich das Intervallum einschaltete, befand sich die Sternschnuppe knapp fünfhundert Meter über einem Randbezirk von Kapstadt, der überwiegend von gutsituierten Bürgern besiedelt war. Der Ringraumer wurde langsamer und bremste den Fall sanft ab. In einhundert Metern Höhe kam es zum Stillstand beider Raumschiffe.

Geschafft!

In der Tiefe waren über die Landschaft verstreute Villen zu sehen – und in eine davon wäre die ALLIGATOR unweigerlich gekracht. Vom Haus und der Grünanlage drum herum wäre nichts mehr übriggeblieben. Keiner der Hausbewohner hätte das Inferno überlebt.

Die gefährdete Villa gehörte Ronald Amery, dem stellvertretenden Bürgermeister von Kapstadt. Über der Eingangstür prangte in glitzernden Glasfarben seine Hausnummer (welche gleichzeitig seine Glückszahl war) – die Sechs.

Das nächste Haus – mit der Nummer Fünf – lag etwa sechzig Meter vom Amery-Grundstück entfernt. Dort wohnte Ronalds unmittelbarer Vorgesetzter, Kapstadts schwarzer Bürgermeister Jonah Muboto.

Ronald Amery feierte an diesem Tag seinen vierzigsten Geburtstag, zu dem auch Muboto eingeladen war. Die vierzig Personen umfassende Feiergesellschaft hielt sich drinnen in der Villa auf, wo im kleinen Festsaal an mehreren Tischen ein siebengängiges Menü gereicht wurde.

Vor dem Essen hatte sich Ronald in einer viel zu langen Ansprache für die vielen Präsente seiner Geburtstagsgäste bedankt, wobei er insbesondere das originelle Geschenk des Bürgermeisters hervorgehoben hatte.

Einen Teil der Fenstervorhänge hatte man wegen der störenden Sonnenstrahlen zugezogen, zudem begleitete ein klassisches Orchester das festliche Mahl mit Geigenklängen, so daß die Feiernden von den Geschehnissen am Himmel nichts mitbekamen.

Ren Dharks Schiffsbesatzung brach zu früh in Jubel aus. Noch war das Abenteuer nicht überstanden.

Gerade wollte sich die POINT OF mit der ALLIGATOR im Schlepptau aus dem bewohnten Gebiet entfernen, da erlosch für einen Moment das Intervallfeld. Der Kugelraumer schoß augenblicklich wieder abwärts.

Ohne daß Dhark nachfragen mußte, erhielt er vom Checkmaster die Erklärung für das zeitbegrenzte Versagen des Intervallums.

Eine unbekannte Energie behinderte kurzfristig meine Funktion. Ich beginne mit der Analyse der fremden Kraft...

Währenddessen stürzte die ALLIGATOR unaufhaltsam in die Tiefe.

*

Ren Dhark war entsetzt. Für einen Augenblick hatte es ausgesehen, als sei die Gefahr überstanden – und dann rutschte die Sternschnuppe urplötzlich aus den Intervallfängen der POINT OF.

Eine unbekannte Energie behinderte kurzfristig meine Funktion, teilte ihm der Checkmaster unaufgefordert mit. *Ich beginne mit der Analyse der fremden Kraft, sobald meine vorherige Aufgabe erledigt ist.*

Noch während die Gedankensteuerung diese Mitteilung aussandte, setzte die POINT OF der abstürzenden Sternschnuppe nach.

Zwanzig Meter über dem Haus mit der gläsernen Sechs, dem Anwesen von Ronald Amery, umschloß das Intervallfeld die ALLIGATOR zum zweiten Mal.

Wie ein Damoklesschwert schwebten beide Schiffe über der Villa. Weil nicht auszuschließen war, daß der kleinere Raumer dem größeren aufs neue »durch die Klauen gleiten« würde, senkte sich das Ringschiff mit seiner Last Meter um Meter weiter herab.

Bürgermeister Jonah Muboto brachte die Geiger mit einer Handbewegung zum Schweigen. Sein Dalmatiner, der bis dahin friedlich in einer Ecke des kleinen Festsaals geschlummert hatte, verhielt sich seit einigen Minuten ungewohnt nervös.

»Irgend etwas stimmt hier nicht«, erklärte Muboto den Anwesenden, die nach und nach ihre Tischgespräche unterbrachen. »Mein Hund ist ein äußerst sensibles Geschöpf. Schon des öfteren hat er mich vor Gefahren gewarnt.«

Amerys Geburtstagsgästen wurde es mulmig. Sie fühlten, daß etwas nicht stimmte. Aber wie brachte man sich vor etwas in Sicherheit, von dem man nicht wußte, aus welcher Richtung es kommen würde?

Nur noch wenige Meter trennten die immer tiefer schwebenden Raumschiffe von den Hausdächern.

Als sich draußen allmählich der Himmel verdunkelte, ahnten Amery und seine Gäste, von woher die Bedrohung kam. Einige von ihnen eilten zu den Fenstern und rissen die Vorhänge auf. Entsetzt starrten sie zu dem riesigen blauen Ring empor – mit seiner kugelförmigen Fracht in der Mitte.

Für eine Flucht aus dem Gebäude war es jedoch zu spät.

Der Checkmaster wurde zum zweitenmal von der fremdartigen Energie gestört, was zu einem neuerlichen Kurzausfall des Intervallfelds führte. Wie ein mächtiger Felsbrocken fiel der tonnenschwere Kugelraumer hinunter auf Amerys Haus.

Diesmal hielt ihn nichts mehr auf.

Genau genommen war es kein echter Sturz, denn das Schiff hatte das Haus ja fast schon erreicht. Es stütze sich aufs Dach und brachte das Gebäude dann zum Zerplatzen wie eine reife Melone.

Verzweifelt suchten die Menschen in der Villa Deckung hinter den Möbeln. Einige warfen sich auf den Boden und verschränkten schützend die Hände im Genick. Andere hofften, noch rechtzeitig die Haustür zu erreichen, obwohl es draußen kaum sicherer war als drinnen.

Mit einem ohrenbetäubenden mächtigen Knall, der jeden Donnerschlag in den Schatten stellte, krachte die ALLIGATOR durchs Dach.

Im kleinen Festsaal zersplitterten die Fensterscheiben. Scherben jagten mit rasantem Tempo durch den Raum – tödliche Geschosse, die glücklicherweise niemanden verletzten.

Amerys Villa bekam den Rest. Die steinernen Mauern knickten ein, als hätte man das ganze Haus aus Streichhölzern gezimmert. Das ehemalige Giantschiff walzte erbarmungslos alles platt – wobei es selbst nicht unerheblich zu Schaden kam. Die Außenhülle der Sternschnuppe war schwer mitgenommen.

Überall in der Nachbarschaft kamen die Menschen aus den Häusern.

Auch nebenan, in der Villa mit der Nummer Fünf, öffneten sich die Türen. Bürgermeister Muboto trat als erster ins Freie, gefolgt von seinem Stellvertreter Ronald Amery. Zögerlich folgten die übrigen Festteilnehmer.

»Mein Haus – mein schönes Haus!« klagte Jonah Muboto. »Sehen Sie sich das nur an! Die Druckwelle hat fast die Hälfte meiner Fensterscheiben zerstört.«

»Ihre Sorgen möchte ich haben«, erwiderte Amery tonlos und deutete mit zitternder Hand auf das, was einmal seine Villa gewesen war. »Sie haben wenigstens noch ein Haus.«

»Stellt euch vor, wir hätten bei Ronald gefeiert«, stammelte ein Gast, der wie alle anderen heilfroh war, so glimpflich davongekommen zu sein. »Dann... dann wären wir jetzt alle tot.«

Ronald Amery wandte sich dem Bürgermeister zu.

»Ich habe mich bereits ausgiebig für Ihr originelles Geschenk bedankt«, sagte er zu ihm. »Nun tue ich es noch einmal. Ihre außergewöhnliche Geburtstagsgabe hat uns allen das Leben gerettet.«

Anstelle eines eingewickelten Präsents hatte Muboto seinem Nachbarn gestattet, den vierzigsten Geburtstag nebenan in seiner Villa zu feiern. »In meinem kleinen Festsaal ist genügend Platz für all Ihre Gäste«, hatte er gesagt. »Und ums Aufräumen hinterher müssen Sie sich überhaupt nicht kümmern, das erledigt mein Hauspersonal. Auf diese Weise können Sie Ihre Feier so richtig unbeschwert genießen. Hat sich die Gesellschaft spät nachts aufgelöst, trinken wir beide noch ein letztes Glas miteinander, und anschließend gehen Sie heim, legen sich ins Bett und schlafen lange aus. Morgen gebe ich Ihnen selbstverständlich frei.«

Heimgehen, dachte Amery. *Das ist leichter gesagt als getan.*

*

Etwas abseits vom bewohnten Randbezirk setzte die POINT OF zur Landung an.

Kurz darauf verließen drei Flash den Ringraumer.

Im ihnen saßen Ren Dhark, Dan Riker, der diensthabende Bordarzt Brad Lion, Fähnrich Prewster (letzterer hatte schon des öfteren auf der Medo-Station ausgeholfen und konnte sich daher mit um die Verletzten kümmern) sowie zwei Raumsoldaten der Wachbereitschaft, die das Absturzgelände absperren sollten.

Es war damit zu rechnen, daß bald die Medien Wind von dem Absturz bekamen und sich zahllose Schaulustige einfinden würden. Bis dahin wollte sich Dhark ein Bild von den Vorkommnissen auf der ALLIGATOR machen. Auf einen weiteren Versuch, die mittlerweile schrottreife Sternschnuppe abzuschleppen, verzichtete er zunächst – bis abgeklärt war, was genau den Checkmaster in seiner Funktion gestört hatte.

Die einzige Erklärung, die der außergewöhnliche Rechner der Mysterious bisher geliefert hatte, lautete:

Eine fremde, bislang nicht näher analysierte Energiequelle ist für die kurzzeitige Störung verantwortlich. Sich allmählich verflüchtigende Reste jener Fremdkraft befanden sich noch an dem abzuschleppenden Objekt.

Laut Meldung der Schirmüberwachungszentrale hatte ein merkwürdiger, greller Energieblitz den Kugelraumer sekundenlang eingehüllt. Offenbar hatte dieser Blitz nachhaltige Spuren an der ALLIGATOR hinterlassen, ausreichend, um den Checkmaster für wenige Momente zu beeinträchtigen.

Dhark beschloß, die Ursache für den Blitz ausfindig zu machen, sobald die Sternschnuppenbesatzung versorgt war.

Riker war dafür, erst die gründliche Analyse des Checkmasters abzuwarten. »Außerdem sollten wir unsere gewohnte Mannschaft zusammentrommeln, bevor wir erneut ins All aufbrechen.«

Der Commander wies den Vorschlag zurück. »So lange kann und will ich nicht warten.«

»Wie war das mit dem Zusammenhang zwischen Ungeduld und Unreife?« stichelte sein Freund.

Keiner außer Dan hätte so mit ihm reden dürfen.

Das beschädigte Eingangsschott des Kugelraumers ließ sich nur mit einiger Mühe öffnen. Dhark, Riker, Lion und Prewster gingen hinein.

Die beiden Wachsoldaten hatten Mühe, Amerys wißbegierige Nachbarn vom Wrack wegzudrängen. Auch Ronald Amery selbst machte ihnen erhebliche Schwierigkeiten. Er wollte wissen, wer für den Schaden aufkommen würde. Man verwies ihn an die Adresse des Flottenkommandos.

Jonah Muboto, der befehlsgewohnt nach einer Erklärung verlangte, wurde ebenfalls aufgefordert, Abstand zu halten.

»Unerhört!« schrie er einen der Soldaten an. »Sagen Sie mir sofort Ihren Namen! Ich werde mich bei Ihrem Vorgesetzten über Sie beschweren!«

»Bei welchem?« fragte der junge Mann grinsend. »Ich bekleide den Dienstgrad eines Obergefreiten und habe demzufolge so viele

Vorgesetzte, daß ich sie mir gar nicht alle merken kann. Ein kleines Licht wie mich auszupusten ist kein großes Kunststück. An die höheren Dienstgrade trauen Sie sich wohl nicht ran, wie?«

»Mir jagt kein Lamettaträger Angst ein«, schnaubte Muboto. »Ich werde eine offizielle Beschwerde gegen die Kommandanten der beiden Raumschiffe einleiten. Als Bürgermeister habe ich Kontakte zu den höchsten Stellen.«

»Gute Kontakte zu einflußreichen Persönlichkeiten sind manchmal recht hilfreich«, entgegnete der Soldat. »Ich kenne auch jemanden an höchster Stelle – den Commander der Planeten.«

Kapstadts Bürgermeister tippte sich an die Schläfe. »Wollen Sie mich verkaspern, Jungchen? Woher wollen ausgerechnet Sie den ersten Mann im Staate kennen?«

»Er begegnet mir hin und wieder auf dem Raumschiff, auf dem ich derzeit einen Teil meiner militärischen Ausbildung absolviere«, antwortete ihm sein Gesprächspartner wahrheitsgemäß und deutete auf den Ringraumer.

Trotz seiner Hautfarbe merkte man Muboto an, wie er ein wenig blaß um die Nase wurde.

»Das... das ist die legendäre POINT OF?« stotterte er. »Dann war einer der vier Männer, die eben in die Kugel gegangen sind, tatsächlich...? Himmel, ich habe ihn gar nicht erkannt!«

Sofort begab er sich zu seinen Nachbarn, um ihnen die Neuigkeit brühwarm zu erzählen.

In der ALLIGATOR erwachte die Mannschaft allmählich aus tiefer Bewußtlosigkeit. Dr. Lion und Fähnrich Prewster kümmerten sich um jeden einzelnen.

Im Maschinenraum traf Prewster mit seinem Anverwandten zusammen, der lediglich eine Beule am Hinterkopf abbekommen hatte. Tony Orlando hatte sich mittlerweile aus eigenen Kräften hochgerappelt.

»Wie kommst du hier herein?« fragte Prewster ihn verwundert. »Und wo steckt der Maschinist?«

»Ich bin der Maschinist«, gestand ihm Orlando kleinlaut ein.

»Dies hier ist mein Reich – meine Abteilung.«

»Abteilung? Und alles, was du unter dir hast, sind Maschinen? Nebenbei bemerkt: Sagtest du nicht, du seist Hauptfeldwebel? Deine Schulterklappen sind aber die eines Raumfeldwebels.«

»Äh, da hast du wohl was falsch verstanden. Ich...«

»Das ist ja wohl nicht zu fassen!« regte sich Fähnrich Prewster auf. »Du elender Aufschneider! Deinetwegen habe ich die militärische Laufbahn eingeschlagen, bin zur Flotte gegangen und...«

»Und was?« unterbrach Orlando ihn schmunzelnd. »Hast du deine Entscheidung jemals bereut? So wie ich das sehe, hast du es mit der POINT OF gut getroffen. Wenn du dich anstrengst, sitzt du eines Tages vielleicht in der Kommandozentrale des bedeutendsten Raumschiffs des Universums. Soll ich mich dafür etwa entschuldigen? Zugegeben, ein paar meiner verwegenen Abenteuer im Weltall waren geschwindelt...«

Ren Dhark und Dan Riker bekamen von dem harmlosen Familienzwist nichts mit. Sie untersuchten die ALLIGATOR auf technische Schäden.

Die gesamte Bordelektronik war wie nach einem starken Blitzeinschlag durchgeschmort. Da es im Weltall jedoch keine Gewitter gab – zumindest nicht in der Art, wie man sie auf der Erde kannte – mußte die Ursache für die Zerstörung anderswo liegen.

Auf der POINT OF ging die Meldung ein, daß die Energieabflüsse im globalen Schirm bedrohliche Ausmaße annahmen. Ren Dhark wurde informiert. Er mußte unverzüglich handeln.

Das Schicksal der Welt lastete wieder einmal auf seinen Schultern.

Die terranische Bevölkerung erwartete, daß der Commander der Planeten in jeder Stunde, in jeder Minute für sie sein Leben riskierte und für jedes Problem sofort eine Lösung parat hatte. Wenn etwas schiefging, zog ihn die Öffentlichkeit mitleidlos zur Rechenschaft. Er war der Mann, der immer und überall den Kopf hinhalten mußte.

Wie lange hielt er das noch durch? Wann würde ihn die Last der Verantwortung erdrücken?

In solchen Momenten kam er sich vor wie der einsamste Mensch auf Erden. Ein Eremit hoch oben auf einem verschneiten Berggipfel, wo sonst kein denkendes, fühlendes Wesen hinkam – auf ewig verdammt zur Einsiedelei, ohne Anrecht auf ein Privatleben.

Joan Gipsy hatte dieses triste Dasein nicht mit ihm teilen wollen. Sie hatte ihn verlassen. Mitsamt ihrem ungeborenen Baby – seinem Kind. Nun war er noch einsamer als je zuvor.

Dhark schüttelte die trüben Gedanken von sich ab. Was war nur los mit ihm? Für übertriebenes Selbstmitleid war jetzt wirklich der falsche Zeitpunkt.

Er fragte sich, ob sich andere Männer und Frauen in verantwortungsvollen Positionen manchmal genauso mies fühlten. Wurden auch sie in kritischen Situationen gelegentlich von einer Welle des Selbstbedauerns mitgerissen – oder war er nur die unrühmliche Ausnahme?

Laut Auskunft von Dr. Lion und seiner Kollegin Dr. Lee, die ihn nach ihrem Erwachen sofort unterstützt hatte, ging es der ALLIGATOR-Besatzung samt und sonders ausgezeichnet. Bleibende Schäden waren nicht zu erwarten.

»Hier und da gab es ein paar blaue Flecken und Schrammen, aber ernsthaft verletzt wurde glücklicherweise niemand«, berichtete der Arzt. »Lediglich ein junger Leutnant schiebt seine Kreislaufstörungen auf den unerklärlichen Vorfall und möchte krankgeschrieben werden.«

»Wahrscheinlich futtert und säuft er nur zuviel«, vermutete Dan Riker. »Sagen Sie ihm, er soll sich nicht so anstellen. Die gesamte Besatzung soll sich unverzüglich auf die POINT OF begeben und…«

»Noch nicht«, entschied Dhark. »Ich fliege mit dem Ringraumer ins All und sehe mir den Schutzschirm genauer an.«

»Ein Grund mehr, die Sternschnuppenbesatzung mitzunehmen«, meinte Riker. »Du brauchst jede nur erdenkliche Unterstützung.«

Ren lehnte ab. »Wir wissen nicht, welche Bedrohung uns dort oben erwartet. Je mehr Leute an Bord sind, desto mehr sind gefährdet. Darum fliege ich mit so wenig Leuten wie möglich.«

»Verdammter Sturkopf!« knurrte sein bester Freund. »Mußt du immer und überall deinen Willen durchsetzen?«

Beide begaben sich nach draußen. Dort hatten sich bereits Kameraleute der »Kapstadt-Nachrichten« eingefunden. Die beiden Wachsoldaten hatten Mühe, die Journalisten vom Absturzraumer fernzuhalten.

»Geh zu ihnen und beschwichtige sie«, sagte Dhark zu Riker. »Gib dich als Chef der TF zu erkennen und versichere ihnen, daß alle Schäden anstandslos beglichen werden. Am besten, du nimmst Kapitän Shannon mit. Er soll den Reportern schildern, was im All passiert ist und die Story ruhig ein bißchen phantasievoll ausschmücken. Je mehr ihr die Journalisten beschäftigt, um so weniger kümmern sie sich um mich, und ich kann in Ruhe starten.«

»Heißt das, auch ich fliege nicht mit?« entrüstete sich Dan.

Ren tat so, als habe er die Frage nicht gehört.

»Klammert das Thema ›Schutzschirm‹ vorerst aus, um Gerüchte und Panik zu vermeiden«, ordnete er an. »Sobald ich aus dem All zurück bin, gebe ich eine Pressekonferenz und kläre lückenlos alles auf. Bis dahin müssen sich die Journalisten mit den paar Informationen begnügen, die ihr ihnen liefert. Ich zähle auf dich.«

Mit diesen Worten begab er sich unverzüglich zu seinem Flash und flog zurück zur POINT OF.

Nur kurz spielte er mit dem Gedanken, das Geheimnis der Energieabflüsse per Flash zu ergründen. Doch das Risiko, daß es ihm wie der ALLIGATOR ergehen könnte, erschien ihm zu groß. Trotz Intervallum waren die Verteidigungsanlagen der Flash unzulänglich. Das Flaggschiff der Terranischen Flotte war besser gegen unbekannte Gefahren und plötzliche Angriffe ausgerüstet.

Noch bevor Dhark auf der POINT OF eintraf, wurde er von einem zweiten Flash überholt.

Dan Riker traf noch vor dem Commander beim Ringraumer ein.

Er stellte das Beiboot ab und begab sich in die Zentrale, ohne auf seinen Freund zu warten. Als Ren seinen Platz im Kommandosessel einnahm, saß Dan bereits auf dem Sitz neben ihm.

»Du bist dir hoffentlich darüber im klaren, daß dein Verhalten den Tatbestand der Befehlsverweigerung erfüllt«, sagte Dhark, ohne Riker dabei anzusehen.

»Ich habe Kapitän Shannon deinen Anweisungen entsprechend instruiert«, erwiderte der Angesprochene. »Alles weitere schafft er auch ohne mich. Im Gegensatz zu dir.«

Dhark blickte ihn zunächst ärgerlich an, mußte sich dann aber mit aller Macht ein Grinsen verkneifen.

»Wie lange kennen wir uns schon?« fragte Ren seinen Freund – und gab sich die Antwort gleich selbst: »Viel zu lange. Du kennst mich fast besser als ich mich selbst.«

Dan streckte ihm beide Hände entgegen. »Was ist nun? Legst du mir Handschellen an und läßt mich wegen Befehlsverweigerung einkerkern? Oder leiten wir endlich den Start ein?«

Kurz darauf erhob sich die POINT OF zum Himmel empor. Leutnant Hornig war von Riker in die Funk-Z geschickt worden. Er setzte sich mit der Schirmüberwachungszentrale in Verbindung und ließ einen Durchgang ins All schalten.

*

Dhark und Riker trauten ihren Augen nicht. Über Nordamerika leuchtete eine riesige Fläche des globalen Schutzschirms grell auf.

Und das geheimnisvolle Licht schien sich immer weiter auszubreiten…

Vorsichtig tasteten die Sensoren der POINT OF das befallene Areal ab. Der Checkmaster analysierte Energieströme, die identisch waren mit der fremden Kraft, die beim Abschleppen der ALLIGATOR zu Funktionsstörungen geführt hatte. Zudem fing der einzigartige Mysteriousrechner unerklärliche Signale auf, sah sich aber außerstande, sie in Schallwellen umzusetzen und somit für

Menschen hörbar zu machen.

Das war auch nicht nötig. Ren Dhark vernahm die Signale plötzlich in seinem Inneren. Schreie, die von weither zu kommen schienen.

Dan Riker und den anderen an Bord erging es genauso. Wie lästige Blutegel saugten sich die Schreie in den Köpfen der Männer fest.

»Hört sich an, als ob jemand entsetzliche Schmerzen hat«, bemerkte Leutnant Schneider.

Dan empfand die Schreie eher als ein verzweifeltes Flehen um Hilfe.

»Irgend etwas ist in den Schutzschirm geraten und hat sich darin verfangen«, konstatierte er.

»Unmöglich«, meinte Dhark. »Wer oder was auch immer mit dem Schirm in Berührung kommt, ist des Todes.«

Er ließ umgehend das gegenwärtige Strahlenniveau des galaktischen Feldes messen. Die Ergebnisse waren zufriedenstellend. Der Commander hielt daher ein dreißigsekündiges Abschalten des Schirms für vertretbar.

Der Chef der Flotte hingegen nicht. »Bevor wir die Situation nicht voll durchschauen, halte ich das für zu riskant. Möglicherweise tappen wir in eine raffinierte Falle. Sobald der Schirm abgeschaltet ist, ist die Erde ohne Schutz.«

»Früher, als es den Nogk-Schirm noch nicht gab, wußte sich dieser Planet auch seiner Haut zu wehren«, erwiderte Ren Dhark entschlossen. »Ich denke, wir können das Risiko eingehen.«

»Wie du willst«, brummte Riker und stellte über Funk Kontakt zu Marschall Bulton her.

Ted Bulton zuckte innerlich zusammen, als der Mann an der Spitze der TF den Befehl gab, für die Flottenbereitschaft Großalarm auszulösen.

»Gleich wird der globale Schutzschirm planetenweit für eine halbe Minute abgeschaltet«, informierte Dan ihn über die Hintergründe der Maßnahme. »In diesem Zeitraum schicken Sie alles zu mir hoch, was start- und kampfbereit ist, klar?«

»Hältst du das nicht für übertrieben?« fragte Ren seinen Freund, nachdem die Verbindung zum Marschall unterbrochen war.

Riker schüttelte den Kopf. »Nein. Wir sind in der jüngsten Vergangenheit so oft unangenehm überrascht worden, daß ich lieber auf Nummer Sicher gehe. Wer weiß schon, welche blutrünstigen Bestien im Schirm auf uns lauern?«

*

Kaum war der globale Schutzschirm deaktiviert, jagten zahlreiche ehemalige Giantraumer und mehrere Ringraumschiffe per Alarmstart ins Weltall, wo sie sich strategisch verteilten und positionierten. Es war ein Anblick, wie er einem nicht alle Tage geboten wurde. Wie bei einem der zahlreich geprobten Formationsübungsflüge nahm jeder Kommandant innerhalb kürzester Zeit präzise den Platz ein, der ihm vor dem Start zugewiesen worden war.

Über Nordamerika wurden etwa fünfzig tropfenförmige wabernde Kreaturen sichtbar – beklemmende Nebelgestalten, die formationslos durchs All torkelten. Eine exakte Analyse der rätselhaften Wesen war nicht möglich. Sie schienen zu gleichen Teilen aus Energie und Materie zu bestehen.

Dhark und Riker wußten, womit sie es zu tun hatten. Die Tropfen begegneten ihnen nicht zum ersten Mal.

»Galaktische Schiedsrichter« hatte Ren sie einst im Scherz genannt. Sie – die Synties.

Den meisten Menschen waren sie nicht geheuer. Die Rolle der Synties auf der galaktischen Bühne war ein riesiges Fragezeichen. Gewiß, sie hatten der Menschheit des öfteren geholfen – ihre Beweggründe dafür lagen jedoch im dunkeln. Niemand kannte ihre wahren Absichten und Ziele.

Ob Freund oder Feind, jetzt waren die Synties jedenfalls in Not. Für Ren und Dan bot sich damit die Gelegenheit, sich für die vielfältige Hilfe in der Vergangenheit zu revanchieren.

Riker gab dem Kommandanten eines Giantraumers den Befehl, die Synties mittels Pressorstrahl tiefer ins All zu drücken.

»... etwa bis in die Mondumlaufbahn. Aber wenden Sie nur die leichteste Stufe an. Wir wollen ihnen beistehen und sie nicht verletzen oder gar töten.«

Den Rest der Flotte beorderte er zurück zur Erde. Von diesen hilflosen Kreaturen drohte ihnen keine Gefahr.

Hoffentlich.

Da der Nogk-Schirm mittlerweile wieder aktiviert worden war, mußten zuerst Durchlässe für die zurückkehrenden Raumschiffe geschaltet werden. Nach und nach verschwanden sie aus dem Weltall – auf dieselbe disziplinierte Weise wie sie gekommen waren. Der Raumer, der die Synties in Richtung Mond befördert hatte, war der letzte, für den man eine Lücke öffnen mußte.

Die Rahim hatten den Vorfall von ihren Schiffen aus mitverfolgt. Über Funk verlangte Golaschonn Annkromb ugemplik Rannahaar vom Commander nähere Informationen.

Ren Dhark erläuterte ihm die Situation und bat ihn um aktive Mithilfe.

Gola lenkte sein Hammerschiff heran und brachte es in der Mondbahn zum Stillstand.

Die Synties waren noch immer völlig außer Rand und Band, sie schienen jegliche Selbstkontrolle verloren zu haben, reagierten auf nichts.

Auf Dharks Bitte hin stimulierte Gola die Tropfenwesen mit einem starken Mentalimpuls – so, wie es nur die Rahim konnten.

Von einer Sekunde auf die andere waren die Synties wieder bei sich – und erwiesen sich als äußerst undankbar. Anstatt sich über ihre Rettung zu freuen, griffen sie die Rahim an und attackierten die Schiffsinsassen mit ihren mentalen, hypnotischen Fähigkeiten.

Der Überraschungseffekt war auf seiten der Synties. Mehrere Rahim brachen ohnmächtig zusammen.

Gola empfand den Angriff als persönliche Beleidigung. Was war das für ein unterprivilegiertes Volk, das so wenig Dankbarkeit zeigte? Obwohl die Rahim keinen Anlaß gehabt hatten, sich einzumischen, hatten sie sich großzügig dazu herabgelassen, die durchgedrehten Nebelgestalten zur Besinnung zu bringen. Und nun wurden sie zur Belohnung heimtückisch angegriffen. Was für ein entehrendes Benehmen!

Das wollten sich die Rahim auf gar keinen Fall bieten lassen.

Gola gab Befehl, den Angriff mit aller Macht zu erwidern, ohne Rücksicht auf Verluste. Nur ein toter Feind war ein guter Feind.

Auch die Synties waren dafür bekannt, daß sie im Kampf keine Kompromisse machten. Sie hatten noch nicht begriffen, daß die Rahim ihnen geholfen hatten und empfanden sie daher als etwas Bedrohliches. Und mit Bedrohungen pflegten sie nicht viel Federlesens zu machen.

Rahim gegen Synties – Drakhon gegen Milchstraße.

Zwei unterschiedliche Völker aus zwei verschiedenen Galaxien standen sich als unerbittliche Feinde gegenüber. Ihre einzige Gemeinsamkeit waren ihre kolossalen Mentalkräfte.

Wer würde sich am Ende als stärker erweisen?

18.

»Rahim kontra Synties – die Drecksäcke gegen die Undurchschaubaren«, kommentierte Dan Riker respektlos die Beinaheauseinandersetzung zwischen den beiden brandgefährlichen Kontrahenten. »Hättest du nicht rechtzeitig die POINT OF zwischen die Fronten geschoben, hätten wir von unserem Logenplatz aus ein mentales Gemetzel miterlebt.«

Ren Dhark atmete erleichtert auf. »Bin ich froh, daß wir den Synties ihren Irrtum noch rechtzeitig klarmachen konnten! Ich möchte Frieden stiften zwischen fremden Völkern und keine neuen Kriege entfachen.«

Gola war inzwischen in die Erdumlaufbahn zurückgekehrt. Er war wegen des unerwarteten Angriffs der Synties beleidigt und legte keinen Wert auf eine wie auch immer geartete Kommunikation mit ihnen. Wenigstens vertraute er Ren Dhark insoweit, als er den Angriff der Synties als Irrtum akzeptierte und auf weitere Gegenmaßnahmen verzichtete – »Aber nur, weil kein Rahim an Bord bei dem hinterhältigen Angriff wirklich verletzt wurde», wie er betonte.

Mittels ihrer telepathischen Fähigkeiten setzten sich die Synties mit der Besatzung des Ringraumers in Verbindung. Jeder in der Zentrale hörte ihre Stimmen klar und deutlich in seinem Kopf – auch die Neulinge, die sichtlich irritiert waren.

Wenn die seltsamen Fremden unsere Entschuldigung und unseren Dank nicht annehmen wollen, sollen sie es halt bleiben lassen. Dann bedanken wir uns eben bei euch Menschen, immerhin habt ihr uns aus dem Energieschirm befreit.

»Keine Ursache«, erwiderte Dhark.

Er konzentrierte sich mit all seinen Sinnen, um den Synties auf ihre Weise zu antworten, allerdings sprach er seine Worte dabei laut aus.

Auch Dan Riker beherrschte diese Art der Verständigung.

»Ihr habt uns ziemliche Schwierigkeiten bereitet«, hielt er den nebelhaften Milchstraßenbewohnern vor. »Eines unserer Raumschiffe wurde von eurem Energieblitz getroffen und stürzte ab. Zum Glück gab es nur Leichtverletzte.«

Als wir uns in eurem Schutzschirm verfangen hatten, wußten wir nicht mehr, was wir taten. Die Struktur des Schirms hat eine halluzinogene Wirkung auf uns, die uns einerseits total verwirrte, uns aber andererseits innerlich aufwühlte, was uns nicht unangenehm war.

»Den Zustand kenne ich«, feixte Dan. »Auf Terra bezeichnet man so etwas als ›besoffen‹.«

»Die Nogk-Energie machte euch trunken, und ihr fühltet euch von dem Patrouillenschiff bedroht«, resümierte Dhark. »So wie ihr gerade die Rahim als Bedrohung empfunden habt. Wieso habt ihr den Schutzschirm nicht bemerkt?«

Wir haben ihn bemerkt. Nach unserem weiten Flug hierher wollten wir darin lediglich etwas Energie auftanken. Dann befiel uns das, was ihr als ›besoffen‹ bezeichnet – und wir kamen nicht mehr von dem Schirm los.

»Was hat euch in unser Sonnensystem geführt?« fragte der Commander. »Oder seid ihr zu einem reinen Freundschaftsbesuch hier?«

Wir sind gekommen, um euch Menschen zu warnen. Unerklärliche Erschütterungen…

Plötzlich wurde die Unterhaltung jäh unterbrochen.

Hallo? fragte jemand dazwischen. *Ist da wer?*

»Was war das?« wunderte sich Dhark.

Irgend jemand von euch versucht, telepathischen Kontakt mit uns aufzunehmen, teilten ihm die Synties mit.

Dan Riker schaute ärgerlich in die Runde.

»Niemand mischt sich in das Gespräch zwischen dem Commander und den Synties ein, verstanden?« stellte er klar. »Abgesehen von mir, versteht sich.«

Alle in der Zentrale machten ratlose Gesichter.

Bis auf Leutnant Schneider, der sich als Schuldiger zu erkennen gab. »Verzeihung. Ich wollte nur mal ausprobieren, ob auch ich das kann.«

»Solange die Synties mit uns allen gemeinsam in telepathischer Verbindung stehen, ist höchstwahrscheinlich jeder einzelne von uns in der Lage, mit ihnen zu kommunizieren«, erklärte ihm Riker. »Trotzdem haben ausschließlich der Commander und ich das Wort. Alle übrigen beschränken sich gefälligst auf die Rolle des stummen Zuhörers.«

Ren Dhark nahm den Dialog mit den Tropfenwesen wieder auf. »Ihr wolltet uns warnen? Wovor?«

Vor den unerklärlichen Erschütterungen der Raumstruktur. Wir befürchten, daß diese Galaxis in absehbarer Zeit untergehen wird. Aufgrund der verbotenen Zone, die ihr Exspect nennt, können wir den gefährdeten Teil des Weltalls nicht verlassen und somit dem Untergang nicht entkommen. Wir hatten gehofft, ihr Menschen könntet uns bei der Flucht helfen. Vielleicht könnt ihr uns mitnehmen, wenn ihr aus der Milchstraße flieht.

»Wir kommen hier selbst nicht weg«, erwiderte Dhark. »Zumindest nicht weiter als bis in die benachbarte Galaxis – die ebenfalls dem Untergang geweiht ist.«

Er klärte die Synties über Drakhon und die Rahim auf und darüber, daß man gemeinsam versuchen wollte, das Problem in den Griff zu bekommen.

»Wir arbeiten mit Hochdruck daran«, fügte Riker hinzu. »Die Ursache für das ganze Dilemma wurde im Milchstraßenzentrum gefunden. Genau dort müssen wir sozusagen den Hebel ansetzen.«

Bei der Erwähnung des Milchstraßenzentrums hatten es die Synties plötzlich furchtbar eilig, sich zu verabschieden. Sie bedankten sich für die Informationen und wünschten den Menschen viel Glück für ihr Vorhaben.

Wie es sich für rätselhafte Nebelkreaturen gehörte, verschwanden sie mit unbekanntem Ziel in den Weiten des Alls.

»Irre ich mich, oder hatten die Synties extreme Angst, als vom

Milchstraßenzentrum die Rede war?« fragte Dhark.

»Ich habe das genauso empfunden«, bestätigte ihm Dan.

Die Neuen nickten zustimmend, obwohl die meisten von ihnen noch gar nicht so richtig begriffen hatten, was eigentlich gerade geschehen war.

*

Alamo Gordo stand Kopf.

Bisher hatte die Endausscheidung zur Wahl der »Miß Galaxy« jedesmal in World City stattgefunden. In diesem Jahr war das anders. Diesmal hatte die Regierungshauptstadt den Zuschlag bekommen.

Sehr zur Freude der Geschäftsleute, die sich Rekordumsätze erhofften. Ganz zu schweigen vom touristischen Stellenwert, den Alamo Gordo durch die pompöse Veranstaltung erlangte. Die ganze Welt blickte in diesen Tagen auf die Stadt, in welcher die Weltregierung ihren Sitz hatte.

Termin für das pompöse Medienspektakel war der 26. August 2058 – allerdings trafen die Wettbewerbsteilnehmerinnen bereits sieben Tage früher in der Hauptstadt ein, zwecks diverser Vorbereitungen und um sich vorher körperlich und seelisch etwas zu erholen. Ihren Streß bauten sie am liebsten beim Shopping ab, wobei sie fortwährend von Kameraleuten und Journalisten verfolgt wurden.

Terra-Press hatte seine beste Klatschkolumnistin auf die Mädchen, von denen keines älter als zwanzig war, angesetzt. Claire alias KC (Klatschtante Claire) lieferte gleich für mehrere Magazine den passenden Tratsch rund um die Mißwahl. Dank einer ausgeklügelten Arbeitsstrategie und einem phänomenalen Gedächtnis – sie kannte die Fahrzeiten von sämtlichen öffentlichen Verkehrsmitteln der Stadt auswendig – schaffte sie es, immer und überall am Ball zu bleiben und erweckte mitunter den Eindruck, an mehreren Stellen gleichzeitig zu agieren. Nicht so pfiffige Konkurrenten, die mit ihren Redaktionsschwebern dauernd im Stau steckten, neideten ihr den verdienten Erfolg.

Claire hatte allerdings gelernt, mit den Neidern zu leben. Terra-Press' bester Reporter, der unverwüstliche Bert Stranger, hatte sie mehrere Monate lang unter seine Fittiche genommen. Von ihm hatte sie nicht nur zahllose Tricks und Finten gelernt, sondern auch mehr Gelassenheit.

»Laß die anderen sich doch ärgern«, hatte er zu ihr gesagt. »Das ist viel besser als wenn du dich ärgerst.«

Giftige Zungen behaupteten, sie habe ein Verhältnis mit Stranger. Das war jedoch nur böswilliger Tratsch. Der kugelige Sensationsreporter war gar nicht ihr Typ – und sie nicht seiner. Mehr als Freundschaft empfanden beide nicht füreinander.

Kaum jemand bei Terra-Press kannte Claires Nachnamen – sie verwendete ihn nie. Noch weniger Mitarbeiter wußten, wann genau sie eigentlich auf der journalistischen Bildfläche erschienen war. Eines Tages ist sie einfach dagewesen, und mit ihrer Reporterkarriere war es steil bergauf gegangen. Gerüchte, sie habe sich dafür erst durch die halbe Direktionsetage schlafen müssen, hielten sich nicht lange.

Kein Wunder, Claire war nämlich alles andere als eine Schönheit. Die Dreiunddreißigjährige maß knapp 1,60 m, hatte das Gesicht einer Spitzmaus, und ihr kurzgeschorenes rotes Haar ähnelte den Stacheln eines Igels. Von figurbetonter Kleidung hielt sie nichts. Genaugenommen wußte keiner, ob sie unter ihren viel zu weiten, schlabberigen Sachen überhaupt eine Figur hatte.

KC fieberte nicht nur der Mißwahl entgegen. Ein zweiter journalistischer Termin lag ihr ebenso am Herzen: Ren Dharks dreißigster Geburtstag, morgen am Freitag, dem 24. August 2058.

Noch war geheim, wann und wo der Commander der Planeten an seinem Ehrentag feiern würde. Offiziell war die Rede von einem großen Empfang im Regierungsgebäude – am kommenden Montag, einen Tag nach der Wahl der »Miß Galaxy«. Claire war jedoch überzeugt, daß Dhark schon vorher seinen runden Geburtstag begießen würde, ganz privat, in einem intimen Kreis.

Aber wo?

Sie wollte unbedingt mit ihrem philippinischen Kameramann Pinto Rhanui mit dabeisein – Privatsphäre hin, Persönlichkeitsrecht her. Wenn Dhark ein Privatleben gewollt hätte, hätte er nicht Regierungschef werden sollen.

»Morgen ist der vierundzwanzigste«, sagte sie zu Pinto, während beide in der belebten Einkaufspassage von Alamo Gordo einer schwarzhaarigen Mißwahl-Schönheit auf den Fersen blieben. »Jede Wette, daß er sich im Laufe des Tages heimlich an einen ruhigen Ort zurückzieht. Wahrscheinlich mit seiner ständigen Begleiterin Joan Gipsy, seinem besten Freund Dan Riker und dessen Ehefrau Anja. Leider habe ich nicht die geringste Ahnung, wo sich der Treffpunkt befindet.«

Daß Ren und Joan ein Paar waren, war den ständig auf der Lauer liegenden Medien nicht entgangen. Lediglich ihre abrupte Trennung war bislang ein wohlgehütetes Geheimnis. Dhark fand es anständig von seiner Ex, vorerst nicht in der Öffentlichkeit darüber zu reden. Die Welt stand am Rande des Abgrunds – und mit ihr die Regierung, allen voran der Commander. Noch mehr Negativschlagzeilen hätten ihn (k)einen Schritt weitergebracht.

»Vielleicht treffen sie sich im ›Los Morenos‹«, vermutete Pinto.

»In Dharks Stammlokal?« entgegnete Claire skeptisch. »Nein, das wäre zu ersichtlich, dort suchen die Reporter doch zuerst nach ihm.«

»Eben darum. Ein Abenteurer wie Dhark, der die Gefahr sucht, verkriecht sich nicht unter der Erde. Sein Lieblingsversteck liegt mitten im weit aufgerissenen Rachen des Löwen.«

»Kann sein oder auch nicht – wir werden es schon noch rauskriegen. Ich kenne einige kleine Regierungsangestellte, die würden für ein paar Scheinchen sogar Details über das wilde Sexleben ihrer Urgroßmutter preisgeben.«

Die schwarzhaarige Schönheit verschwand in einem Kaufhaus. Dort wählte sie in der Abteilung für Damenunterbekleidung mehrere Dessous aus und zog sich in eine Umkleidekabine zurück.

Claire und Pinto warteten vor dem Eingang zu den Umkleidekabinen, verborgen von einem Wäscheregal.

»Ich wünschte, heute würde noch irgendwas Aufregendes passieren«, murmelte der Kameramann, während er ebenso gelangweilt wie ungeniert in der Damenwäsche herumwühlte. »Jemand könnte versuchen, unser liebreizendes Observationsobjekt zu überfallen und zu verschleppen. Das gäbe eine Schlagzeile! ›Mutiger Terra-Press-Mitarbeiter schlägt Kidnapper in die Flucht‹!«

»Und wo nehmen wir diesen mutigen Mitarbeiter her?« frotzelte KC.

»Steht direkt vor dir«, antwortete der sechsunddreißigjährige Philippiner, der seine Kollegin gerade mal um zehn Zentimeter überragte. »Zugegeben, der Kidnapper sollte nicht allzu groß und stark sein. Auch wäre es von Vorteil, wenn er eine Sehschwäche hätte und etwas langsam im Denken wäre. Andernfalls wäre ich gezwungen, ihn von hinten niederzuschlagen…«

»Da stimmt was nicht«, unterbrach Claire ihn. »Die Kleine ist schon über zwölf Minuten in der Garderobe. Allmählich müßte sie mit der Anprobe fertig sein.«

»So etwas dauert halt seine Zeit«, meinte Pinto. »Ich bräuchte mindestens eine halbe Stunde, um mich in hauchdünne BHs und Höschen zu zwängen.«

»Das liegt daran, daß ihr Männer von Natur aus ungeschickt seid. Wir Frauen sind Weltmeister im blitzschnellen An- und Ausziehen.«

»Kann ich mir bei dir gut vorstellen. Bevor du aus dem Haus gehst, schnappst du dir rasch eine der farblosen Zirkuszeltplanen, die an deiner Garderobe hängen, schlüpfst mit dem Kopf durch das Loch, das du vorsorglich reingeschnitten hast…«

Claire ließ ihren Kollegen auch diesmal nicht ausreden. Anstatt sich seine Frechheiten bis zum Schluß anzuhören, marschierte sie schnurstracks zu den Umkleidekabinen und schaute nach, wo die Schwarzhaarige abgeblieben war.

Die betreffende Kabine war leer. Nur die Wäschestücke hingen noch an einem Haken.

Die Klatschkolumnistin unterdrückte tapfer einen unfeinen Fluch und kehrte zu ihrem Kameramann zurück.

»Sie ist uns entwischt – durch eine Zwischentür zur Nachbarkabine. Offensichtlich hat sie uns absichtlich abgehängt.«

»Aber warum?« fragte Pinto verwundert. »Normalerweise sind solche Mädels doch immer ganz scharf auf Gratispublicity.«

Claire fackelte nicht lange. Sie führte ein kurzes Viphogespräch, verließ anschließend das Kaufhaus und suchte die nächstgelegene Tunnelbahnstation auf. Pinto folgte ihr auf dem Fuße, mitsamt seiner federleichten Spezialkamera.

»Wo geht's hin?« erkundigte er sich während der Fahrt.

»Nachdem uns die hier entwischt ist, heften wir uns an die nächste Kandidatin«, antwortete seine Kollegin. »Sina Apostolos wurde drei Stationen weiter in einer Tierhandlung gesehen. Wahrscheinlich kauft sie Hundefutter für ihre drei Zwergpudel, die sie zu jeder Vorentscheidung mit dabeihatte.«

Auch diesmal hatte Claire das Nachsehen. Zwar gelang es ihr, die Dame in der Nähe der Tierhandlung ausfindig zu machen, doch sie war gerade dabei, mitsamt ihren Pudeln in ein Gefährt zu steigen, das mittlerweile Seltenheitswert hatte: ein Auto.

Es handelte sich um einen klassischen Rolls-Royce aus dem Baujahr 1951. Am ursprünglichen Aussehen des gut gepflegten Fahrzeugs hatte sich nichts geändert. Vermutlich war es besser in Schuß als zum Zeitpunkt seiner Auslieferung. Autos wie dieses wurden mittlerweile mit hohen zweistelligen Millionenbeträgen gehandelt, obwohl ihr Unterhalt extrem teuer war.

Am Steuer saß ein Mann in Chauffeursuniform. Er setzte den Rolls-Royce in Gang und fuhr mit Sina und ihrem kläffenden Hundetrio davon.

Claire winkte umgehend ein Schwebertaxi heran und nahm die Verfolgung auf.

Der Fahrer des Rolls-Royce kannte sich in der Stadt bestens aus.

Er bog ab in ein Viertel mit zahlreichen Nebenstraßen und verwinkelten Gassen. Dort war es ihm ein Leichtes, die Verfolger abzuhängen.

Ohne zu zögern gab Claire der Taxifahrerin ein neues Ziel an.

»Monika Sombrowski hält sich mit Sicherheit im Fitneßstudio Ecke Cross Avenue auf«, teilte sie Pinto mit, der sich an das Tempo, das sie vorlegte, noch immer nicht so recht gewöhnt hatte.

Wieder kam das Terra-Press-Klatschduo zu spät. Monika war kurz zuvor von zwei Herren, die man noch nie zuvor im Studio gesehen hatte, abgeholt worden.

»Beim Verlassen unseres Etablissements machten alle drei einen fröhlichen Eindruck«, gab der Mixer hinter der Saftbar KC bereitwillig Auskunft.

Auch Claires Reporterkollegen erging es nicht anders.

Auf geheimnisvolle Weise verschwanden da wie dort alle Mißwahl-Teilnehmerinnen aus den Augen ihrer ständigen Beobachter. Da keine Anzeichen für ein Verbrechen vorlagen, gab es keinen Anlaß, die Sicherheitsbehörden einzuschalten. Auch auf eine großangelegte Suchaktion über die Medien wurde vorerst verzichtet. Möglicherweise gab es eine harmlose Erklärung für das Verhalten der Mädchen, die vielleicht einfach nur mal ihre Ruhe haben wollten.

*

»Juan und José, ich finde ihr seid ganz lecker!«

Treffender konnte man sein Empfinden nach einem Besuch im »Los Morenos« kaum ausdrücken. Das spanische Restaurant im Amüsierviertel am Rande von Cent Field erfreute sich so großer Beliebtheit, daß die dreißig vorhandenen Plätze so gut wie jeden Abend ausgebucht waren.

Betrieben wurde das Lokal von den Brüdern Moreno – José und Juan, beide groß und kräftig und ungefähr Ende zwanzig. Juan kellnerte in der Regel, konnte aber auch kochen, während José üblicherweise kochte, aber auch in der Lage war, volle Tabletts durchs nicht minder volle Restaurant zu balancieren.

Josés langes krauses Haar war bereits von ersten Silberfäden durchzogen. Das stand ihm sehr gut, wie er fand – und viele seiner weiblichen Gäste stimmten ihm darin zu. Ein sauber geschnittener Kinnbart rundete seit neuestem das angenehme Äußere seines freundlichen Gesichts perfekt ab. Er hatte ihn gegen seine lange Mähne eingetauscht – statt Ponyschweif trug er nun eine eher »normale« Frisur.

Der bartlose Juan Moreno sah so harmlos aus, daß man annehmen konnte, jeder Pfarrer würde sich mit ihm im Beichtstuhl zu Tode langweilen. Das täuschte, er wußte nämlich, wo der Barthel den Most versteckt hatte. Und wehe, wenn er böse wurde!

»Juan und José, ich finde ihr seid ganz lecker!«

So stand es (grammatisch nicht ganz korrekt) in dem dicken, leicht zerfledderten Gästebuch geschrieben, das seit Eröffnung des Lokals auf dem Schanktresen auslag und in das sich jeder Prominente und Nichtprominente eintragen konnte. Der markante Satz war kurz und knapp mit »Elena« unterschrieben, doch jeder Stammgast wußte, daß es sich dabei um keine geringere als die berühmte russische Sängerin Elena Agafonowa handelte, die hier vor sechs Jahren während ihrer Welttournee eingekehrt war. Um keine Mißverständnisse aufkommen zu lassen, hatte sie noch eine Zeile hinzugefügt:

»Selbstverständlich meine ich euer Essen.«

Auch andere illustre Gäste lobten die typische Moreno-Küche in den höchsten Tönen.

»Eure Fischplatte ist die beste in der ganzen Stadt, nein, auf der ganzen Welt!« hatte Professor H.C. Scooter begeistert ins Buch geschrieben, als er voriges Jahr auf der Durchreise hier Rast gemacht hatte. Scooter war ein hohes Tier in der Raumfahrtforschung, beliebt und verhaßt zugleich, weshalb er sich nie ohne seine beiden Leibwächter vor die Tür wagte. Sie hatten sich ebenfalls eingetragen. »Ich sterbe für Fisch«, hatte der erste Bodyguard schriftlich bekannt, und der zweite hatte hinzugefügt: »Ich nicht, aber bei den Riesenschollen könnte ich glatt eine Ausnahme machen.«

Sogar ein mehrfacher Literaturpreisträger befand sich unter den prominenten Gästen. Hendrik F. Büser, der vor wenigen Monaten für sein literarisches Lebenswerk ausgezeichnet worden war, hatte schon über 100 Jahre auf dem Buckel – was ihn nicht daran hinderte, wenigstens zweimal im Jahr im »Los Morenos« einzukehren, in Begleitung seiner hübschen Urenkelin, die er großväterlich-liebevoll seine »kleine Heike« nannte.

Wichtigster Gast war allerdings mit weitem Abstand der Commander der Planeten. Für Ren Dhark war immer ein Stuhl frei, selbst dann, wenn er ohne Vorbestellung kam. Entweder setzte man ihn zu anderen Gästen mit an den Tisch, worüber sich noch nie jemand beschwert hatte, oder er wurde direkt in der Küche beköstigt, an einem speziell für ihn und seine Begleitung reservierten gemütlichen Plätzchen.

»Ehrlich gesagt, am liebsten würde ich gar nicht feiern«, bekannte er, als ihm Dan Riker am Nachmittag des 24. August in seinem Privatdomizil zum dreißigsten Geburtstag gratulierte. »Zwei Galaxien sind von der Vernichtung bedroht, der bevorstehende Rettungsversuch ist ohne Gewähr, die Weltbevölkerung muß zur Finanzierung der Notmaßnahmen den Gürtel enger schnallen – und ich gebe am Montag im Regierungsgebäude einen Empfang für lauter Wichtigtuer, als wäre nichts gewesen.«

»Sag den Empfang ab«, schlug Anja Riker vor. »Hauptsache, du gibst *uns* keinen Korb. Dan und ich haben uns von den Morenos einen ruhigen Ecktisch reservieren lassen – für drei Personen. Von einem kleinen intimen Abendessen geht doch die Welt nicht unter.«

Ren winkte ab. »Lieber nicht. Mir ist heute nicht nach Händeschütteln und Posieren für die Fotografen.«

»Es werden keine Fotografen anwesend sein«, versicherte ihm Dan. »Die Moreno-Brüder haben einen Teil des Lokals für eine

Privatveranstaltung reserviert. Der ›Club chinesischer Kaninchenzüchter‹ hält dort seine Jahreshauptversammlung ab. Die asiatischen Clubmitglieder sind garantiert so vertieft in ihren Kassenbericht und die Wiederwahl ihres langjährigen Vorsitzenden, daß sie uns gar nicht beachten werden. Von deinem Geburtstag wissen sie nichts, wahrscheinlich kennen sie nicht einmal deine Identität.«

»Ren Dhark inkognito in seinem Lieblingslokal«, entgegnete der Commander nachdenklich. »Klingt irgendwie verlockend.«

»Sag ich doch«, erwiderte Dan erfreut. »Das ist mal was anderes als die wüsten Parties, die Terence Wallis zu veranstalten pflegt.«

»Schade, daß er nicht mit dabei ist«, sagte Ren. »Vielleicht sollte ich ihn noch rasch einladen.«

Anja seufzte. »Und wen noch alles? Bernd Eylers vielleicht? Oder Henner Trawisheim? Manu Tschobe und Monty Bell wären auch nicht schlecht. Außerdem könnten wir noch einen Teil der POINT OF-Mannschaft hinzubitten. Zwar wäre das Lokal dann hoffnungslos überfüllt, aber wir setzen einfach die Chinesen mitsamt ihren Karnickeln vor die Tür. Ihre Versammlung können sie genausogut draußen auf der Straße abhalten.«

Ren hielt sich die Ohren zu. »Bitte aufhören! Noch mehr Sarkasmus ertrage ich nicht. In Ordnung, ich hab's kapiert. Wir drei speisen entspannt in der rustikal-romantischen Atmosphäre unseres spanischen Stammlokals, in weinseliger Ruhe – wie drei uralte Spießer, für die Aufregung ein Fremdwort ist. Ich denke, das wird mir so richtig schön guttun.«

*

»*Heute geschlossene Gesellschaft*«, stand an der Eingangstür des »Los Morenos« zu lesen. Die Vorhänge waren zugezogen, so daß niemand heimlich durchs Fenster spicken konnte.

»Sind wohl ein bißchen schüchtern, die ehrenwerten chinesischen Kaninchenzüchter«, meinte Dhark, der hinten in Dans Privatschweber saß.

»Wir parken in der Nebenstraße und gehen durch den Hintereingang ins Lokal«, schlug Anja vor. »Zwar wurde die Presse nicht informiert, doch irgendein übereifriger Reporter könnte sich mit gezückter Kamera auf dem Parkplatz versteckt halten, für den Fall der Fälle.«

»Der Parkplatz wäre viel zu auffällig«, sagte Dhark. »Schräg gegenüber gibt's bessere Verstecke. Wenn ich nicht irre, habe ich dort gerade eine schattenhafte Gestalt verschwinden sehen.«

»Ein Grund mehr, den hinteren Eingang zu benutzen«, entgegnete Dan Riker mit mürrischer Miene. »Manche Journalisten sind wie die Schmeißfliegen. Ich sollte aussteigen und den Kerl in den Hintern treten.«

Er parkte den Schweber um die Ecke.

Wenig später betraten Dan, Anja und Ren das Restaurant. Aus der schummrig beleuchteten Schankstube drang kein Laut.

»Verdammt ruhig für eine Versammlung«, stellte der Commander im Nebenraum fest und tastete nach seinem Paraschocker, den er stets bei sich trug. »Zu ruhig.«

Sein in vielen Kämpfen geschärfter Instinkt signalisierte ihm, daß er im Begriff war, in eine heimtückische Falle zu laufen.

»Der Typ gegenüber vom Lokal war gar kein Reporter«, raunte er Dan zu.

Riker nickte. »Du hast recht.«

Ren knuffte ihm kameradschaftlich in die Seite. »Blödmann!«

Er nahm die Hand vom Schocker und betrat die Schankstube.

Eigentlich hatte er erwartet, auf einen Haufen Freunde zu treffen, die lachend von ihren Stühlen aufsprangen und »Überraschung!« grölten. Statt dessen saß an jedem Tisch ein junges Mädchen, eines schöner als das andere, alle so um die Zwanzig . Als sie ihn erblickten, liefen sie auf ihn zu, umringten und umarmten ihn, bis ihm heiß und kalt zugleich wurde.

Auf seine Freunde mußte Dhark dennoch nicht verzichten. Einer nach dem anderen kam herein, um ihm zum Geburtstag zu gratulieren.

Trawisheim, Eylers, Tschobe und Bell gehörten zu den ersten Gratulanten, gefolgt von Chris Shanton, Robert Saam und Arc Doorn. Auch Pjetr Wonzeff, Mike Doraner und Miles Congollon, Kampfgefährten aus Deluge-Zeiten, waren mit dabei. Sogar Ralf Larsen und Janos Szardak hatten sich freimachen können, ebenso Marschall Bulton und Echri Ezbal. Von den Cyborgs waren Lati Oshuta und Bram Sass vertreten. Selbst Außerirdische gratulierten ihm: der Galoaner Shodonn und der Tel Dro Cimc.

Dhark fragte nicht, wie sie es alle geschafft hatten, heute hierherzukommen und ob sie lange bleiben konnten oder gleich wieder fort mußten. Erst einmal freute er sich, daß sie überhaupt da waren. Man merkte ihm an, wie gerührt er war.

Jeder hatte ein kleines Präsent dabei – mit Ausnahme von Terence Wallis, der ihm als letzter gratulierte.

»Mein Geschenk haben Sie ja schon in vollen Zügen genossen, Ren«, sagte der Multimilliardär schmunzelnd. »Besser ausgedrückt: mit vollen Händen.«

»Die Mädchen arbeiten alle für Sie?« staunte Dhark.

Wallis schüttelte den Kopf. »Das sind die Kandidatinnen für die bevorstehende Wahl zur ›Miß Galaxy‹. Die größte Schwierigkeit war, sie so unauffällig wie nur möglich fürs Fest zu engagieren, direkt unter der Nase der neugierigen Regenbogenpresse. Als die Mädels erfuhren, um wessen Geburtstag es sich handelt, waren sie ausnahmslos bereit, ohne Wenn und Aber mitzukommen.«

»Apropos unauffällig«, sprach Anja Riker ihn an. »Beinahe hätten Sie uns die ganze Überraschung verdorben. Mußte Ihr Chauffeur Ihre Protzkarre unbedingt in Lokalnähe abstellen? Glücklicherweise habe ich den Schweber noch rechtzeitig entdeckt und rasch vorgeschlagen, in der Nebenstraße zu parken.«

»Mein Rolls-Royce ist keine Protzkarre, sondern ein edler Oldtimer«, erwiderte Wallis, ohne im geringsten beleidigt zu sein (darüber war er erhaben). »Im übrigen hat mein Chauffeur heute frei. Ich habe das Fahrzeug selbst gesteuert und dort geparkt. Ganz schön leichtsinnig, gebe ich zu, aber ich wollte nicht so weit zum

Restaurant laufen.«

»Glücklicherweise war Ren durch eine verdächtige Gestalt abgelenkt«, warf Dan Riker ein. »Er hielt den Schatten für einen neugierigen Journalisten. Erst als wir im Zimmer nebenan standen und nicht das kleinste Geräusch aus der Schankstube drang, ging ihm ein Licht auf.«

»Stimmt«, bestätigte Dhark. »Mir wurde schlagartig klar, daß man mir eine hinterhältige Falle gestellt hatte und ich auf den ältesten Partytrick aller Zeiten hereingefallen war. Da ahnte ich, daß ich vorhin keinen Reporter gesehen hatte, sondern einen Sicherheitsmann von der GSO.«

»Was für ein Anfänger«, grunzte Eylers. »Ich habe mehrere GSO-Männer zur Sicherung des Lokals eingeteilt und ihnen eingeschärft, sich ganz klein und unsichtbar zu machen.«

Die Moreno-Brüder lehnten etwas abseits an der Wand und verfolgten die Gespräche amüsiert. Bei ihnen waren Geheimnisse gut aufgehoben. Kein Außenstehender würde je erfahren, worüber sich der Commander der Planeten und seine illustren Gäste unterhielten.

Kurz darauf zog sich José in die Küche zurück.

Juan vernahm ein verhaltenes Klopfen an der abgeschlossenen Vordertür und begab sich dorthin, um sie zu öffnen.

»Tut mir leid, unser Lokal ist heute geschlossen«, sagte er freundlich zu dem schmächtigen Mann draußen vor der Tür. »Eine private Familienfeier.«

Der Mann zeigte ihm kurz seinen GSO-Ausweis und bat darum, seinen Vorgesetzten sprechen zu dürfen. »Wir haben ungebetene Gäste.«

Juan ließ ihn herein. Als er die Tür wieder schließen wollte, fiel ihm eine Gruppe Journalisten und Kameraleute auf, die sich auf der Straße vor dem Restaurant versammelt hatten. Offensichtlich waren die Berichterstatter besser auf Draht, als man ihnen zugetraut hatte.

Oder es gab irgendwo eine undichte Stelle.

*

»Geschlossene Gesellschaft!« rief Juan Moreno den Presseleuten zu, als sie sich dem Lokal näherten.

Ein bulliger Zweimetermann trat aus dem Pulk und forderte: »Wir wollen den Commander der Planeten sprechen! Er soll nach draußen kommen! Vorher gehen wir hier nicht weg!«

Die groteske Situation ähnelte einer Filmszene, die Juan kürzlich im Holokino gesehen hatte, wo ein Wildwest-Abenteuer ausgestrahlt worden war. Eine aufgebrachte Menschenmenge hatte sich vor dem Sheriff's Office versammelt und lautstark die Herausgabe eines Gefangenen gefordert. Nachdem sich der Sheriff in der Tür gezeigt hatte, war ein düster dreinblickender, großer Mann nach vorn getreten und hatte verlangt: »Wir wollen den Pferdedieb aufhängen! Bringen Sie ihn nach draußen! Sonst zünden wir das Haus an!«

Juan rief sich in Erinnerung zurück, wie sich der Kino-Sheriff verhalten hatte und tat es ihm dann gleich. Er zeigte den Journalisten seinen ausgestreckten Mittelfinger und sagte laut und deutlich (und ohne jeden Akzent): »Verpißt euch!«

Danach schloß er unverzüglich die Tür.

Ein dumpfes Geräusch war von drinnen zu hören. Sekunden später öffnete sich die Eingangstür erneut, und ein Reporter taumelte nach draußen.

Hinter ihm tauchten die Moreno-Brüder im Türrahmen auf. Sie stritten miteinander.

»Sieh nur, was du angerichtet hast, José! Der arme Kerl kann kaum noch aufrecht gehen. Kannst du nicht besser aufpassen, estúpedo?«

»Wie soll ich wissen, daß du die Tür genau in dem Moment zumachst, als ich den Kerl hinauswerfen will? Im übrigen ist dieser idiota selbst schuld. Habe ich ihn etwa gebeten, sich durch die Küche einzuschleichen?«

Beide gingen wieder hinein. Man hörte sie laut lachen.

Dhark hingegen war nicht zum Lachen zumute. Der überraschende Medienaufmarsch bereitete ihm Magendrücken. Das konnte kein Zufall sein. Irgendwer hatte das Ganze gezielt inszeniert.

Aber zu welchem Zweck? Soviel Aufwand nur wegen seines Geburtstags?

Bernd Eylers rief Bert Stranger an.

»Natürlich weiß ich von der Privatfeier im ›Los Morenos‹«, gab Stranger am Vipho unbefangen zu. »Warum fragen Sie? Möchten Sie etwa, daß ich darüber berichte? Sorry, aber Prominentenklatsch und PR-Artikel sind nicht mein Ressort. Allerdings ist Terra-Press nicht untätig. Wir haben eine unserer begabtesten Kolumnistinnen auf den Geburtstag des Commanders angesetzt: Klatschtante Claire, kurz KC genannt.«

»Woher haben Sie die Information?« wollte der GSO-Leiter wissen. »Wer hat Terra-Press und die übrige Pressemeute auf uns gehetzt?«

»Wir Journalisten hören halt das Gras wachsen. Ich glaube, ein anonymer Informant steckt dahinter. Ich könnte versuchen, Näheres herauszufinden, doch derlei Recherchen kosten mich wertvolle Zeit, und das ist es mir nicht wert. Den Ort bekanntzugeben, an dem Dharks private Geburtstagsfeier stattfindet, ist schließlich kein Staatsverbrechen. – Übrigens: Warum hat mich eigentlich niemand eingeladen?«

Eylers hörte die Frage nicht mehr, er hatte die Verbindung bereits unterbrochen.

Die Journalisten draußen rührten sich nicht vom Fleck. Sie belagerten das Restaurant wie eine lechzende Wolfsmeute ihre Beute.

»Sollen sie sich doch die Beine in den Bauch stehen«, grummelte Juan.

»Falls sie beabsichtigen, uns auszuhungern, haben sie Pech gehabt«, sagte José und ließ das Beste auffahren, was die unübertreffliche Moreno-Küche zu bieten hatte.

Bald darauf hatten sich Dhark und seine muntere Gästeschar an den Tischen verteilt. Ungeachtet des Aufmarsches auf der Straße ließen sie es sich bei geschlossenen Vorhängen und folkloristischen Klängen schmecken. Der edle spanische Wein ließ sie den Ärger über die aufdringliche Reporterschar schnell vergessen.

Die verführerischen Essensdüfte schürten den Unmut der Wartenden noch mehr. Wohl dem, der sich vorausschauend ein Butterbrot mitgebracht hatte.

Als die ersten Journalisten allmählich anfingen, die Nerven zu verlieren und einen ruhmlosen Rückzug in Erwägung zogen, passierte etwas, womit niemand gerechnet hatte.

Ein mondäner Schweber kam die Straße herauf und parkte hinter Wallis' Rolls-Royce ein.

Joan Gipsy stieg aus.

»Nanu?« wunderte sich Klatschtante Claire. »Ich hätte gewettet, sie sitzt mit den anderen drinnen im Lokal und macht sich mit ihnen über uns lustig. Halt die Kamera drauf, Pinto! Ich wittere eine Riesenstory allererster Güte.«

*

Im Tarnen und Täuschen waren die GSO-Agenten Meister. Niemand ahnte, daß sich zwei von ihnen unter die Journalisten geschmuggelt hatten, um haarklein alles mitzuhören, was besprochen wurde.

Vor dem »Los Morenos« hatte Dharks Exfreundin ihren großen Auftritt. Wie ein Weltstar präsentierte sich Joan Gipsy den fotografierenden und filmenden Reportern und schilderte zum wiederholten Male, wie sich der Commander der Planeten aus unerfindlichen Gründen von ihr getrennt hatte, obwohl er wußte, daß sie im sechsten Monat schwanger von ihm war.

Die Tränen, die ihr dabei über die Wangen liefen waren falsch – und dennoch echt. Hilfsmittel benötigte sie dafür nicht, es brauchte nur etwas Übung, um auf Kommando weinen zu können.

Demonstrativ hielt sie immer wieder ihr gewölbtes, spärlich bedecktes Bäuchlein in die Kameras.

»Das ist Dharks öffentliche Hinrichtung«, raunte einer der beiden GSO-Agenten seinem Kollegen zu. »Wir müssen ihn warnen.«

Der andere nickte kurz und zog sich unauffällig zurück. Durch die Hintertür betrat er das Lokalgebäude. Nur sein schnell gezückter Ausweis rettete ihn vor einem unsanften Rausschmiß durch José.

Um die fröhliche Feiergemeinde nicht zu stören, redete Bernd Eylers mit seinem Agenten unter vier Augen in der Küche. Anschließend bat er Juan, Terence Wallis unauffällig nach hinten zu lotsen.

Als Wallis von der erbärmlichen Schau erfuhr, die seine ehemalige Mitarbeiterin vor dem Restaurant abzog, begab er sich hinten hinaus zu den Journalisten. Ungeachtet der laufenden Kameras und gespitzten Ohren stellte er sie zur Rede.

»Ich wußte mir keinen anderen Ausweg mehr«, schluchzte sie in gespielter Verzweiflung und preßte ein paar neue Tränen aus ihren Augenwinkeln. »Was soll ich meinem Kind später sagen, wenn es mich fragt, warum ich nicht um die Liebe seines Vater gekämpft habe? Ich würde alles tun, um Ren Dhark zurückzugewinnen aber er steht nicht zu mir und seinem Baby.«

»Haben Sie sich denn mit ihm gestritten, Miß Gipsy?« fragte Claire.

Joan schüttelte den Kopf. »Wir hatten nur die üblichen Diskussionen über seinen Leichtsinn. Ich bat ihn, nicht mehr so oft fremde Welten zu bereisen und sich lieber mehr um die Regierungsgeschäfte auf der Erde zu kümmern, weil er im All ständig in Lebensgefahr schwebt. Doch er hat mich ausgelacht und gesagt, wenn er zwischen mir und dem Weltall wählen müßte, bräuchte er nicht einen Sekundenbruchteil zu überlegen.«

»Hören Sie gar nicht hin«, sprach Terence Wallis in die Menge. »So etwas hat der Commander unter Garantie niemals gesagt.«

»Du hast es gerade nötig, ihn in Schutz zu nehmen«, wies Joan ihn zurecht und deutete mit dem Finger auf ihn. »Er war es, der mich mit Ren Dhark bekanntgemacht hat. Besser gesagt, er hat mich auf ihn angesetzt, wie es im Agentenjargon heißt. Ich sollte den Commander für ihn ausspionieren.«

Na prächtig! dachte Wallis. *Jetzt stehe ich auch noch dumm da!*

»Doch dann passierte, womit keiner gerechnet hatte«, fuhr Joan unbeirrt fort und ließ die Hand wieder sinken. »Ich verliebte mich unsterblich in Ren Dhark. Anfangs tat er so, als würde er meine Liebe erwidern. Er nahm mich sogar mit ins All. Allmählich spürte ich jedoch, daß er meiner überdrüssig wurde. Da begriff ich, daß ich die ganzen Monate über nur ein erotischer Zeitvertreib für ihn gewesen bin. Leider war es für eine saubere Trennung viel zu spät – ich war schwanger.«

»Wie hat Dhark auf diese Nachricht reagiert?« hakte KC nach.

»Kalt und abweisend«, antwortete Joan, wobei sie ihre Tränendrüsen noch einmal ordentlich strapazierte. »In romantischen Stunden hat er manchmal davon gesprochen, daß er sich eine Familie mit vielen Kindern wünscht. Deshalb hatte ich gehofft, er würde sich freuen und mich heiraten. Inzwischen weiß ich, daß sein Liebesgeflüster nur Heuchelei war. Er hätte mir das Blaue vom Himmel runtergelogen, nur um mich ins Bett zu kriegen. Man kann nur jede Frau vor ihm warnen.«

Wallis langte es jetzt. Er ergriff Joan am Handgelenk und zog sie von den willig lauschenden Reportern fort, hin zu seinem Wagen.

Wenig später saßen beide in seinem schalldichten Rolls-Royce, der hartnäckig von den Journalisten umringt wurde. Wallis hatte zum Glück abgedunkelte Fensterscheiben einbauen lassen.

»Was soll diese Schmierenkomödie?« fragte er seine Ex-Mitarbeiterin direktheraus. »Bist du dir eigentlich darüber im klaren, was du anrichtest?«

»Schmierenkomödie?« wiederholte Joan Gipsy mit kalter Stimme. »Du tust mir unrecht. Meine schauspielerische Leistung ist erstklassig. Immerhin ist Ren monatelang darauf hereingefallen, und die Journalisten fressen mir ebenfalls aus der Hand.«

»Demnach hast du Dhark nie geliebt«, konstatierte der Milliardär.

»Keine Frau liebt einen Mann wirklich«, erwiderte Joan kühl. »Männer sind nur Mittel zum Zweck. Wir geben euch, was ihr wollt und nehmen uns dafür, was wir wollen.« Sie klopfte vorsichtig auf ihr Bäuchlein. »Ich habe alles bekommen, was ich mir von Ren gewünscht habe – einen kleinen Goldesel. Ren kann es sich gar nicht leisten, mit den Alimenten für seinen Sohn zu geizen. Von mir aus soll ganz Terra anfangen, zu sparen, bei mir geht das Geldausgeben erst richtig los. War das deutlich genug?«

Wallis zog einen Gegenstand aus seiner Sakkotasche, der auf den ersten Blick wie ein Zigarettenetui aussah.

»Es war deutlich«, bestätigte er und musterte sie scharf. »Jedes einzelne Wort von dir. Ich habe unser Zwiegespräch aufgezeichnet und werde die Aufnahme gleich vor den Reportern abspielen. Damit du dein Gesicht wahren kannst, biete ich dir die Chance, vorher in deinen Schweber zu steigen und zu verschwinden. Es sei denn, du möchtest den Journalisten noch etwas sagen.«

Joan verzog spöttisch die Mundwinkel.

»Der Bluff zieht nicht, mein Lieber«, sagte sie und holte ihrerseits ein kleines Gerät aus der Handtasche. »Dieser nützliche elektronische Helfer hätte sofort gepiepst, gäbe es in diesem Fahrzeug ein Abhörgerät.«

Wallis war sauer. Er stieg aus und schlug wütend die Wagentür hinter sich zu.

»Kein Kommentar!« knurrte er, als man ihm Fragen stellen wollte.

Joan verließ den Rolls-Royce ebenfalls und aalte sich weiter im Interesse der Reporter.

Auf dem Rückweg zum Lokal klappte Wallis seinen Taschen-Humidor auf und nahm eine Zigarre heraus. Er verspürte das zwingende Bedürfnis, seinen Zorn ungebändigt in die Luft zu paffen.

Als er das Restaurant betrat, diesmal von vorn, war seine Wut noch lange nicht verraucht.

Drinnen war es mucksmäuschenstill. Hatte Eylers die Feiernden über Joans hinterlistigen Auftritt informiert?

Doch der Grund für das Ende der Feierstimmung war ein viel schlimmerer.

Marschall Bulton war soeben davon unterrichtet worden, daß sage und schreibe zehn Schattenstationen der Grakos in der Marsbahn aus dem Hyperraum gekommen waren.

Jeder der Anwesenden konnte sich noch gut daran erinnern, was nur eine einzige dieser Stationen im vorigen Jahr angerichtet hatte. Das Schicksal der Erde hatte lange auf des Messers Schneide gestanden – bis es gelungen war, den letzten überlebenden Angreifer zu vertreiben. Ein Sieg, der mit schwersten Verlusten hatte erkauft werden müssen…

Und diesmal schlug das Grauen gleich zehnfach zu – eine geballte Macht, der kein Schutzschirm der Welt gewachsen war.

Ren Dhark-Programm

Kurt Brand schuf von 1966 bis 1969 die Heftserie **Ren Dhark.** Für die HJB-Buchausgabe wurde der SF-Klassiker bearbeitet und im Drakhon-Zyklus und in Sonderbänden fortgeschrieben, denn in den Tiefen des Alls ist das Rätsel der Mysterious noch immer zu lösen...

Bereits erschienen und noch lieferbar:

1. Zyklus (die alte Heftserie), *Buchausgabe (352 Seiten), € 15,90*
Bände 7 bis 16

Sonderausgaben des 1. Zyklus, *Buchausgabe (352 S.), € 15,90 (inhaltsgleich mit 1. Zyklus, lediglich anderes Cover)*
Bände 4 bis 6

Sonderbände
Buchausgabe (192 Seiten), € 10,50
(1) „Die Legende der Nogk" *Manfred Weinland*
(2) „Gestrandet auf Bittan" *Werner K. Giesa*
(3) „Wächter der Mysterious" *Hubert Haensel*
(4) „Hexenkessel Erde" *Marten Veit*
(5) „Der Todesbefehl" *Ewald Fehlau*
(6) „Countdown zur Apokalypse" *Ewald Fehlau*
(7) „Der Verräter" *Marten Veit*
(8) „Der schwarze Götze" *Conrad Shepherd*
(9) „Erron 2 - Welt im Nichts" *Manfred Weinland*
(10) „Ex" *Werner K. Giesa*
(11) „Türme des Todes" *Conrad Shepherd*
(12) „Die schwarze Garde" *Michael Nagula*
(13) „Dreizehn" *Werner K. Giesa*
(14) „Krisensektor Munros Stern" *Werner K. Giesa*
(15) „Die Kolonie" *diverse Autoren*
(16) „Schattenraumer 986" *Conrad Shepherd*